무곡(霧谷)

회색지대
그 새벽빛 언덕 1

김항래 장편소설

쿰란출판사

회색지대 1 -무곡-

1판 1쇄 인쇄 _ 2018년 3월 20일
1판 1쇄 발행 _ 2018년 3월 25일

지은이 _ 김항래
펴낸이 _ 이형규
펴낸곳 _ 쿰란출판사

주소 _ 서울특별시 종로구 이화장길 6
편집부 _ 745-1007, 745-1301~2, 747-1212, 743-1300
영업부 _ 747-1004, FAX 745-8490
본사평생전화번호 _ 0502-756-1004
홈페이지 _ http://www.qumran.co.kr
E-mail _ qrbooks@gmail.com / qrbooks@daum.net
한글인터넷주소 _ 쿰란, 쿰란출판사
등록 _ 제1-670호(1988.2.27)
책임교열 _ 이화정·박은아

ⓒ 김항래 2018   ISBN 979-11-6143-125-3   04230
                 ISBN 979-11-6143-127-7   (세트)

책값은 뒤표지에 있습니다.
이 출판물은 저작권법에 의해 보호를 받는 저작물이므로 무단 복제할 수 없습니다.
파본(破本)은 구입처에서 교환해 드립니다.

무곡(霧谷)

회색지대
그 새벽빛 언덕 1

차 례

무곡(霧谷)

1. 안개마을 • 8
2. 가나안 • 21
3. 토템 • 66
4. 혼돈 • 112
5. 돌아온 사람들 • 130
6. 사랑의 노트 • 172
7. 피난처 • 211
8. 대립 • 252
9. 전운 • 278
10. 이산(離散) • 302

회색지대

무곡 霧谷 1

부록

《회색지대》의 탄생과 성장 • 340

작품해설 - 안개 골짜기에서 초록빛 동산으로 _ 호영송 • 342

고향이 그려진 캔버스 _ 홍성암 • 346

통찰로 거둔 것 _ 전상국 • 347

회색지대 - 그 새벽빛 언덕의 무게 _ 최지영 • 348

논평과 해설 - 새벽은 어떻게 오는가 _ 박종구 • 350

회색지대

무곡 霧谷

1

제1권

무곡(霧谷)

그가 머물던 한내리는 수리재와 덕적산 자락으로 둘러싸인 접시 모양의 분지다. 마을은 한내를 경계로 내촌과 외촌으로 나뉘어 있었는데, 수리재 기슭에 자리한 용소를 머리에 이고 있어 대기는 습하고 기류의 이동이 느리며 안개로 덮여 있을 때가 많다. 멀리서 보면 마을은 신비한 한 폭의 수묵화처럼 보였다.

1. 안개마을

그해, 지훈이 발령 소식을 들은 것은 2월 하순이었다.

제대한 지 석 달이 지나도록 하릴없이 빈둥대던 그에게 날아온 낭보였다.

한걸음에 달려간 교육구청에서 지훈은 그가 부임해야 할 곳이 대천군에 있는 대천초등학교 한내분교라는 보잘것없는 작은 학교라는 사실을 알게 됐다.

"직원이라야 분교장인 홍 선생 부부와 학교 일을 거들고 있는 마을 청년 한 사람이 전붑니다. 전교생이 60여 명, 복식학급으로 운영되고 있습니다. 분교로는 그래도 학생 수가 많은 편이죠. 각종 행정 지시는 대천 본교에서 받으시기 바랍니다. 한내에 가 보신 일이 있습니까?"

검은색 뿔테 안경을 쓴 담당 과장이 지훈을 쳐다봤다.

"생소한 곳입니다."

"개학 전에 부임하도록 하십시오. 사명감을 가지고 잘해 주실 줄 믿습니다."

"감사합니다. 최선을 다하겠습니다."

지훈은 서류봉투를 받아 들고 사무실을 나왔다.

본교건 분교건 가릴 처지가 아니다. 넉넉지 않은 살림살이로 근근이 가계를 꾸려온 어머니가 안쓰럽다는 듯이 말한다.

"대천읍이면 여기서 이백 리가 넘는데 어찌 그리 먼 곳에 발령을 낸다니?"

"그보다 훨씬 먼 곳에 가는 수도 있어요."

지훈은 어머니를 안심시켜 드리고 부임 준비를 했다.

"월급은 아껴서 쓰고 집으로 좀 보내 줬으면 좋겠는데…지숙이두 내년엔 여고에 보내야지…"

짐을 꾸리는 방문 앞에서 아버지가 부탁한다.

"걱정 마세요. 알뜰하게 살고 집으로 많이 보내 드릴게요."

지훈은 '이제 아들 노릇을 한번 제대로 해봐야지' 하고 마음속으로 다짐한다.

몇 가지 갖춰야 할 서류들을 준비하고 친구들 축하를 받느라고 지훈은 다음날 아침에야 시외버스를 탈 수 있었다. 시외전화로 학교에 연락을 했기 때문에 서두를 필요는 없었으나 그는 자꾸 긴장되고 들뜨는 마음을 지울 수가 없었다.

짐을 줄이라고 했는데도 고추장 항아리까지 넣어 어머니가 꾸린 큰 보따리가 두 개나 되었다.

학교(교육대학)를 졸업한 뒤 바로 입대했기 때문에 사실상 첫 발령인 셈이어서 지훈은 가벼운 흥분을 느꼈다.

도로 사정이 좋지 않은 탓에 버스는 세 시간을 넘겨 간신히 대천읍에 도착했다. 읍사무소 옆이 정류장이다.

"십오 분간 정차할 기래요."

운전사가 차내에 남은 세 명의 승객들에게 말했다.

"대천 학교에 잠깐 들렀다 오겠습니다."

지훈은 그에게 양해를 구했다.

"시간을 잘 지켜 조요."

맘씨가 좋아 보이는 운전사가 지방 특유의 억양으로 느릿느릿 말했다.

대천은 군청과 초중고등학교가 있는, 인근에서 가장 변화한 곳이라 했다. 학교는 가까운 곳에 있어 지훈은 급히 본교 교장을 만나 부임 신고를 했다.

"반갑습니다. 한내분교는 여기서 십오 킬로를 더 들어가야 합니다. 하루에 두 번 버스가 다니지요. 고생이 좀 되시겠지만 가보시면 곧 정이 들 겁니다. '울며 들어간 한내에서 울며 나온다'는 말이 있습니다. 이름이야 한내학교라 하지만 대천이나 한내나 그게 그거지요."

"아무것도 모릅니다. 많은 지도와 편달을 부탁드립니다."

"후리다시(초임) 때는 다 긴장되는 법입니다. 걱정 말아요. 선배들이 다 알아서 가르쳐 줄 겁니다."

반백의 머리를 한 교장은 사람 좋게 웃었다.

"버스 출발 시간이 다 됐습니다. 또 뵙겠습니다."

"그래요, 열심히 해 봐요."

버스는 시동이 걸린 채 기다리고 있었다.

"아, 이렇게 늦으믄 으떻게 해요?"

기사는 짜증스런 말투로 말했지만 그가 버스에 오른 뒤에도 10여 분이나 더 있다가 출발했다. 그를 포함한 남은 승객이 달랑 세 명이었다.

한참 동안 버스는 구불구불한 고갯길을 올라갔다. 엔진이 낡았는지 소리만 요란했고 속력이 나질 않았다.

"여기가 수리잰데 높이 나는 독수리가 많이 살고 있어서 붙은 이름이라나 뭐라나…. 옛날엔 호랑이도 제법 나왔다 기래요. 아흔아홉 구비라구 하는데 뻥이 들어간 말이구, 쉰 구비나 될라나 모르겠네. 한내에서는 해마다 단오 때믄 수리 신령을 모시는 제사를 지내는데요, 꼭대기에서 신목을 장만한다 기래요."

무료를 달래느라 그랬는지, 운전기사가 대각선으로 앉은 뒷자리의 지훈에게 묻지도 않은 설명을 했다.

"꽤 유명한 산이군요."

"그런 셈이지, 그러고 보면 한내는 좀 희얀한 데가 많은 동네야."

무엇이 희한한 것인지 더 듣고 싶었지만, 언덕길을 오르며 기어를 넣고 액셀러레이터를 밟느라 기사의 설명은 이어지지 않았다.

허위단심 버스가 고갯길을 넘어서자, 차창 밖 부연 안개 사이로 상당히 넓은 분지가 어렴풋이 내려다보인다. 접시 모양의 들 한가운데로 실낱 같은 시내가 마을을 동서로 가르고 그를 둘러싼 계곡이 회색빛에 묻혀 있었다.

"아, 저기가 한내군요?"

"기래요."

"안개가 많이 덮였네요."

"여기는 늘 이래요. 들이 접세기(접시) 모양으로 움푹 파이고 둘레로 골이 깊어 그런지 안개가 많지요. 여북(오죽)하면 안개골이라 별명이 붙었을라고요. 조기 용소가 보이죠? 거기가 안개 공장이래요."

무곡(霧谷), 멀리서 바라본 마을은 한 폭의 수묵화처럼 신비해 보였다.

마을에 가까이 다가가자 안개 속에 드러난 들이 생각보다 넓었다.

1. 안개마을 11

한내로 보이는 작은 내를 중심으로 논밭이 널려 있고, 부챗살 모양으로 갈라선 골짜기마다 배산임수형의 농가들이 옹기종기 모여앉아 있었다. 전형적인 산촌 마을이었다.

마을 중간쯤에 학교가 보이고, 그 건너편의 좀 높은 산 밑에는 초록 지붕과 흰 십자가를 인 뾰족탑의 교회가 특이한 모습으로 마을을 내려다보고 있었다.

"수고하셨습니다."

종점 광장에서 짐을 내리며 지훈은 운전기사에게 인사를 건넸다. 초면이지만 전혀 남 같지 않은 운전기사는 누런 이를 드러내며 손을 흔들었다.

건너편 가게 앞에 서 있던 소녀가 지훈 쪽으로 다가왔다.

"저…, 혹시 김 선생님이 아니서요?"

"맞는데."

"홍 선생님이 마중 나가 보라고 하셔서."

"아, 그래?"

"짐을 이리 주서요."

"고마워. 그런데 누구지?"

"인숙이라고 해요."

양 갈래로 땋은 머리가 가슴께로 넘어온 소녀가 얼굴이 빨개지며 고개를 숙였다.

검은색 치마에 흰색 저고리 차림의 인숙이는 키가 큰 소녀였다. 알맞게 통통하고 귀여운 모습이 제법 성숙해 보였다. 꽤 큰 지훈의 가방을 힘들이지 않고 머리에 얹는다. 학교 쪽으로 난 길로 인숙이 앞장을 선다.

"학교에서 일하니?"

첨엔 직원이거나 사환인 줄 알았다.

"아니요, 6학년 학생이래요."

"학생이라고?"

"네."

"친구들이 모두 너만하냐?"

"지가 조금 늦게 입학을 해서 그래요."

"그랬었구나."

아이가 부끄러워하는 것 같아서 나이를 물어 보려다 말았다.

학교는 광장이 끝나는 곳에서도 한참을 걸어 모퉁이를 돌아가자 언덕 양지 쪽에 아담하게 자리잡고 있었다. 측백나무 울타리가 가지런한 교정 안으로 그들은 걸어 들어갔다. 누가 쓸었는지 현관 쪽으로 가는 화단 사이의 길에 빗자국이 선명하다.

수업 중인가 보다. 교무실은 텅 비어 있었다.

방학 중인 줄 알았는데 교실 쪽에서 아이들 소리가 들린다.

짐을 내려놓은 인숙이 밖으로 나갔다가 잠시 후 남자 선생님을 모시고 돌아왔다.

"어서 오십시오. 나 홍인수요."

시원하게 벗어진 이마를 가진 홍 선생이 손을 내밀었다.

"안녕하십니까? 김지훈입니다."

"아주 미남 선생님이 오셨네. 인숙아, 수고했다. 이제 교실로 가 봐."

"네."

목례를 하고 인숙이 밖으로 나간다.

"학교가 아주 깨끗하고 좋습니다."

"좋긴, 시골이라서 불편한 게 한두 가지가 아닐 게요. 길이 험해서 오시기에 힘드셨지요?"

"괜찮았습니다."

"교육대 졸업하신 선생님을 모시게 돼서 기쁩니다."

"과분합니다. 선배님의 많은 지도 편달을 부탁드립니다."

"우리야 이젠 구닥다리가 다 되었습니다. 김 선생님 자리는 여깁니다."

홍 선생은 창가에 놓인 책상을 가리켰다. 자신이 구제 사범학교 출신임을 빗대는 것 같다. 그게 뭐 그리 중요한가. 경험보다 더 큰 스승은 없다고 하지 않던가.

낡았으나 깨끗이 정리된 빈 책상과 책꽂이, 벽에 기대어 선 캐비닛 하나가 주인을 기다리고 있었다. 그는 메고 온 가방을 책상에 올려놓았다.

잠시 후, 지훈은 교무실로 찻잔을 들고 들어온 강 선생(홍 선생의 부인, 그들은 부부 교사였다)을 만났다.

"반가워요. 마침 점심시간이어서 잘됐네. 사택에 국이 끓고 있어요."

40대 초반으로 보이는 그녀는 시골 아줌마 같은 친근감을 느끼게 했다.

교사 뒤편 조금 떨어진 곳에 작은 사택이 있었다. 마당 구석에 놓인 풍로에 불을 지피던 젊은 남자가 그들을 맞는다.

"어서 오서요."

"김지훈입니다."

"박수남이라고 학교 일을 모두 도맡아 하는 청년입니다."

홍 선생이 그 남자를 소개했다.

마당에 놓인 평상에 상이 놓이고 정성껏 끓인 닭국이 나왔다.

저학년 아이들인지 조무래기들 몇이 울타리 너머 사택을 기웃거리다 눈이 마주치자 황급히 뛰어 달아난다.

"새 학년 준비를 하느라 임시 소집을 해서 아이들이 나왔어요. 눈치 챈 것 같네요. 숫기들이 없어 늘 저래요. 자, 식기 전에 어서 들어요."

지훈은 구수한 닭국을 먹으며 아주 낯선 곳에서 전혀 낯설지 않은 사람들을 만나게 된 것을 감사했다.

"김 선생, 하숙은 어떻게 하시겠소? 사택이 비좁아서 같이 있기가…."

"마땅한 곳을 선배님이 좀 소개해 주셨으면 합니다."

"아까 만났던 인숙이네 별채가 하나 있어서 부탁을 해놓았는데 어떨지…."

"저야 감사할 뿐이죠."

"그럼 박수남이 짐이랑 같이 옮기고."

"염려 마셔요."

식사를 끝낸 수남이 상을 옮기며 씩 웃었다. 아주 순박해 보이는 청년이다.

"그럼, 김 선생은 나랑 같이 가도록 합시다."

지훈은 홍 선생의 배려가 고마웠다.

점심이 끝나자 홍 선생은 교실로 갔다.

지훈은 교무실로 가서 책상과 캐비닛을 열고 짐들을 정리했다. 짐이라고 해야 읽던 책 몇 권과 사무용품 정도여서 서랍에 넣고 나니 할 일이 없었다. 교무실 정면에 태극기와 장학 방침, 학교 운영 계획 등이 가지런히 액자에 넣어 걸려 있고, 학교 현황을 알리는 각종 통계자료가 그래프로 그려져 그를 내려다보고 있었다. 교직원 현황, 재적 아동 수, 연령별 학생 수, 보호자 직업, 학력, 종교 등도 일목요연하게 도표로 정리되어 있었다.

마을 사람들의 형편이 대강 짐작되었다.

전형적인 농촌 마을에서 살고 있는 주민들은 대부분 농사를 짓고, 학력 수준은 낮은 편이었다. 고학년에 연령 초과자가 많은 것은 학교의 역사가 짧은 탓일 것이다.

그는 크게 심호흡을 하였다. 이제 한 성숙한 남자로 사회에 첫발을 내디뎠다. 교사라는 막중한 책임감과 사명감 같은 것이 스쳐간다. 이제 곧 만나게 될 아이들, 학부모들, 무엇보다 그에게 맡겨질 아이들의 기대에 어긋나지 않도록 열심히 잘해야겠다는 다짐을 새롭게 해본다.

아이들을 보내고 교무실로 돌아온 홍 선생을 따라 지훈은 마을로 들어갔다.

"인숙이 부모님은 한내 토박이로 아주 순박한 분들이에요. 어제 김 선생 전화를 받고 나서 잠깐 만났는데 좋아하시더군요."

"신경써 주셔서 감사합니다."

"감사는 무슨…. 이게 어디 남의 일입니까?"

인숙이네는 10여 호가 가지런히 들을 내려다보고 있는 산 밑 마을 끝자락에 있는 아담한 기와집이었다. 담장 안으로 들어서자 복슬강아지 한 마리가 컹컹 짖는다.

"아유 선상님, 어서 오셔요."

부엌 쪽에서 인숙 어머니로 보이는 아낙네가 반색을 하며 나왔다.

"수고 많으십니다. 어제 말씀드린 김 선생님을 모시고 왔습니다."

홍 선생이 지훈을 소개했다.

"첨 뵙습니다. 김지훈이라고 합니다. 폐를 끼치게 됐습니다."

"원 이런 누추한 데로 오시라고 해서. 우선 좀 걸터앉으서요."

그들은 툇마루에 올라가 앉았다. 마당 왼편에 작은 별채가 따로 보인다. 인숙이가 걸레를 들고 그 방에서 나왔다. 방 청소를 하고 있었던 듯했다. 그들을 보자 목례를 하고 부엌 쪽으로 가 쟁반에 마실 것을 담아 내왔다.

"매실 담근 것인데 어떨라나. 맛이."

인숙 어머니가 컵을 두 사람 앞으로 밀어 놓는다.

상큼한 매실향이 입 안에 가득 번진다.

"야 오빠가 쓰던 방인데…."

"오빠가 있었군요?"

"상식이 오빠는 군대 갔어요. 내년에 제대할 기래요."

부엌에서 나온 인숙이가 설명해 줬다.

"겨울에 곡식을 넣어 놓던 방이래서…."

지훈이 머물 방으로 안내하며 인숙 어머니가 걱정을 한다.

방문을 열자 아담한 방에 어느 틈엔가 지훈의 짐들이 옮겨져 있었다.

저녁때 밭에서 돌아온 인숙이 아버지는 말수가 퍽 적은 순박한 인상의 농부였다.

"불펜(불편)이 많을 긴데."

지훈의 인사를 받고 한마디만 했다.

이렇게 시작된 한내에서의 생활은 지훈에게 새로운 경험이었다.

새 학기가 되면서 3학년과 4학년 복식학급 18명의 담임을 맡은 그는 모든 지식을 총동원해서 열심히 가르쳤다. 방과 후엔 학습자료를 만들고 문항을 작성해서 주말고사, 월말고사를 치르느라 그의 손은 늘 등사용 잉크로 검게 물들어 있었다.
 걱정되는 부분은 아동들의 정서적인 면의 교육이었다. 학교에는 낡은 오르간 한 대가 음악 시설의 전부였고, 교실에서 노랫소리를 들어 볼 수 없었다.
 홍 선생은 교사들의 자질론을 펴며
 "지도할 사람이 있어야지? 시골에서야 학예회를 할 형편도 아니고, 복식학급 체제로는 일일이 신경쓸 겨를이 없어요. 학부모들도 무관심하고."
 지금껏 음악 지도를 등한히 해온 것을 인정했다.
 지훈은 아이들이 사람 대하는 것이 늘 서먹하고 자연스럽지 못하며 위축된 듯한 모습으로 생활하는 것을 보았다. 시골 아이들이라 그러려니 했으나 정서적으로 메말라 있는 것을 보게 되었다. 그는 아이들에게 교과서 외에 방송을 타는 동요와 캠핑송, 가벼운 합창곡, 경쾌한 민요들을 골라 밝은 분위기의 노래들을 가르치기 시작했다. 낡은 오르간 한 대에 의지하여 쉬는 시간, 방과 후 가리지 않고 아이들과 음악 속에 묻혀 지냈다.
 대학에서 부전공으로 익힌 음악 교육 내용을 아이들에게 적용시켜보고 싶었던 것이다.
 어쩌다 주말에 강천시 고향집에 갔다 올 때면 하모니카, 리코더, 멜로디언, 오카리나 같은 가벼운 악기들을 사서 아이들에게 나눠주었다. 새로 나온 녹음기와 테이프도 준비해 자료로 활용했다. 아이들이 흥미를 느끼며 그의 지도를 잘 따라 주었다.
 얼마 지나지 않아 아이들은 제법 합창을 할 수 있을 정도로 수준이 높아졌다. 쉬는 시간이면 교실 여기저기서 리코더나 오카리나 소리가 들렸다.

"너무 과욕하지 마시게, 교육은 평생 해야 할 수명이 긴 사업이야."

가끔 홍 선생이 제동을 걸기도 했으나 그의 열성과 헌신적인 교육 활동은 잔잔한 파문을 일으키고 있었다.

마을에서는 모내기가 끝나는가 싶더니 농악을 앞세운 마을 사람들이 한내 벌에 모여 단오놀이를 벌였다.

풍년을 기원하는 전통적인 행사여서 온 동네가 잔치 분위기였다.

지훈은 그 행사에 학교 아이들로 구성된 고적대를 출연시켜 흥겨운 민요가락을 선보였다.

개막식에 참석했던 군과 면에서 나온 공무원들과 본교 교장과 직원들, 모여든 동민들이 감탄의 박수를 보낸 것은 물론이다.

"하이구 신통하기도 해라, 고사리 같은 손으로 날라리를 부는 것 보게."

"선상님이 새로 오시더니 학교가 아주 달라졌어."

단오 터에 모인 많은 사람들이 아이들의 연주를 신기해했다.

한내에서 오랜 전통을 가진 단오제는 원래 수리 신령을 모시고 하는 큰굿이 한 주일이나 계속되는 큰 행사라 했다. 그러나 이농하는 사람들이 늘면서 단오제의 규모가 축소되었다고 한다.

근래에 와서는 단오를 주관하는 곳을 내촌, 외촌으로 나누어 운영하기로 합의를 보았는데, 올해는 외촌 마을이 유사가 되어 하루 동안만 치러졌다.

수업이 있는 날이어서 개막식 행사가 끝나자 지훈은 아이들을 데리고 학교로 돌아왔지만, 수업을 하는 동안에도 멀리 한내 모래밭에서 확성기 소리와 농악대의 흥겨운 가락들이 교실 안으로 아스라이 들려와 지훈은 가끔 밖으로 눈을 돌리곤 했다.

밭둑에 심은 옥수수가 키를 넘게 자라더니 곧 매미 소리가 들리고 여름방학이 찾아왔다.

불과 한 학기가 지났는데 지훈은 엄청난 일들을 해낸 듯 가슴이 뿌듯했다.

2학기가 시작되면서 지훈은 홍 선생 부부와 아이들을 열심히 지도해 학예발표회를 열었다. 초청을 받은 지역주민들과 대천본교 교직원들, 교육청 관계자들은 이들이 이룬 놀라운 성과를 이구동성으로 칭찬했다.

한내 어린이합창단은 학교 행사를 통해 얻은 자신감으로 그해 추석에 대천 지역방송국이 개국 기념으로 연 합창대회에서 최우수상을 받고 부상으로 피아노를 받는 큰 교육적 성과를 올렸다.

피아노를 싣고 돌아오던 날, 학교에서는 동네잔치가 벌어졌다. 모여든 학부모들은 한내학교가 생긴 이래 최대의 경사라고 치하하고 지훈을 헹가래쳤다. 그 피아노에 맞춰 합창단 아이들이 부른 민요 "새야 새야"를 들으며 학부모들은 눈물을 찍어내기도 했다.

마을의 금년 농사는 풍작이었다. 지훈은 그곳에 넘쳐나는 감사와 기쁨을 보았다. 그것은 성실에 대한 신의 은총이라고 생각했다.

2. 가나안

12월로 접어든 어느 날,

토요일이어서 오전 일과를 끝내고 텅 빈 교실에서 피아노를 연습하고 있던 지훈에게 낯선 손님이 찾아왔다.

"선생님, 이희영 전도사님이라고…."

안내를 해온 수남이 소개를 하자 붉은색 코트 차림의 여자가 지훈에게 목례를 했다.

검고 긴 머리에 분홍색 꽃무늬 스카프가 잘 어울려 보였다.

"앉으시죠."

지훈이 의자를 권하자

"실례하겠어요. 연주에 방해가 되지 않았나요?"

그녀는 조심스레 의자에 앉았다.

"아닙니다. 막 끝내려던 참이었어요."

"미리 말씀드렸어야 하는데 이렇게 됐어요. 이희영 전도사님은 서울에서 신학교에 다니시는데 방학이 돼서 교회로 내려오셨구요. 곧 다가오는 성탄절을 준비해야 하는데 성가대를 지휘하실 분이 마땅치 않아 제가 김 선생님을 추천해 드렸어요. 그래서 이렇게…."

수남이 머리를 긁적인다.

"아니 수남 씨, 제가 어떻게?"

정말 뜻밖이었다.

"박 선생님을 통해 너무 많은 얘기를 들었습니다. 학교에 오셔서 열정으로 이루신 모든 자랑스러운 성과에 대해 깊이 존경드립니다. 지금 교회엔 김 선생님이 너무 필요합니다. 제발 꼭 좀 도와주세요. 목사님의 특별한 부탁으로 이렇게 찾아온 것입니다."

낮으나 또렷한 음성으로 그녀가 말했다.

"전 교회에 가 본 적이 없습니다."

좀 황당한 느낌으로 지훈은 머리를 쓸어넘긴다.

"누구나 첨엔 다 그렇습니다. 그냥 학교에서 하시는 것처럼 교회 청년들을 지도해 주세요."

그녀는 아주 간절한 표정으로 지훈을 쳐다보았다.

"선생님, 청년회원들에게 제가 책임지고 모셔오겠다고 약속을 했어요. 제 얼굴을 봐서라도…."

수남이 옆에서 거들었다.

"글쎄요, 갑자기 이러시면, 전 아무런 준비가 안 되었는데…."

지훈은 마을 뒤 덕적산 언덕에 세워진 교회를 생각했다. 마을에 들어서면 가장 먼저 눈에 띄던 초록색 지붕과 인상 깊은 두 개의 육각뿔 첨탑, 그리고 그 위로 높이 솟은 흰색 십자가…. 마을 사람들 대부분이 나가는 교회였다. 지훈도 한내에 와서 새벽이면 울리는 교회의 종소리를 여러 번 들었다.

수남은 아주 독실한 신자처럼 보였다. 듣기로는 매일 새벽 교회에서 울리는 종소리가 수남이 종각에 올라 치는 것이라고 했다. 교회

신자로서만 아니라 학교에서도 수남은 맡겨진 일을 거의 헌신적으로 하는 성실한 청년이었다.

지훈은 수남에게 더 나은 생활을 해보고 싶으면 학력을 인정받는 자격시험에 응시해서 인생의 진로를 바꾸어 보도록 조언한 적이 있다. 방법을 몰랐던 수남에게 그의 조언은 큰 힘으로 작용했다. 지훈이 수집해 준 참고서로 밤을 새우며 면학한 끝에 지난달에 있었던 중졸 학력 검정고시를 무난히 넘어섰다. 우직할 정도로 책과 씨름을 하고 있는 중이다. 좋은 결과가 있을 것 같다.

주일마다 교회로 나가는 인숙이도 요즘 부쩍 그에게 교회에 나와 주기를 바라고, 어떻게든 올해 안으로 꼭 선생님을 교회로 인도하고야 말겠다고 떼를 쓰듯 졸랐는데…. 어딘가 어색하고 쑥스럽고 낯선 것에 대한 두려움 같은 것이 그를 망설이게 했었다.

"선생님, 꼭 봉사해 주실 줄 믿습니다."

수남과 희영이 합창하듯 말했다.

"생각해 보겠습니다."

그들의 간절한 요청뿐 아니라 더 거절할 명분을 스스로에게서 찾아낼 수 없어서 지훈은 반승낙을 하고 말았다.

"정말 고맙습니다. 목사님이 아주 기뻐하실 거예요."

희영이 세련된 미소로 손을 내밀었다.

얼떨결에 손을 마주잡은 지훈의 얼굴이 오히려 붉어진다.

"증말 잘됐어요."

수남이 곁에서 웃으며 박수를 쳤다.

"그럼 내일 교회에서 뵙겠습니다. 예배는 11시에 있습니다."

그녀는 자리에서 일어섰다.

지훈은 손님을 교문까지 바래다주었다. 그런데 옆에서 걷고 있는 희영의 걸음새가 어딘가 어색했다. 왼편 다리를 조금씩 절고 있는 것 같았다. 눈에 확 드러나는 것은 아니었지만 자세히 보면 확실히 부자연스런 모습이었다.
'미인형 얼굴인데, 아깝다.'
지훈은 속으로 잠깐 생각했다.

퇴근을 하고 숙소로 돌아온 지훈은 오늘의 특별한 만남으로 머리가 좀 복잡해짐을 느꼈다.
교회, 하나님, 목사, 전도사, 성가대, 성경, 주일, 예배…, 다 들어본 말들이지만 왠지 낯선 느낌이었다.
한내에 오기 전 누구도 그에게 교회에 대해 이야기한 사람이 없었기 때문일까.
어쩌다 마주치는 교회 건물이나 종소리 같은 것들이 그와는 상관없는 것처럼 느껴진 것은 아마도 그가 자라온 환경 때문이었을 것이다. 그의 삶은 유교적 풍습이 강하게 지배하고 있었다. 집안에서 지내는 빈번한 제사와 근엄한 예절 교육들이 그가 살아온 곳 주변 사람들의 생활 모습이다.
어린 시절, 전쟁이 끝나고 피란에서 돌아왔을 때, 강천 시내 교회에서 분유를 나누어준다는 소식에 동네 친구들과 함께 교회에 가 본 적이 있다. 엄청나게 높은 천장을 가진 건물, 어디선가 노랫소리가 들려와 귀를 기울이던 생각이 난다. 크리스마스 트리와 캐럴들이 아득히 먼 과거의 흐릿한 기억으로 남아 있다.
그동안 꾸준히 관심을 갖고 읽은 세계사와 철학, 교육학 등에 혼재해 있는 기독교 사상들에 대해서 관심이 없었던 것은 아니다. 서양사는 기독교사라고 해도 과언이 아닐 만큼 기독교 사상이 지배했고,

최근에 읽고 있는 니힐리즘 계통의 책들도 기독교 무늬들로 채색되고 있음을 그는 생각해 본다.

뿐만 아니다. 바흐, 헨델에서 시작되는 바로크 음악과 하이든, 베토벤, 모차르트, 슈베르트, 차이코프스키, 브람스, 바그너 등 그가 존경해 마지않는 고전 낭만주의 음악들과 미켈란젤로, 다빈치, 밀레 등의 미술과 위고, 톨스토이, 파스칼, 괴테, 헤겔, 쇼펜하우어 문학과 철학, 루소, 페스탈로치의 교육까지 기독교의 영향이 미치지 않은 곳이 없음을 지훈은 새삼스레 발견한다.

서구와 아메리카 기독교 국가들이 모두 선진국인 것은 그저 우연인가? 한국의 근대사에도 기독교는 엄청난 영향으로 다가온다. 기독교가 전파되기 시작한 백여 년 전 초기의 병인, 신미양요 사건과 수많은 선교사와 기독교인들의 순교, 그들에 의해 세워진 근대적인 교육기관, 독립선언서에 서명한 33인 가운데 기독교인이 절반이라는 사실 등 기독교는 이미 이 나라에 수많은 기적을 만들어 가고 있는 것이다.

그는 책장에서 최근 읽기 시작한 앙드레 지드의《좁은 문》을 꺼낸다. 솜사탕 같은 문장, 지드의 작품들 역시 교회와 기독교적인 환경들을 그리고 있다. 제롬과 알리자 두 주인공 사이의 사랑의 어려움을 상징하고 있는《좁은 문》, 이 소설의 제목은 마태복음 7장 13-14절에서 인용된 것이다.

그는 그의 둘레에 이미 알게 모르게 기독교적인 요소들이 병풍처럼 둘러싸고 있는 것을 느꼈다.

일단 한번 교회에 나가 보기로 했다. 취향에 맞지 않으면 그만두면 되는 거고…. 신앙의 자유가 보장된 나라가 아닌가. 바쁘다는 핑계로 차일피일 미뤄온 자신의 우유부단함을 그는 조금 후회하였다.

'그런데 하나님이 정말 나를 부르시는가?'

그날 그의 일기는 이런 문장으로 마쳤다.

다음날 아침
"일어나세요. 선생님, 벌써 열시가 다 돼가요."
밖에서 부르는 인숙이 소리에 지훈은 눈을 번쩍 떴다.
"알았어."
문을 열자 찬바람이 몰려들었다.
"들어와, 춥다."
"구두랑 다 닦아놨어요. 빨리 준비하세요."
인숙은 빨아서 다린 와이셔츠를 방에 들이밀고 싱긋 웃으며 돌아나간다. 말투가 꼭 어머니를 닮았다.
어제 저녁, 학교에서 있었던 일을 얘기한 후 '주일 예배를 보러 교회로 가기로 했다'는 그의 말에 인숙이는 '하나님이 제 기도를 들어주신 기래요' 하며 손뼉을 치며 좋아했다.
나이보다 훨씬 성숙한 인숙이는 제법 처녀티가 나기 시작했다.
어렸을 때 병치레를 자주 해서 학교 입학이 좀 늦어졌다는 어머니의 설명이 핑계처럼 들리는 것은 인숙이 워낙 건강하기 때문이다.
그들은 서둘러 아침을 먹고 집을 나섰다.
인숙이 어머니도 교회에 나가고 있지만 열심인 것 같지는 않았다. 오늘도 어여 선상님 잘 모시고 갔다 와, 빨래가 많이 밀렸어 하며 예배에는 참석하지 않으실 모양이다.
늘 그랬던 것처럼 지훈이 끌고 나온 자전거 뒤에 인숙이 올라탄다.
"아니, 인숙이 몸무게가 삼 킬로는 더 늘었는데. 어쩌나, 뚱뚱해지면 시집 못 가는데."
페달을 밟으며 지훈이 웃자

"괜찮아여, 시집 안 갈 건데여 뭐."

하며 지훈의 등을 주먹으로 툭 친다.

제자라고 하기보다 그냥 누이동생 같다.

"이희영 선생님을 정말 만났어요?"

"그렇대두."

"이희영 선생님이 목사님과 어떤 사이인지 아서요?"

"내가 그걸 어떻게 아니?"

"이건 비밀인데요. 선생님, 비밀 지킬 자신 있어요?"

인숙이 뒤에서 목소리를 죽였다.

"물론! 난 중요한 비밀은 무덤까지 가지고 갈 사람이야."

"희영 언니는 목사님이 고아원에서 데려다 기르셨다는 기래요."

충격이었다.

"정말? 인숙인 그걸 어떻게 알았어?"

"오래전에 아는 언니가 말해 줬어요."

"그 언니는 누구에게 들었는데?"

"비밀이래요."

"그런 엉터리가 어디 있어?"

지훈은 피식 웃었다.

"엉터리가 아니래요. 그냥 비밀일 뿐이래요."

"인숙아, 그런 이야기 함부로 하면 안 돼. 근거도 없는 얘기를 퍼뜨리면 벌 받는 거야. 어른들이 말 잘 듣지 않는 아이들에게 가끔 그러지? 너 다리 밑에서 주워 왔다고."

"그래요, 우리 어머이도 나한테 그랬는데요."

"그런 얘기나 같은 거야."

지훈이 일축하자,

"정말이라고 그러던데…."

인숙은 기어들어가는 목소리로 말했다. 자신이 없어진 모양이다.

마을을 세로로 질러 덕적산 기슭까지는 상당한 거리가 있어 시간이 제법 걸렸다. 언덕길에 들어서면서 지훈은 자전거에서 내렸다.

덕적산으로 오르는 길은 잘 다듬어져 있었다.

나뭇가지마다 서리가 하얗게 내렸다.

교회 뒤편으로 꽤 큰 규모의 과수원이 둘러서 있어서 잎을 떨군 사과나무들이 눈에 들어왔다.

교회로 올라가던 낯익은 마을 사람들이 지훈을 보고 아는 체를 했다.

"아유 선상님, 반갑습네다."

"안녕하셨습니까?"

"교회에 나오시는 그랴."

지훈을 알아본 노파가 그의 손을 잡았다. 허리가 많이 굽어 있었다.

"힘드실 텐데 좀 부축해 드려요?"

"괜찮아, 어여 먼저 올라가시게" 하며 손을 젓는다.

'가나안교회.'

교회 입구에 걸린 아치형 목판에 새겨진 흰색 간판이 이색적인 느낌으로 그를 맞는다.

잘 정돈된 정원 안으로 큰 건물이 가로막아 선다. 멀리서 보던 것보다 좀 더 커 보이는 건물 출입구로 사람들이 들어갔다.

안내를 맡은 사람들이 입구에서 예배 순서지를 나누어주고 있었다.

'뎅그렁! 뎅그렁!'

갑자기 종각 쪽에서 금속성 종소리가 매우 크게 울려왔다.

"저기 수남 오빠가 있어요."

앞서 가던 인숙이 손짓하는 곳의 종탑 아래 수남이 긴 줄을 잡고 종을 치고 있었다.

아주 가까이서 들리는 종소리로 인해 지훈은 가슴에 무언가 덜컹 내려앉는 듯한 느낌을 받았다.

종소리가 멈추자 수남이 지훈에게 달려왔다.

"오셨어요? 곧 예배가 시작됩니다. 어서 안으로 들어가서요."

수남을 따라 들어선 본당 안에는 사람들로 듬성듬성 메워지고 있었다.

지훈은 뒤편 빈 좌석에 가 앉았다. 인숙이 옆에 와 앉는다.

오르간 소리가 은은히 들려온다.

정면 십자가로 장식된 강단 오른쪽에 놓인 오르간은 어제 학교에서 만난 이 전도사가 연주하고 있었다. 그 뒤로 흰 가운을 입은 성가대가 20여 명, 뒤편에 수남의 모습도 보였다. 어느 틈에 가운을 입고 들어온 모양이다.

화려한 장식은 없었지만 오른쪽 벽면의 스테인드글라스에서 투영되는 원색들과 높은 천장은 엄숙함을 느끼기에 충분했다. 시골에서는 보기 드문 경이로운 풍경이었다.

오르간 소리가 멎었다.

강대상에 사회자가 선다. 주보에 이진수 안수집사로 기록된 초로의 사회자가 느릿한 목소리로 말했다.

"12월 첫 주 주일 예배를 드리겠습니다."

성가대가 오르간에 맞춰 짧은 합창을 했다.

이어 성시 낭독과 회중 찬양 후 예배를 위한 대표기도가 있었다. 하나님의 은혜에 감사하고 수많은 죄를 용서해 달라는 내용이었다.

순서지에 적힌 기도자는 최종수 장로였다.

이어 성경 봉독과 찬양 순서, 20여 명의 성가대는 지휘자 없이 노래했다. 좀 서툴기는 했지만 정성이 들어 있었다.

이윽고 설교 시간이다.

강단에 검은색 가운을 입은 설교자가 섰다.

"이승규 목사님이래요."

인숙이 곁에서 조그맣게 알려 줬다.

이 목사는 약간 마르고 키가 컸다. 좀 가늘다 싶은 목이 가운 위로 드러나 있어서 경중해 보였다.

"할렐루야!"

의외로 목사의 음성은 매우 우렁찼다.

"아멘!"

회중이 화답했다.

"올해도 어느 틈에 12월 마지막 달이 되었습니다. 지난 한 해를 돌아보며 하나님이 우리를 얼마나 사랑하셨는지를 알고, 주님의 사랑에 감사하는 시간을 가집시다. 지금 이 시간에도 수많은 사람들이 병상에 누워 있습니다. 우리를 건강하게 여기까지 인도하신 하나님의 사랑에 감사드립시다."

"아멘!"

"지금 이 시간에도 수많은 사람들이 죄로 말미암아 감옥에 있습니다. 우리를 죄에서 자유롭게 하신 하나님의 인자하심에 감사드립시다."

"아멘!"

이 목사의 어조에는 점점 힘이 더해지고, 회당을 메운 성도들의 입에서 동의와 감동의 화답을 이끌어 내고 있었다.

설교의 주제는 감사였다.

'우주만물을 창조하신 하나님은, 근본적으로 죄인일 수밖에 없는 우리들에게 독생자 예수 그리스도를 십자가에 내어 주심으로 사랑의 극치를 보여주셨다. 하나님의 사랑은 무한하시고, 하나님은 경배의 대상이며, 성도의 감사는 기독교의 본질이다. 받은 사랑을 이웃과 나누자.'

여러 실증적인 예화들로 잘 짜인 감동적인 설교가 끝났을 때 회중에게서 박수가 쏟아졌다.

잔잔한 감동이 지훈의 뇌리에 여운을 남겼다.

찬송과 헌금 순서가 지나고 성도의 교제 시간이 되었다.

"새로 오신 성도님을 환영하는 시간입니다. 오늘 모처럼 한내학교에 근무하시는 김지훈 선생님이 예배에 참석하셨습니다. 잠깐 일어나 주시면 감사하겠습니다."

담임목사가 지훈 쪽을 바라보며 환히 웃었다.

지훈이 일어서자 회중에게서 요란한 박수가 쏟아져 나온다.

목사의 축도로 예배가 끝났다.

본당 예배실 출구에서 지훈은 미리 나와 신자들과 악수를 나누던 이 목사를 만났다.

"여러 사람들을 통해 이야기 많이 들었습니다. 정말 잘 오셨습니다."

지훈의 손을 잡아 쥔 이 목사의 손에 힘이 느껴졌다.

"설교 말씀에 감동을 받았습니다."

"고맙습니다."

그러는 사이 수남이 지훈에게 달려왔다.

"선생님, 청년들이 기다리고 있어요. 빨리 성가대실로 가서요."

"그러세요. 청년들을 잘 좀 지도해 주시면 감사하겠습니다."

목사가 잡은 손을 다시 한 번 흔든다.

본당 왼쪽에 잇대어 지어져 있는 부속실에서는 이희영 전도사와 성가대석에 앉았던 청년들이 지훈을 기다리고 있었다. 방에 들어서자 요란한 박수로 환영하는 그들에게 지훈은 알 수 없는 친밀감을 느꼈다.

"이렇게 나와주셔서 감사해요."

피아노에 앉아 있던 희영이 지훈을 향해 일어선다.

"인사 한 말씀 하셔요."

수남이 곁에서 거든다.

다시 박수 소리가 쏟아져 나왔다.

"여러분을 만나게 돼서 정말 기쁩니다. 교회에서 정식으로 예배를 드려 보기는 오늘이 첨인 것 같습니다. 목사님 설교 말씀에 깊은 감동을 받았습니다. 믿음의 선배이신 여러분들의 많은 지도를 바랍니다."

20여 명의 성가대원들과 악수를 나누고 났을 때 담임목사가 들어왔다.

잠깐 환담이 끝나고 그가 기도했다.

"하나님의 뜻이 계셔서 훌륭한 선생님을 가나안교회에 보내 주신 것을 감사드립니다. 주님의 부름을 받고 오신 김지훈 선생을 축복해 주시고, 우리 교회가 하나님을 사랑하고 찬양하는 일에 큰 은혜를 베풀어 주시옵소서. 우리 성가대와 청년회가 날로 부흥 발전하게 도와주시옵소서. 예수님의 이름으로 축복하며 기도하옵나이다."

이희영 전도사가 준비했던 성가곡집과 지휘봉 한 개를 목사님에게 건넸다.

"김지훈 선생님, 부탁합니다. 우리 가나안교회 성가대를 잘 이끌어 주세요."

목사가 그것을 지훈에게 안겼다.

"전 아직…"

얼떨결에 그것을 받아 든 지훈이 난감해하자,
"부탁해요."
여럿이 함께 합창하듯 지훈을 향해 박수를 쳤다.
오랫동안 인숙을 통해서 간접적으로 교회에 나와 주기를 종용해 오던 교회였다. 그 교회가 치밀하게 잘 짜인 각본으로 그에게 선교의 그물을 던진 것을 지훈은 곧 알게 되었지만, 언짢은 일은 아니고 그들의 조심스런 배려가 고마웠다.
"잘 알겠습니다. 잘하지는 못하지만 음악을 사랑합니다. 힘 자라는 데까지 여러분을 도와드리겠습니다."

이렇게 교회 생활이 시작되었다.
지훈은 이날부터 이희영 전도사와 청년회장을 맡고 있는 수남을 중심으로 성탄절 특별행사 계획을 세워 실천해 나갔다. 시간이 촉박했고 교회음악은 생소한 분야였지만, 학교에서 아이들을 지도하던 경험을 바탕으로 저녁 시간에 교회에 모여 크리스마스 캐럴과 칸타타를 지도하기 시작했다.
마을 청년회원들이기도 한 성가대원들은 모두 성실했고, 열심히 따라 주어 연습은 밤늦게까지 계속되었다. 강천시, 대천읍에 유학을 나가 있던 대학생과 중고등학생들 몇 명이 돌아오고, 이들이 성가대에 참여해 교회는 제법 북적대고 활기를 띠기 시작했다.
청년부 회원들은 주일학교, 중고등부, 성가대 등 분야별로 순서를 맡아 성극과 무용 등을 지도하고 다채로운 프로그램을 준비했다. 특히 이희영 전도사의 풍부한 경험에서 오는 아이디어와 깊은 신앙이 느껴지는 배려와 사랑, 재치 있는 피아노 반주 등 이 모든 것들이 지훈을 기쁘게 했다. 그녀는 교회 내에서 독보적인 위치에 있었다.

성탄절이 다가오면서 청년들이 덕적산 자락에서 캐어 온 잘생긴 전나무가 예배실 입구에 세워지고 색등으로 장식되어 분위기를 띄우고 있었다.

이들의 본격적인 성탄 준비에 감동한 여집사님들이 저녁마다 교회에 나와 떡국도 끓여 주고 힘을 북돋아 주었다.

밤늦도록 교회 강단에 무대를 꾸미고 연습과 장식을 하면서 지훈은 지금까지 그가 겪어 보지 못한 소박한 사람들의 따뜻한 감정들과 그 옛날 베들레헴 말구유에 구세주로 오신 예수님의 탄생을 축하하는 의미를 새삼스레 발견했다.

얼마 지나지 않아 지훈은 대부분의 성가대원들과 친숙해졌다.

한파가 몰아치는 겨울 저녁 늦은 시간까지 그들은 교회의 연습실에서 열심히 연습했다. 드럼통으로 만든 난로였지만 장작불이 연기를 내고 피어나면 교회 연습실 안은 따뜻했다. 화려함은 없었으나 질박한 시골 교회와 사람들이 늘 따스하게 느껴졌다. 간식으로 난로에 구워 먹는 고구마의 맛처럼 달고 구수했다.

성탄절 이브가 되었다.

가나안교회의 본당에는 일찍이 볼 수 없었던 화려한 무대가 설치되고, 유치부에서부터 주일학교, 중고등부, 성가대, 청년회원들이 준비한 성탄절 축하잔치가 전체 교인들이 참석한 가운데 열렸다.

개회예배에서 목사님은 성탄절 메시지를 통해 '동방박사가 예수 탄생을 경배하는 심정으로 준비된 축하잔치 행사를 소개해 주었다.

성가대와 프로그램 대부분을 연출하느라고 눈코 뜰 새 없이 바쁘게 보낸 지훈은, 순서가 진행될 때마다 장내에서 쏟아지는 교인들의 감탄과 찬사의 박수를 받으며 땀과 열정에 대한 큰 보상을 받는 기분이었다. 무용, 연극, 캐럴, 성탄절 칸타타에 이어 하이라이트인 피날레

합창곡 헨델의 "할렐루야"를 성가대가 부르자 장내의 모든 교인들이 일어서서 경의를 표해 주었다.

지훈이 지휘를 마치고 인사하자 우레와 같은 박수가 터져 나왔다. 별로 세련되지도 완전치도 않은 풋풋한 목소리, 겨우 20명의 성가대원들은 복잡하게 구성된 푸가 풍의 선율을 따라잡기에 힘들어했으나 최선을 다했다. 지휘봉을 내린 지훈은 코허리가 찡했다.

목사님은 축도에서 "정성껏 준비한 찬양을 하나님이 기쁘시게 받으셨을 것이며, 준비한 모든 손길에 큰 은혜가 있을 것이라"고 축복했다.

"너무나 감동적인 무대였습니다."

강단에서 내려온 담임목사가 지훈의 손을 잡았다.

"우리 교회에 큰 기둥을 보내 주셨습네다."

"어쩌면 그렇게 노래를 잘 가르쳤어요?"

"눈물이 나서 혼났다니까요."

만나는 사람들마다 받은 감동을 지훈에게 인사로 건넸다.

"모두 여러분의 지원 덕분입니다."

뭉클한 것이 가슴을 스쳐 지나갔다. 그것은 지금껏 한 번도 경험해 보지 못한 특별한 감격 같은 것이었다.

행사가 끝나고 대부분 교인들이 집으로 돌아간 뒤, 지훈은 청년회원들과 크리스마스 이브 행사에 들어갔다. 새벽송을 나가기 전, 자정이 될 때까지 청년들은 성가대실에 모여 친목 모임을 가졌다.

희영이 사회를 보는 선물 교환 순서가 있었다. 청년들이 남녀로 나누어 미리 준비한 선물을 바구니에 넣고 제비뽑기로 선물을 고르고, 선물 포장 속에 지시된 벌칙으로 장기자랑을 하도록 하는 순서가 진행되면서 장내에는 웃음소리가 계속 터져나왔다. 지훈이 읍내에 나가서 특별히 마련한 빨간색 여성용 가죽장갑은 공교롭게도 사회를 보던 이희영 전도사가 뽑은 제비에서 나왔다.

"어머나, 너무 예쁘네요. 누가 보내 주신 것인지 모르지만 감사합니다. 기쁜 성탄 되세요."

희영은 메모에 적힌 벌칙으로 "고요한 밤 거룩한 밤" 노래를 불렀다.

"고요한 밤 거룩한 밤
어둠에 묻힌 밤…"

희영의 노래가 분위기를 감미롭게 띄운다.

"주의 부모 앉아서
감사기도 드릴 때…"

지훈은 기도하듯 모아 쥔 그녀의 손에 끼워진 붉은 가죽장갑이 입은 옷과 기가 막히게 매치된다고 느꼈다(공교롭게도 그 장갑은 지훈이 선물한 셈이 되고 말았다).

"아기 잘도 잔다.
아-아기 잘도 잔-다."

마지막 부분에서 희영은 멜로디를 변형시켜 클라이맥스를 연출했다. 실내에 켜진 촛불들의 알맞은 조명 속에 노래를 부르고 있는 희영의 모습이 너무 아름답다고 생각하며 지훈은 갑자기 가슴이 두근거렸다. 알 수 없는 일이었다.

박수가 쏟아졌다.

지훈도 손뼉을 쳤다.

"앙! 콜!"

청년회원들이 앙코르를 연호한다.

희영이 웃으며 사양한 뒤, 두어 건의 남은 순서를 진행했다.

지훈에겐 두툼한 성경 한 권이 제비에서 나왔다. 그러는 사이 자정이 되었고 여집사님이 찾아왔다.

"모두 내려오시랍니다. 떡국이 다 됐어요."

모두 목사관으로 내려갔다. 이 목사와 사모님과 여집사님들이 음식을 준비해 놓고 그들을 기다리고 있었다.

"새벽송 잘 부탁드립니다. 힘들겠지만 빠지는 집이 없도록 해주세요."

식사기도 끝에 목사님이 부탁했다. 성가대원들이 모든 교인들의 집을 찾아 성탄송을 불러 주는 행사라고 했다.

그들은 서둘러 식사를 마치고 밖으로 나왔다.

"선생님, 선물 자루를 책임지세요. 전도사님과 한 조가 됐네요."

수남이 미리 준비한 선물 자루를 건넨다.

"오! 화이트 크리스마스닷!"

먼저 밖으로 나갔던 팀에서 누군가 소리쳤다.

목사관 대문 앞 울타리에 걸린 성탄등 위로 하나 둘 흰 눈발이 흩어져 내리고 있었다.

"메리 크리스마스!"

교회 밖으로 나서면서 모두 상기된 음성으로 인사했다.

수남과 이희영 전도사, 지훈은 한 조가 되어서 마을 앞 개울을 건넜다.

"우리 조가 제일 먼 내촌을 맡겠다고 했어요. 괜찮지요?"

앞서 걷던 수남이 양해를 구하듯 말했다.

"아무렴 어떻습니까? 한창땐데."

지훈이 동의한다.

"날씨가 푹하네요, 생각보다."

다리를 건너면서 이희영 전도사가 뒤따르는 지훈을 향해 손을 내어민다.

"눈이 내리기 때문일 겁니다."

그 손을 잡으며 지훈이 마지막 징검다리를 건넌다.

계곡 쪽으로 들어서자 간간이 불던 바람도 멈추고 제법 쌓여 가는 눈빛에 산 밑 마을들이 희미하게 드러나 보였다. 플래시를 든 수남이 길을 안내하느라 저만치 앞서고 희영과 지훈은 잠시 뒤처져 걸었다.

"정말 수고 많으셨어요. 가나안교회가 생긴 이래 이런 크리스마스는 처음이에요."

"수고는 전도사님이 더 많이 하신 거죠. 모든 게 생소한 경험이라 시행착오가 많았던 것 같아요."

"하나님이 우리 교회 형편을 아시고 김 선생님을 예비해 놓으셨던가 봐요."

"원 천만의 말씀을…. 그보다 고요한 밤 너무 감동적이었습니다. 의상과 장갑도 잘 어울리고… 전도사님이야말로 천사구나 잠시 착각했었습니다."

"어느 분이 주셨는지 너무 예쁜 선물이어서 그 자리에서 꼈잖아요."

"마음에 드셨다면 다행입니다. 지난주 강천 갔을 때 백화점에서 제가 고른 건데…."

"그럴 줄 알았어요. 우리 교회 청년들 가운데 이만한 선물을 고를 안목을 가진 이가 없어요. 정말 마음에 꼭 들어요. 그리고 참 공교롭게 됐네요. 제가 준비했던 성경은 김 선생님이 받으셨던데."

"아, 그 선물이 바로?"

"최근에 간행된 가로쓰기 성경이어서 읽기에 편리하실 거예요. 선생님이 받으실 줄 알았으면 좀 가혹한 벌칙을 적어넣었을 텐데. 호호!"

"제겐 엄청 어려운 벌칙이었습니다. 아직 사도신경도 채 못 외운 형편이라서."

아까 친교 시간에 있었던 그의 벌칙은 '제일 좋아하는 성경 구절 소개하기'였다.

지훈은 갑자기 생각나는 성경 구절이 없어서 쩔쩔매다가 "사랑 믿음 소망은 항상 있을 것인데 그중에 제일은 사랑이라"고 간신히 대답하던 생각이 떠올랐다. 지난 주일 수요예배 때인가 목사님의 설교 주제였다.

"얼마나 속으로 웃었는지 아세요? 모두 알고 있는 고린도전서 13장 13절 말씀에서, 그것도 이 세 가지란 말이 빠졌고, 사랑은 믿음 소망 뒤 마지막에 오는 말인데 순서도 바뀌고, 한마디로 성경 암송 낙제예요. 호호."

웃느라고 허리를 젖히는 바람에 이희영 전도사의 몸이 기우뚱했다. 황급히 지훈이 어깨를 부축하지 않았으면 넘어질 뻔한 순간이었다.

"무슨 일이 있으셔요?"

앞서 가던 수남이 돌아서며 손전등을 비추는 바람에 그들은 황급히 자세를 고쳤다.

"조심하셔야 합니다. 길에 돌이 많아서요."

수남은 다시 앞서고 두 사람은 서로를 돌아보며 씩 웃었다. 전류처럼 짜릿한 것이 그들의 가슴을 지나갔다.

꽤 먼 거리를 건너온 것 같다.

그들은 비로소 건넛마을 내촌에 다다랐다. 마을 입구에 마주보고 선 키 큰 두 장승이 그들을 맞았다. 개울 건너 외촌과 아주 다른 느낌이 들었다. 자주 와보지 못한 탓에 낯설어 보이는 마을이 쌓이기 시작한 눈발 속에 드러나 보였다.

산모퉁이를 돌아서자 산기슭에 웅크린 작은 초가가 나타났다. 처마에 축등이 달린 신자의 집, 그들은 조용히 울타리 안으로 들어갔다. 안에서 강아지가 컹컹 짖다 조용해진다.

"저-들-밖-에 한-밤중에
양-틈에 자-던 모-옥자들…."

조용히 그들의 입에서 찬송이 새어 나온다.
방 안에 불이 밝혀진다.

"노엘 노엘 노엘- 노-에-엘
이스라엘 왕-이 나-셨네."

희영과 지훈의 듀엣이 조용히 끝나가자 문이 열리며 여자 집사님이 손에 무언가 들고 나온다.
"성탄을 축하합니다. 새해에도 복 많이 받으세요."
"아멘! 감사합니다."
집사님은 손에 든 물건을 지훈이 멘 자루에 넣는다.
"수고들이 참 많으셔요. 곶감을 조금 넣었는데, 나누어 드세요."
그들은 다음 집으로 걸음을 옮겼다.
"잠깐만 기다리서요. 우리 집이네요."

수남이 먼저 집 안으로 들어갔다.
아주 보잘것없는 작은 집이었다.
지훈은 아직 와 본 적이 없었다.
일부러 그런 건 아니겠지만 수남은 자신의 가정사를 지훈에게 한 번도 얘기한 적이 없어서 짐작조차 못했던 집이다.
방에 불이 켜졌다.
수남이 작은 선물을 들고 밖으로 나와 그들 앞에 선다.

"기쁘다 구주 오셨네
다 찬양하여라…."

지훈과 희영의 듀엣을 다 듣고 난 수남이 손을 모았다.
"아멘! 감사합니다."
"메리 크리스마스."
"웃방에 아버지가 계시지만 깨우지 않았습니다. 교회에도 잘 나오시지 않고 집안에 조금 문제가 있어서요."
집밖으로 나오며 수남이 말했다. 밝히고 싶지 않은 사정이 있는 것 같아 지훈은 아무것도 묻지 않았다.
"외촌과 달리 이 내촌에는 교회에 나오는 집이 열 손가락에도 안 차요. 정말 전도를 많이 해야 할 곳인데…."
다음 집을 찾아 나서며 수남이 말했다.
왠지 그 말이 탄식처럼 들렸다.
몇 가정을 더 찾아가느라 골짜기를 헤매고 한내 다리까지 되돌아 나왔을 때는 긴 겨울밤도 지나가고 수리재 쪽으로 동이 트고 있었다. 오다 말다 하는 눈발로 신발이 젖고 한기가 옷 속으로 파고들었지만,

여명에 드러나는 한내 마을 전체가 나뭇가지에 하얀 눈꽃을 피워 내고 있어서 너무나 아름다웠다.

지훈은 목사관에서 이 목사 식구와 함께 아침을 먹었다.

"어제저녁 같이 먹던 떡국이에요."

희영이 국그릇을 지훈 앞에 내어왔다.

"정말 고맙습니다. 교회 분위기가 아주 많이 달라지고 있어요. 김 선생이 오신 뒤로."

식사기도 끝에 이 목사가 지훈에게 말했다.

"교회 여러분들이 마음을 합해 주신 덕분이라 생각합니다."

"헌신적인 노력이 없으면 감동도 적은 법입니다. 이번 성탄절 행사는 전적으로 김 선생님의 열정이 거둔 열매입니다."

"목사님께서도 여기까지 교회를 이끌어 오시느라 어려움이 많으셨을 것 같습니다. 마을이 이처럼 안정되고 평화스러워 보이는 것은 다 교회와 목사님이 뿌려 놓은 믿음이란 씨앗이 있었기에 가능하지 않았나 하는 생각이 들 때가 많습니다."

지훈이 감사했다.

"마을에는 아직 할 일들이 많습니다. 농촌은 평화롭긴 합니다. 그러나 급변하는 이 시대엔 가난하고 소외된 지역입니다. 복 받는 백성들이 되자면 가나안으로 들어가야 합니다. 옛날 이스라엘 민족은 출애굽 후, 그들의 잘못된 믿음으로 광야에서 고난을 겪었습니다. 의식의 개혁 없이는 축복의 근원이 될 수 없지요. 요즘 국가가 벌이고 있는 새마을 사업 같은 것은 기독교적 입장에서 매우 바람직한 의식 개혁 운동입니다."

"저도 동감합니다. 지난 여름방학 때 새마을 교육을 받고 온 일이 있는데, 힘들었지만 아주 신선한 충격을 받았습니다."

"저도 새마을운동 본부의 초청을 받아 지역 강사로 활동하고 있습니다. 제가 생각하고 있는 이상적인 새마을운동은 믿음이 바탕이 된 것입니다. 인간의 이성만으로는 삶의 가치를 정립하는 데 한계가 있으므로, 하나님의 도움을 얻어야 그 신앙의 틀 위에 쌓이는 정신적인 가치들, 말하자면 근면이나 자립정신, 협력 등을 실현해 갈 수 있다고 봅니다. 복 받는 민족이 되기 위해서는 몇 단계 거치지 않으면 안 되는 훈련으로 시련을 극복해야 할 줄 믿습니다. 그것이 제가 주장하는 복민주의의 근간이고 요소입니다."

"아니 아빠, 떡국이 다 식어요. 여기가 무슨 새마을 교육장도 아니고…."

희영이 아버지의 말문을 막는다.

"참 그렇지. 난 꼭 이게 문제야, 하하. 자, 식기 전에 어서 듭시다. 나이가 들면 다 이렇게 됩니다."

크리스마스는 이렇게 축복 속에 지나갔다.

학교는 방학이었지만 분교장인 홍인수 선생 부부는 고향에 다니러 갔기 때문에 지훈이 학교를 보살펴야 했다.

학교에 보물 같은 피아노가 있어서 지훈은 인숙이와 몇몇 관심이 있는 아이들에게 개별적으로 레슨을 해주었다. 인숙이는 교회에서 피아노를 만져 본 경험이 있어서 진도가 빠른 편이었다. 희영 언니처럼 교회에서 찬송가 반주를 능숙하게 하는 것이 인숙의 목표였다.

합창단 아이들을 불러모아 연습시키는 일도 계속했다.

도서관을 열고 책을 읽히는 일도 중요한 일과 중 하나였다.

농촌에선 겨울에 아이들이 할 일이 거의 없었다. 집에서 빈둥대는 아이들을 불러내자 학부모들이 매우 좋아했다.

시간이 나면 가나안교회의 이 목사를 만나 대화를 나눌 수 있었다. 이 목사가 한내와 맺게 된 인연도 들었다.

서울에서 기독교 집안의 아들로 태어난 이 목사는 모태신앙으로 신학을 공부했다. 군종장교로 대천군 소재 OO사단에서 복무한 인연으로 지역의 형편을 살피러 한내에 왔던 그는, 꽤 큰 마을임에도 학교가 없어 배움의 기회를 놓치고 있는 학령기 어린이, 청소년들이 있음을 보고 마을에 야학을 개설하였다.

그는 봉사자들의 지원을 얻어 열심히 공부를 가르치는 한편, 성경을 나누어주고 복음을 전했다. 한내에 학교가 세워지기 전까지 수년간 이 야학은 매우 활성화되어서 한때는 수십 명의 청소년 학생들이 모여들어 향학열을 불태우고 주민들의 사랑을 받았다.

제대 후, 그는 부목사로 시무하던 교회에 담임목사로 청빙을 받게 되었다. 그러나 부임 준비를 하던 중 갑자기 발병한 위장 질환에 시달리게 되었다. 평소에도 가끔 원인을 알 수 없는 소화불량 증세가 있었는데, 새로 부임하는 교회 일로 신경을 썼던 탓일까, 어느 날 심한 통증을 일으켜 입원을 했는데 위벽에 생긴 궤양으로 큰 수술을 두 번이나 받게 되었다. 한창 일할 나이에 건강을 잃어버린 그는 병원을 전전하다가 한내에 내려오게 되었다. 도시를 떠나 공기 좋은 곳에서 요양이 필요하다는 의사의 권유도 있었고, 간절한 그의 기도를 들으신 주님의 응답이기도 했다.

덕적산 중턱에는 별로 알려지지는 않았으나 마을 사람들이 만병통치로 여기는 샘골약수가 있었다.

"하나님은 제게 한내에서 해야 할 일이 있음을 알려 주신 것입니다. 제2의 인생이 그렇게 시작된 것입니다."

한내로 내려온 그는 마을 사람들의 극진한 대접을 받게 된다.

안골 약수터 근처에 거처를 마련해 주고 생활을 보살펴 주었다. 그가 마을에 베푼 은혜에 대한 보답이었다.

그는 수없이 계속된 기도와 금식과 성경 말씀에 묻혀 초인적인 회복을 위해 몸부림쳤다. 그러던 그에게 기적 같은 일이 일어났다. 6개월 시한부 인생이었던 그가 1년이 지난 후 건강이 회복되었고, 내친김에 한내에 가나안교회를 세우기에 이른 것이다.

"그 옛날 베데스다 연못에서 일어났던 이적이 이곳 안골 약수터에서도 일어난 것입니다."

이 목사는 건강이 회복되면서 혼신의 힘을 다해 전도하고 교회를 일으켰다.

마을 사람들에게 하나님의 능력과 역사하심에 대해 자신에게 일어난 기적을 설명했다. 살아 있는 그의 간증은 마을 사람들을 감동시켰고, 교회 창립 10주년이 되는 올해 현재로 한내 전체 삼백여 가구 주민 중 교회가 세워진 외촌에서 백여 가구와 한내 건넛마을인 내촌 십여 가구가 교회에 나와, 장년 180여 명, 청소년·주일학교 학생 50여 명의 탄탄한 교회로 성장한 것이다. 마을 전체로 보면 절반 가까운 사람들이 교인인 셈이다.

교회를 일으키는 데 특별히 기여한 사람도 생겨났다.

이 목사가 마을에 와 자리잡는 동안 그를 도운 사람은 마을에서 영향력이 큰 최종수 장로다.

그는 이 목사가 현역 시절 마을에서 야학을 시작하게 도와준 장본인이다. 또 두 번째로 마을에 온 이 목사의 거처를 마련해 주고 약수터를 소개해 주었는데, 선대부터 마을에서 손꼽히는 땅부자로 외촌 마을에 큰 영향력을 가진 사람이다. 그는 이 목사의 야학에 대한 헌신과 봉사정신에 감동을 받아 예수님을 영접하고 신자가 되었다. 보수성이 강하던 마을 사람들과 일가친척들은 예수교를 서양종교라 비웃고 반대와 배척의 소리가 많았다. 그러나 이 목사의 꾸준한 설득과 현장에서 보이는 이적과 간증으로 하나 둘 교회로 나오기 시작했고, 사람들이 모이자 덕적산 기슭 과수원을 하려고 준비하던 땅 1정보를 교회에 기증하기에 이른 것이다. 지금 가나안교회가 자리잡고 있는 교회 부지가 모두 그의 소유였다.

최종수 씨는 교회 창립 5주년이 되던 해에 장로로 장립되었다. 이 목사의 간증대로 여호와께서 예비하신 권능이 최 장로를 통해 나타난 것이다.

이 목사는 교회가 어느 정도 자리가 잡히기 시작하던 무렵 서울에 있던 가산을 정리해 가나안교회를 건축했다. 최 장로가 내어준 덕적산 기슭의 교회 부지에 신자들의 헌금을 합쳐 마을에서는 상상도 못했던 큰 규모의 교회가 신축되었다.

서울에서 머물던 목사의 가족들이 합류했다. 엄마와 함께 마을에 온 희영은 중학교에 갓 진학한 앳된 소녀였다. 서울에서 학교를 다니고 있었기 때문에 방학 때면 아버지를 찾아왔다. 엊그제 같던 그 일이 벌써 수년이 흘렀고, 희영은 어느새 신학을 전공하는 여대생이 되어 있었다.

"저는 하나님의 말씀을 전하는 종으로 사명을 다하기를 원합니다. 하나님이 한내를 제게 맡겨 주셨으므로 한내 전체를 복음화하는 일이 사명입니다. 성도들이 이상으로 삼는 천국의 모습을 닮은 마을을 만들어 보는 것이 저의 꿈입니다. 제게 새로운 인생을 살게 해준 마을에 대한 의무 같은 것입니다."

어느 주말 오후, 목사관 서재에서 들려준 이 목사의 이야기는 한 편의 드라마와도 같은 극적인 요소를 내포하고 있었다.

지훈은 인숙이가 들려준 이희영 전도사의 '양녀설'은 귓등으로 흘려 보냈기 때문에 그 후로 별로 관심을 가지지 않았다. 어디다 내놓고 알아볼 형편도 아니었다. 부모와 다른 생김새 때문에 생긴 장난기 섞인 소문에 지나지 않는 것 같았다.

한 해가 저물어 가고 있었다.

교회에서는 섣달 그믐날 밤 11시에 성도들이 모여 송구영신예배를 드렸다.

이 목사는 새해를 맞이하는 감격을 성도들과 함께 나누고 사람들은 서로 새해 인사를 나누었다. 매우 아름다운 예배의 모습이었다.

이어 신년축복성회가 열렸다.

이 목사는 3일간 저녁마다 "그리스도 중심의 삶"이라는 주제로 믿음만이 우리의 모든 문제를 해결할 수 있음을 강조하는 신년 메시지를 전했다. 목사의 열정은 많은 성도들을 감동시켰다. 그는 아주 평이한 어휘로 마을 사람들이 알아듣기 쉽게 설교했다. 오랜 경험에서 우러나는 소박한 내용이었지만 사람들을 깊은 믿음 안으로 이끌어 가는 힘이 있었다.

지훈은 성가대를 맡은 책임에 꾸준히 예배에 참석하면서 연말연시를 거의 교회에서 보냈다. 수없이 계속되는 예배가 처음엔 솔직히 짜증스럽기도 했으나, 시간이 지나면서 차츰 마음이 평온해졌다. 이승규 목사의 차분하면서도 확신에 찬 믿음에서 나오는 목소리가 그를 사로잡았기 때문이다.

그보다 지난 크리스마스 때부터 교회와 신뢰를 쌓으면서 어색함이 사라지고, 특히 이 전도사와는 서로 호감을 느낄 만큼 사이가 가까워졌다. 부전여전이랄까, 아버지 못지않은 이희영 전도사의 깊이 있는 신앙의 모습과 겸손하고 다정한 그녀의 마음씨가 지훈으로 하여금 교회에 더욱 친근감을 느끼게 했다.

지훈은 경험이 전혀 없던 새벽기도회에도 참석해 보기로 했다.

희영의 권유가 있었기 때문이다.

"믿음 안에 깊이 들어가 보고 싶지 않으세요? 새벽 제단을 쌓아 보세요."

축복성회 마지막 밤 예배 후, 주일 찬양을 위한 성가대 합창 연습을 마친 뒤 난롯가에서 희영이 그에게 한 말이었다.

지훈에겐 아직 신앙이나 교회 생활이 모두 서툴렀다.

"워낙 늦잠을 자는 체질이라서…."

지훈이 난색을 표하자,

"박수남 선생은 안골서 여기까지 매일 새벽 4시에 도착하시거든요."

희영이 곁에 선 수남을 돌아보며 웃었다.

"습관 들이기 나름이지요."

수남의 차분한 목소리에 지훈은 부끄러움 같은 것을 느꼈다.

"알겠습니다."

다음날 지훈이 머리맡에 놓아 둔 자명종 탁상시계 소리에 간신히 일어나 교회에 갔을 때 이미 새벽기도회는 시작되고 있었다.

이 목사가 지치지도 않은 음성으로 다시 설교를 시작하는 회당에는 30여 명의 성도들이 앉아 있었다. 선잠을 깬 탓인지 지훈의 귀엔 목사의 설교가 잘 들어오지 않았다. 그러는 사이 어떻게 예배가 끝났는지 모르게 사람들이 주기도문을 외우고 있었다.

예배가 끝나고 사람들이 기도를 하는 사이 지훈은 슬그머니 밖으로 나왔다.

찬바람이 외투 속으로 들어와 깃을 세우고 교회 문을 나섰다.

"바람이 맵네요."

누군가 뒤에서 지훈의 소매를 당겼다.

오르간에 앉아 있던 희영이었다.

"아니, 희영 씨."

"새벽기도회에 난생처음 나오신 선생님 축하해요. 지각은 하셨지만."

"이런, 쑥스럽습니다."

"그 기념으로 제가 선생님 댁까지 바래다 드릴게요."

곁으로 다가온 희영이 지훈의 외투 주머니로 손을 밀어 넣었다.

돌발적인 상황이어서 흠칫하며 지훈은 뒤를 돌아다봤다.

교회 정문에 달린 외등이 조용한 입구를 비치고 있었다.

"바람이 차갑습니다."

주머니 속으로 들어온 희영의 손을 지훈이 자연스럽게 잡았다. 따뜻했다. 가슴이 쿵쾅거리며 뛰었다. 한겨울이라 여명은 아직 멀었고 며칠 전 내린 눈길이 제법 미끄러웠다.

"소감이 어떠세요? 새벽기도회에 참석해 보시니."

"워낙 늦잠을 자던 버릇이 있어서 쉽지 않네요. 목사님이 무슨 말씀을 하셨는지 멍하기만 합니다."

"제가 좀 짓궂죠?"

"천만에요."

"일부러 골탕을 먹이려고 그랬던 건 아니고…, 새벽에 나오셔야 한 번이라도 더 만날 수 있잖아요."

모퉁이를 돌아서자 교회 불빛이 사라져 어둠뿐이었다.

지훈이 손전등을 꺼내 들었다.

"그냥 걸어요."

희영이 나지막하게 말했다.

산과 들이 온통 눈이어서 잠시 후에는 어둠이 눈에 익었다.
"제가 좀 당돌하죠?"
외투 주머니 속에서 희영의 손이 꼼지락거렸다.
"좀 당돌합니다."
지훈이 꼼지락거리는 희영의 손을 모아 쥔다. 갑자기 희영의 몸이 기우뚱하며 지훈에게 실린다. 발밑에는 얼음이 깔려 있었다. 지훈이 그녀의 상체를 안아 중심을 잡아 주었다. 얼굴이 턱 아래로 다가와 있었다.

지훈은 가만히 그녀의 얼굴을 내려다보았다. 희영의 숨소리가 가깝게 들려왔다. 가만히 입술을 포개자 살포시 그녀의 입술이 열린다. 곁에 서 있던 노송에서 눈가루가 그들의 머리 위로 흩어져 내린다. 산새 한 마리가 포르르 날아오른다.

"어떻게 해…."
한참의 포옹에서 풀린 희영이 잠에 취한 듯한 목소리로 말했다.
"고마워요 희영 씨, 이렇게 되리라곤…."
"운명 같은 것일까요? 그날 학교로 선생님을 찾아갔을 때, 처음 선생님을 보는 순간 무어라 표현할 수 없는 두근거림이 오늘 이 시간까지…."
희영이 지훈의 허리에 감은 팔에 힘을 더했다.
"저 역시 우리들의 만남이 알 수 없는 힘에 의해 예정된 것이 아닐까 생각해 보곤 했어요."
지훈이 그녀의 어깨를 감싸 안았다.
"고마워요. 그리고 사랑해요."
그들은 다시 입술을 포갠다. 싸늘한 새벽공기가 훑고 지나갔지만 그들의 입술은 따뜻했다. 그들은 한겨울 얼어 버린 새벽을 녹이며 언덕을 내려갔다.

"자, 이제…."

"안녕. 또 만날 때까지…."

마을 입구에서 그들은 헤어졌다.

'이제부터 다가올 모든 시간들은 두 사람만을 위한 것'이라고 그들은 약속한다.

방으로 돌아온 지훈은 책상에서 빈 노트를 꺼내 '한 새벽 눈사태처럼 갑자기 다가온 사랑의 공감, 아무도 알 수 없는 우주보다 큰 사랑의 게임이 시작된 것이다'라고 적었다. 그리고 시작된 사랑의 이야기를 아름답게 기록하기로 마음에 다짐한다.

'축복이다 이것은, 이 겨울에 내리신 하나님의 선물이다.'

갑자기 밀려든 사랑 앞에 그는 시인이 되어 버렸다.

이날 이후 그들은 자주 만났다.

많은 얘기들을 나누었다. 그동안 쌓인 신뢰와 사랑이 이들을 친밀하게 다가서도록 했다.

지훈은 그가 하고자 하는 인생의 설계들을 얘기했다. 작가를 꿈꾸어 온 그는 로스트 제너레이션(Lost Generation) 경향에 대해 이야기했다. 한국의 정립되지 않은 전후문학 세계를 개척해 보고 싶다는 포부를 말했다.

"어쩜 그렇게 다방면에 관심과 재능이 많으세요? 정말 질투가 나 견딜 수 없네."

말은 그렇게 했지만 희영은 감동을 받은 표정이었다.

희영은 주로 가나안교회에 관련된 문제들, 그러니까 교회학교 교회음악과 신학, 전도 등에 관한 계획들과 교회의 미래, 한내에서 교회의 역할, 아버지의 건강 등이 관심사였다.

"목사님은 건강해 뵈시던데."

"겉으로만 그렇게 보일 뿐이에요. 항상 재발할 수 있는 요소를 가지고 있다고 해요. 요즘도 약수터에 가시곤 하는데 걱정이에요. 요즘 부쩍 식사량이 줄었어요. 위기 같은 것을 자주 느껴요. 아버지는 내색하지 않고 기도로 극복해 나가실 작정인가 봐요. 엄마가 있어 든든하긴 하지만."

희영의 어머니는 저녁예배에 피아노 반주를 맡고 있다. 늘 표정에 가벼운 미소를 띤 조용한 성품의 여인이었다. 말수가 적어 교회에서도 사모의 위치를 드러낸 적이 없고 말없이 남편을 내조하고 있었다. 그녀는 내촌 사람들에 대한 우려도 얘기했다.

"내촌이면 수남 씨가 사는 동네 아닙니까?"

"그래요. 그곳에는 수남 씨와 김 집사님 등 몇 가정만 교회에 출석하고 있어서 앞으로 교회의 전도 사역이 집중되어야 할 중요한 지역이에요. 전통적인 민간신앙과 불교적인 요소들이 혼합된 이상한 형태의 신앙을 가진 사람들이 사는 동네라서 교회에 노골적인 반감을 갖고 있다고 들었어요."

얼핏 가늠하기 어려운 이야기였다.

자세한 이야기는 수남을 통해 들으면 알 수 있을 것 같다.

한내에 들어온 지 일 년이 채 안 되는 사이 마을이 속살을 드러내기 시작한 것이다. 지훈은 비로소 자신이 마을의 일원으로 자리매김되는 것 같음을 느꼈다. 한내만이 가지는 독특한 냄새가 지훈의 지적 호기심을 자극하고 있었다.

나날이 진해지는 희영의 사랑의 눈빛,

가슴 저리게 하는 하얀 미소,

이들의 1월은 이렇게 금방 지나갔다.

사랑으로 따뜻해진 겨울이었다.

2월이 되자 방학을 끝낸 아이들이 등교하면서 이어 졸업식이 다가왔다.

지훈은 홍 선배를 도와서 처음 치러 보는 졸업식과 입학식을 준비하면서 바쁜 나날을 보냈다. 맡은 아이들의 성적과 생활기록부 정리며, 학년말 업무가 제법 되었다. 12명의 졸업생들은 대천읍에 있는 중학교로 진학을 했다. 인숙이도 거기에 끼었다. 이모가 대천에 산다고 했다.

개학을 앞둔 2월 마지막 주일이었다.

예배 후에 성가대실에서 희영이 말했다.

"김 선생님만 믿고 갑니다. 성가대는 물론 주일학교, 청년회…. 교회 모든 일을 몽땅 맡아 줘요. 김 선생님을 만나게 해주신 하나님에게 감사드려요, 가나안교회에 큰 축복이에요."

신학교 개강이 임박해서 희영은 서울로 떠나야 했다. 행여 사람들이 눈치라도 챌까 전전긍긍하면서 사랑을 키워 오던 두 사람이다.

오후에 도착한 버스에 희영의 짐을 싣고 지훈이 함께 올랐다.

"정말 보고 싶을 거 같아요."

빈자리가 많아 한가한 시골버스 뒷좌석에서 희영이 지훈의 어깨에 얼굴을 묻어 왔다.

"한 학기만 지나면 만날 수 있을 거야. 잠깐이지 뭐."

버스가 산굽이를 돌 때마다 희영의 몸이 지훈에게 실렸다.

"사랑이 뭐라고 생각하세요?"

얼굴을 지훈의 어깨에 기댄 채 희영이 물어 왔다.

"글쎄, 거 뭣이냐 눈물의 씨앗이라고나 할까."

장난기 섞인 지훈의 대답에 희영이 말한다.

"어마 선생님, 그런 유치한 설명 말구요."

"유치하다니? 난 지금 매우 진지하다고요. 하하."

"성경은 열심히 읽으세요?"

"그럼요."

사실이다.

희영이 크리스마스 선물로 준 성경을 우선 일독해 보기로 약속하고 지금 실천 중이다. 신약 27권은 한 번 훑었고, 구약은 시편을 읽고 있다.

독서라면 물불을 가리지 않는 성격이어서 그의 손에 잡힌 책들은 거의 그에게 정복당했다. 그의 독서 행태는 속독을 지나 거의 난독 수준이다. 그는 다니던 대학의 학교 도서관에서 난해하고 지루한 문장들로 소문난 헤겔이나 니체의 글, 철학개론서들, 단테, 칸트, 루소, 도스토옙스키의 장편소설 같은 책들을 이를 악물고 독파하던 기억들이 되살아났다.

문학작품들이 대부분이었지만, 독서량이 곧 실력이라는 신념으로 그는 닥치는 대로 밤을 새워 책들을 읽었다. 어떤 때는 참회록 세 권(어거스틴, 톨스토이, 루소)을 동시에 읽어 가며 특징을 비교 분석한 일도 있었다. 철학, 교육학, 문학, 역사, 심리학, 심지어 풍수지리학이나 대중소설, 만화에 이르기까지 그의 잡학 다독 습관은 장르를 뛰어넘는 수준이었다. 대학 도서관은 그에게 개관 이래 최다 열람인의 영예를 안겼다.

그의 손을 거쳐 머릿속에 저장되고 나간 수많은 책들 가운데 성경이 빠져 있었다는 것은 아이러니이기도 했다. 바이블이 전 세계적으로 아직도 베스트셀러 1위라는 사실을 알게 된 것도 최근 이 목사님의 설교를 통해서였다.

"선생님, 말 잇기 퀴즈 하나 해보실래요?"

버스가 흔들릴 때마다 어깨를 부딪치던 희영이 갑자기 제안을 해왔다.

"뭔데?"

"사랑의 정의 말하기 어때요? 사랑의 의미나 속성을 나타내는 말들을 모두 말해 보기예요. 막히면 벌칙이에요."

"와, 이건 힘들겠는데."

"아니, 걸어 다니는 백과사전이라고 소문이 자자하시던데요. 자, 시작합니다. 사랑은 오래 참는 것."

"사랑은 좋아하는 것."

"온유한 것."

"이해하는 것."

"투기하지 않는 것."

"도와주는 것."

"자랑하지 않는 것."

"달콤한 것."

"어머, 좀 성경적으로 말해 봐요. 질이 점점 떨어지네. 교만하지 않은 것."

"희생하는 것."

"무례하지 않은 것."

"좀 천천히, 사랑하는 것."

"오답!"

"왜? 맞잖아."

"물에 물 탄 거잖아요."

"그래도 틀린 건 아니잖아?"

"벌칙!"

희영이 재빨리 돌아앉는다.

"뭔데?"

"'사랑해 희영 씨'라고 열 번 말하기!"

"쑥스럽게 그건."

"아님, 희영의 볼에 열 번 뽀뽀하기!"

"알았어."

주위 사람들이 그들을 돌아보는 것 같아 지훈이 속삭이듯 말하기 시작한다.

"사랑해 희영, 사랑해 희영…."

귓가가 간지러운지 희영이 깔깔 웃었다.

"성경 공부 안 한 거 틀림없어요."

"어떻게 알았어?"

"고린도전서 13장에 보면 사랑에 관한 내용이 모두 나와 있는데, 어쩜 열다섯 가지나 되는 사랑의 정의를 한 가지도 못 맞춰요?"

"그랬던가?"

"앞으로 집중해서 열심히 공부하세요."

제자를 꾸짖는 어투로 말하는 바람에 지훈은 허허 웃었다.

버스가 대천읍에 도착했다.

시외버스로 갈아타고 강천시까지 가야 서울행 야간열차를 탈 수 있다.

"이제 그만 들어가 보세요. 고마워요."

버스 정류장에 짐들을 내려놓고 나자 희영이 감사를 표했다.

아쉬운 시간이 흐른다.

"나도 야간열차를 타고 싶은데."

지훈은 정말 같이 떠나고 싶었다.

"곧 여름이 돌아올 거예요."

버스에 오르며 그녀가 말했다.

지훈이 손을 흔들어 준다.

시동이 걸린 버스 안에서 창문을 열고 희영이 다시 말했다.

"보고 싶어지면 어떻게 해요?"

"여름은 곧 돌아올 거야."

지훈이 그녀의 말을 흉내 낸다.

가슴이 찡했다.

새 학기가 되면서 지훈은 5, 6학년 반을 맡았다. 가르치던 아이들을 데리고 올라간 것이다. 홍 선생이 원했기 때문이다. 주간 수업 시수가 서너 시간 차이가 났다. 홍 선배는 그 시간을 이용해 학교 부지 안에 있는 텃밭을 가꾸고 싶어 했다. 교사 뒤편에 백여 평의 묵은 땅이 있었다. 부지런히 가꾸면 웬만한 한 가족의 먹을거리를 수확할 수 있는 넓이다.

"물론 방과 후의 활동이지만."

홍 선생은 수업의 부담을 덜어 주면 좋겠다고 말했고, 지훈은 흔쾌히 제의를 받아들였다. 일 년 동안 같이 생활하던 아이들이라 웬만한 일들은 눈치 하나로 해결되었다.

지훈은 아이들에게 큰 꿈을 심어 주고 싶었다. 산촌에서 순박하게 자라고 집들은 가난했지만, 지난해 음악 콩쿠르에서 우승하듯 자신감을 길러 주면 어떤 기적이 생길지 모르는 일이다. 그는 아이들에게 그 기적을 일으키는 교육을 해보고 싶었다. 이 목사가 신앙으로 한내를 개혁하고 싶어하듯, 교육을 통해 자신감을 회복할 수 있다면 마을을 개선하는 일의 첩경이 될 수 있지 않을까.

실용주의는 교육에서도 매우 필요한 가치관이다. 지훈은 아이들에게 한 사람이 한 가지씩 특별한 기능을 익히도록 하는 교육에 착수했다. 그림을 좋아하는 지영에겐 캔버스를, 계산에 뛰어난 수동에겐 주판을 마련해 주고, 만들기를 좋아하는 영수에겐 학교 자료실의 작업도구들을 마음껏 사용하게 도와주는 등의 방법으로 방과 후 자유 시간을 특기와 적성 교육에 할애했다. 이렇게 갈고닦은 재주들을 가을 발표회 행사 때 전시회 등으로 공개할 계획도 세웠다.

지난해에 이어 동요 부르기 합창 활동과 소질이 발견되는 아이들에게 피아노 레슨 등 바쁜 일정들을 계획했다.

"너무 질러가지 말게. 다칠지도 몰라."

홍 선생은 지난해와 같이 소극적이었다.

그에게선 지울 수 없는 다소의 질시가 섞인 무관심과 매너리즘 냄새가 풍겼다.

그 사이 기쁜 일이 또 생겼다.

박수남이 고졸 학력 검정고시를 통과한 것이다. 교육구청에서 합격증을 교부받고 돌아온 수남은 제일 먼저 지훈을 찾아 그 소식을 전했다. 지훈은 자신의 일처럼 기뻐했다.

"박수남 씨, 정말 축하합니다. 고생하신 보람이 있었습니다."

"모두 하나님의 은혭니다. 김 선생님을 만난 덕분이고요."

"하나님께서 박 선생의 기도에 응답하신 것입니다."

지훈은 소중한 또 하나의 교육적 결실을 대견스레 지켜보았다.

수남은 그날 퇴근하면서 가나안교회로 갔다. 목사관의 이 목사는 출타 중이었다. 그는 본당 지하실에 있는 개인 기도실로 내려갔다. 아무도 없는 좁은 공간에서 그는 작은 목소리로 그가 섬기는 하나님께 기도하기 시작했다.

"전능하신 하나님, 만물을 창조하시고 우리의 삶을 주관하시는 지극히 높은 곳에 계시는 여호와 나의 아버지 하나님, 오늘 이 부족한 죄인을 용납하시고 오랜 기도에 응답해 주심을 감사드립니다."

감은 눈 속으로 지난 희미한 기억의 그림들이 스쳐 지나갔다.

오래전 어린이날, 친구를 따라 교회 어린이 축하잔치에 처음 참석하던 일, 주일마다 친구를 따라다니며 교회에서 예배드리던 일, 안골 수리재 중턱 골짜기에 있는 칠성암이란 암자에 치성을 드리러 다니던 어머니, 무능한 아버지와 어린 동생, 그가 교회에 나가는 것을 지독히도 반대하던 부모님, 가세가 기울기 시작하면서 다니던 읍내 중학교를 중퇴하고 학교에 사환으로 들어가던 일, 안골 서부잣집을 중심으로 모여들던 선불도 사람들과 수도를 시작했다는 서부자의 아들 근섭, 알 수 없는 사람들과 어울리던 어머니의 잦은 가출, 어머니가 집을 떠나던 날 밤새 울며 기도하다가 하나님의 음성을 듣게 되던 일 등 많은 장면들이 파노라마처럼 그의 뇌리에 스쳐 지나갔다.

방황의 새벽, 기도로 지친 그의 귓가에 아주 먼 곳으로부터 문득 작은 종소리가 들리기 시작했다. 그것은 처음엔 아주 희미했지만 그의 고독한 영혼 깊은 곳으로 점점 또렷해지면서 아주 부드러운 음성으로 들려왔다.

"일어나라. 걸어라. 두려워 말라. 내가 널 도우리라."

그렇게 한순간 주님이 다가왔었다.

환희였다. 견딜 수 없는 기쁨에 사무치며 그는 교회의 종탑에 올라가 미친 듯이 새벽종을 울리기 시작했다.

그날 이후 그는 가나안교회의 새벽 종지기가 되었다.

아무도 그가 왜 종탑에 오르는지 모를 것이다.

그러나 그의 노력에도 결코 나아지지 않는 집안 살림살이, 해체된 가족, 소작농으로 전락한 아버지는 깊은 시름으로 줄담배를 태우며 한숨만 내뱉을 뿐 대책이 전혀 없는 상태였다.

하나님의 음성을 들은 뒤에도 암흑의 터널이 계속되었지만 그는 십여 리 새벽길을 걸어서 교회의 종탑에 오르는 일을 수년간 계속해왔다.

기도의 양이 차오르고 캄캄하던 터널에 조금씩 빛이 찾아들기 시작했다. 때가 차매 이루시는 하나님의 능력을 그는 지금 보고 느끼고 있는 것이다.

지난해 학교에 부임한 김지훈 선생을 만난 것은 수남에겐 행운이며 하나님의 은혜였다. 그의 권유로 시작한 늦공부, 혼신의 힘을 다한 끝에 맛본 성취였다.

"하나님, 저의 기도를 들어주신 하나님, 이제 이 일이 시작인 것을 저는 압니다."

벽에 부착된 십자가상 앞에 꿇어앉은 수남의 눈에서 굵은 눈물방울이 떨어져 마루를 적시고 있었다.

볕이 제법 따뜻해지면서 봄기운이 한내를 감싸기 시작했다.

들에 널린 보리밭에 푸른 기운이 도는가 싶더니 대궁이 굵어지고 마을을 둘러싼 산자락들의 빛깔이 나날이 연해지고 있었다. 한겨울 동안 잠들었던 마을은 차츰 부산해지기 시작했다.

논밭에 퇴비가 쌓이고 해동이 되기가 무섭게 여기저기에서 워낭 소리가 들려온다.

교회는 부활절이 가까이 다가와 있었다.

지훈은 성가대가 부를 칸타타를 준비하고 연습에 들어갔다.

사모님이 희영을 대신해 피아노 반주를 해주었다.

이승규 목사가 "부활절이 교회의 절기 가운데 가장 비중이 크며, 기독교의 내용과 형식을 모두 포함하는 절대적 가치의 핵심이라"고 강조했기에, 지훈은 부활절 칸타타를 신중하게 준비했다. 전체적인 곡의 수준은 크리스마스 때보다는 낮은, 그러나 감동적인 소품들로 꾸몄다. 찬송가에서 부활절 찬양들을 편곡한 것도 섞었다. 학기 중이어서 외지에 나간 학생들과 이희영 전도사는 참석할 수가 없었다.

성가대 연습을 하면서 피아노를 바라보면 희영이 생각이 났다. 그녀의 화사한 얼굴과 모습이 떠오르면 그의 마음에 불끈 힘이 솟구쳐 오르곤 했다. 지훈은 자신이 교회에서 맡겨진 일에 최선을 다하면 그녀가 기뻐할 것만 같고, 이렇게 하는 것이 자신의 의무인 양 혼신의 힘을 모아 대원들을 지도했다.

그동안 희영은 두 통의 편지를 보냈다. 부활절 준비를 걱정하며 보낸 최근의 편지에선 선생님을 만나게 인도하신 하나님에 대한 감사와 중간고사 준비로 가나안교회로 내려가지 못하는 쓸쓸함이 행간에 배어나고 있었다.

지훈은 그가 동원할 수 있는 최상급 언어들로 그녀를 향한 그리움을 회신으로 보냈다. 가슴이 미어질 것만 같았다. 지금껏 어느 누구에게도 느껴 보지 못한 진한 그리움은 가슴앓이 같은 것이었다.

부활절 찬양곡들은 예수님의 생애 중 마지막 한 주일의 이야기들을 담고 있었다. 예수님의 예루살렘 입성에서부터 체포, 수난, 고통, 처형, 죽음, 부활에 이르는 다이내믹한 일련의 사건들은 성경 전체를 압축한 상징과도 같은 것이다. 음악 속에 묻히면서 지훈은 기독교의 진수를 발견해 가기 시작했다.

사순절 마지막 한 주간 고난주간을 이승규 목사는 특별집회를 열기로 하고 하루 한 끼씩 금식하는 주간으로 선포하였다. 일종의 부흥회였다.

교인들은 이 기간을 통하여 자연스럽게 예수님의 고난에 동참하게 된다.

월요일부터 시작된 금식과 집회 기간에 이 목사는 예수의 행적과 의미를 세밀하게 분석하고, 십자가 사건이 오늘의 우리에게 주는 의미를 조리 있게 설명해 나갔다.

평이한 용어로 아주 자연스럽게 말하는 그의 설교는 감동적으로 사람들에게 전해지고, 예수님의 행적들이 강단에서 재현되고 있었다. 농사철이 시작되어 고단했지만 마을 사람들은 저녁때면 졸린 눈을 비비면서도 어김없이 교회로 나와 말씀을 들었다. 사람들을 설득하는 방법에서 이 목사는 탁월한 능력을 지닌 사람처럼 보였다. 아니, 오랜 목회 경험들이 자연스런 능력으로 표현되는 것일 게다.

성금요일은 온전히 하루를 금식하는 날이다.

태어나서 의도적으로 하루를 굶어 보기는 처음인 것 같다.

학교 근무를 마치고 저녁예배에 참석하기 위해 교회로 갔을 때 지훈은 현기증 같은 것이 느껴졌다.

월요일부터 시작된 이 목사의 부활절 설교 시리즈는 드디어 수난의 금요일, 빌라도의 법정에 서게 되는 예수와 그 주변의 인물들이 등장해 박진감 있는 클라이맥스로 치닫고 있었다.

예수를 팔아넘긴 가롯 유다, 십자가 처형을 요구하는 대제사장과 장로들, 세 번이나 주 예수를 부인한 베드로, 골고다에 세워진 십자가, 가시 면류관을 쓴 예수 얼굴로 흘러내리는 피, "아버지여, 저희를 사하여 주옵소서", "엘리 엘리 라마 사박다니"(나의 하나님 나의 하나님 어찌하여 나를 버리시나이까), "목마르다 다 이루었다", 찢어지는 성소의 휘장, 흔들리는 땅, 열리는 무덤…목사의 비장한 어조에 힘이 실린다.

회중들이 여기저기서 눈시울을 글썽이더니 이내 흐느끼는 소리가 들리기 시작했다. 설교를 들으면서 지훈은 눈을 감았다. 혼미한 그의 뇌리 속으로 강렬한 환상들이 보였다. 그 환상들 가운데 얼핏 눈앞을 스쳐 지나가는 것이 있었다. 십자가를 지러 올라가던 그리스도의 그림자 같은 것이라고 느껴지면서 순간 그의 눈에도 알 수 없는 이슬이 맺혔다.

"주여, 이 죄인을 용서하여 주옵소서."

그의 입에서 작은 소리가 새어 나왔다.

강단에서 이 목사의 목소리가 들려온다.

"…우리는 예수님을 또다시 십자가에 못 박는 죄를 범해서는 안 될 것입니다."

"아멘!"

"다 같이 기도합시다. 두 손을 높이 드세요. 주여! 크게 세 번 외치세요."

강단의 이 목사는 설교를 끝내고 통성기도를 주문했다.

"주여! 주여! 주여!"

회당 안은 성도들이 드리는 기도 소리로 소용돌이치기 시작했다.

지훈도 두 손을 높이 들었다.

알 수 없는 일이었다. 갑자기 코허리가 시큰해지며 마치 막혔던 둑이 터지듯 눈물이 쏟아지기 시작했다. 그동안 그가 저지른 수많은 잘못들이 뇌리를 자극하면서 떠오르고 참회의 기도가 터져 나왔다. 정상적인 생각이 마음대로 통제되지 않는 불가사의한 현상이 그에게서 일어나고 있었다. 그는 마룻바닥에 고꾸라졌다. 눈물 콧물이 범벅이 되어 마루 위로 흘러내렸다. 몸에 경련이 일어나 전신이 뜨거워졌다.

그렇게 얼마를 지났을까. 섬광처럼 불꽃이 눈앞을 스쳐 지나갔다. 그리고는 마음이 편안해졌다. 지훈은 몸을 일으켜 앉았다. 그는 기도를 하려고 했다.

'주님, 감사합니다.'

생각은 그렇게 했다.

그런데

"다그리시모 이뉴까쁘리네 페리지마니…."

갑자기 입술이 움직이며 자신도 알아들을 수 없는 말들을 쏟아냈다. 한참 동안 그런 현상이 계속되었다. 입술 밖으로 새어 나오려는 알 수 없는 말들을 간신히 자제하고 눈을 떴다. 주위가 깜깜했다. 용광로처럼 끓던 회당 안은 조용한 침묵으로 덮여 있었다. 그사이 예배가 끝난 모양이다.

누군가 가만히 등 뒤로 다가왔다.

"김 선생님, 수고하셨습니다."

귀에 익은 이 목사의 목소리다.

"목사님!"

"방언의 은사를 받으셨군요. 기분이 어떠세요?"

"도무지 뭐가 뭔지…."

"너무 자제하지 마시고 자연스럽게 방언을 말할 수 있도록 연습해 보세요. 소중한 선물입니다. 기도합시다."

이 목사가 지훈의 머리에 손을 얹었다.

"거룩하신 아버지 하나님, 귀한 아들 김지훈 선생에게 준비하신 은사를 허락하심을 감사드립니다. 평생토록 주님을 사랑하도록 인도

하시고, 그의 생애가 시온의 대로처럼 활짝 열리게 도와주시옵소서. 예수님의 이름으로 기도드리옵나이다."

지훈은 마음이 편안해짐을 느꼈다.

참으로 기적 같은 일이 일어난 것이다.

그 안식의 토요일이 지난 후 다가온 부활절 주일 예배는 지훈에게 또 다른 감격을 안겨 주었다. 거듭난다는 것이 어떤 것인가를 실감한 그에게 부활의 예수는 각별한 의미로 다가왔고, 반신반의하던 성경의 모든 내용들이 한순간에 완전한 하나님의 말씀으로 받아들여진 것이다.

"모든 성경은 하나님의 말씀으로 기록된 것이니 일점일획도 변개할 것이 없느니라."

엄청난 의식의 코페르니쿠스적 전환이 일어난 것이다.

저녁예배를 부활절 칸타타로 드리면서 지훈의 눈에서는 계속 감사의 눈물이 흘렀다. 전례 없이 회당을 가득 메운 많은 성도들도 차분한 합창곡에서부터 비장미 넘치는 수난곡들과 부활의 기쁨을 노래하는 환희의 송가까지 감동으로 함께해 주었다.

유대 민족이 애굽을 나와 가고자 했던 이상향인 가나안, 그 이름을 딴 가나안교회에서의 첫 부활절의 특별한 경험, 이제 지훈은 가나안교회의 명실상부한 성가대 지휘자가 된 것 같았다.

3. 토템

　부활절이 감격으로 지나가고 다시 일상으로 돌아온 지훈은 학교 일에 최선을 다하며 성실하게 근무했다. 지난해에 이룩한 교육적 성과를 뛰어넘자면 더 많은 노력이 필요했다. 그와 함께 마을의 여러 일들에도 관심을 기울였다.
　마을에 계절이 바뀌고 봄이 찾아들었으나 올 봄은 어딘가 예년과 달랐다. 전형적인 농촌 마을인 한내에서 최고의 관심은 농사일일 수밖에 없는데, 올해는 날씨가 좋지 않은 징조를 보이기 시작한 것이다.
　한내에 봄 가뭄이 심각해지고 있었다. 지난 연말에 잠시 눈을 볼 수 있었을 뿐 새해 들어서 해동이 되고 입춘, 경칩이 지나도록 기다리던 봄비가 내리지 않았다. 어쩌다 하늘이 찌푸리기도 했지만 이슬비 정도를 간간이 뿌리곤 곧 개었다. 한내를 채우며 흐르던 물줄기가 눈에 띄게 가늘어져 있었다. 한내의 원류라 할 수 있는 수리재 밑의 용소도 바닥을 드러내기 시작했다.
　한내 사람들은 밭에다 두엄을 내고 논갈이를 하면서 어딘가 심상치 않은 날씨로 하늘을 쳐다보는 일이 잦아졌다.
　마을의 지리적인 특성으로 평지보다 계곡과 산자락들에 일군 다락논과 비탈밭들이 많은 터라 하늘만 쳐다봐야 하는 형편인 사람들에게 봄 가뭄은 불길한 그림자를 마을에 드리우기 시작했다.

라디오 방송에서 날씨에 대한 기상대의 발표가 있었는데, 올해는 예년에 없던 이상 기후의 조짐이 보인다고 했다. 지난 겨울 이상 난동으로 바닷물의 온도가 높아진 탓에 예측할 수 없는 기상 이변이 속출할 수 있다는 소식도 들렸다.

마을 사람들은 처음에는 귓등으로 흘려들었다. 기상대 예보라는 게 맞은 일이 드물기 때문이었다.

먼지가 풀풀 날리는 밭을 갈고, 감자 눈을 따 넣고 강낭콩, 완두콩을 밭고랑에 넣을 때까지만 해도 설마 했다.

그러나 산에 진달래가 지고 못자리를 만들어야 할 시기가 됐는데도 한내엔 비다운 비가 한 번도 내리지 않았다. 사람들은 비로소 올해의 날씨가 심상치 않음을 느끼기 시작했다.

"올 농사는 패농이여."

지훈은 평소에 별 말이 없던 인숙이 아버지가 담배연기와 함께 토해내는 한숨 소리를 가끔 들었다.

"올 가뭄이 그렇게 심각합니까?"

지훈이 물었다.

"못자리 만들 물이 없다는 기 말이나 되냐구. 이런 일은 난생첨이라니까."

인숙이 아버지의 얼굴에는 깊은 주름만큼이나 걱정이 새겨지고 있었다.

낮은 지대의 논에는 모내기가 시작되었지만 골짜기와 높은 곳의 천수답들은 속수무책이었다. 지훈은 마을 사람들이 가뭄을 극복하는 준비에 돌입하는 모습을 보았다.

물줄기가 가늘어진 한내의 실개천은 여기저기 보와 웅덩이가 만들어지고, 다락논들에 물을 대는 도랑이 생겨났다. 도랑도 미치지 않는 곳엔 사람들이 파래박(통나무를 잘라 가운데를 파내고 손잡이를 달아 만든 물을 퍼 올리는 도구)을 기둥에 매달아 물을 위 논에 퍼 올리는 시설을 만들고, 이 일에 사람들이 매달리기 시작했다. 물길을 내고 물 대는 문제 때문에 이웃과 친척들 사이에 분쟁이 심심찮게 벌어졌다. 고약한 날씨는 잠잠하고 평화스럽던 마을을 차츰 들쑤시고 있었다.

이삭이 나오던 보리는 가뭄에 타서 시들기 시작했고, 깜부기병이 번졌다. 감자 싹들도 예년의 절반 크기로 성장을 멈추고 있었다. 열흘 안에 비가 내리지 않으면 수확량의 절반 이상을 잃을 수도 있는 절박한 순간들이 다가서고 있었다.

물론 가뭄은 한내에만 국한된 것은 아니었다. 전국적으로 심상치 않은 가뭄이 계속되고 있었는데, 그동안 정부의 노력으로 관개 시설이 완공된 평야지대나 상류에 댐과 저수지들이 있어 이를 활용하는 곳, 도시 근처 교통이 편한 곳에는 양수 시설들이 갖춰져 있어서 피해가 덜한 편이었다. 하지만 이곳은 자연재해에 열악한 환경이었다. 최근에 와서 겨우 개발을 시작한 양수기 같은 것을 구하는 일은 그야말로 하늘의 별 따기였다.

지훈은 홍 선생과 의논하고 학교의 농번기 방학을 교육구청에 신청했다. 모내기철이 되었는데 일손이 태부족이었다. 5일간의 임시 방학 허가가 떨어졌다.

온 동네가 총동원되다시피 한 모내기를 돕기 위해서 팔을 걷어붙였다.

마을 사람들은 이른 아침부터 부지런히 일했다. 한내를 중심으로 벌판에 위치한 논들은 물을 대고 그렁저렁 모내기가 끝나가고 있었으나 문제는 골짜기마다 들어찬 다락논들이었다. 높은 곳에 위치한 논들은 이미 물기를 볼 수 없고 논갈이로 허연 속살을 드러낸 채 말라가고 있었던 것이다.

인숙이네 논도 산 밑에 있었다.

"내 평생 이런 가뭄은 본 적이 없어. 수리재에서 내려오는 물길이 모두 말라 버린 건 머리털 나고 첨이네. 쯧쯧!"

아래 논에서 물을 푸는 파래 대를 세우느라 흙탕물을 뒤집어쓴 인숙이 아버지가 혀를 차며 말했다.

"제가 좀 도와드릴까요?"

"쉽지 않을 긴데."

한내에서 끌어들인 수로를 따라서 아래 논에는 그나마 물기가 있었다.

소나무 기둥 세 개와 밧줄로 엮인 파래 대에 파래가 얹히고, 인숙이 아버지는 익숙한 솜씨로 물을 퍼 올리기 시작했다. 아래 논 웅덩이에 고였던 물들이 위 논으로 퍼 올려진다. 위 논에 물이 차면 다시 파래 대를 옮기고 그 위 논으로 릴레이식으로 물을 퍼 올리는 양수 작업이 시작되었다. 인숙이네는 다행히 도구들이 있어서 작업이 수월한 편이었다.

골짜기마다 시루떡처럼 층층이 널린 다락논들은 두레박이나 양동이로 물을 퍼 올려야 했다. 더 높은 곳에 있는 논들은 물 대기를 사실상 포기해 버릴 수밖에 없는 안타까운 현실이었다.

지훈이 거들었지만 그날 온종일 퍼 올린 물은 위 논 두 배미를 적시는 정도에 그쳤다. 어둑해져서야 논둑으로 나온 달수 씨는 그래도 모를 꽂을 수는 있겠다고 대견해했다.

골짜기 여기저기에는 횃불이 밝혀지고 밤을 새워 물 푸기 작업을 하는 사람들이 생겨났다. 그러나 그런 노력도 계속되는 가뭄 앞에서는 무기력하기만 했다.

지훈은 거대한 자연의 변화 앞에 선 인간 능력의 한계를 보는 것 같아 안타까웠다.

그러는 사이 단오가 다가왔다. 한내에서 마을 공동으로 벌이는 행사로는 일 년 중 가장 큰 규모인 단오를 목전에 두고 마을은 뒤숭숭해지고 있었다.

예년 같으면 모내기를 끝내고 신나는 축제가 준비돼야 할 시기였다. 그러나 올 단오는 축제를 벌일 만한 분위기가 아니었다. 가뭄으로 인해 모내기를 끝낸 곳이 마을 전체 논의 절반에도 미치지 못했기 때문이다.

학교 앞 삼거리에 있는 마을회관에 사람들이 모였다.

한내 1리(내촌) 이장을 보는 내촌 마을 서문식 이장이 단오제를 의논하기 위해서 마을 사람들을 소집한 것이다. 올 단오는 내촌 마을이 유사가 되는 순서지만 가뭄으로 마을 전체 회의로 확대된 것이다.

한내리 사람들은 한내를 중심으로 동쪽을 내촌, 서쪽을 외촌으로 불렀는데 행정구역으로도 내촌은 한내 1리, 외촌은 한내 2리다.

내촌과 외촌은 이름처럼 서로 다른 점들이 많았다.

수리재 밑으로 자리 잡은 내촌에는 오랜 전통을 나타내는 시설들이 많았다. 마을 입구에 세워진 장승부터 시작해 수리 신령을 모시는 서낭당과 서당을 하던 향교며 서씨 종가를 비롯한 고택들이 자리 잡고 있어서, 어딘가 고풍스럽고 칙칙한 느낌이 드는 옛 모습을 많이 간직하고 있었다.

덕적산 기슭에 형성된 외촌은 최근 들어서 개발이 많이 된 관계로 마을 전체가 밝아 보이는 마을이었다. 토박이들도 많지만 전쟁 후에 외지인들이 상대적으로 많이 들어온 것도 특징 중 하나였다. 수리재를 외돌아 마을 진입로가 신설되고, 한내에 다리가 놓임으로 학교와 교회가 세워지고, 양철지붕의 집들이 많이 들어서면서 내촌과 확실히 대비되는 분위기를 보여주었다.

사람들의 생활 모습도 확연히 달랐다.

마을이 먼저 형성된 내촌 사람들은 농사일이 생업이며 전부였지만, 외촌 사람들은 농사 외에도 삼거리를 중심으로 가게를 차리거나 가축을 기르고 과수원을 하는 등 다양한 생업을 시도하는 경우가 늘어나고 있었다.

안골로도 불리는 내촌은 그곳의 터줏대감격인 대천 서(徐)씨 집성촌을 중심으로 씨족 체제의 마을이 형성되어 있었다. 안골에서 여러 대를 거쳐 살아왔다는 서씨 가문의 종갓집은 지금도 마을 중심부에 자리잡고 막강한 영향을 미치고 있었다.

안골에서 다른 성씨의 사람들은 직간접으로 서씨 가문과 관련되어 있었다. 전대에서 부잣집의 마름이었거나, 소작인이었거나, 금전 거래를 했거나, 서씨네가 관여하고 있다는 선불도(仙佛道) 도인이었거나 등등의 이유였다.

이날 모임은 안골에서도 한내 1리 이장인 서문식을 비롯해 서씨들과 동민들 여럿이 참석했다. 그들은 올 단오에 대해 의견을 나누기 시작했다.

"봄 가뭄이 심해서 올 농사는 이미 패롱이구먼. 올 단위(단오)는 어떡해야 할지 몰라 이렇게 모이라구 했는데…좋은 의견들을 말해봐어여."

서문식 이장이 회의를 진행해 갔다.

"용소가 벌써 바닥을 드러냈어. 내 육십 평생 용소가 바닥을 드러낸 근(것은) 첨이야."

"가물이 이리 심한데 단위(단오) 놀이를 무신 정황(경황)으루다 벌일 게여?"

"그러니까 더욱 정성 디려야지."

"옛날 임금님도 가물에는 기우제를 지냈다지 않는가. 이번 단오는 아예 기우제로 지내는 기 어때? 정성이 첫째라구."

"그런 낡은 풍습과 미신은 버려야 합니다. 기우제니 수리 신령이니 국사서낭이니 아무것도 아닌 것에 복을 비는 것은 어리석은 짓입니다. 올해는 단오를 접고 우상숭배의 잘못된 습관을 과감히 버려야 할 때입니다."

가나안교회에 나가는 신자들의 목소리도 섞였다.

"허, 그 말도 안 되는 소리 집어치우게, 예수 믿는 사람들은 조상도 없는가?"

"작년에 단오굿을 안 해 수리 신령이 노한 기야."

갑론을박이 이어졌다. 내촌 사람들은 단오제를 잘 준비해서 정성껏 치르자는 의견이었고, 외촌 사람들은 가뭄을 극복하는 대책을 세우는 게 시급하다는 의견이었다. 팽팽한 긴장이 일었다.

늘 이랬다. 멀지 않은 이웃이면서도 물과 기름이다.

내촌 사람들은 가나안교회가 외촌 사람들을 모두 돌아 버리게 했다고 수군거렸다. 외촌 사람들은 지금이 어느 때인데 아직 옛날 풍습에 얽매여 사느냐고 힐난했다.

"단오제 행사는 우리 한내만의 행사가 아니여. 군에서두 나오구 외지에서두 숱하게 사람들이 찾아올 긴데 예전부터 전통적으로 내려온 행사에 먹칠을 해서야 되겠는가. 지금은 가뭄 때문에 모두 속들이 타겠지만 이럴 때일수록 진인사대천명해야지. 올해는 내촌에서 주관을 하게 됐으니 더 정성을 디려 성대하게 치를 작정이여. 뭣이냐, 나라에서도 '무형문화재'라나 하는 것을 지정할지도 모른다구 군청 사람들이 그러던데, 그렇다면 작년처럼 어물쩍 지낼 수야 없지."

오랜 시간 여러 의견들이 나오고 토론이 있은 후에 서문식 이장이 결론을 내렸다.

사실 지난해 단오는 그냥 형식적으로 치른 행사였다. 외촌이 주관한 단오는 가장 핵심인 국사성황 모시는 행사를 빼버렸기 때문에 김샌 풍선처럼 공허했었다.

단오제의 전통을 지켜 나가기 위해선 조상들로부터 전수된 전통양식을 그대로 재현해야 한다는 의견과 시대에 맞도록 내용을 고쳐 주민들의 단합을 위한 영농축제로 발전시켜 나가야 한다는 의견이 대립되고 있었다. 그리고 그것은 두 마을이 가지는 근본적인 생각들의 차이였다.

이날 마을회관 모임에 참석했던 지훈은 두 마을의 이질성을 실감했다. 그리고 작년 부임 초기의 어수선한 분위기에 겪었던 단오가 생각났고, 올해 다시 맞게 될 행사들이 기다려졌다.

단오가 가까워진 어느 날, 안골에 사는 수남이 어둑해진 부엌에서 저녁 식사를 준비하고 있었다.

사립문을 밀고 아버지가 돌아왔다.

가진 땅이 한 평도 없어 서씨네 문중 답을 여러 해 동안 소작해 온 아버지는 요즘 심상치 않은 가뭄에 굽은 허리가 더욱 휘었다.

"좀 쉬어가면서 하셔요. 무리하지 마시고."

"괜찮다. 농사꾼이 농사 안 지으면 할 끼 머 있다고. 니가 더 고생 이제, 수길이는 어디 갔나?"

"가겟집에 심부름 보냈어요."

잠시 뒤에 수남의 동생 수길이 집으로 돌아왔다. 손에 막걸리를 담은 주전자가 들려 있었다.

"아버지, 오늘 수고하셨서요."

수남이 밥상머리에서 아버지에게 술잔을 내밀었다.

"웬 술이냐?"

"오늘 월급 타는 날이라서."

"고맙다. 니 에미만 있어두. 니가 고상이 들 할긴데."

잔을 받으며 아버지의 입에서 한숨이 샌다.

"단오가 메칠밖에 안 남았는데 올엔 어머이가 안 오실라나…"

밥상머리에서 수길이 중얼거린다.

'어머니가 보고 싶은 게지.'

어머니, 살아 계시나 부재중인 어머니….

어디서부터 무엇이 어떻게 잘못되기 시작했는지 알 수 없다.

수남이 한내학교에 다닐 때만 해도 어머니는 그저 억척스런 농촌 아낙네였다. 넉넉지 않은 살림을 어떻게라도 일으켜 볼 셈으로 궂은 일을 마다하지 않고 동분서주했다. 어머니는 농사일로는 성이 차지 않았는지 삼십 리 길을 날마다 걸어서 대천읍으로 나가 장사를 했다.

처음에는 대천읍 시장 뒷골목 화장실 근처에 자리 잡고 고추, 마늘, 곡식부터 시작하여 고무줄 넣은 몸뻬와 군용 담요, 의류와 공산품에 이르기까지 닥치는 대로 돈이 되는 물건들은 무엇이나 취급하는 만물장수였다. 그러다 어느 날부터 어머니가 가끔 먼 곳으로 나가 몇 날 몇 밤을 보내고 며칠에 한 번씩 집으로 돌아오는 불규칙한 생활이 시작되었다.

그리고 어쩌다 집에 들르는 날이면 제법 두툼한 돈뭉치를 꺼내 놓기도 했다.

아버지는 그럴 때마다 헛기침을 한 번씩 하곤 "송충이는 솔잎이 제 격이여" 하며 불만과 우려를 표명했다.

수남이 한내 학교를 졸업하고 대천읍내 중학교에 들어가던 해였다. 장사하러 외지에 나갔다가 여러 날 만에 돌아온 어머니 입에서 긴 한숨이 새어 나왔다.

"다 망했다."

무슨 일이 일어났는지 알 수 없었으나 어머니는 풀이 죽어 있었다. 그 무렵 어머니는 대처로 나가 돈이 되는 물건들을 모아다 암시장에 내다 파는 암거래 시장에 뛰어들었던 것 같다.

소문에 의하면 어머니는 거래가 금지된 군수품들을 취급하다가 당국에 사실이 알려지고 물건을 몽땅 압수당해서 감옥에 가게 된 형편이었는데, 뒤를 봐주던 높은 사람의 백으로 간신히 감옥 가는 일만 모면한 채 빈손으로 빠져나왔다는 것이다.

그런 이야기들은 그냥 풍문이었고, 어머니의 입을 통해서 들은 적은 한 번도 없다.

수남은 그 당시 너무 어려서 어머니에게 무슨 일이 생기고 있는지 알 수 없었다.

집에 돌아온 어머니는 몹시 신경질적으로 변해 있었다. 한밤에도 잠을 이루지 못하고 뒤척대는 일이 잦아졌다. 꿈에 죽은 고모가 보인다고 했다.

그러던 어느 날 어머니는 다시 집을 나갔다.

"칠성암에 가서 기도를 좀 하고 내려올 기다."

3. 토템 75

칠성암은 절이라기보다 수리재 중턱 칠성골짜기 바위굴 곁에 세워진 규모가 작은, 말 그대로 암자였다. 골이 깊고 바위와 숲이 절경인데다 샘과 개울도 있어 오래전부터 마을 사람들과 학생들이 소풍지로 삼곤 했는데, 불심 깊은 부자가 암자를 보시해 주지와 수행승 보살들이 상주하는 사찰로 변모하고 있다.

그 불심 깊은 부자는 다름 아닌 내촌 서상집 씨다. 대천 서씨 종손인 서 영감은 내촌 일대에서 제일가는 부자여서 내촌에 들어선 사람은 서 씨네 땅을 밟지 않고는 길을 갈 수 없다고 할 만큼 많은 땅을 차지하고 있었다.

서 씨에게는 서울에서 대학을 다니다가 집에 돌아와 있는 아들이 있었다. 근섭이라고 부르는 그는 큰 수술을 하고 나서 간신히 건강을 회복했는데, 부처님의 은공이라고 생각한 아버지가 부처님 공덕을 기리는 뜻에서 칠성암을 대대적으로 수리하고 법당을 짓고 요사채를 갖추어 지금과 같은 제법 규모를 갖춘 사찰로 만들었다.

건강 때문만은 아닌 이유로 근섭은 집과 칠성암을 오가며 불도에 심취한 듯한 행적을 보여주었다. 그러다가 근래 몇 년간은 무슨 연유인지 집 안 별채에 칩거, 얼굴을 드러내지 않고 있었다.

칠성암은 근처에 절다운 절이 없어서 한내에 사는 아낙들이 치성을 드리러 가곤 했는데, 몇 년 사이 단청을 다시 입히고 면모가 일신되어 외지 신도들도 드나드는 규모 있는 사찰로 변했다.

그곳의 승려들은 어느 종단에 속한 것 같진 않고 칠성암이란 이름처럼 부처님과 북두칠성님, 수리산신, 국사서낭신, 옥황상제님, 미륵세존님, 석가여래님, 동해용왕님 등 이름도 갖가지인 여러 신들을 모시고 있었다. 그래서 불도와 무속이 적당히 비벼진 정체불명의 예배의식들을 집행했다. 목탁과 염주는 있으되 경을 외우지는 않는 것 같고 설법을 들려주지도 않았다.

　마을 사람들의 청탁이 있으면 돈을 받고 굿과 재를 열어 주기도 했다. 그리고 언제부터인가 수리 신령과 국사서낭신을 모시는 단오제 행사가 칠성암에서 수리재 신목 베기로 시작되고 있었다.

　칠성암의 이 같은 모호함은 서씨 가문의 신앙들과 일맥상통하는 데가 있다.

　서 씨네는 드물게 조상들이 동학에서부터 시작하여 새로 생기는 신흥 종교들을 모두 받아들여 온 내력이 있다. 일제강점기를 거치면서 백백교니 증산도, 보천교, 미륵교 등 이름도 생소한 교들이 서 씨 가문에 오르내렸다. 증산도 지부를 맡은 집안 사람이 있는가 하면, 지금 종손인 서상집 씨는 선불도라는 낯선 이름의 교를 선전하고 있었다. 들리는 말로 그의 아들 근섭도 새로운 교를 연구한다고 한다.

　이 같은 영향력으로 내촌에서는 여러 사람이 절에 다닌다며 그곳에 드나들었다. 수남 어머니도 그 틈에 끼어 있었다.

　'앞고개 아재'라고 불리던 수남의 고모뻘 되는 한 여인은 6·25전쟁에 독자를 의용군에 보내놓고 눈물로 밤을 지새우던 중, 문득 한 소리를 꿈에서 듣고 집 뒤뜰에 단을 쌓아 새벽마다 정화수를 뜨기 시작해 몇 년을 계속하더니, 칠성암에 드나들며 그곳의 승려들에게 내림굿을 받았다. 그 고모는 절에서 가져온 극락도를 집 뒷방에 붙여놓고 점집을 차렸다. 찾아온 사람들의 길흉화복을 족집게같이 집어낸다고 집게보살이란 별명이 생길 만큼 그 고모는 점을 잘 쳤다.

　그러나 남의 점은 잘 쳐 주면서 자신의 운명은 한 치도 내다보지 못했는지 수년 전 한여름 폭우가 쏟아지던 날 밤, 칠성암에 갔다 돌아오는 길에 방죽에 빠져 숨진 채로 발견되었다.

　귀신에 홀려 죽었다는 마을 사람들과는 달리 그 고모와 늘 절에 같이 다니던 수남 어머니는 아들의 혼백이 찾아와 극락으로 데려갔다고 그 고모의 죽음을 설명했었다.

수남 어머니는 고모의 점치는 능력을 늘 부러워했다. 그래서였을까. 언제부턴가 그 죽은 고모가 밤마다 꿈자리에 나타나기 시작하면서 여러 날 알 수 없는 병을 앓게 되었다. 집에서는 아버지가 서씨 네 사람들 중 용하다는 무당을 불러 굿을 하고 법석을 떨었지만 차도가 없었다. 어머니는 무엇에 홀린 사람처럼 칠성암으로 거처를 옮겼다.

그곳에서 그녀는 홀연 곡기를 끊고 백일 기도에 들어갔다. 생명을 건 금식기도가 시작되었다. 칠성암 암자 뒤편에 있는 석굴이 그녀의 기도처였다. 지금까지 누구도 시도하지 못했던 일이 시작되었다. 소문을 듣고 사람들은 한 달을 버티지 못하고 굴에서 나올 것이라고 했다. 그러나 아침저녁 냉수 한 모금으로 기도에 정진하던 그녀는 예상을 뒤엎고 그 백 일을 채워 가고 있었다.

절에 다니던 사람들은 어리미댁(수남 어머니의 택호)도 드디어 신접 되었다고 수군댔다. 한밤중 칠성암 댓돌 밑에서 피 묻은 칼 한 자루를 찾아내는 영험이 나타났다는 소문도 들렸다. 백일 금식기도로 쇠약해졌지만 그녀는 신통력이 충만해 제신과 수시로 통화를 하고, 장래에 일어날 일들을 거침없이 말하기 시작했다고 한다. 별로 배운 적이 없는 경을 줄줄이 외는가 하면, 새로운 경을 만들어 낸다고도 했다. 칠성암은 부처님이 현신한 것이라는 소문을 내고 수남 어머니에게 운당(雲堂)이라는 법명을 내렸다.

그리고 그녀에게 나타난 빙의(憑依) 현상을 보고 때가 이르렀다고 접신 굿을 준비하고 있었다.

백일 기도 시한을 사흘 앞두고 운당은 입신을 한다.

공양을 하는 보살이 냉수 그릇을 들고 굴에 갔을 때 운당은 동굴 안에서 천장을 향해 반듯이 누운 채 혼절 상태가 되어 있었다. 그 보살은 뭔가 이상한 낌새에 얼굴을 들여다보았는데, 숨소리도 들리지 않았다. 법당에 있던 주지스님이 달려오고 사람들이 모여들었다.

"입신입네다. 깨우지 마시라요."

주지는 사람들에게 주의를 시키고 동굴에서 사람들을 내보냈다.

그렇게 사흘이 지나갔다.

그런데 그녀는 홀연 칠성암에서 자취를 감추었다. 백 일이 지난 아침 사람들이 동굴을 찾았을 때 그곳에는 그녀가 앉았던 때 묻은 방석 한 개만 덩그러니 놓여 있었다.

백일 기도가 끝난 운당이 홀연 도통하고 축지법을 써서 거처를 옮겼다는 소문이 들렸다.

어머니를 생각하면 수남은 늘 혼돈에 빠진다.

그녀의 행적이나 생각 또는 이야기들은 언제나 모순투성이여서 조리 있게 설명하기가 몹시 어렵다. 시간적인 순서나 사건의 인과관계를 설명하다 보면, 사건의 전후가 착시적인 상태로 애매해지거나 논리적인 설명이 불가능해지는 경우가 허다했다.

어머니가 어떻게 칠성암을 떠나게 되었는지, 피 묻은 칼의 정체는 무엇인지, 실제로 칼을 발견했는지, 입신은 풍문인지 추측인지 모든 것이 아리송한 채로 남아 있다.

절에 간다고 나간 어머니가 잠적한 뒤 수남의 집은 엉망으로 변했다. 아버지는 절에 찾아가 아내를 찾아내라고 호소했으나 절 사람들도 알 수 없는 일이며, 영적으로 신의 계시를 받아 행적을 감춘 듯하다고 알 듯 모를 듯한 해명을 했다.

그 일이 있은 며칠 뒤, 수남의 집에는 낯선 남자가 찾아왔다. 자신을 강천시 학무국 직원이라고 밝힌 그 남자는, 수남 어머니가 자신의 어머니에게 빌린 십만 원을 갚을 것을 아버지에게 요구했다. 청천에 날벼락이었다.

사연인즉 고향 사람을 통해 자신의 어머니와 알게 된 수남 어머니가 고의적으로 속여 높은 이자를 준다는 조건으로 장사하는 데 부족한 물건 값을 수차례 빌려간 액수가 무려 십만 원에 이른다는 것이었다. 그동안 소식이 없어 궁금했던 차에 수사기관으로부터 거래 금지품인 군수품을 취급하다 입건되었다는 내용을 듣고 여기까지 찾아왔다는 것이다.

사색이 된 아버지는 낯선 남자 앞에서 기어들어가는 목소리로 말했다.

"증말 우리는 아무것도 모른다구요. 그 여편네는 집에서 나간 뒤 종무소식이라…"

남자는 연락처를 적은 쪽지를 주고 "경찰서에 고발하기 전에 꼭 갚으라고 전하시오"라는 위협을 남기고 사라졌다.

방 안에서 문틈으로 이 모습을 지켜보던 수남의 가슴에서 커다란 덩어리 하나가 떨어져 내렸다. 어렴풋이 어머니의 행적이 머릿속에 그려지고 확신이 들었다.

'어머니는 죄를 짓고 도망친 것이다.'

그날 수남의 집을 방문한 남자는 수시로 사람을 보내 빚 독촉을 했고, 견디다 못한 아버지는 마지막 재산이던 안골 논 세 마지기를 서씨 네에 잡히고 급전을 마련해 그들에게 건넬 수밖에 없었다. 간신히 이자를 탕감 받아 빚을 청산한 뒤 아버지는 서 부자네 논을 붙이는 소작농으로 전락하고 수남은 다니던 학교를 그만두어야 했다.

수남이 한내학교에 사환으로 취직한 것은 딱한 사정을 들은 외촌

가나안교회의 최종수 씨가 학교에 부탁을 해서 이루어진 일이었다. 외촌에서 큰 과수원을 운영하던 종수 씨는 가나안교회 장로로 한내 학교의 사친회장도 맡고 있었다.

어머니의 옳지 못한 행적이 드러나면서 수남은 깊은 영혼의 상처를 입었다. 그와 함께 어머니가 자주 다니던 칠성암과 거기 관련된 사람들에 대한 증오가 미신과 우상에 대한 환멸로 이어져 갔다.

건넛마을 학교에 일자리를 얻으면서 수남은 자연스럽게 가나안교회 사람들을 만나게 되었다.

믿음이 깊어지면서 수남은 어머니를 억누르고 있는 사탄의 역사를 물리칠 힘을 달라고 울며 기도했다.

집에서 가나안교회까지는 시오 리가 넘는 거리다. 비가 오나 눈이 오나 그는 새벽 4시면 교회의 종각에 올랐다. 스스로 생각해도 그게 어떻게 가능했는지 알 수 없는 기적 같은 일들이 연속되며, 언젠가 이 시험이 끝나 하나님의 말씀으로 가정이 회복되리라는 믿음으로 숱한 어려움을 참고 또 참아 내고 있었다.

"올해는 안골 사람들이 단오를 준비한다고 하던데 기우제를 지낼 모양이야."

저녁 상을 물리고 툇마루에 나와 담배 한 대를 피워 문 아버지가 지나가는 얘기처럼 말했다.

"아버지, 그건 미신이라구요. 백날 귀신에게 빌어 봐야 아무 소용 없어요. 모든 일을 하나님이 하시는데."

"늘 해오던 일이니 관심이 있는 기지. 꼭 기우제를 믿어서 그러는 기 아니구. 이번 단오엔 니 에미가 나타날지도 모르겠다."

"무슨 소식이라두 있어요?"

"절에 댕기는 사람들이 이번 단오굿엔 큰 무당이 나서야 되고, 운당이 와야 한다구 의논들을 했다는데. 서씨들도 같은 의견이구."

"그까짓 귀신 섬기는 사람들의 말은 듣지도 생각하지도 마서요."

"소문이 그렇단 얘기지."

아버지는 담배연기를 한숨처럼 내뿜었다.

수남은 어머니가 집으로 오게 될지도 모른다는 아버지의 말에 긴장이 되었다. 드디어 어머니가 모습을 나타낼 모양이다. 어머니가 그동안 어디에 계셨을지 수남은 대충 알고 있었다.

"새 세상이 온다."

"세존님이 그렇게 알려 주신다."

"피난처를 찾아야 해."

절로 기도하러 들어간다며 집을 나서면서 수남에게 남긴 어머니의 말이었다.

어머니는 그 피난처라는 곳으로 가 숨어 있을 것이다.

석답골이라는 깊은 골짜기에서 수도를 계속하고 있다는 어머니, 칠성암 사람들로 인해 어머니는 많이 부풀려지고 있었다. 백 년에 한 번 날까 말까 한 신력이 높은 보살이라는 것이다.

수남은 그런 소문을 도무지 믿을 수 없었다.

그에게 어머니는 좀 감상적인 데가 있는 억척스런 시골 아낙네, 그 이상도 이하도 아니었다. 집안 살림살이를 일으켜 보고자 물불을 가리지 않고 일을 저지르고, 그것을 모면하려 도피해 있는 그런 사람이다. 수년간 집 근처에도 나타나지 못하는 것은 식구들을 볼 면목이 없어서일 것이라고 수남은 단정하고 있었다.

그런데 다음날 그 어머니가 소문처럼 홀연히 돌아왔다.

학교에서 근무를 끝낸 수남이 집으로 돌아왔을 때 동생 수길이 말했다.

"형아, 어머이가 왔다."

한내학교의 졸업반인 수길이는 여덟 살이나 차이가 나는 동생이다. 어머니가 떠난 뒤 수남이 기르다시피 했다. 어느새 6학년이 되었는데 제법 집안일을 도왔다.

"어머이가?"

"그래."

"언제?"

"학교에서 집에 와 보니 와 있더라."

"그런데 어디 갔나?"

"절에 올라간다고 하더라."

"니보고 뭐라 하더나?"

"고상(생) 많았재? 그라더라."

"그리고는?"

"쪼끔만 더 고상하문 된다고 하더라."

"뭐가 된대?"

"모르겠다."

저녁에 논에서 돌아온 아버지는 어머니가 돌아왔다는 소식에 흠칫하더니 "집에는 뭐하러 들러"라고 퉁명스럽게 말하곤 담뱃갑에서 담배를 꺼내 물었다.

수남도 어머니를 찾아 절에 올라가 보고 싶은 생각이 없었다.

가족을 팽개쳐 버리고 집을 떠난 어머니, 그는 속으로 이젠 더 이상 어머니라 부르지 않을 것이라 다짐한다.

단오가 다가오면서 한내는 떠들썩해지고 있었다.

비가 내리지 않아 실개천으로 말라 버린 한내 모래밭.

마을 사람들이 일주일 전부터 단오 터를 준비하느라고 바쁜 손을 놀리고 있었다.

큰 다리 근처가 가장 넓은 백사장이어서 올해도 단오 터는 이곳에 세워졌다.

단오 터에서 가장 중심이 되는 광장에는 대형 차일이 쳐지고 수리 서낭 신령을 모시는 서낭 굿당으로 차려졌다.

내촌 서씨들을 중심으로 준비되는 이번 단오제는 기우제를 겸하여 치러지기 때문에 일찍이 볼 수 없던 큰 규모로 준비되고 있었다. 서씨 문중에서는 집안 운을 걸고 이번 단오를 치를 각오라고 소문이 자자했다.

단오는 한내에서 가장 큰 마을 행사다.

해마다 이맘때면 한 주일간이나 요란스럽게 벌이는 축제로, 어느 곳에서도 볼 수 없는 독특한 행사로 치러진다. 재정적 부담 때문에 단오는 수년 전부터 내촌과 외촌이 격년으로 유사를 맡아 계획하고 진행하는데, 작년에 유사를 맡은 외촌에서는 이 행사를 영농축제 형식으로 만들었다. 농악 경연대회, 씨름 대회, 그네 타기 등 민속행사와 더불어 동네별 축구 경기와 달리기 순서를 넣어 운동회 겸 동민 단합대회 성격이 짙은 행사로 치렀다. 이승규 목사를 중심으로 한 교회 사람들이 단오굿은 미신이니까 제외하자는 주장을 하면서 처음으로 큰 굿이 빠진 단오가 열렸던 것이다.

지난해 지훈이 한내학교 어린이들을 데리고 단오 개막식에 참가하게 된 것도 이런 연유에서였다.

자연히 내촌 사람들의 비판이 돌아왔다. 외촌이 유사로 치른 단오가 너무 부실했다는 반성에서 출발한 올 단오는 한내 백사장에 세워지는 각종 시설들이 대단하리라 한다.

원래 한내의 단오는 무당굿과 제사, 각종 놀이와 난장을 벌이는 여러 날의 행사였다. 한내의 단오제가 워낙 유명하다 보니 이때가 되면 수많은 외지 사람들이 모여들어 마을은 때 아닌 성시를 이룬다. 인근 면과 군에서도 한내 단오를 보러 사람들이 찾아온다.

올해도 단오 한 주일 전부터 외지의 장사꾼들이 단오 터 한내 둔치에 천막들을 치고 손님 맞을 채비에 들어갔다.

가뭄이 계속되고 있음에도 마을 사람들은 설렘으로 단오 맞을 준비를 하고 있었다. 그들은 올 가뭄이 작년에 단오굿을 하지 않은 탓이라고 공공연히 떠들고 다녔다. 수리서낭이 노했기 때문이라는 것이다. 심상치 않은 조짐이었다.

단오제를 집행하는 내촌 사람들이 단오 일주일 전에 칠성암이 자리 잡은 수리산에 올라 신목 베기 행사를 벌인다는 소식이 들려서 지훈은 그 행사에 참여해 보기로 했다. 마침 현충일과 겹쳐 공휴일이었다.

수리산은 마을 동북쪽을 아우르는 제일 높은 산이다. 수리재는 그 정상 부분의 고개를 지칭한다. 수리산은 옛날 이 마을에서 태어난 신라의 고승인 수일국사가 수도를 했던 영산이며, 그 수일국사가 성황이 되어 마을 주민들의 길흉화복을 주관한다고 사람들은 믿고 있었다.

내촌의 행사 진행요원들과 신목잡이로 지정된 운당이라는 무당과 칠성암 승려들로 이루어진 일행을 따라 지훈은 수리산으로 갔다. 새벽 미명에 떠난 일행이 수리재에 도달한 것은 한나절이 지나서였다.

신목 베기 행사는 수리산 정상에 있는 신장부(神將符) 서낭당 옆

숲속에 들어가 곧고 잘생긴 신목을 골라 서낭신을 받는 데서 시작된다. 칠성암에서 올라온 승려들과 서씨 문중의 유사가 곁에 선 가운데 오색찬란한 무복을 입은 운당이 산신각에서 영신굿을 한 자리 마치고 나와 신목으로 지정된 나무 앞에 섰다. 그녀는 요령을 흔들어 신을 부른 다음 목청을 돋우어 주문을 외며 신목 주위를 세 바퀴 돌고 나서 나무 앞에서 걸음을 멈추었다.

하늘을 향해 두 팔을 벌린 모양을 한 잘생긴 단풍나무였다. 나무 앞으로 다가간 그녀가 요령을 흔들며 가지를 잡자 둘러선 악사들이 요란한 제금과 꽹과리와 징을 울렸다. 신목을 잡은 운당의 손이 조금씩 떨리기 시작했다. 쇠가락 소리는 더욱 요란해지고 둘러선 사람들의 기도 소리도 커진다. 신목을 잡은 무당의 손이 와들와들 떨린다. 강신을 한 신목도 소리를 내며 흔들렸다.

"서낭님이 하강하셨네."

행사를 주관하는 제주가 신목을 잡자 인부 두 사람이 나서 무당이 잡은 신목을 둥치에서 잘라냈다. 둘러섰던 아낙네들이 신목 가지에 청색 황색 예단을 걸며 소원을 빈다.

울긋불긋해진 신목을 잡은 운당의 모습은 제법 의젓했다. 창이나 독경, 춤사위와 손 떨림도 완벽했다.

당초에 내촌 신목잡이 무당은 서씨네 수무당인 영신할멈이었는데, 나이가 너무 많아 굿을 할 기력이 없었다. 칠성암에서 운당을 추천했다 한다. 오랜 수도생활로 영력이 높아진 운당의 신목잡이 데뷔는 성공적이었다. 사람들이

고개를 끄덕여 그녀의 권위를 인정해 주었다.

그들은 신목 앞에서 간단한 제사를 지내고 하산했다. 신목은 달구지에 태워져 하산을 하는데, 농악패들이 길군악을 울리며 앞장을 서고 온 동네가 떠들썩해진다.

이 신목은 하산하여 수리재 밑에 있는 여서낭당에 단옷날 아침까지 모셔질 것이다. 여서낭당에는 옛날 이 마을 출신인 김씨 처녀의 혼백이 모셔져 있다. 이날은 또한 수리서낭이 김씨 처녀를 데려가 혼배한 날이므로 무당패들이 부정굿과 서낭굿을 한 자리씩 벌인 뒤, 정성스레 신목을 당 안으로 모셔 들였다. 신들의 합사를 축하해 준 셈이다. 전설에 의하면 수리서낭님이 호랑이를 사자로 보내어 내촌 김씨 처녀를 모셔오게 하고 아내로 삼았다고 한다.

내촌 사람들을 따라 신목을 모셔오는 과정을 살펴본 지훈은 한내만이 가지는 독특한 풍습을 살펴보는 좋은 기회였다고 생각되었다.

작년과는 완연히 다른 단오굿이 준비되는 모습을 보며, 지훈은 한내가 보여주는 또 다른 얼굴을 발견할 수 있었다. 그들은 신목이라는 토템으로 하나가 되고 있었다.

다음날 학교로 돌아온 지훈의 책상에 편지가 배달되어 있었다.
'중간시험이 끝나면 곧 내려갈게요. 올해는 단오를 볼 수 있을 것 같네요. 보고 싶어요. 정말!'

발신인을 숨긴 편지는 희영에게서 온 것이었다. 그리움이 묻어나는 소식이 담긴 편지는 지훈을 설레게 했다. 사랑이란 이름으로 그녀를 생각하면 늘 가슴이 뛴다. '보고 싶어요. 정말'이 단오 구경인지 지훈을 만나고 싶다는 것인지 헷갈리기는 했지만, 그에게 희영의 소식은 가뭄의 단비와도 같았다. 갑자기 그는 자신의 모든 감각과 세포들이 생기로 넘치고 기쁨으로 충만한 것을 느낀다.

"김 선생, 무슨 좋은 일이 생겼어?"

교무실로 들어서던 홍 선생이 놀리는 목소리로 물었다.

"아무것도 아닙니다, 선배님."

"아니긴, 어머나 김 선생 저 얼굴 빨개지는 것 좀 봐."

뒤따라오던 강 선생이 거든다. 뭔가 눈치를 채고 있음이 분명하다.

"아니, 사모님까지 왜 이러세요? 저 빨리 교실에 들어가 봐야 돼요."

지훈은 정말 무슨 비밀이라도 들킨 때처럼 얼굴이 달아올라 교무실에서 도망치듯 빠져나갔다.

"하하, 완전히 포로가 돼 버렸어…."

뒤에서 홍 선생 부부의 유쾌한 목소리가 출입구 안으로 잦아들어 갔다.

"일찍 나오셨어요. 선생님."

쟁기통을 들고 복도로 들어서던 수남이 맞닥뜨린 지훈에게 인사를 건넨다.

"박 형도 수고 많으십니다."

"무슨 일이 있어요?"

황급히 나오는 지훈이 의아스러웠던 모양이다.

"아니, 아무것도 아닙니다."

지훈은 교실로 급히 들어갔다.

희영과의 관계는 홍 선생 부부나 수남에게 전혀 내색하지 않은 일이라서 비밀에 속한다고 생각하고 있었는데, 오늘 편지가 그들의 호기심을 자극한 모양이다. 아니, 그들은 이미 희영과의 사이를 짐작하고 있는지도 모른다. 어쩔 수 없는 일이다.

지훈은 교실 벽면에 걸린 달력을 보았다. 나흘 앞으로 다가온 단오는 주일날과 겹치고 있었다.

며칠 동안 집안일을 거들다 학교에 나온 아이들은 어수선해져서 수업이 잘 진행되지 않았다. 간신히 아이들을 수습하여 다섯 시간의 수업을 마쳤다. 아이들의 하교를 돕기 위해 운동장으로 나온 지훈은 이상 고온의 열기를 마셔야 했다. 운동장은 온통 복사열로 끓어오르고 있었다.

건조한 바람이 먼지를 날렸다.

벌써 넉 달째 비다운 비가 내리지 않았다.

예년에 없던 가뭄이다. 설상가상으로 하지가 가까워 온 날씨는 이상고온 현상을 보여 한낮의 수은주를 엄청나게 끌어올리고 있었다. 재앙이 하얀 빛깔로 다가오는 느낌이었다.

단오까지 비가 내리지 않으면 모든 천수답의 모내기는 포기할 수밖에 없다고 한다. 대파(代播)할 작물도 마땅치 않아 마을 사람들은 하늘만 쳐다보는 신세가 되고 말았다. 마을 사람들은 밤새 물웅덩이를 파고 물을 길어올렸다. 한 바가지라도 더 부어 벼 포기를 적셔 보려고 애썼지만 쩍쩍 갈라져 나가는 논바닥을 어떻게 해볼 재간이 없었다. 아침이면 수리재 위로 솟아오르는 시뻘건 태양빛에 절망하곤 했다.

"하늘이 노한 기여."

"진인사대천명이라 힘 자라는 데꺼정 해봐야재."

삼거리 느티나무 아래 땀을 식히러 나온 동네 어른들은 불가항력을 한숨으로 토했다.

가뭄으로 바삭바삭 말라가는 전답을 바라보는 마을 사람들의 마음도 새카만 숯덩어리가 되어 기우제로 치러지리라는 단오를 기다리고 있었다.

삼일예배가 있는 수요일, 이날 조금 일찍 퇴근한 지훈은 교회로 올라갔다. 회당 안에는 여기저기 빈자리가 많았다. 들일이 바빴던 때문일 것이다.

이 목사는 평소와 같이 예배를 인도했다.

설교 주제는 "엘리야의 기도"였다.

구약 열왕기에 나오는 아합 왕 시대의 선지자 엘리야는 왕과 백성들이 우상숭배로 악을 행하자 가뭄을 예언하며 회개를 부르짖었다. 그러나 그들이 깨닫지 못하자, 갈멜 산에서 바알과 아세라 선지자 850명을 상대로 하늘의 불 대결을 벌이는 극적인 장면이었다. 우상을 섬기는 선지자들의 번제물은 그냥 두고 엘리야의 번제물에 불을 내리신 여호와의 섭리를 이 목사는 감동적으로 전했다.

"엘리야는 바알의 선지자들을 모두 꺾은 이후에 갈멜 산에 올라 혼신의 힘으로 기도함으로 하나님이 그 기도를 들으시고 큰비를 내리신 말씀이 18장에 나옵니다."

그는 설교 말미에 요즘의 심상치 않은 날씨에 대한 우려를 표명한 뒤 하나님을 믿는 백성들이 혼신의 힘을 합해 기도할 때라고 강조했다.

광고 시간에는 지난 주일에 선포한 연속 철야기도와 금식기도에 많은 동참을 바란다고 했다. 시의적절한 내용이었다.

예배가 끝나고 지훈은 성가대원들과 주일 찬양을 연습했다. 대원들이 절반밖에 나오지 않아서 연습이 제대로 이루어지지 않았다.

날씨가 심상치 않다는 걱정이 성가대원들 사이에도 퍼져 있었다. 연습이 끝나고 지훈은 교회 사무실에 들렀다.

"어서 오세요, 김 선생님."

최 장로와 얘기를 하고 있던 이 목사가 지훈을 맞았다.

"정말 걱정입니다. 날씨가 왜 이러는지 모르겠습니다."

지훈이 날씨 걱정으로 인사했다.

요즘 한내 사람들에겐 날씨가 인사말이 돼버렸다.

"그러지 않아도 지금 장로님과 날씨 걱정을 하고 있었습니다."

"심각한 일입니다."

이 목사와 최 장로가 공감을 나타냈다.

"마을 전체가 가뭄과 전쟁을 치르는 느낌입니다."

"그래요. 예년에 없던 재난이 될 것 같아 걱정입니다."

"지난 주말에 수리재에 있었던 신목 베기 행사에 참여해 봤습니다. 내촌 사람들 대단하더군요. 단오 때 대대적으로 기우제를 지낼 모양이던데…."

"잘 알고 있습니다. 김 선생님은 아직 한내를 속속들이 알 수 없을 겝니다. 단오는 마을의 전통적인 행사 중 하나입니다. 올해 내촌 쪽에서 행사를 주관하기 때문에 그쪽으로 무게가 실려 있어요."

"교회에서도 무슨 대책이 있어야 되지 않겠습니까?"

"오래된 관습이라서 고쳐지기가 힘듭니다. 물리적으로 그 행사를 막을 수는 없어요. 행정기관에서는 전통이다, 민속이다 하는 구실로 미신임에 틀림없는 단오제를 장려하는 입장입니다. 저는 솔직히 이때가 되면 몹시 괴롭습니다."

"그렇다고 그냥 구경만 하기엔…."

"기도하는 수밖에요. 하나님의 권한에 속한 일입니다."

이 목사는 미간을 찌푸렸다. 고통스런 표정이었다.

"그래서 단오제 기간 동안 우리 교회는 전 교인이 하루 한 끼 금식하고 철야기도를 계속하기로 한 것입니다."

최 장로가 곁에서 부연했다.

3. 토템 91

지훈은 왠지 가슴이 답답해 옴을 느꼈다.

단옷날이 다가오는 며칠 사이 마을에서는 내촌에서 주관하는 기우제가 속속 치러지고 있었다.

단오제에 제관으로 선출된 한내 1리 서 이장을 중심으로 십여 명의 집행부가 조직되자, 단오제 닷새 전부터 하루에 한두 차례의 의식을 치르기 시작했다.

그들이 제일 먼저 한 일은 오월 초하루 밤에 수리재에 모여 불을 피운 일이다. 산상분화(山上焚火)라고 하는 이 의식은 제관과 마을 사람들이 마른 장작과 솔가지, 풀 등을 산신각 앞에 쌓고 강신(降神), 헌주(獻酒)와 독축(讀祝)으로 제례를 행한 후, 불을 지르는 의식이다. 의식에 참여하는 사람들은 정성스런 목욕재계로 부정하지 않게 했다.

초이튿날은 마을 아낙네들이 키를 가지고 한내로 나와 냇물을 퍼담아 머리에 이고 온몸을 적신 채 뭍에 오르는 의식을 치렀다. 오랫동안 마을에서 해보지 않던 의식이라 물장난처럼 되고 말았지만 물이 줄줄 새는 키를 머리에 얹고 냇물에서 나오는 아낙들의 표정은 진지했다.

그 사이 집집마다 처마에 물을 채운 병을 거꾸로 매달았다. 마개 사이로 흘러내리는 물방울이 빗방울로 변하기를 간절히 바라는 마음도 담아 뒀다.

초사흗날에는 수리재 중턱에 있는 용소(龍沼)에서 동네에서 제일 튼실한 황구 한 마리를 잡아 생피를 뿌리는 의식이 있었다. 마을에 어른대는 잡귀들을 물러가게 하는 부정화(不淨化) 의식이다. 죽은 개의 머리는 용소에 던져졌다. 부정의 자취를 깨끗이 씻어 내기 위해 용신이 큰 비를 내린다는 속설을 믿음으로 행해지는 의식이었다.

그밖에 단오 터 곳곳에는 한지에 그린 용 그림이 나붙었다. 그림을 보는 사람들마다 비를 내려 주기를 빌어야 한다.

단옷날에는 내촌과 외촌의 전통적인 줄다리기 시합이 있을 것이다. 쌍룡상쟁(雙龍相爭)으로 불리는 이 행사는 단오 행사 중 가장 관심이 높은 것 중 하나이다. 그네나 씨름이 개인전인 데 비해 쌍룡상쟁은 마을의 명예가 걸린 단체전인 까닭이다. 이것 역시 용신을 기쁘게 하는 기우제 여러 의식 중 하나이다.

단옷날이 밝아 왔다.

주일이 겹친 날이어서 지훈은 9시쯤 교회로 가기 위해 집을 나섰다. 하늘은 구름 한 점 없었다. 한낮이면 또 땡볕이 쏟아져 내릴 것이다.

자전거로 덕적산 기슭으로 오르면서 그는 한내 백사장을 내려다보았다.

며칠 전부터 북적대기 시작한 단오 터는 사람들이 띄엄띄엄 모여들고 있었다. 넓은 모래밭에 세워진 수많은 차일과 천막들, 휘날리는 각종 깃발들과 광고 전단들, 굿당을 중심으로 매달린 오색 연등들이 울긋불긋했고, 가장자리로 벌어진 난장에는 온갖 종류의 음식점들이 즐비하게 들어서 있었고, 아이들의 놀이터도 차려져 있었다.

외지에서 모여든 자동차들도 여기저기 눈에 띄었다.

난장에는 수많은 먹을거리들과 야바위 패들과 엿장수의 가위 소리, 감자전 부치는 냄새, 일용품을 파는 난전에서 장사꾼들이 질러대는 고함 소리, 서커스단이 들어 있는 간이천막에서 틀어 놓은 확성기에서 흘러나오는 유행가들이 섞이며 복작거리는 소음이 멀리서 들려왔다.

교회에 올라간 지훈은 뜻밖에 성가대 연습실 피아노에 앉은 희영을 볼 수 있었다.

"오랜만이에요."

피아노에 앉은 채 희영이 활짝 웃었다.

"언제 오셨습니까?"

"어제 막차로 왔어요."

"그랬군요. 무슨 일이라도 생긴 줄 알았습니다."

어제 늦게까지 희영의 전화를 기다린 생각을 하며 지훈은 짐짓 성낸 얼굴로 쏘아본다. 시선이 부딪히며 희영의 눈동자가 반짝 빛을 냈다.

성가대원들이 들어오기 시작해서 두 사람은 시선을 거둔다.

간단한 기도로 지훈은 찬양 연습에 들어갔다.

본 예배에 나온 성도들의 수는 오늘따라 더욱 줄었다. 마을 행사 때문일 것이다.

예배가 끝난 후 교회 식당에서 교회 여집사님들이 준비한 점심을 먹으며 지훈이 희영에게 말한다.

"전도사님을 모시고 단오 터를 둘러보고 싶은데 어떠실는지?"

"좀 바쁘긴 하지만 모처럼 하시는 부탁이니 들어드릴 수밖에."

방으로 들어가 가벼운 차림으로 바꾼 희영이 지훈을 따라나섰다.

"단오제의 본질을 구체적으로 파악해 보고 싶습니다."

교회 정문 앞에 이 목사 부부가 나와 섰다.

"염려 마시고 다녀오세요."

이 목사에게 희영과의 동행을 허락받는 절차에 다소 무리가 있는 어법이라고 지훈은 스스로에게 피식 웃음을 날린다.

희영은 지훈의 자전거 뒤에 서슴없이 올랐다.

경사가 급한 언덕길을 내려오며 자전거의 속도가 탄력을 받는다. 뒤에서 감은 희영의 팔이 허리를 조인다.

"좀 천천히 가요. 엉덩이가 깨지겠어."

"어젯밤 연락도 하지 않은 벌이야. 조금 더 깨져 봐."

"그런 법이 어디 있어."

"여기 있어."

길 옆으로 우거진 소나무 숲에서 시원한 바람이 몰려나와 얼굴을 감쌌다.

"정말 보고 싶어 죽는 줄 알았어요."

"입에 침 좀 바르고 말씀하시지."

"정말 미워."

희영의 얼굴이 등 뒤에 살포시 얹힌다.

상큼한 체취가 코끝을 스쳤다.

마을 앞으로 나오면서 희영이 자전거에서 내렸다.

"단오굿은 늘 연구의 대상이에요."

새침하던 말씨가 표변했다.

"토속신앙은 오랜 전통이 만들어 낸 자연스러운 관습과 같은 것이 아닐까요?"

"문제는 주민들의 전통적 사고가 기독교 문화의 개혁적인 요소를 접목시키는 데 장애가 된다는 것이죠."

삼거리를 지나 큰 다리를 건너자 단오 터가 나왔다.

정오가 지난 단오 터는 절정을 이루고 있었다. 생각보다 훨씬 많은 사람들이 백사장을 메우고 있었다.

농악대가 신명나는 가락을 울리는 곳을 지나자 음식점들이 즐비하고, 한낮인데도 주점 앞에선 촌로들이 막걸리 잔을 기울이고 있었다.

행사장 쪽에는 마을 대항 씨름과 그네 대회가 구경꾼들의 환호 속에 열전을 벌이고 있었다. 높다란 그네에는 한복을 입은 아낙네가 하늘 높이 솟구치고 씨름판에서는 박수와 고함이 일었다.

"김 선생님 씨름판에 한번 올라가 보시죠? 혹시 압니까? 송아지 한 마리가 걸어나올지."

"좋지요. 희영 씨 그네는 어때요? 한 냥짜리 금반지가 걸렸다던데."

그들은 마주 보며 빙긋 웃었다.

"선상님 나오셨어요?"

구경꾼들 사이에 여기저기서 학부모들과 아이들이 인사를 건네는 통에 지훈과 희영은 자유로울 수가 없었다.

"큰 굿당으로 가요."

희영이 지훈의 팔을 이끌었다.

단오제의 핵심인 큰굿이 진행되는 곳은 본부석이 있는 백사장 동편 광장이었다.

다른 곳보다 엄청 큰 차일 속에 차려진 굿당엔 수많은 구경꾼들로 이미 가득 차 있었다. 구경꾼들 대부분은 인근 각지에서 모여온 아낙네들과 노인들이었지만, 행사를 주관하는 칠성암 쪽의 승려들과 내촌 사람들이 섞여 열기를 뿜어내고 있었다. 굿당에는 이미 새벽 미명에 여서낭당에서 옮겨온 수리서낭 신목이 요란스레 꾸민 제상에 모셔져 있고, 백사, 홍사, 청사, 황사 원색 무복에 꽃 치장 고깔모를 깊이 눌러쓴 수무당이 제상 아래 늘어앉은 고수 악사들 장단에 맞춰 굿판을 벌이고 있었다.

한바탕 어우러진 쇠가락과 춤사위 끝에 수무당의 질펀한 창이 흘러나온다.

"…하늘과 땅이 생길 적에 미륵님이 탄생한즉
하늘과 땅이 서로 붙어 떨어지지 아니하고

하늘은 북개 꼭짓점처럼 도드라지고
땅은 사귀에 구리기둥을 세우고
그때는 해도 둘이요 달도 둘이요
달 하나 떼어서 북두칠성 마련하고
해 하나 떼어서 큰 별을 마련하고
잔별은 백성의 직성별을 마련하고
큰 별은 임금과 대신별을 마련하고
미륵님이 옷이 없어 짓겠는데
이 산 저 산 뻗어 가는 츩을 파내어
베어 내고 삶아 내어
하늘 아래 베틀 놓고 구름 속에 잉아 걸고
들고 쾅깡 짜내어서
츩장삼을 마련하니
전필이 지개요 반필이 소맬러라
미륵님이 탄생하여 생화식을 잡수시어…"

  시작도 끝도 없이 창이 이어지는 동안 고수와 악사들이 추임새를 넣어 흥을 돋운다.
  "거 창세가(創世歌) 한번 질펀하구나!"
  가락이 흥겨웠는지 구경꾼들 사이에서 벌떡 일어나 어깨춤을 추는 사람도 있었다.
  굿당의 심부름꾼인 듯 나이 어린 무격들이 바구니를 들고 회중으로 다니며 시줏돈을 걷는다. 할머니들이 허리춤에서 일 원짜리를 꺼내어 넣기도 한다.

3. 토템

"…옛날 옛 시절에 미륵님이
한쪽 손에 금쟁반을 들고
한쪽 손에 은쟁반을 들고
하늘에 축사하니
하늘에서 벌기 떨어져
금쟁반에도 다섯이오
은쟁반에도 다섯이라
그 벌기 자라와서
금벌기는 사나이 되고
은벌기는 계집이 되니라
은벌기 금벌기 자라와서
부부로 마련하야
세상 사람이 낳았더라.
미륵님 세월에는
성두리 말두리 잡숫고
인간 세월이 태평하고
그랬는데
오늘날에 다다라서
낯모르는 서양귀신
아구 같은 노랑구신
노릿내 풍기며 다가드는구나…"

　갑자기 무당의 목소리가 높아지며 제단 아래 쇠가락이 시끌벅적 울려 나왔다.
　구경꾼들은 흠칫하며 단 위를 주시한다.

무당은 춤사위를 멈추고 관중석을 노려보더니

"애퇫! 오늘 너희 부정하다.
가물이 언제 끝나느냐
묻지 말거라
미륵세존 하시는 만사
인간이 어찌 알겠는가…."

목청에서 쇳소리가 난다.
좌중이 숙연해진다.
자리에서 일어나 수없이 제상을 향해 절을 하는 아낙네도 있었다.
"아니, 저 무당이 왜 갑자기 저러지?"
지훈이 의아해서 곁에 선 희영을 돌아보았다.
"아마 무슨 메시지를 전하려고 그러는 것일 거예요."
"클라이맥스에 온 모양이죠?"
"글쎄요."
"이번 단오굿 준비하는 과정을 보면 기우제 성격이 매우 높았는데, 아마 마을 사람들이 서낭을 모시는 정성이 부족한 것을 책망하는 것 같군요."
"바로 보셨어요. 사람들이 긴장하는 것 보세요. 효과가 나타나고 있는 거예요."
희영은 굿의 내용을 예리하게 보고 있었다.
"황당한 일이네요."
잠시 멎었던 창이 다시 시작되었다.

"…미륵님의 말씀이 아직은 내 세월이지
네 세월은 못 된다
노랑귀신이 내 세월을 만들겠다.
미륵세존님 말씀이
너 내 세월을 앗겠거든
너와 나와 시행하자
더럽고 축축한 이 귀신아
그러거든 동해 금병에 금줄 달고
노랑귀신 은줄 달고
내 병에 금줄 끊어지면
네 세월이 되고
네 병에 은줄 끊어지면
내 세월이라
동해 중에서 노랑귀신 은줄이
탁 소리 내어 끊어졌다…"

구경꾼들이 박수를 쳤다.

"…둥둥두둥 둥기둥기야
이리 보아도 내 사랑이야
저리 보아도 내 사랑이야
무엇을 얻어 줄꼬 내 사랑이야
금방석 은방석에 대감이랴
아니 싫소
쇠고기 육탕에 찰밥이랴

아니 그것도 나는 싫소…."

수무당의 창은 다시 노랫가락으로 바뀐다.
전후 내용들이 서로 맥락이 닿질 않아서 중구난방인 창이 다시 지루하게 이어진다.
"이제 그만 갑시다. 계속 여기 있다가는 해 떨어지겠소."
지훈이 무당의 창을 흉내 내며 희영을 돌아보았다.
"그래요, 그런데 저 수무당이 누군지 아세요, 선생님?"
천막을 나서며 희영이 물었다.
"칠성암에서 온 운당이라던가, 그렇게 들었는데…."
"놀라지 마세요. 박수남 선생 어머니예요."
"아니 그게 정말입니까?"
옮기려던 걸음을 멈추고 지훈은 눈을 동그랗게 떴다. 엄청난 충격이었다.
"첨엔 잘 알아보지 못했어요. 근래 몇 년간은 얼굴을 본 적이 없거든요. 그런데 틀림없어요. 전에 마을에서 보던 얼굴이에요."
"박 선생은 전혀 내색을 하지 않았는데."
"그럴 수밖에요. 무슨 자랑스러운 얘기라고…."
"이해할 만하군요. 잠깐 얼굴 한 번 더 보고 옵시다."
지훈은 굿당 안으로 들어가 제상 앞을 바라보았다.
그곳에서 운당은 옷자락을 휘날리며 신무를 추고 있었다. 일주일 전 신목 베는 곳에서 만난 운당의 모습을 떠올렸다. 어딘가 칙칙하고 살기마저 느껴지던 그녀가 수남의 어머니일 줄이야.
"어쩐지 요즘 박 선생 표정이 계속 어두웠어요. 이런 사실을 저만 까맣게 몰랐군요."

"가출한 지 벌써 여러 해 되었어요. 어머니 문제는 박 선생님의 가장 큰 기도 제목이기도 하구요."

긴 여름 해도 제법 기울었다.

두 사람은 떠들썩한 단오 터를 떠나 교회로 돌아오는 오솔길로 다시 들어섰다. 냇가에서 들려오는 사람들의 소리가 아득히 멀어져 가는 조용한 길이었다.

지훈이 곁에서 걷고 있는 희영의 손을 가만히 잡았다. 잠깐 꼼지락하다가 잠잠해진다.

"잠시 쉬어갈까?"

울창한 나무들이 짙은 초록을 마음껏 내뿜는 샛길 사이로, 숲으로 가려진 아늑한 잔디가 보였다.

자전거를 바위 곁에 세우고 그들은 잔디에 앉았다.

"엉큼해! 자긴."

지훈의 포옹에 감겨오며 희영이 눈을 흘겼다.

길고도 달콤한 입맞춤으로 그들은 뜨거워진 열정을 주고받는다.

희영의 입에선 진한 솔내음이 났다. 쌉쌀하면서도 싱그러웠다.

"집에선 얼마나 있게 되는 거야?"

오랜 포옹을 풀고 지훈이 물었다.

"지내 봐야 해요, 2주 정도."

"아니, 방학이 그것밖에 안 되는 거야?"

"성경 스터디가 있어요, 방학 중 봉사도 나가야 되고."

"가나안교회도 신경을 써야 될 것 같은데."

"아버지가 잘하고 계시는데 뭘 그래요."

"아까 낮 예배에 모인 사람들 봤잖아. 성가대도 그렇고."

"어쩜 이렇게 보호자 같은 말씀만 하실까?"

겉으로는 농담을 하면서도 희영은 지훈의 교회를 향한 관심이 고마웠다. 가슴으로 깊이 감사했다.

'좋으신 하나님, 좋은 사람을 만나게 해주신 은혜를 감사합니다.'

그들이 교회에 도착했을 때는 저녁 예배 시간이 가까워지고 있었다. 교회 마당에서 그들은 수남을 만났다.

"일찍 올라오셨어요."

"박 선생, 교회에 있었군요?"

"예."

"어머니 말씀을 들었습니다."

"……"

"힘을 내세요."

"네, 타종 시간이 됐어요."

수남은 종각 쪽으로 갔다.

잠시 후 '데엥 데엥 데엥……' 종각에서 종이 울었다.

수남의 착잡한 마음이 담긴 것처럼 가까이서 들리는 종소리가 어수선했다.

그 단옷날 수남은 온종일 교회 지하 기도실에 있었다.

하루를 금식하며 그는 기도했다.

설마 어머니가 단오제에 굿을 맡으리라는 예상은 해본 적이 없기 때문에 수남의 충격은 상상을 뛰어넘는 것이었다.

"주님, 자비로우신 주님의 사랑으로 저와 저의 가정을 구원해 주옵소서. 악한 세력을 물리치는 지혜와 선한 용기를 허락하시옵소서. 평생을 우상숭배와 마귀에게 종 노릇 하며 살아온 어머니를 용서해 주시고, 악한 사탄 마귀에게 사로잡힌 어머니를 불쌍히 여기사 마귀의 손에서 속히 건져 주시옵소서…."

눈물이 두 볼을 타고 하염없이 흘러내렸다.

고향으로 돌아왔지만 가족이 있는 집으로 오지 않고 절에 머물면서 굿을 준비하고 있었던 어머니에 대한 증오가 목까지 끓어오르기도 했다.

지난 수년간 가정을 버리고 나간 어머니로 인해 가족이 받은 상처와 고통이 되살아나면서 그의 기도는 통곡으로 변해 갔다. 울다 기도하다 찬송하다를 반복하며 어두운 지하 기도실에서 하루를 그렇게 보냈다.

기도실을 나왔을 때 아무런 응답이 없었지만 마음은 가벼워졌다. 마치 지저분한 것을 잔뜩 품고 있다가 미련 없이 버리고 난 기분이었다.

'걱정하지 마라.'

'믿음은 바라는 것들의 실상이요 보이지 않는 것들의 증거니….'

'모두 믿음대로 이루어질 것이다.'

마음속에서 누군가 얘기하고 있었다.

평소에 좋아하던 히브리서 말씀이 생각난 것이다.

그러자 수남은 하나님의 음성을 들은 것처럼 마음이 평온해졌다.

수남이 저녁예배를 마치고 집으로 돌아갔을 때는 늘 그렇듯 자정이 다 되어 있었다.

집에는 의외로 방마다 불이 켜져 있었다.

심상치 않은 일이다. 누군가 집에 온 것이다.

전기료를 아끼느라 초저녁에만 잠깐 불을 켜는데, 밤늦게까지 불을 켜 놓으실 아버지가 아니다.

문을 열고 들어서자, 예상대로 안방에 어머니가 누워 있었다.

"오셨어요?"

"수남이냐?"

자리에 누웠던 어머니가 몸을 일으킨다.

머리가 맨송했다.

수남은 삭발을 한 어머니가 아주 낯설었다.

낮은 촉수의 전등불 아래 보이는 어머니는 지친 표정이었다.

4~5년의 시간이 그들 사이에 가로놓여 있었다.

"어떻게 집으루 걸음을 하셨어요."

"절에서 자구 가라는 것을 그냥 내려왔다. 고상(고생)이 많재?"

"고상은 무슨 고상? 부모 잘 만나 이렇게 잘 지내는데."

수남의 말투가 어깃장으로 변한다.

아버지가 헛기침을 한 번 하고 윗방에서 미닫이를 열었다.

"많이 늦었네."

"아직꺼정 안 주무셨어요? 수길이는?"

"여기서 잔다."

"밥은 먹었나?"

어머니가 말했다.

아주 오래전에 들어본 다정한 목소리에 수남은 목이 메어온다.

"금식했어요."

"아직도 교회에 나가나?"

"그건 왜 물어요?"

"물어 보문 안 되나?"

"교회에서 오는 길이라구요."

"저녁 해 놨다. 안 먹었으믄 채레 올까?"

"어머이가 굿판에서 춤을 추는데 무슨 밥이 목구멍으로 넘어가겠어요?"

수남의 말 속에 가시가 돋친다.

"니는 무신 말을 그렇게 하나? 말이믄 다하는 줄 아나? 니가 믿는 신이나 내가 믿는 신이나 머이 다르다고? 다 같은 한울님인데."

어머니의 목소리도 높아진다.

"다르지요. 내가 믿는 신은 만물을 창조하신 하나님이시고, 어머니가 믿는 신은 우상이니까 다르고말고요."

"에미가 니 교회 가는 것을 언제 반대하는 것 봤나? 니는 예수 잘 믿고 내는 세존님 잘 믿고 그럼 됐지, 머이 그래 할 말이 많나?"

매번 이랬다.

물과 기름이었다.

어머니가 집을 나가기 전에도 이런 말다툼은 수도 없이 많았다.

"그만들 좀 해라."

윗방 아버지 목소리가 그 사이를 막는다.

"오랜만에 집에 와서는 한다는 기…. 쯧쯧."

"야가 자꾸 승질(성질) 내게 하잖소."

"니 어머이가 이글(이걸) 내놨다."

아버지는 방에서 봉투 하나를 수남에게 내민다.

적지 않은 돈이 들어 있었다.

"시주 받은 돈이다. 내가 집안 어려운 걸 왜 모르겠나. 쪼끔만 참으면 다 무신 방도가 생길 기다. 가만 있거라, 니 배고프재?"

어머니는 갑자기 생각난 듯 부엌으로 나가 금방 밥상을 차려 왔다.

밥그릇에 아직 온기가 남아 있었다.

"집에는 아주 발길을 끊을 작정인가요?"

수남의 목소리에 힘이 빠진다.

나를 낳아 준 어머니다. 이 엄청난 인륜 앞에 신이나 믿음이나 우상이나 다 아무것도 아닌 것 같은 본능적인 끌림으로 수남은 어머니를 쳐다본다.

오랜만에 맛보는 어머니 손맛이었다.

몹시 시장기를 느낀 수남은 어머니가 만들어 놓은 감자조림이며 나물무침들을 꿀맛으로 먹었다. 코끝이 찡했다.

"칠성암에서 부정 타지 말라고 말려서 그동안 집에 못 왔다마는…. 너무 걱정 말거라. 수길이는 내가 데려가 키우마. 석답골 도량이 이제 조금 자리가 잽혔다. 니두 언제 한번 와 봐라."

옆에서 그 모습을 지켜보며 어머니가 말했다. 옛 모습이 말씨로 표정으로 회복되고 있었다.

"그만 불 끄고 자그라."

아버지는 사잇문을 소리 나게 닫았다.

상을 물리고 수남은 어머니 곁에 눕는다.

어렸을 때처럼 친근한 어머니 냄새가 나질 않는다. 서먹하고 마치 남 같다.

"도대체 그 산 속에 뭐가 있어서 집으루 못 오는 기요?"

"내 공부가 아직 좀 남아서 그런다. 원래는 신대잡이 무당 노릇을 할라고 한기 아닌데, 칠성암 스님들이 하도 졸라서 이번 한 번만 봐 준 기다."

"어머니, 그건 결국 집안 다 망하는 미신이라구요. 왜 그걸 몰르고 우상숭배로 자꾸 빠지는지 난 정말 이해가 안 돼요. 천지를 창조하신 하나님이 계신데 어머니가 섬기는 세존이 도대체 무슨 의미가 있냐구요."

"세상 이치가 그렇지 않다. 우주 만상은 모두 순서가 있는 기다. 하눌에는 천신님이 있고, 그 아래로 천부님이 계시고, 그 아래로 상제님이 계시고, 그 아래 세존님이 계신다. 천신님은 조물세계를 다스리시고 있는데 그 아래로 영상세계가 있고, 다시 그 밑에 상천 중천을 지나 지상으로 내려오는 것이다."

어머니는 갑자기 정색을 하고 목소리에 힘을 실었다.

뜻밖이었다. 지금까지 들어 보지 못하던 용어들이 어머니의 입에서 자연스럽게 나오는 것을 들으며 수남은 속으로 놀랐다.

"어디서 들은 얘긴지 몰라두 그건 지어낸 얘기구, 성경에는 하나님이 일주일 동안 세상 만물을 지으신 오직 한 분뿐인 창조주라구 나와요."

"그렇지 않다. 세상은 천상의 불라공 신이 감로수와 공기로 반죽해 만든 것이다."

어머니는 단호하게 말했다. 모두 처음 들어 보는 얘기들이었다.

"하나님이 에덴동산을 만드시고 흙으로 인간을 빚으셨다구요. 그 첫 사람이 아담과 하와인데, 뱀의 꼬임에 빠져 죄를 짓고 낙원을 잃어버리게 된다구요. 그래서 인간의 고난의 역사가 시작되는 거라구요."

수남의 목소리에도 힘이 실린다. 수남은 어머니의 잘못된 오해와 믿음을 고쳐서 하나님의 섭리를 바로 이해시켜야 한다고 생각했다.

"천신님이 불라공을 시켜 상천, 중천, 하천을 만들고 삼라만상을 맨드신 기다."

"하나님은 그 자손들에게 복을 주셨는데, 악한 마귀가 죄를 짓게 해서 영원히 지옥 불에 죽을 수밖에 없게 됐구요, 그런 인간들을 불쌍히 여기시고 독생자 예수를 보내셔서 십자가에 못 박혀 죽으심으로 구원을 얻게 되는 것이 기독교 진리라구요."

"천신님두 신들과 부처와 중생들을 맨들 적에 상제, 불라공, 부처,

보살, 도사들을 맨들고, 아라한과 나한과 아귀와 축생과 지옥마왕과 천마왕들을 맨들어 복마(伏魔)의 권세를 주셨는데 부처나 천마왕들은 복사마, 보살이나 지옥마왕은 복삼마, 도사나 축생은 복이마, 아귀가 복일마하는 권세를 줘 세상을 다스리게 했다구 나와 있다. 보통 중생은 아무것도 할 수 없지만 도를 닦으문 현인이 되고, 더 정진해야 대사(大師)에 이르나 이들은 겨우 복일마에 머물며, 신선 도사가 돼야 복이마를 할 수 있으니 얼마나 공덕을 쌓아야 되겠나. 니가 믿는 예수도 복삼마는 한다더라."

전혀 알아들을 수 없는 말들이 어머니 입에서 줄줄이 나오자 수남은 말문이 막혔다.

"누가 그런 말들을 지어냈는데?"

"천신님이 다 알려 주셨다."

어머니의 목소리는 당당했다.

집을 나간 몇 년 사이에 어머니는 무척 변했다.

성경 이야기를 더 한다는 것은 그야말로 쇠귀에 경 읽기인 것 같아서 수남은 화제를 돌린다.

"언제 산으루 또 갈 긴데?"

"내일 서 선상님을 만나 보구 나서 정할 기다."

"서근섭 씨 말인가요?"

"그래, 맞다. 이제 공부가 거진 끝나 간다구 했다."

내촌에서 서 부자라고 불리는 서상집 씨의 아들 근섭은 지금까지 동네에서도 신비스런 인물로 알려지고 있다.

그는 서울에서 불교 재단에서 세운 대학교에 들어가 철학을 공부했다고 한다. 집안이 대대로 부처를 섬기고 공덕을 쌓기를 좋아해 칠성암을 짓기도 한 서상집 씨가 적극 권면해서 보낸 대학이었다.

대학 졸업반이던 해 여름, 방학이 되어 집으로 돌아오던 근섭은 수리재에서 불의의 교통사고를 당한다. 장맛비에 무너져 내린 비탈길에서 그가 탄 버스가 계곡으로 굴렀고 십여 명의 사상자를 낸 큰 사고였다. 근섭은 다행히 생명은 건졌는데 강천시로 옮겨 응급 뇌수술을 받고 6개월을 병원에서 보냈다.

퇴원을 하고 집으로 돌아온 뒤로 그는 별채에 거처를 마련하고 두문불출했다. 동네 사람들은 아무도 그의 얼굴을 보지 못했다. 얼굴을 많이 다쳐 피부이식수술을 받았다는 풍문도 들렸다. 사람들은 동란 때 애비가 지은 죄를 대신 받는 것이라고 수군거리기도 했다.

서씨 가문은 내촌에서 절대적인 영향을 미치는 사람들이다.

내촌은 이들의 집성촌이나 다름없었다. 마을 전체 백여 가구에 서씨가 7할이었다.

가구 수뿐 아니라 토지도 엄청 많아 내촌의 전답과 산 대부분이 이들의 소유였다. 수리재 입구의 서상집 씨의 기와집은 낡았지만 지금도 왕대밭 뒤로 높은 담장으로 둘러싸여 있어, 위엄을 갖춘 종갓집으로 손색이 없었다. 전쟁의 상처만 아니었으면 지금 그 위세가 더했을지 모른다.

6·25전쟁 때 서상집 씨의 맏아들 명섭이 월북한 사실은 종갓집에 치명적인 상처를 남겼다. 3남매를 둔 서상집 씨는 막내인 근섭을 훌륭하게 키워 명예를 회복하고자 했다. 그런데 이렇게 된 것이다.

아들이 병원에서 나온 뒤 집 안에만 있는 이유에 대해 서상집 씨는 친척들에게 이렇게 말했다.

"부처님 은덕이지. 아무 이상 없이 다 나았다네. 못다 한 공부가 남아 집에서 독처하기로 했네."

아들에 대한 변명이었으나 "두고 보게. 부처님이 무신 법을 깨우치게 하시느라고 계(戒)를 주신 거라네"라는 알 듯 모를 듯한 말을 하기도 했다.

사람들은 무슨 곡절이 있을 것이라고 수군대곤 했다.

그 일이 벌써 수년째다.

남의 소문은 사흘이라고 근섭이 이야기는 시들해지고 있었는데, 어머니가 갑자기 꺼냈기 때문에 수남은 의아했다. 그동안에도 서씨네와 긴밀한 내왕이 있었다는 얘기다. 가출하기 전 수개월 칠성암과 서씨 네로 들락거렸던 어머니다.

피곤이 몰려와 수남은 눈을 감는다.

안골 산모퉁이의 외딴 작은 함석집, 수남의 집 방에 불이 꺼진 것은 새벽이 수리재 위로 깃들 무렵이었다.

4. 혼돈

예년에 없이 요란스럽게 치러진 단오 행사가 지나갔다.

마을 사람들이 정성을 다한 기우제와 서낭굿이 진행됐지만 단오가 지난 뒤로도 한참 동안 비 소식은 없었다.

라디오 뉴스는 전국적인 한해가 심각해지고 있으며, 정부는 한해 극복을 위한 비상대책을 세우고 전국적으로 피해가 심한 지역에 양수기 보내기 운동을 대대적으로 벌이고 있다고 전했다. 정부는 또 항구적인 한해 대책으로 4대강 수계의 다목적 댐 건설을 검토한다는 중장기 계획을 발표하기도 했다.

한내에서도 가뭄의 피해가 점점 심해지고 있었다.

물을 대지 못해서 묵어 버린 골짜기 다락논들은 어떻게 해볼 수 없었지만, 평지의 논들도 물길에서 먼 곳부터 바닥이 갈라지기 시작했다. 언덕 위의 밭에 심은 감자, 옥수수, 콩들도 가뭄 피해를 입어 평년 수확을 기대할 수 없게 되었다.

마을 사람들은 농사 걱정으로 한숨이 늘어갔다. 눈에 띄게 줄어든 한내의 물줄기가 10년 만의 가뭄을 눈으로 보여주고 있었다. 파래로 물을 퍼 올리던 마을 사람들은 퍼 올릴 물이 말라 버리자 절망의 한숨을 내쉬었다.

 정성을 다해 기우제를 겸한 단오 행사를 마친 내촌에서는 굿을 맡았던 운당에 대해 비판하는 목소리가 들리기 시작했다.

 "아직 영험(靈驗)이 부족한 것이 사실이여. 운당이 몇 해를 애썼다고는 하나 아직은 신력이 떨어져."

 이런 비판을 한 사람은 의외로 서상집 씨의 아들인 근섭이었다고 한다.

 근섭은 단오굿을 끝낸 뒤 찾아온 운당에게 당분간은 태백산 기도처에서 더 정진하라고 명한 뒤, 행사를 주관한 사람들에게는 "천존께서 내게 청암선사(菁岩禪師)란 시호를 내리셨다. 이제 중생을 향한 설법을 하게 될 것이다"라고 하며 깨달음을 얻은 청암선사로 나서겠다는 공식 선언을 했다고 한다.

 "석가 삼천 시대가 마감되고 미륵 오천 시대가 열릴 것이다."

 근섭이 득도했다는 소문에 잇달아 그의 선언문 같은 말들이 들려왔다.

 근섭이 오랜 수도를 끝내고 중생을 구제하는 큰 문을 열 시간이 가까워졌다는 것이다.

 이런 소문들은 날개를 단 듯 자꾸 퍼져 나가는 것 같았다.

 지훈도 그런 소문을 들었다. 인숙이 어머니가 내촌 사람들에게 들었다면서 전해 준 내용의 일부였다. 그동안 알지 못했던 마을의 비밀이 하나씩 드러나는 느낌이었다.

 마을은 전혀 이질적인 믿음을 가진 두 개의 집단으로 형성되고 공존해 왔으며, 불안한 균형 속에 놓여 있음이 감지되었다.

 지훈은 그동안 마을이 가뭄으로 겪는 어려움을 보면서 마을을 향해 도움이 될 일을 찾아보았으나 자신의 무력함을 확인하는 것 외에

묘안이 없음을 안타까워했다.

　대부분 농사가 주업인 마을에서 긴 가뭄은 거의 재앙과 같은 것이었다. 그들에게 농사를 망치는 일처럼 두려운 것은 없었다. 들이 넓다고는 하나 소유가 편중돼 있어서 많은 농가가 자급하기 빠듯한 살림살이였다.

　'증산 수출 건설.' 요즘 정부가 강조하는 경제 정책이다.

　'근면, 자조, 협동.' 이것 또한 정부에 의해 강조되는 실천 덕목이었다. 그러나 지금 한내가 처한 상황을 해결하는 방법으로 아무런 도움이 되지 않는 것들이다.

　농사철에 달리는 일손 때문에 아이들은 결석이 잦았다.

　가슴 아픈 일이었다.

　수요일 예배 후에 지훈은 이 목사를 찾았다.

　마을이 처한 상황에 대해 듣고 싶은 이야기가 많았다.

　"가뭄이 재앙을 불러오게 될 것 같습니다."

　"알고 있습니다. 교회도 결코 이 시련에서 자유롭지 못합니다. 같이 고민하고 해결 방법을 의논해 갈 것입니다."

　"현실적으로 재해를 극복하는 일을 지원하는 것은 어렵겠지요?"

　"그렇지 않습니다. 서울에 주문한 양수기 열 대가 금명간 도착할 것입니다. 아쉬운 대로 급한 불을 꺼야지요."

　생각했던 것보다 교회는 적극적인 지원 활동을 펼치고 있었다.

　"단오 이후 마을 사람들의 마음이 흐트러지고 있는 것 같습니다. 내촌 이야기들을 들어 보셨습니까?"

　"듣고 있습니다."

　"자칫하면 교회가 타격을 받을 수도 있을 것 같은데요."

　"물론이죠. 기도하고 있습니다."

"기도가 해결책일 수 있을까요?"

"그렇습니다. 주님은 시험을 주시되 감당할 만한 시험을 주신다고 약속하셨습니다. 지혜도 함께 주실 것을 믿습니다."

원론적인 견해를 들으며 지훈은 답답함을 느꼈다.

겉으로 아담한 풍경들과 소박한 모습의 사람들이 모여 살고 있는 한내가 갑자기 일식 때처럼 빛도 아닌 어둠도 아닌 회색의 공간으로 서서히 물들어 가는 느낌이었다.

밤도 아니고 낮도 아닌 회색지대, 지금 한내가 처한 상황을 닮은 색깔이다.

지훈은 그 가뭄에도 한내 마을을 감싸고 둘려 있는 안개를 보았다. 학교에서 건너다보이는 내촌은 아침이면 어김없이 흐릿한 안개로 덮인 모습을 하고 있었다. 한내를 가운데로 학교와 교회가 있는 덕적산 근처와 수리재 밑의 내촌은 날씨가 확연히 달랐다.

남향인 외촌에는 안개가 거의 없었다. 가끔 낀 안개도 아침이면 소리 없이 사라지곤 했는데, 북향인 내촌에는 온종일 안개로 덮여 있는 때가 많았다. 사람들은 수리재 밑에 있는 용소에서 사람들을 잡아먹은 이무기가 내뿜는 한숨이 안개로 피어난다고 말하기도 하지만 터무니없는 얘기 같고 지형적인 특징으로 그렇게 되는 것 같다. 어쨌든 내촌에 아침마다 끼는 안개는 불가사의한 면이 있었다.

마을에 숨겨져 있는 여러 모습들에 대해 보다 주의 깊은 관찰이 필요하다고 지훈은 생각했다.

교회 언덕 아래까지 희영이 동행해 줬다.

"무슨 얘기들이 그렇게 진지했어요?"

"그냥. 날씨도 이렇고, 내촌 소문도 있고 해서 관심사를 말씀드려 봤어요."

"수남 씨는 괜찮아요?"

"잘 극복해 낼 것 같아요."

"다행이에요."

"김동리 씨 작품에 무녀도가 있죠."

"들어 본 것 같은데…."

"지금 수남이 처한 환경이 무녀도의 모화와 욱이 모자를 닮아 있어 가끔 놀랄 때가 있습니다."

"언제 그 작품 한번 보여줘요."

"언제든지."

"너무 따분해요. 얘기들이."

"내가 늘 이렇다니까."

지훈은 그의 곁에서 걷고 있는 희영의 손을 가만히 잡아 준다. 늘 그렇듯 보드랍고 따듯하다.

한참을 그렇게 걸었다.

"우린 어떻게 될까요?"

시선을 허공으로 한 채 꿈꾸는 목소리로 희영이 말했다.

"어떻게 되다니?"

"10년쯤 지난 후에."

희영의 목소리가 허공으로 날아오른다.

열사흘 미완성 달이 휘영청 높다.

"음, 그러니까 십 년 후라…. 가을이었고 내가 퇴근해 보니까 당신은 소파에 앉아 내게 줄 털 재킷을 뜨고 있었지. 문득 건넌방에서 딸아이가 치는 서투른 피아노 소리가 닫힌 문 안에서 들려왔어. 석양이 사선으로 비치는 거실에는 작은 고요가 머물러 있었지. 문득 당신이 뜨개질하던 손을 멈추고 나를 쳐다봤어. 모나리자 같은 미소를 머금고…."
"그만."
희영은 무너지듯 지훈의 가슴으로 묻혀 왔다.
"가슴이 터질 것 같아요."
지훈의 귓가에 희영의 목소리가 머문다.
"내가 그리는 행복의 모습이야."
지훈은 가만히 그녀의 머리카락을 뒤로 쓸었다.
달콤한 입술이 다가와 있었다.
기쁨이었다.
무엇이 이토록 간절하게 하는지 알 수 없었다.
지훈은 자신이 지금 겪고 있는 마음의 변화와 설렘이 희영에게도 공감되기를 바랐다.
"난 아무래도 무슨 마술에 걸린 것 같아."
희영의 젖은 목소리가 귓가에서 들렸다.
그가 하고 싶었던 말이다.
"정말 이상해. 함께 있으면 이렇게 편한데. 헤어지면 바로 보고 싶어지는 이유를 알 수 없어."
"나두."
"아마 사랑이겠지? 그게."
"사랑해요, 정말!"
꿈속 같은 시간이 언덕 아래 한내 위로 달빛이 되어 부서지고 있었다.

하지가 지나면서 한내의 긴장은 고조되기 시작했다. 농촌의 살림살이란 생각보다 취약해서 농사를 망치게 되었다는 현실 앞에 모든 것이 쉽게 무너지고 있었다.

외촌 지역에서는 교회가 중심이 되어 한해 극복을 위한 노력이 계속되었다. 교회가 주문했던 양수기 열 대가 예정보다 훨씬 늦은 유월 하순에 도착하는 바람에 시기를 놓치긴 했지만, 뒤늦게나마 곳곳에 수원을 찾아 웅덩이를 파고 고인 물을 뽑아 올렸다. 그나마 양수기의 혜택을 본 논 일부에 뒤늦은 모심기를 할 수 있어 위안이 되었다.

내촌의 사정은 좀 달랐다. 수리재 기슭에 있는 마을의 유일한 저수지 격인 용소에 담겼던 물은 이미 바닥을 드러내 더 이상 기대할 것이 못됐다. 그들은 물 푸기를 포기하고 마을 뒤 수리재 서낭당에서 두 번의 굿을 더했다. 단오 때 한 기우제가 부정을 타 신령님이 노하셨다는 칠성암 승려들의 말을 믿었다. 굿을 실패한 운당 대신에 늙은 영신할멈이 신대를 잡았다. 운당은 그사이 마을에서 모습을 감추어 버렸다. 석답골 기도처로 갔다고 했다.

굿이 효험이 없자 실망한 사람들은 단오 이후에 또 다른 기우제를 기다리기 시작했다. 공부를 끝낸 서근섭이 큰 법력으로 이 위기를 극복해 내리라는 기대였다. 단오 이후부터 나타나기 시작한 조짐은 그것을 기정사실화하고 있었다.

"운당이 잘못한 굿으로 큰 야단을 맞고 쫓겨난 기래."
"청암 선생이 내달 설법을 하신다며?"
이 무렵 사람들은 서근섭을 청암이라 부르기 시작했다.
"워낙 법력이 높아 축지법으로 하룻밤에 삼백 리를 간다던데."
"도를 통하믄 비를 내리게 하는 것쯤이야 식은 죽 먹기라던데."
밑도 끝도 없이 굴러다니는 소문들이 점점 부풀려지고 있었다.

칠성암에 드나드는 마을 아낙네들과 서 씨네 사람들에게서 흘러나온 소문들은 나름대로 그럴듯한 근거를 갖고 있었다. 근섭의 일천

일 공부가 거의 끝나고 있었기 때문이다. 집으로 돌아왔다는 소문만 들렸지 지금껏 마을 사람들은 근섭의 얼굴을 보지 못했기 때문에 궁금증과 가뭄에 대한 불안들이 소문을 키우는 온상 역할을 하고 있었다.

그렇게 마을이 뒤숭숭해지던 어느 날, 출근하는 길에 지훈은 삼거리 약방에 들러 푸라톨 한 병을 샀다. 잘 듣는 쥐약을 달라고 하자 주인이 내준 약의 이름이다.
"어디에 쓰실 긴데요?"
"교실에 놓을 겁니다."
어제 아침 교실 문을 열었을 때의 기억을 떠올렸다.
아이들보다 30분쯤 일찍 출근한 그는 교실 출입구에 채워진 자물쇠에 열쇠를 꽂았다. 그 순간 교실 안에서 후드득 물건이 떨어지는 소리가 들렸다. 뭔가 싶어 교실 문을 열자 교탁 위에 놓아 둔 괘도가 교실 바닥에 떨어진 것이 보였다. 어제 아이들 그림을 붙이다 놓아 둔 두꺼운 모조지였다.
그것을 집어 올려 보니 붙였던 그림들이 여기저기 찢겨 마루에 흩어져 있었다. 누가 장난을 친 것일까. 그는 교탁 위에 그것을 얹어 놓고 창가에 있는 그의 책상 앞으로 가 가방을 놓고 의자에 앉으려다 기겁을 했다. 발밑에 뭔가 뭉클하는 감촉을 느낀 것이다. 발밑에 죽은 쥐가 널브러져 있었다.

지훈은 집게로 죽은 쥐를 집어 올렸다. 교실 안을 아수라장으로 만든 놈의 정체였다.

그런데 이상했다. 회색 털을 가진 꽤 커 보이는 그놈은 배에 커다란 상처를 입고 있었다. 물어뜯긴 자국 같았다.

"학교에 고양이가 있어요?"

대머리가 심한 약방 주인이 물었다. 환갑은 훨씬 지나 보이는 얼굴이다.

"없어요. 있더라도 교실엔 들어올 수 없을 겁니다."

"그렇다면 다른 쥐들이 그랬다는 얘긴데. 거 심상치 않네요."

"쥐가? 설마. 쥐들이 쥐를 먹었다는 얘깁니까?"

"교실에 들어가기 전 무슨 소리가 들렸다면서요?"

"그렇긴 하지만."

"틀림없어요. 놈들이 번식률이 높아지고 먹이가 부족하면 그런 버릇이 나타나기도 하죠. 두고 보세요. 마을에 쥐가 많이 늘어날 징조네요. 아니, 벌써 엄청나게 불어나 있을 겝니다. 어쩐지 쥐약 찾는 사람들이 늘어나더라니."

"이상한 얘깁니다. 늘 있는 쥐들이 아닙니까?"

"그해에도 쥐들이 극성을 부렸었죠. 그해 여름에 큰 전쟁이 일어나고 역병이 돌아서 온 동네가 초상집이었어요. 올핸 이 가뭄 소동이니 벌써 그 징조가 나타난 셈인가. 그놈들은 영물이 돼나서 소란을 떨면 무슨 일이 꼭 생긴다, 이런 말씀입니다."

"6·25를 말씀하시는 것입니까?"

"물론이오."

약방 주인의 표정은 진지했다.

지훈은 야릇한 기분이 들었다.

학교에서 아이들에게 쥐들로 인한 피해를 물어 봤더니 동네 전체가 쥐들로 시끄러워진 것을 금방 알 수 있었다.

아이들을 하교시킨 후 지훈은 쥐들이 잘 먹을 수 있도록 음식과 생선들을 구해 푸라톨을 섞어 교실과 학교 주위에 놔두었다.
"그 정도로 쥐를 잡아 봤자 새 발의 피야. 고양이를 몇 마리 구해 오는 게 낫지 않겠어? 놈들을 근본적으로 몰아내자면."
홍 선생의 의견이었다.
"우선 하는 데까지 해봅시다."
"쥐들이 날뛰는 건 전국적인 현상인가 봐. 오늘 공문이 왔어. 쥐잡기 운동을 학교별로 추진하고 결과를 보고하라는 거야."
"쥐들이 왜 갑자기 이러죠? 무슨 징조가 아닐까요?"
지훈은 약방 주인의 이야기가 생각나서 물어 봤다.
"징조는 무슨?"
"20년 전에도 이런 일이 있어서 마을에 큰 변괴가 생겼다구 하던데."
"허허 김 선생, 이 밝은 시대에 그 무슨 호랑이 담배 먹던 얘기요?"
"그래도, 제가 보기론 마을이 처한 상황이 어쩐지 안개 같아서."
"정신 개조가 필요한 사람들이 많아요."
홍 선생은 그런 일에 별로 관심이 없어 보였다.
교실에 돌아와 아이들의 과제물들을 점검하던 지훈은 문득 마루 밑에서 바스락대는 소리를 들었다. 고개를 돌리자 창문 밑에 뚫린 마룻장 구멍 속에서 쥐 한 마리가 주둥이를 내밀고 있는 것이 보였다. 새까만 두 눈이 그를 노려보고 있었다. 지훈이 가볍게 발을 구르자 놈은 재빨리 몸을 감추었다. 그러나 잠시 후, 놈은 그곳에 다시 얼굴을 내밀었다. 장난이라도 걸겠다는 듯이 쳐다본다. 다시 발을 굴렸다. 놈이 또 숨는다. 그러다가 다시 나온다.
차츰 놈의 행동이 대담해진다. 두려워하는 것 같지가 않다. 은근히 부아가 치밀어 올랐다.

4. 혼돈

책상 위에 놓아 두었던 막대기를 들고 조심스레 쥐구멍 앞으로 다가갔다.

1분, 2분, 3분….

몇 분을 지켜 섰으나 놈은 나타나지 않았다.

의자로 돌아왔다.

놀리기라도 하듯 놈의 주둥이가 다시 구멍 사이로 빠져나온다.

반사적으로 지훈의 손에서 막대기가 쥐구멍을 향해 날았다.

마루를 심하게 구르고 나자 잠시 잠잠해졌다.

지훈은 괜히 흥분하고 있는 자신을 발견했다.

놈에게 농락당한 기분이었다.

한참 후 지훈은 다시 마루를 긁는 소리를 들었다. 마루 밑에 쥐가 집을 짓고 새끼들을 기르고 있는지도 모를 일이었다. 지훈은 쥐와의 승강이에 완전히 졌다는 생각이 들었다. 놈은 안전한 곳에 몸을 숨기고 마음껏 지훈을 놀린 것이다.

그는 패배자처럼 교실에서 나오고 말았다. 쥐들이 영물이라던 약방 주인의 얘기가 다시 생각났다.

'하필 쥐인가.'

쥐에 관련된 사건들이 마을에서 터져 나오기 시작했다.

우선 인숙이네에서 기르던 초롱이가 죽은 일이었다.

하루는 퇴근해 보니 부엌에서 비명을 지르는 강아지를 인숙이가 잡고 어머니가 입에 주전자로 물을 부어 넣고 있는 중이었다.

"웬일입니까?"

초롱이는 돌잡이인 앙증맞은 강아지다. 인숙이가 초롱이라고 이름을 지어 주고 애지중지 길렀다. 아주 순하고 식구들을 잘 따랐기 때문에 지훈도 정이 들어 있었다.

"큰일났어요, 선생님. 쥐를 먹었나 봐요."

"쥐라니?"

"약 먹은 쥐요."

인숙은 울상이었다.

"어디 보자."

지훈은 소매를 걷어붙이고 초롱이의 목덜미를 뒤도 젖혀 보았다. 인숙이 어머니가 부어 넣은 물이 입가로 흘러내렸다.

"안 되겠다."

초롱이는 이미 축 늘어진 상태였다. 지훈은 개의 목덜미를 놓아 버렸다.

"어떻게 해요, 선생님?"

인숙이 눈에 눈물이 글썽했다.

"할 수 없잖아, 도대체 왜 이렇게 된 거야?"

"줄을 풀어 줬더니 나돌아 댕기다 못 먹을 걸 먹었어. 시상에 널린 게 쥐야."

인숙이 어머니도 안타까워했다.

지훈은 상자에 강아지를 넣어 뒷산에 묻어 줬다.

며칠 전에는 윗마을 영숙이네 닭장에 있던 병아리들을 쥐가 물어 죽인 일도 있었다.

"허 그 참, 쥐가 닭을 잡아 가는 건 내 머리털 나고 첨 보는 일일세."

영숙이 아버지는 하도 어이가 없어 말이 안 나온다고 했다. 닭장 속으로 쥐구멍이 뚫려 있었던 것이다.

"쥐들이 설치는 기 아무래도 심상치 않어. 또 전쟁이 터질라능가."

소식을 들은 사람들이 혀를 찼다.

지훈은 마을에서 올 들어 일어나고 있는 심상치 않은 일련의 사건들—가뭄과 단오굿과 근섭에 대한 소문과 쥐들의 창궐—의 상관관계를 생각해 보았다. 관련이 있는 것 같기도 하고 없는 것 같기도 해서 종잡을 수 없었다.

마을에는 봄부터 쥐들이 늘어나기 시작했다고 한다. 들에 먹을 것이 부족해선지 놈들은 집 안팎으로 몰려들었다.

쥐들의 소요가 늘어나면서 사람들은 20년 전 경인(庚寅)년의 그 끔찍했던 기억을 떠올렸다.

그해에도 쥐들이 마을에 나타나 엄청난 재앙을 가져왔다고 마을의 노인들이 말하곤 했다.

전쟁이 터진 것이다.

지금도 그때의 그 끔찍했던 전쟁을 기억하고 있는 많은 사람들은 쥐들이 그 전쟁을 불러왔다고 믿고 있다고 한다. 그해에도 난데없는 쥐들이 나타나 마을을 뒤덮었는데, 쥐들이 전쟁을 불러왔다고 하는 주장에 동의하지 않는 사람들도 마을에 재난을 예고한 것이라는 말에는 고개를 끄덕였다.

전쟁이 계속되는 3년간 한내는 내촌과 외촌으로 명확히 나누어져 피바람을 일으켰다. 내촌 상집 씨의 맏아들 명섭이는 인민군이 들어오자 제일 먼저 인공기를 휘날리며 환영했던 인물이었다. 소문난 서부자집 종손이었던 그는 서울에서 대학을 다니고 있었는데, 그 당시 유행처럼 번지던 좌익운동에 몸담으면서 새 세상을 꿈꾸던 젊은이였다. 그는 전쟁이 터지고 모두 피난을 하는 동안 고향으로 내려와 대천읍 인민위원회 총책을 맡았다.

그의 영향으로 서씨 집안을 중심으로 인민공화국에 협조하는 사람들이 제법 생겨났다. 6개월 동안 운영된 대천읍 인민위원회에서는 미처 피난을 가지 못한 공무원, 순경, 선생, 부모, 가족들을 잡아들이

고, 부자들의 재산을 강제로 헌납 받는 등 공포의 칼날을 휘둘렀다. 동네에 남아 숨어 있던 젊은이들을 인민군에 지원하게 한 것도 그들이었다.

 국군이 서울을 수복하고 인민군이 북으로 밀리자 인민군과 함께 그를 따라 북으로 간 후, 지금도 생사가 확인되지 않은 사람들이 마을에는 여러 명 있었다.

 수남의 고모 아들인 진수도 그중의 하나다. 진수를 무사히 돌아오게 해 달라고 뒤뜰에다 정화수를 떠놓던 수남의 고모가 신이 지핀 것도, 용소에 몸을 던진 것도 그 때문이다.

 휴전이 되었을 때, 상처만 남은 한내에서는 서상집을 끌어내 죽여야 한다고 여론이 들끓었으나, 그의 땅을 부쳐 먹고 사는 사람들이 '자식의 일로 부모를 처벌해 어쩌자는 거냐'며 동정론을 펴면서, 관에서도 연좌제 문제로 좀 어려움을 준 것 외에는 큰 탈 없이 넘어갔다. 그 와중에도 재산을 고스란히 지켜낸 덕분에 서씨 네는 건재했다.

 서상집 씨는 아들의 일로 동네에서 여론이 나쁜 것을 의식해서인지 이후로 이웃 사람들과는 왕래가 거의 없다시피 했다.

 그 대신 그의 집에는 낯모를 외지인들이 가끔 드나들었다.

 절에 관계하는 사람들이라고도 하고, 무슨 새로운 교단의 사람들이라고도 했다.

 칠성암 사람들도 자주 내려와 서씨 네를 드나들었다. 그들이 그곳에서 무엇을 하는지 알려진 것은 거의 없다. 다만 그 집 내력을 아는 사람들은 지금도 무슨 경전을 공부하는 법회나 기도회를 하거니 짐작하는 정도였다.

 예로부터 서 씨네들은 독특한 믿음의 행적들을 갖고 있었다. 서상집 씨의 조부는 일찍 동학에 눈을 떠 인내천(人乃天)을 설파하고 다니던 어른이었다. 따라서 그들 집안이 천도교를 믿게 된 것은 아주 자연스런 일이었다. 부친 서병후도 한때 천도교를 믿다가 단군을 숭배하는 대종교에 심취해 전국적인 조직 속에 이름을 올리기도 했다. 그러나 일제가 나라를 빼앗고 민족정신을 말살하는 정책을 펴자 재빨리 모든 조직에서 탈퇴를 하고 일제의 앞잡이가 되었다. 그는 상당한 재산을 헌납하고 대천읍 민정 담당 총책이 된다. 아직까지 서 씨네가 이만한 재력을 유지하는 것은 선대로부터 내려온 유산 덕분이지만, 해방과 함께 일제가 빼앗았던 적산가옥이며 토지들을 양도받아 처분하는 과정에서 벌어들인 것들 덕분이다. 상집 씨는 이 재산들을 잘 지켜냈다. 그는 해방 후 호적과 재산 등기부 일제 정리 기간에 선대가 소유했던 수십 정보의 임야를 찾아내는 등 문중 재산 운영에 큰 공적을 남기기도 했다.

서 씨 가문의 특이한 내력은 상집 씨에게 고스란히 계승되어 내려왔다.

상집 씨는 어려서부터 집안의 총애를 한몸에 받고 자랐다. 부친은 그를 징병에서 보호하고자 머리를 깎아 칠성암으로 보냈다. 그곳에서 그는 한학을 공부하는 한편 여러 종류의 종교 서적을 접하게 된다. 선대부터 집에 드나들던 사람들에게 그는 보천교라는 새로운 신앙을 전수 받는다. 강증산에 의해 만들어졌다는 증산교의 한 갈래로 당시 엄청난 반향을 불러일으킨 신흥 종교였다.

인의예지 유교사상과 미륵불의 출세사상을 접목시킨 화려한 교리와 천지공사를 통해 지상 선경을 이룬다는 개혁적 사상은 그의 깊은 관심을 끌기에 충분했다. 은밀한 가운데 보천교 사람들을 만나고 한동안 지부를 맡아 운영했다.

그러나 천자 등극을 선언하고 개벽을 기다리던 차경석이란 교주가 모든 기대를 저버리고 세상을 뜨자 새 진리인 선불도라는 신앙에 심취해 있다고 한다. 선불도는 유교와 불교의 장점을 따고 그 위에 민간신앙, 정감록의 예언적 사상 등이 적당히 가미된 정체불명의 신앙이다. 그런데 그는 자신의 꿈을 막내아들 근섭에게 실현시키고 싶어 했다.

새로운 신앙들이 대두될 때마다 서 씨네에서는 무슨 집회가 열리곤 했다. 서씨네는 가히 신앙 백화점 같은 곳이 되어 있었다.

서 씨의 고택에는 선대부터 내려오는 각종 희귀한 종교 관련 문서들이 지금도 방을 메우고 있다고 한다.

서 씨 가문의 자녀들은 대나무 숲이 병풍처럼 둘러싼 이 고옥에서 어른들로부터 불교와 유교와 각종 민속신앙이 어우러진 가운데 각종 경전들을 듣고 보고 배우며 자랐을 것이다.

상집 씨가 칠성암을 중건하다시피 한 것도 사실은 그의 개인적인 인연에 선대부터 키워 온 가문의 독자적인 믿음을 선포할 '도량이 필요해서'라고 한다.

내촌 서 씨네에 대한 이 같은 내용은 지훈이 여러 방면에서 수집한 정보들에서 얻은 것이다.

수남과 이 목사, 인숙이네, 몇몇 학부모들로부터 얻은 얘기들도 포함된다.

이상하게도 학교에는 내촌 아이들이 별로 없었다. 수남의 어린 동생 수길이와 서씨 성을 가진 아이들 대여섯 명이 전부였다. 그리고 그쪽 학부모들을 만날 기회가 적었다. 지훈은 늘 안개에 덮여 있는 것 같은 칙칙한 빛깔을 가진 내촌의 비밀들이 조금씩 드러나는 것을 보았다. 한내를 중심으로 양분되어 있는 두 마을은 예상보다 훨씬 큰 이질감을 보였다.

지난해에는 마을에 대해 아무것도 모르고 지냈었다.

낯선 마을에 와 그들과 어울리기가 쉽지 않았기 때문인데, 실제로 한내에서 그는 이방인이나 다름없었던 것이다.

그래서 지난해에는 별 문제 없이 지나간 단오가 올해는 유난스런 행사로 바뀌고, 뒤이어 나타나는 심상치 않은 움직임들이 그에게는 퍽 생소한 느낌으로 다가왔다.

한내에 비 소식이 들린 것은 7월에 들어서였다.

기상청에서는 극심했던 중부지방의 가뭄이 남지나해 저기압의 북상으로 끝나게 되었다고 발표했다. 그동안 한반도의 중부지역에 비정상적으로 장기간 자리 잡고 있던 중국 대륙 동북기단의 건조한 대기가, 발달한 저기압의 북상으로 물러가기 시작했다는 반가운 소식이었다.

7월 중순이 지나서야 예고된 비가 내렸다. 비는 그동안 가뭄에 대한 보상이라도 하듯 줄기차게 내렸다. 장마전선이 형성되고 있어서 강수량은 100밀리미터를 넘을 것이라고 했다.

이틀이나 계속된 강우로 타들어 가던 대지는 생기를 되찾았다. 먼지가 일던 논밭에 물이 고이자 곡식들이 싱싱하게 살아났다. 한내도 허옇게 드러냈던 모래사장을 감추면서 물줄기가 모여들었다.

우비를 쓴 마을 사람들이 들로 나와 쏟아지는 빗속에서 들일을 하기 시작했다.

자연의 위대한 저력 앞에 한없이 작은 인간의 힘을 절감하는 시간이기도 했다.

너무 늦은 비였다.

시기를 놓친 논농사는 올해 농가의 큰 걱정거리로 다가올 조짐이었다. 모내기를 한 곳이 전체적으로 절반을 겨우 웃도는 수준이었으므로 수확은 빤한 것이고, 간신히 보릿고개를 넘긴 집에서도 감자며 옥수수 작황이 좋지 않아 걱정이 늘어가고 있었다.

　모내기를 못한 논에는 늦었지만 콩, 깨 같은 대파 작물을 심어 피해를 줄이는 노력을 해나갔다. 곡식 한 톨이라도 더 건져야 한다는 절박함이 사람들의 어깨를 무겁게 짓눌렀다.

5. 돌아온 사람들

새벽 4시, 덕적산 중턱에 있는 가나안교회의 이승규 목사는 여느 날처럼 시간에 맞춰 눈을 뜬다.

4시면 아직 동트기 전이어서 사위가 깜깜하다.

새벽에 일어나는 습관은 목회를 시작하기 전부터 길들여진 것이어서 새삼스런 일도 아니었다. 간밤은 뒤숭숭한 가운데 잠을 설쳤는데도 정확히 일어났다. 나이가 들어가면서 잠드는 시간이 짧아지는 것을 느낀다.

그는 벽면을 더듬어 스위치를 올린다.

어둠이 일순 물러갔다.

머리맡에는 어제 읽다 둔 책이 펼쳐진 채 놓여 있다.

아직 새벽기도회까지는 한 시간이 남아 있다.

그는 몸을 뒤척여 책을 들여다본다.

성 어거스틴의 《고백록》이다.

이 목사는 최근 이 《고백록》(confession)을 두 번째 읽고 있는 중이다.

그는 어거스틴의 고백록은 톨스토이나 루소의 참회록을 능가한다고 생각하며, 읽다 펴둔 페이지를 들여다본다.

 -이 시기에 나는 정당한 결혼생활이 아니고, 내 억제할 수 없는 정욕을 채우기 위하여 모든 이성과 상식을 벗어나, 한 여인과 동거했습니다. 이 여자에게서 나는 정당한 결혼생활과 육욕으로 인한 사랑과의 관계를 보고 경험했습니다. 자식을 원치 않고 그저 향락만을 탐하는 그런 생활에 자식이 생기게 될 때, 그것이 얼마나 피차의 애정에 방해가 되는가를 깨달았습니다….-

한줌의 거짓도 없이 발가벗겨지는 죄와 타락의 고백.

 -…나는 지나간 날의 거짓과 내 영혼이 육욕으로 인하여 부패한 것을 기억하옵니다. 하나님, 내가 그 기억을 들추어 그것을 사랑하려 함이 아니옵고 다만 당신을 사랑하고자 하는 것뿐이옵니다. 당신만이 나의 사랑이 되어지기를 바라나이다….-

어거스틴은 눈물로 이 글을 썼을 것이다.
이 목사는 책을 덮고 잠시 눈을 지그시 감는다. 아내와 희영이 잠든 아랫방에서는 기척도 없다.
문득 만수가 보낸 편지를 생각한다.
며칠 전에 보낸 편지에서 그는 말했다.
'…생각한 끝에 목사님을 찾아가려고 합니다.'
고만수―어거스틴의 고백에 나오는 내용을 그대로 옮겨 살던 죄와 타락의 원형 같은 인생―그는 절대로 여기로 와서는 안 되는 인물이다.

지금 이곳을 찾아와 무엇을 어쩌자는 것인가.

무슨 악연이 지금껏 계속되는가.

종신형일 줄 알았던 그의 형기가 20년으로 줄고, 이번 광복절 특사로 가출옥되리라는 소식을 들었을 때, 이 목사는 상황이 이렇게 되리라는 것을 짐작은 했다.

잊어버리고 산 세월이다.

만수와의 악연은 군복무 시절로 거슬러 올라간다.

사단본부 영내 교회에서 일하던 이승규 중위는 부대 내 영창에서 고만수 하사를 만났다. 그는 말뚝을 박은 지 3년 차가 되는 성깔이 사나운 사내였다. 인사계 고 하사는 특히 신병들에게 공포의 대상이었다. 부대 내에서 그는 가끔 사고를 치기도 했다. 신참들 군기를 잡는다고 가혹한 기합을 넣어 다치게 한 사례들이 부지기수였다. 그때도 기합이 문제가 되어 그는 부대 내 영창에 있었다. 상담자 자격으로 방문한 자리였다.

이 중위는 상담을 통해 고만수 하사가 전쟁에 부모를 잃고 고아로 전전한 경력과 입대 후 장기하사에 지원한 사실을 알게 됐다. 그는 또한 부대 인근에 살림을 차린 영외 거주자였다. 고아로 험악한 세월을 살아오는 동안 공격적인 성격을 가지게 된 그는, 내면에 심한 분노를 잠재적으로 갖고 있는 것처럼 보였다.

이 중위는 그에게 신앙을 가져 볼 것을 권유했다.

처음에 고만수는 그의 권유를 비웃었다.

"목사님이나 잘해 보슈."

그의 표정에서 세상을 향한 질시와 냉소를 읽을 수 있었다.

이 중위는 이 사내에게서 알 수 없는 운명 같은 것을 느꼈다.

이 중위는 거의 날마다 고 하사를 찾았다. 부대 내 영창은 기소되지 않은 범법자들을 영치하는 곳으로, 그의 사안은 비교적 경미한 사건이었기에 고 하사의 수감 생활은 두 주일 정도에서 마감되었다. 이 중위가 고 하사의 교회 출석을 전제로 교화할 것을 책임지고 부대장에게 건의한 사실이 주효하여 일주일쯤 석방이 앞당겨진 것이다.

이 사실을 알게 된 고 하사는 이 중위에게 고마움을 표시하고 부대장 앞에서 교회에 출석할 것을 약속했다.

그 후로 이 중위는 고 하사와 꾸준히 영내 교회에서 만났다. 고 하사는 약속을 잘 지키려고 노력했다. 교회에 출석하고 예배를 드리러 와서 이 중위와 많은 얘기들을 나누었다. 이 중위는 그가 얼마나 고된 시련을 겪었으며, 그의 내면이 얼마나 많은 분노로 채워져 있는지를 알게 되었다. 그의 영혼은 증오로 가득 차 있는 것처럼 보였.

이 중위는 하나님의 사랑을 전하고 주의 고난에 대해 설명해 주었다. 처음 고 하사의 교회 생활은 체면치레처럼 보였다. 일종의 의무감으로 교회에 형식적으로 나오는 듯했다. 그러나 이 중위의 꾸준한 관심과 배려가 그의 굳게 닫힌 마음의 벽을 조금씩 허물어뜨렸다.

그의 생활은 알게 모르게 조금씩 바뀌어갔다.

부대 내에서 그의 평판도 조금씩 달라졌다.

얼마 지나지 않아 폐쇄적이던 그의 성품이 바뀌면서 이 중위에게 마음을 열기 시작했다.

이 중위가 고 하사가 살고 있는 부대에서 좀 떨어진 읍내에 있는 그의 집을 방문한 것은 그 후 일 년쯤 지난 때였다. 부대에서 제법 떨어진 읍내 한 판잣집 작은 방에 그는 살림을 차리고 있었다. 방 안에는 '결혼식도 올리지 못한' 부인이 자리에 누워 있었다. 그녀는 만삭이었다.

5. 돌아온 사람들

고 하사는 사랑이 식어 버린 동거 녀에 대해 얘기했다. 부대 인근에 있던 별다방에서 그녀를 만났다고 했다. 닳고 닳아 군부대 인근까지 흘러 들어온 아가씨였다. 하룻밤 사랑이 인연이 되어 차린 살림살이는 궁핍  했다. 장기하사의 봉급은 그들의 살림을 꾸려 가기에는 너무도 부족했다. 조금씩 부대 보급품들에 손을 대기도 했지만 그것으로 만족할 수 없었다. 미스 김으로 불리는 그의 아내는 아이만 낳아 주고 헤어지자고 공공연히 얘기하고 있었다. 시한폭탄 같은 살림살이였다.

결국 그가 사고를 저질렀다.

그와 만난 지 일 년쯤 지난 여름철, 폭염이 대지를 녹이던 어느 날, 술에 만취된 채 귀가한 고 하사는 헤어지자고 요구하는 아내와 심한 말다툼 끝에 식칼로 아내의 가슴을 찌르고 자신도 배를 그어 중태에 빠지고 말았다.

이승규 중위는 이 엄청난 사건을 접하고 망연자실했다. 병실을 찾아간 그는 목숨을 간신히 건진 고 하사로부터 6개월 된 딸을 보살펴 달라는 피눈물 섞인 호소를 듣게 된다.

참으로 질긴 악연이었다.

그때 이승규 중위는 결혼 3년이 지났음에도 아직 아내에게서 아기를 얻지 못하고 있었다.

아내를 설득하는 일은 십자가를 지는 것만큼 어려운 일이었다.

간신히 아내의 동의를 얻어 찾아간 보호시설에서 찾아낸 갓난아기는 왼편 다리에 부상을 입고 있었다. 비극의 현장에서 난동 중에 다친 것이라 했다.

아기는 이들 부부의 정성스러운 보살핌 속에 자라 이제 숙녀가 되었다.

섭리인지 아내에게서는 아직껏 아기가 태어나지 않았다.

병원에서 치료를 받고 퇴원한 고 하사는 군법회의에 넘겨졌다가 강제 퇴역과 동시에 일반 법원으로 넘겨져 30년을 선고받아 복역을 시작했다.

20년 전 일이다.

고 하사는 그간 몇 차례 감형 조치를 받은 후, 이번 광복절 특사로 출옥하게 된 것이다. 그가 찾아오겠다고 연락을 해온 것이다.

'뎅그렁, 뎅그렁…'

갑자기 종각에서 종이 울었다. 박수남 선생이 벌써 도착한 모양이었다.

이 목사는 자리에서 일어났다.

시계를 보니 정확히 4시 반이다. 초종이다.

박수남 선생의 한결같은 노고가 가슴에 와 닿았다.

좋은 청년이다. 가정이 여러모로 어렵지만 하나님이 기뻐하실 청년이다.

이 목사는 마당으로 나가 수도에서 얼굴을 씻고 옷을 갈아입는다. 그는 평생을 지켜야 할 새벽기도회의 좋은 습관을 주신 주님께 감사 드린다.

안방 쪽을 보니 불이 켜졌다. 인기척이 나는 것을 보아 엄마가 딸을 깨우는 모양이다. 방학으로 집에 내려온 희영은 어젯밤에 또 늦은 귀가를 했다. 김지훈 선생을 만나고 왔다고 했다.

김지훈 선생은 보기 드물게 좋은 인품과 능력을 겸비한 젊은이다. 교회에 나온 이래 맡겨진 일에 충실하며 건강한 사고, 지역사회에 대한 관심 등 어느 하나 흠잡을 데 없는 모습을 보여 왔다. 이런 남자와의 사랑은 희영을 윤택하게 할 것이다.

이 목사는 미구에 찾아오게 될 고만수의 문제를 어떻게 해결해야 할지 깊은 고민 중에 빠져 있다. 희영이 어려서는 필요성을 느끼지 못해서, 곧 찾아드는 사춘기 때는 예민한 반응을 의식하다가 지나가 버린 세월, 이제 갑작스런 고만수의 출현이 희영에게 몰고 올 충격에 대해 그는 지금 아무런 대책이 없다.

다행인 것은 희영이 곧 학교로 올라가야 하는 것 때문에 만남이 좀 늦춰지게 될 것이니, 그동안 고만수를 설득해 모두의 상처를 줄이도록 노력해야 한다는 막연한 계획을 하고 있을 뿐이다. 고만수의 문제는 어쩔 수 없이 입어야 하는 구속의 옷(拘束衣)과도 같이 그의 마음에 짐 하나를 더 얹는다.

'이 또한 내 십자가다.'

이 목사는 심호흡을 한 번 하고 목사관을 나선다.

예배실 안에는 수남과 두어 명의 여집사들이 이미 와 기도하고 있었다.

계속된 가뭄과 후유증에 대한 마을 사람들의 걱정, 내촌 서씨들을 중심으로 칠성암 쪽 사람들의 심상치 않은 움직임, 이것저것 걱정이 많은 요즈음 새롭게 등장한 고만수의 문제는 심각한 고민을 하나 더 안겨 준 것이 사실이다.

이 목사는 잠시 묵도를 한 후 찬송을 인도하였다.

"내 주를 가까이하려 함은
십자가 짐 같은 고생이나
내 일생 소원은 늘 찬송하면서

주께로 나가기 원합니다."

2절이 시작될 때에 희영이 나와 피아노를 치기 시작한다.

"내 고생하는 것 옛 야곱이
돌베개 베고 잠 같습니다.
꿈에도 소원이 늘 찬송하면서
주께로 나가기 원합니다."

사람들이 하나 둘씩 회당 안에 들어와 앉고 제법 수가 늘어날 때쯤 5시 본종이 밖에서 울렸다.
이 목사는 성경을 읽은 후 설교를 시작하였다.
출애굽기를 연속해서 보고 있는 중이다.
출애굽 이후 광야에서 이스라엘 민족의 우상숭배가 가져온 수난들에 대해 이야기하고, 어리석은 백성들이 예수를 십자가에 못 박은 사실과 닮은 점을, 그리고 요즘 우리가 겪고 있는 이 재난들의 관계를 차분히 설명해 나갔다. 어려운 때일수록 깨어 기도하는 일만이 우리를 고난에서 건질 수 있음을 강조했다.
'당장 내일의 일을 알 수 없도록 만드신 하나님은 얼마나 지혜로우신가…'
이 목사는 피아노 앞에 앉아 그의 설교를 듣고 있는 희영을 보며 생각했다.
설교가 거의 끝날 때쯤 김지훈 선생이 문을 열고 뒷자리에 앉는 것이 보였다.
이 목사는 그의 어색해하는 모습을 보며 속으로 웃었다. 신앙의 두께라고나 할까, 때 묻지 않은 순수함 같은 것이 느껴졌기 때문이다.

이날 오후, 희영이 가방을 챙겨 들고 집을 나선 후 이 목사는 아내에게 고만수 이야기를 꺼냈다.

"어떻게 해요? 당신이 지혜롭게 하시겠지만…."

이미 예정되어 있던 일이고, 알고 있는 이야기여서 아내는 담담한 표정이었다.

"약속을 받고 데려올 작정이오. 희영이 얘기는 입 밖에 내지 않기로."

"그게 가능하겠어요?"

"당분간 지내면서 일을 시키고 적응력을 길러 자립 의지가 생길 때까지 기다렸다가 그 후에 자연스럽게, 충격을 최소한으로 완화시켜야 합니다. 당신이 협조해 줘야 성공할 수 있어요."

"저야 뭐…."

"이건 당신과 나만 아는 비밀이오."

"내가 그걸 모르겠어요? 그런데 대체 그 사람 어디에서 머물게 할 작정이세요?"

"과수원 오두막집을 손보면 그럭저럭 지낼 만할 거요."

"좋으실 대로 하세요."

아내는 동의해 줬다.

너무나 고마운 아내다.

늘 순종적인 자세로 목회를 도와준 아내의 배려가 오늘의 그를 있게 한 원동력이라고 이 목사는 생각한다.

벽에 걸린 달력을 쳐다봤다.

광복절은 20여 일이 남아 있었다.

방학을 이틀 앞둔 날 오후에 갑자기 희영이 학교로 찾아왔다. 손에 가방이 들려 있었다.

"국내 성지순례 계획 일정이 잡히는 바람에 갑자기 올라가게 됐어요. 학점에 반영되는 행사라서 빠질 수 없어요. 어떻게 해? 방학을 죽쑤게 돼서."

전혀 예상치 않던 일이라서 지훈은 좀 얼떨떨한 기분이었다.

"걱정 말고 다녀오세요. 바캉스는 돌아와서 떠나도 돼요."

"일주일 뒤엔 자매 교회 여름학교 봉사활동이 또 기다리고 있는 걸요."

"그것도 마치고."

"어느 세월에? 할머니가 다 돼서?"

"사랑은 오래 참는 거라며?"

"속상해 죽겠는데 놀리시기예요?"

"미안, 미안!"

안타까운 일이었지만 지훈은 내색하지 않으려고 노력했다.

모레면 방학이다. 오랜만에 맞는 방학, 즐거운 피서 계획에 골몰했던 그들이었다. 생각할수록 가슴 떨리는 그 계획들이 물거품처럼 사그라지고 있는 것이다.

방학 준비로 시간을 낼 수 없어 지훈은 마을의 정류장에서 희영을 보내는 수밖에 없었다.

희영을 보내고 교실에 돌아온 지훈은 잠시 마음이 혼란스러웠다.

삭막한 방학이 될 것 같은 예감이 그를 언짢게 하였다.

창밖을 보니 맑게 갠 한여름의 하늘에 구름이 한가롭다.

지훈은 희영의 생각을 잠시 접고 지난 1학기를 돌아보았다.

지난해보다는 다소 불만족스런 한 학기였다. 마을에 닥친 재난과도 같은 가뭄이 학교 생활에도 미쳐 아이들의 교육적 성과가 기대에 미치지 못했다.

생각했던 것보다 농촌의 교육환경은 열악했다. 부모의 교육열과 관심도 생각보다 낮은 편이었다.

집안일을 돕느라고 잦은 결석에 끼니까지 걱정해야 하는 결식아동들이 생겨난 것은 가슴 아픈 일이었다. 넉넉지 못한 농촌 살림살이의 한계를 보는 것 같아 지훈은 마음이 안타까웠다.

마을 사정이 어느 정도 이해되면서 지훈은 이들을 얽매고 있는 가난의 고리를 보았다. 보릿고개를 넘기느라고 한내 사람들은 이른 봄부터 깊은 산에 올라 고사리며 참나물, 취나물, 두릅 등을 따서 모아 삼십 리 길 대천읍까지 팔러 나갔다. 울타리 안에 몇 마리 기르는 닭이 낳은 달걀도 식구들은 먹을 수 없었다. 돈이 되는 것은 무엇이든 소쿠리에 넣어 길을 떠나곤 했다.

해마다 되풀이되는 고난의 악순환, 기적이 생기지 않는 한 이들이 가난에서 벗어날 길은 없어 보였다. 마을을 통틀어서 서상집 씨나 최장로 같은 몇 안 되는 지주나 부자들을 제외하면 한 해 농사로 한 해 식량이 빠듯한 농가가 대부분이었고, 수남이네와 같이 소작으로 살아가는 사람들은 그나마도 안 되는 고된 삶을 이어가고 있었다.

한내에 품었던 긍정적인 요소들, 소박한 인심, 평화와 안정, 넘치는 인정 같은 것에 대한 기대가 현실과 얼마나 다른가를 지훈은 차츰 알게 되었다.

마을에 대한 그의 관심은 지금 자신이 생각하고 있는 것들에 대한 작은 성찰을 불러온다. 사랑놀이보다 더 심각한 것일 수 있는 수많은 명제들, 지훈은 서랍에서 두툼한 두 권의 노트를 꺼낸다. 가끔 과잉되려는 감정들을 여과시키는 통로로서 자유롭게 적어오는 기록물이다. 한 권은 일기 형태의 산문집이고, 작은 것은 시작(詩作) 노트이다.

　지훈은 작은 노트를 펼친다. 희영을 만난 이후부터 쓰기 시작한 시편들이 여럿 얼굴을 내민다. 제목이 있는 것, 미완성인 것, 메모 같은 것, 다양한 시어들로 나열된 낙서장 같다.

우리는
아직
사랑을
모른다

수만의 언어로도 다 표현해 내지 못할
영원한 사랑의 의미
……

사랑은
그리움이다
동반이다
이인삼각이다

불꽃이다
재다
그림자다

노래다
기다림이다

지훈은 그 아래에 낙서를 한다.

사랑은

기쁨이다
눈물이다
영원한 시의 제목이다

구름이다
바람이다

목마름이다

……

얼마나 더 적을 수 있을까.

지훈은 앞으로 계속 이 페이지를 방문해 더 많은 언어로 사랑을 정의해 보리라 생각한다. 지난번 만남에서 희영이 알려 준 성경 속의 사랑과는 별도로 새로운 정의를 시도해 보는 중이다. 하나님 말씀이 아닌 인간의 언어로. 수천 개의 용어가 동원될지도 모를 일이다. 지금은 다만 시작일 뿐…….

모든 예술의 영원한 테마인 사랑, 갑자기 다가와 바람을 일으키고 그 소용돌이 속으로 이끌어 나가는 사랑, 만남의 우연과 다가드는 운명 같은 것, 사랑은 작은 우주다. 지워질 수 없는 역사다. 지훈은 갑자기 가슴이 소리 내어 뛰는 것을 느낀다. 조금 전 정류장까지 동행한 희영의 표정에 남아 있던 애잔한 그리움….
그러나 지금은 담담해져야 할 때임을 그는 안다.
시작 노트를 덮고 지훈은 머리에서 잠시 희영의 생각을 지운다.
곁에 놓인 또 한 권의 노트를 편다.
산문 노트는 일기 형식의 자유로운 테마들을 적어 보고 싶어 쓰기 시작한 것이다.
어제까지 내촌 서씨네 기록들이 적혀 있다.
한내에서 시작한 교직 생활, 신앙생활, 단오와 풍속, 큰굿과 기우제, 가뭄, 학교 생활 등 다양한 기록들이 상당한 분량으로 이미 확보되고 있다.
그에게 새롭게 다가오는 모든 것, 경이롭기까지 한 이곳의 사람들과 삶의 모습, 자신은 국외자이긴 해도 관찰자나 기록자는 될 수 있으리라 생각한다. 방관만 하고 있지는 않을 작정이다.
'고향에 잠깐 다녀오리라.
그리고 더 많은 사색과 독서를 하리라.
마을에 야간학교를 여는 문제를 심각하게 생각해 보자.'
지훈은 생각들을 노트에 적는다.
가난은 무지가 원인일 수 있다.
한내가 잘살 수 있는 길을 모색해 보다가 내린 결론이다. 마을 사람들 중 아직 한글을 깨우치지 못한 사람들이 상당수라는 사실은 지훈에게 큰 충격이었다. 지훈은 이들에게 다가가기로 다짐한다. 텔레비전이 곧 보급된다고 하는 문명시대가 아닌가. 한내를 구하는 길은 이들에게 자신이 누구인지 일깨워 주는 것이다. 지금까지 그들이 살아온 세계와 다른 세계가 있다는 것을 알려 줄 필요가 있다. 무지를 벗어나게 하는 일이야말로 교회의 기도보다 단오굿의 기우제보다

5. 돌아온 사람들 143

더욱 현실적인 해결 방법일 수 있다. 그는 자신에게 확신을 가지라고 최면이라도 걸고 싶은 심정이 된다.

여름철 한글학교는 학년 초에 지훈이 이미 구상한 계획이다.

바쁜 농사철은 피하고 학교의 시설을 이용할 수 있는 기간은 방학 때가 안성맞춤이다. 각 이장님들과 상의하고 대상자들을 선정한 결과 내촌과 외촌을 통틀어 십여 명의 희망자가 나와 이미 모집해 놓고 있다. 할머니 몇 분과 교회에 나오는 여집사님 몇 분이 고작인데, 첫 술에 배부르랴 생각하고 강행하기로 했다. 남자들 가운데도 상당한 수가 대상자로 파악되었으나 바쁜 일손과 체면 같은 것이 작용해 아직 미온적이다.

8월 1일부터 한내 여름철 한글학교가 열릴 예정이다. 근래에 없던 계획이다. 그래서 지훈은 방학을 하자마자 잠깐 고향에 다녀왔다.

강천시 역시 한여름 무더위로 끓고 있었다.

도시의 외곽에 있는 그의 집도 더위 속에 지친 표정으로 블록 담 속에 갇혀 있었다.

"고맙다. 네가 보내 준 걸로 지숙이 학비 걱정 안 하니 살 것만 같구나."

어머니는 고맙다고 몇 번이나 반복했다. 얼마 되지 않은 봉급이 쑥스러웠다.

아버지는 학교 앞에서 하고 있던 문구점을 잠시 쉬고 집에 계셨다. 아이들이 방학을 한 탓이다.

"강천 학교로 전근 왔으면 좋겠다…. 언제쯤 이동하게 되니?"

"3년은 지나야 돼요. 그나마 분교이기 때문에 그렇고, 일반 학교는 4년을 채워야 전보 대상이 돼요. 아직 2년도 안 됐어요."

"그래도 집에서 워낙 멀리 떨어져 있으면 특별 구제하는 방법이 있다던데."

"아버지 하시는 일이 많이 힘드세요?"

"아니다. 그저 해보는 얘기야."

아들이 집에서 출근하면 하숙비로 나가는 돈을 절약할 수 있으리라는 계산을 아버지는 하고 있었을 것이다.

어디서나 넉넉하지 못한 살림살이가 늘 문제다.

"어디 참한 색시 하나 물색해 뒀니? 이젠 장가도 가야지?"

곁에서 어머니가 한마디 거든다.

나이가 들어가는 아들을 보며 의례적으로 하시는 말씀이리라.

"글쎄요. 알아봐야지요."

지훈은 건성으로 대답한다.

고 2가 된 지숙은 키가 훌쩍 자라서 몰라보게 달라져 있었다.

"너무 찌는 것 아니니? 그러다 시집 못 가는 수가 있어."

"오빠 걱정이나 해."

언제나 사랑스런 동생이다.

집안에 조금 햇빛이 들고 있는 듯해서 지훈은 마음이 편해졌다.

집에서 겨우 사흘을 지내고 지훈은 다시 한내로 내려왔다.

한글학교에는 예정된 인원보다 몇 사람이 더 나왔다.

집에서 준비해 온 푸짐한 학용품들을 나누어주자 모두 입이 함지박마냥 벌어졌다.

예상보다 좋은 반응에 지훈은 힘이 났다.

"아는 것이 힘이라는 말이 있습니다. 걱정 마세요. 방학 한 달 열심히 공부하시면 좋은 결과가 있을 겁니다."

그렇다. 한평생을 까막눈으로 지내온 어르신들은 얼마나 답답했을까.

저들이 이 산촌에 갇히다시피 평생을 보낸 것은 배우지 못한 것도 한 원인일 수 있겠다는 생각이 들어 지훈은 교육의 중요성을 다시금 깨닫는다.

한글 교재는 지훈이 임시로 만들었다. 읽기와 쓰기를 병행하도록 해 효율성을 높였다. 첫날부터 나이 든 학생들은 지훈의 지도를 잘 따라 주었다.

지훈의 방학은 이렇게 땀으로 지나가고 있었다.

한 달 가까이 계속된 한글학교에서는 재미있는 일들도 많았다. 매일 도시락에 삶은 감자를 담아 지훈에게 바치는 학생들도 있었다.

까막눈이 떠지기 시작한 할머니들이 연필에 침을 묻혀 한 자씩 쓰는 글씨가 그렇게 재미있을 수 없었다.

손수 만들어 단 이름표에 잘못 쓴 글자가 들어가 이말순이 이발손이 되어 '이발소'라는 별명이 된 경우도 있었다. 간단한 문장을 읽고 쓸 수 있게 된 나이 든 학생들은 자신들의 능력이 믿기지 않는 듯, 교실 안에 붙은 각종 게시물을 읽고 써 보느라 시간이 늘 모자랐다.

"시상에 이런 고마울 데가…평생 까막눈에 한이 맺혔는데, 한이 풀렸어."

수료식을 하는 자리에서는 모두 눈물을 글썽이며 지훈에게 고마워했다.

지훈은 학기 중에도 한글학교를 계속할지를 심각하게 생각하기 시작했다. 한글학교뿐 아니라 상급 학교에 진학하지 못한 마을 젊은 이들에게 중등 과정을 개설하는 일도 구상했다. 의외로 마을에는 국졸 학력밖에 안 되는 젊은이들이 상당수 있었다. 지훈은 혼자의 힘으론 벅찬 생각이 들어 이 목사와 상의해 보기로 했다.

"김 선생님 한글교실 얘기는 이미 잘 듣고 있습니다. 중등 과정을 개설한다면 적극 지원해 드리겠습니다. 사실 교회가 앞장서 실천했어야 할 사업입니다."

이 목사는 적극적인 지원 의사를 밝혔다.

그 무렵, 교회에서 삼일예배를 마치고 마을로 내려오는 길에 지훈은 한 낯선 남자를 만났다.

교회로 오르는 소망길 입구에서다.

마을에서 교회로 올라가는 길은 세 갈래로 나 있다. 마을이 모인 위치가 대략 크게 세 군데로 나뉘어 있었기 때문에 방향이 서로 달랐다. 교회에서는 이 길들에 이름을 붙여 놓았다. 각각 '믿음길' '소망길' '사랑길'이었다.

학교에서 교회로 올라가는 길은 가운뎃길로 소망길인데, 자전거를 타고 내려가던 길 입구에서 교회 쪽으로 올라오는 한 남자를 만났다. 술기가 있는 듯 그는 약간 비틀거리고 있었다. 무심코 지나치다가 그가 자전거 앞으로 다가왔으므로 급히 멈춰 서게 됐다. 가로등 불빛에 비친 그 남자의 손에는 작은 술병이 들려 있었는데, 칙칙한 옷에 낡은 모자를 쓰고 있었다. 교회와 마을에서 한 번도 본 적이 없는 낯선 얼굴이었다. 남자는 그를 힐끗 쳐다보곤 언덕을 비틀거리며 올라갔다.

고개를 갸우뚱하며 지훈은 학교로 돌아왔는데 자꾸만 이상한 차림의 남자가 눈에 어른거렸다.

지훈은 그 남자를 다음 주일날 교회에서 볼 수 있었다. 주일 예배가 끝나고 난 뒤 그 남자가 교회 뒤편의 과수원 길로 들어갔다. 그의 손에는 성경이 들려 있었다.

찬양 연습이 끝난 뒤 지훈이 사모님에게 물어보자 "고 영감님을 말씀하시는군요"라고 하셨다.
"그분이 고 영감님이에요?"
"예, 목사님 친구분이세요. 잠시 다니러 왔어요."
사모님은 별일 아닌 것처럼 말했다.

희영에게서는 한 번 편지 연락이 왔다. '계속되는 스케줄로 한내에 내려가지 못하고 2학기를 시작해야 할 것 같다'는 안타까움이 편지 행간에 배어 있었다.

2학기를 앞두고 학교에는 인사 이동 소식이 들렸다.
홍 선생 부부는 본교로 가고, 대신 본교에서 남자 1명, 여자 1명의 교사가 교환 배치되었다. 남자 선생님은 40대 중반인 정인묵 선생으로 한내가 고향인 사범학교 출신 선배였고, 여교사는 대천 출신의 대학 후배 초임 교사라 했다.
"김 선생, 이젠 관사에 들어와도 되겠어."
짐을 꾸리며 홍 선생이 말했다.
학교에 붙여 지은 직원용 사택을 그들은 관사로 불렀다.
"정 선생님은요?"
"집으로 들어간다고 했어."
잘된 일이었다. 어차피 인숙이네서는 나와야 했다. 인숙이 오빠 상식의 제대가 임박했기 때문이다.
상식이 고향으로 돌아오던 날 지훈은 가재도구를 장만해 관사로 이사했다. 섭섭해하는 인숙 어머니에게 지훈은 감사를 표했다. 정말 고마운 분들이다.

이제부터 자취생활로 들어가야 한다. 차라리 홀가분했다.

군복무를 마치고 집으로 돌아온 인숙 오빠 최상식은 성실한 모습의 젊은이였다. 학교로 찾아와 인사를 나눴는데, 이제 막 제대한 군인답지 않은 순박한 말씨로 말했다.

"그동안 좁은 방에서 고생 많이 하셨어요."

그와는 구면이다. 휴가를 나올 때 가끔 만나 얼굴을 익힌 사이다.

"제대를 축하합니다. 무슨 일을 하실 계획입니까?"

"좀 쉬면서…. 아버지 농사일도 거들고."

"부모님들이 든든하시겠어요."

"글쎄요."

대천농업학교를 나온 그는 영농에 뜻을 두고 있다고 했다. 마을 4H클럽에서 주도적 역할을 한 경력도 있었다.

비슷한 시기에 또 한 사람의 젊은이가 마을로 돌아왔다.

8월 마지막 주일, 교회 예배에서 설교를 마치고 난 뒤, 성도의 교제 시간에 목사님은 회중에서 한 젊은이를 강단 앞으로 불러냈다.

"반가운 소식을 전합니다. 최종수 장로의 아드님이신 최태식 선생이 명예로운 제대를 하고 고향으로 돌아왔습니다. 잘 아시다시피 최 선생은 지난 2년간 월남에 파병된 청룡부대에서 빛나는 전과를 올리고 사선을 넘어 돌아오신 것입니다. 여러분, 따뜻한 격려의 박수를 보내주시기 바랍니다."

"충성!"

해병대 예비군복 차림의 젊은이가 우렁찬 목소리로 거수경례를 했다. 박수 소리가 회당 안을 흔들었다.

성가대석에 앉아 있던 지훈은 낯선 젊은이의 얼굴을 가까이서 보게 됐다. 검으티한 얼굴에 험상궂은 표정이었다. 인숙이와는 육촌 오빠쯤 되는 사이일 것이다. 오빠 얘길 할 때 인숙이네에서 가끔 화제에 올랐던 터라 귀에 익은 이름이기도 했다. 상식과는 비슷한 시기에 입대했고, 배속 받은 부대에서 청룡부대 차출이 있어 자의반 타의반으로 파월되었다고 한다. 투이호아 전투에선가 부상을 입어 왼손 일부를 잃었다고 하는데, 그래서인지 그는 왼손을 바지 주머니에 넣고 있었다.

예배가 파하고 성가대석에서 지훈은 다시 그를 만났다.

성가대 앞에서 예의 "충성!" 거수경례를 한 태식을 성가대원들이 박수로 맞았다.

"반갑습니다. 고생이 많으셨겠습니다."

지훈이 대원들을 대신해서 악수를 청했다.

"감사합니다!"

군대식 억양이 남아 있는 어투로 태식이 말했다.

잡은 손에 힘이 들어가 있었다.

태식은 입대하기 전까지 교회에서 청년회장을 맡아 봤다고 한다.

그는 여러 사람들에게 둘러싸여 인사를 받느라 바빴다. 아직 인기가 남아 있는 듯했다.

개학을 앞두고 지훈은 학교에서 새로 부임한 정인묵 선생과 한영미 선생을 만났다.

홍 선생 후임으로 부임한 정 선생은 아주 온화한 성품의 중년 선배였다. 분교장을 맡게 될 것이다.

"김 선생 얘기는 잘 들었어요. 여러 가지 교육적 성과를 거두셨다고 교육구청 사람들 사이에 떠들썩하던데."

"별 말씀을요. 고향으로 돌아오신 것을 축하드립니다."

"부모님이 연로해서 내가 모셔야 하기 때문에 부득이 오게 되었어요."

"관사를 제가 차지해서 정말 죄송합니다."

"아니야, 그건 이미 이야기됐던 일이고. 아무튼 잘해 봅시다."

그는 사람 좋게 웃었다.

한영미 선생은 생글거리는 눈매가 매력적인 앳된 아가씨였다.

"아무것도 몰라요. 선배님이 다 가르쳐 주셔야 해요."

초면인데 당돌하게도 그녀는 지훈에게 손을 내밀었다. 당분간 정 선생의 집에 머물 것이라 한다.

그들은 2학기 계획을 짜고 학급 담임을 배정하고 업무 분장을 짜면서 개학을 대비했다.

개학이 되면서 지훈은 한내의 상황이 여러 가지로 예년과 다르다는 것을 발견했다. 여기저기서 가뭄 후유증들이 발생하고 있었다.

절량농가라는 말의 심각성을 지훈은 처음엔 잘 몰랐다. 그러나 학교에 나온 아이들이 도시락 없이 점심시간을 보낸다는 사실을 발견하면서 한내를 강타한 봄 가뭄의 결과를 확인할 수 있었다.

마을 사람들에게 중요한 여름 식량인 보리와 감자의 작황이 좋지 않기 때문에 수확이 반감되면서 곡간이 비다시피 된 집 아이들이었다.

지훈은 수남에게 부탁하여 학교 창고에 남아 있는 급식용 옥수수 가루를 꺼내어 죽을 쑤도록 해서 아이들에게 나누어 먹였다. 결식아동 숫자를 늘려 교육구청에 보고하고 급식용 양곡 추가 배정을 요청했다.

그러는 사이 궁핍한 마을에서 무언가 알 수 없는 일이 생겨날 것 같은 불안한 나날이 지나갔다.
 9월 중순경 지훈은 마을회관에서 청년들의 모임인 4H클럽에 초청을 받았다. 상식이 주관하는 모임이라 했다.
 퇴근 후 마을회관에 들렀더니 십여 명의 마을 젊은이들이 모여 있었다.
 낯선 사람도 있었다. 그들은 지훈을 반겨 맞았다. 교회 성가대에서 낯익힌 얼굴도 보였다.
 "입대 전에 만나던 친구들입니다. 그동안 저조했던 청년회를 활성화해 볼까 하구 모였는데, 모두 김 선생님을 모시자는 의견이었습니다. 지난 방학 동안 한글학교를 열어 주신 것을 감사해야 한다고 해서…."
 상식의 말에 이어 "정말 감사해요. 그동안 아무도 하지 못했던 일을 하셨어요" 하며 모두 박수를 쳐주었다.
 "당연히 할 일을 한 것뿐인데 너무 부끄럽습니다."
 "우리 한내 4H클럽에 고문이 돼 주서요."
 상식이 제안을 했다.
 "제가 어떻게? 정말 가당치 않습니다."
 "도와주서요."
 모두 찬성의 박수를 치는 바람에 지훈은 더 이상 사양을 할 수 없었다.
 "고맙습니다. 부족합니다만 도움이 되는 일이 있으면 힘껏 돕겠습니다."
 이들은 이날 밤늦게까지 한내가 처한 어려움을 극복하고, 정부가 추진하는 새마을 사업에 적극 동참하자는 취지의 논의를 했다.
 지훈은 관심을 가지고 있던 부분이라서 마을에 대한 그의 견해를 말했다.

"올 가뭄은 심각합니다. 학교에도 결식아동이 벌써부터 생겨나고 있습니다. 뿐만 아니라 지난 단오 이후 내촌과 외촌의 서로 다른 모습의 문화와 신앙, 이런 것들이 언젠가는 갈등을 일으킬 수도 있겠구나 하는 생각도 듭니다."

"심각하게 생각할 필요 없어요."

"당장 시급한 건 영농 방법을 고쳐 나가는 일입니다."

"단오나 기우제는 그저 해마다 전해오는 풍습이지요."

그들은 대수롭지 않게 생각하는 듯했다.

시급한 일들은 마을 앞길을 경운기가 드나들 수 있도록 넓히는 일과 변소 고치는 일에서부터 관혼상제를 간소화하는 일, 보온 못자리 설치와 온상재배의 확대 등 여러 가지 안건들이 논의되었다.

그들은 지금 정부가 권장하고 있는 새마을 사업을 어떻게 마을에 적용시키는가 하는 문제들을 고민한 후 지역 실정에 알맞은 방법을 찾아내는 진지한 토의들을 했다. 당장 실천할 일로 비닐하우스의 도입이 결정됐다. 겨울 농한기에 작물을 재배할 수 있다는 것은 실로 획기적인 새 기술이었다.

그들의 얘기들은 소박하나 진지했다. 한내에 또 다른 희망을 보는 것 같았다.

"심훈이 쓴 《상록수》라는 소설에는 농촌 계몽에 젊음을 불사르는 채영신이라는 여학생의 얘기가 나옵니다. 박동혁인가 하는 남자 주인공 역시 낙후된 농촌을 구하는 길이 무지에서 벗어나는 길이라 확신하고 힘을 보탭니다. 일제하의 암울했던 시기에 불꽃같이 타오르던 상록수 이야기는 여러분과 같은 젊은이들의 이야기입니다. 저는 오늘 여러분들의 진지한 태도에서 상록수 주인공들을 떠올렸습니다. 여러분들이야말로 진정한 애국자들입니다. 저 역시 방학 중에 시작한 한글교실을 2학기에도 계속해야겠다는 결심을 지금 하게 됐습니다."

지훈이 회의 말미에 소감과 격려를 겸한 인사말을 했다. 모두 박수를 쳐 주었다.

"태식 씨는 안 보이는데?"

집으로 돌아갈 때 지훈은 상식에게 물어봤다. 그와는 친척이다.

"군대 가기 전에는 참했는데 월남에 갔다 와서는 아주 사람이 변했어요. 어제도 삼거리에서 봤는데 취했더라구요."

"걱정되겠어요."

"저야 뭐, 당숙께서 고민이 늘었다고 하시더군요."

뜻밖이었다. 교회에서 '충성!' 하던 모습이 떠올랐다.

"부상을 입었다던데 심한가요?"

"왼손바닥을 총알이 관통했는데 손가락 하나를 다쳤어요. 고민도 될 거요. 청춘인데…."

"이해할 수 있을 것 같습니다."

만난다면 위로해 주고 싶은 마음이 들었다.

"비로소 한내의 일원이 된 것 같은 느낌이 듭니다."

그들과 헤어질 때 지훈이 상식에게 말했다.

방관자와 같았던 자신이 마을 안으로 한 발 들여놓은 듯한 느낌이었다. 스스로 이방인이라고 생각해 왔던 자신이 이들의 문화 속으로 편입되는 느낌이기도 했다.

가을이 깊어갈 무렵, 내촌 쪽에서 충격적인 소식이 들려왔다.

"다음 주 보름날 서근섭이 해탈 설법을 한다고 하네요."

수남이 전한 내용이다.

수리재 밑 내촌, 안개로 덮여 있는 그 동네에서 안개가 잉태한 새로운 모습의 신앙이 소개된다고 한다.

지훈이 우려했던 상황이 현실로 다가온 것이다.

늘 그랬듯 내촌은 가을까지도 안개로 덮여 있었다.

내촌을 병풍처럼 둘러싼 수리재가 높고, 그 기슭에 자리 잡은 용소가 늘 습기를 머금고 있어 봄부터 한여름은 장마철은 물론 일교차가 심해지는 초가을까지도 궂은 날씨에는 뿌연 안개가 마을을 덮어 버린다. 항아리 모양인 마을의 생김새는 해가 중천에 오를 때까지 안개를 가두어 두기 때문에 멀리서 보면 그곳에는 늘 안개가 낀 것처럼 보인다.

안개는 은밀한 것을 감추는 휘장 같은 것이다. 지훈은 지난 단오 이후 내촌의 비밀스런 이야기들을 종종 듣고 있었다. 서 씨네 종갓집에 은거하고 있는 근섭이란 인물이 그 소문의 중심에 있었다.

근섭을 중심으로 한 안개골 내촌에서 잉태된 그 은밀한 소문들이 이제 모습을 드러낼 참인 것이다.

그곳 서 씨네에서 이달 보름날 저녁에 청암선사로 이름을 바꾼 서근섭의 설법이 있을 것이라 소문들이 돌았다. 오랜 수도와 공부 끝에 홀연 깨달음을 얻은 그가 새천년 미륵세존의 능력으로 중생을 제도하는 공사를 시작한다는 것이다.

특별히 이번 설법회에는 서 부자가 곡간을 열어 흉년에 힘든 마을 사람들을 구제한다는 소문도 돌았다.

사전에 누군가에 의해 치밀하게 조직된 움직임을 느끼게 하는 이런 소문들은 금시 온 마을에 퍼졌다.

근섭이 설법을 한다는 보름날은 추석 한가위 날이기도 했다.

도수를 맞추느라고 정한 시간이 유시(酉時)라 했다.

마을 사람들은 관심이 높았다.

올 추석은 예년과 아주 다른 모습으로 다가왔다. 오랜 가뭄으로 농사를 망친 사람들은 한가위가 돌아와도 예년처럼 흥청댈 수 없었다. 벼이삭이 돋아난 뒤 번지기 시작한 도열병으로 수리답 벼들도 반실이 분명해졌다. 설상가상이다. 큰 흉년이 예상된다. 추석이 다가와도 기쁘지 않은 이유다.

그런데 이런 근심 걱정을 소멸하고 새 세상을 보여준다고 한다.

근섭이 그 기대의 중심에 있었다.

추석날 저녁때가 되자 내촌 안개골 가는 길에 사람들이 몰려가고 있었다.

지훈도 이들 틈에 합류했다.

마을에서 일어나는 일들에 무관심할 수 없었다.

아니, 호기심이 발동해 견딜 수 없었다. 3년간이나 수도를 했다는 근섭이란 인물이 궁금했다. 그가 선포하겠다는 내용이 무엇인지도 궁금했다. 사람들의 반향도 그렇고, 모든 것이 그의 호기심을 자극했다.

안개골은 지훈이 별로 가 보지 않은 곳이다. 한내 큰 다리를 건너 동쪽으로 한참 내려가면 수리재 골짜기로 들어가는 내촌 마을이 나타난다. 서 씨네는 마을을 외돌아 골짜기 안 병풍처럼 산자락이 둘러싼 곳에 있었다. 마을 입구에 세워진 키 큰 장승 두 개가 사람들을 맞고 있었다.

집 앞과 주위로 넓은 논밭들이 널려 있고 대부분 서 씨네 소유라 한다.

집 뒤로는 왕대 숲이 우거져 있고, 검은색 기와를 얹은 지붕과 담장을 가진 고택이 가문의 오랜 전통을 보여주고 있었지만, 낡고 퇴락한 채 세월의 두께를 느끼게 했다.

　대문 안 마당에는 차일이 쳐지고 멍석 여러 장이 깔려 있었다. 잔칫집 같은 느낌이 드는 그 마당에 사람들이 모여들고 있었다.

　덩치는 컸지만 마을에서 따로 떨어져 있는 이 집은 무성한 수목에 둘러싸여서 음침하고 칙칙한 곰팡이 냄새를 풍기고 있었다. 차일 앞에 모여든 사람들은 대부분 아낙네들이었으나 간혹 나이든 남자들도 보였다. 지훈은 담장 안쪽에 선 살구나무에 등을 기대고 분위기를 살폈다.

　뜰 앞에서 짙은 회색 승복 차림의 남자가 나와 장내를 정리했다.

　댓돌 위 별채의 방문과 툇마루로 이어진 곳에 흰 천으로 덮인 강단이 보였다.

　강단 좌우에 큰 촛대가 놓이고 굵은 양초가 불을 밝히고 있었다.

　"자 여러분 먼 곳까지 오시느라 고생했어요. 잠시만 기다리시면 유시에 선생님이 여러분을 뵈러 나오십니다. 큰 박수로 맞아 주시면 감사하겠습니다."

　장내를 정리하던 사내가 좌중을 향해 말했다.

　어디선가 본 듯한 낯익은 남자였다. 문득 단오제에서 굿당에 고수로 앉았던 박수무당이 떠올랐다. 비슷했다. 마당 안에는 그 말고도 같은 복장을 한 남자들이 두엇 더 보였다.

　'지잉- 지잉- 지잉-'

　갑자기 강단 쪽에서 징소리가 세 번 들렸다.

　그와 함께 강단 뒤쪽의 미닫이가 열렸다.

　장내에서 박수 소리가 터져 나왔다.

　검정색 먹물 들인 한복을 입은 남자가 방에서 나왔다.

핏기 없는 얼굴에 여윈 모습이었다. 머리가 길어 여인네들처럼 뒤로 묶었고, 수염도 한참 자라 얼굴을 덮은 모습이었다.

그는 강단 앞에 서서 하늘을 향해 두 팔을 벌렸다. 도포와 같은 긴 소매가 치렁치렁했다.

무언가 입속으로 중얼중얼 주문을 외기를 한참 한 뒤, 고개를 젖히고 팔을 더욱 높이 들었다. 그가 바라보는 수리재 위로 보름달이 솟아오르고 있었다. 어두워지기 시작한 동네가 환해져 왔다. 배광에 산마루가 빛을 발하자 그를 마주하고 팔을 벌린 근섭의 얼굴이 아주 환상적으로 빛났다.

누군가 노래를 흥얼거리기 시작한다.

"천변지변 개벽 후에
용화세계 밝아오네
어흘시구 좋을시구
새 세상이 밝아오네
미륵세존 오시는 날
새 광명을 비치는 날
어흘시구 좋을시구
새 세상이 밝아오네
궁궁을을 조화무궁
억천만년 치세하네
어흘시구 좋을시구
새 세상이 밝아오네."

메기고 받는 민요조의 노래가 몇 사람들에 의해 이어졌다.

가만히 둘러보니 사람들 사이 여기저기에 노래를 따라 부르는 사람들이 섞여 있었다. 그들이 선창을 하면서 후렴을 사람들에게 유도한다.

어느덧 모여선 사람들은 "어흘시구 좋을시구" 하며 후렴을 받는다. 이 단순한 노래는 곧 장내로 퍼져나간다. 사람들은 노래를 따라 부르며 분위기에 휩싸인다.

단 아래서 징과 북과 장구가 울리며 어우러지는 바람에 분위기는 더욱 고조된다.

이들은 아주 자연스럽게 리듬을 따라 몸짓을 하기도 했다. 그것은 점차 춤사위로 바뀌었다.

"천변지변 개벽 후에
용화세계 밝아오네
어흘시구 좋을시구
새 세상이 밝아오네."

마침내 그들은 덩실덩실 춤을 추기 시작한다.

굿당 앞에서 수무당을 따라 덩실덩실 춤추던 아낙네들의 춤사위가 자연스레 시작된다. 점점 몸짓들이 커지고 노랫가락도 빨라진다.

그들은 마치 축제처럼 춤들을 추었다. 어깨춤에서 둥글게 둘러서는 강강술래 춤사위와 자진모리까지 신명나게 춤들을 추었다.

'꽤 갱 깽.'

단 앞에서 요란스런 쇠가락 소리가 들렸다.

그 소리에 사람들은 춤추던 걸음을 멈추었다.

"여러분, 수고했습니다."

사회를 보던 사내가 꽹과리를 내리고 사람들을 정리한다.

"자, 앉읍시다. 즐거우셨습니까?"

"예!"

사람들이 화답한다.

"청암선사께서 법문을 하시겠습니다. 오래 기다리셨습니다."

뜰 위, 단에 앉아 마당에서 춤추는 사람들을 내려다보던 청암이 자리에서 일어섰다.

"여러분이 잘 아시는 청암선사님이십니다. 오랫동안 여러 중생들을 위해 기도와 참선으로 또는 명산 고찰 순례와 진리 탐구로 고행하시고, 최근 수년 독좌 끝에 득도하신 선사님의 설법을 잘 들으시고 영생하시기를 바랍니다. 여러분, 박수하십시오."

사회가 단 위를 가리키자 우레와 같은 박수가 쏟아졌다.

"여러분, 즐거웠습니까?"

근섭이 말했다. 동굴에서 울려 나오는 듯한 목소리였다.

"예!"

사람들이 대답한다.

"오늘이 한가위 날인데 집안에서 쉬지도 못하고 이렇게 나오시게 해서 대단히 미안합니다. 그러나 사안이 너무 급하고 위중해서 이리 되었습니다. 양해하시기 바랍니다."

그는 단에 놓인 물 컵을 들어 물을 한 모금 마셨다.

"아시다시피 저는 근래 십수 년 동안 수많은 경험을 했습니다. 명산 사찰을 순례하면서 수많은 고승과 신흥 종교 사람들을 만났습니다. 또 수많은 경전과 법문들을 연구했습니다. 현대과학과 문명도 배우고 익혔습니다. 만난 사람들마다 수많은 고민을 하는 것을 들었습니다. 이 세상에 고민이 없는 사람은 한 사람도 없다고 저는 단언합니다. 모든 사람들은 저마다 산더미 같은 고민을 짊어지고 허우적대며 살아가고 있음을 보았습니다. 그러다 결국 죽습니다. 인생이 무엇입니까, 이렇게 허무하게 사는 것이 얼마나 억울합니까?

저는 역사를 살펴봤습니다. 역사는 우리에게 가르쳐 주는 것이 많습니다. 사람들이 어떻게 살아야 하는가를 알게 해줍니다. 좀 특별한 역사책으로 칸타메리 고고학이 있습니다. 인류 역사는 수없는 문명의 되풀이라고 말합니다. 오늘날처럼 각 시대마다 과학과 문명이 발달하지만 인간 자신들에 의해 그 문명의 결과로 멸망하고, 다시 원시로 돌아가 새 문명을 만드는 순환 문명론을 주장합니다.

여러분, 보십시오. 우리 세계는 지난 1, 2차 세계대전으로 잿더미로 변할 뻔하지 않았습니까? 그럼에도 지금 미국과 소련을 위시한 강대국들은 핵무기라는 무시무시한 폭탄을 엄청나게 만들어 놓고 있습니다. 추정에 의하면 지구상에 있는 모든 핵무기가 통제력을 잃고 폭발한다면 그 화력은 지구를 일곱 번 이상 불태울 수 있다고 합니다.

여러분, 지금 여러분은 이런 화약고 안에서 살아가고 있는 것입니다. 그뿐만이 아닙니다. 사람들 사이에서도 서로 미워하고 빼앗고 죽이는 범죄가 나날이 늘어나고 있습니다. 지구상의 어느 한 곳도 편하게 살아갈 수 없도록 되어 있습니다. 무엇을 말하는 것입니까? 말세가 다가왔다는 증거입니다. 고도로 발달하던 문명은 그 자체로 파괴되고 순환된다는 칸타메리 고고학의 주장이 맞는다는 얘깁니다."

이쯤에서 근섭은 말을 멈췄다.

장내는 물을 뿌린 듯 조용해졌다.

"저는 그동안 이런 위기를 극복하는 방법을 찾아보기로 했습니다. 먼저 저는 우주만물을 만들고 운행해 가는 조물세계를 살펴봤습니다. 너무나 복잡한 얘기라 나중에 자세히 하기로 하고 요지만 말씀드립니다. 우주의 시초는 천신님이 불라공으로 하여금 감로주와 공기로 만물을 빚게 하고, 영상세계와 상천, 중천, 지상, 지하 사천(四天) 세계를 만드신 것입니다. 천신님은 천부님, 상제님 등 신선들을 두고 선계를 다스리게 하고, 지상의 일은 석가불에 맡기셨는데, 이제 그 선삼천 년이 지나고 후칠천 년을 다스릴 미륵세존의 시대가 열리게 된 것입니다. 불가에서도 다 알고 있는 불세출의 미륵불 얘기는 천천히 따로 말씀 드릴 기회가 있을 것입니다. 천신님이 후칠천 지상대권을 위임한 미륵세존을 저는 최근에 만났습니다."

확신에 찬 근섭의 이야기가 계속되는 동안 사람들은 넋 나간 듯 그 속에 빠져들고 있었다.

"갑자기 엄청난 말씀을 드려 얼른 이해되지 않는 분들은 그런대로 들어보시기 바랍니다. 미륵세존께서는 얼마 지나지 않아 이 죄악으로 가득한 세상을 불분주야의 혼돈 상태로 변하게 하신다고 말씀하셨습니다. 불도 아닌 물도 아닌 재(灰)의 심판이라고 합니다. 재(災)는 또한 재앙을 뜻하는 것이기도 합니다. 이미 그 징조가 여러 곳에서 나타나고 있습니다. 지난 여름의 가뭄도 올 흉년도 나는 이미 알고 있었습니다. 우리 동네에서 들끓던 쥐들을 보셨습니까? 왜 그런 일들이 벌어진 것입니까? 지난 단오 때 기우제는 왜 지냈습니까? 비가 옵디까?"

사람들이 고개를 저었다.

"머지않아 우리는 세상이 재로 변하는 것을 보게 될 것입니다. 우리는 이같이 미륵세존님이 세상을 심판하는 도수인 회색지대(灰色地帶)에 이미 살고 있습니다. 회색지대야말로 우리의 현실이며 현재입니다. 악도 아니고 선도 아닌 현세는 그러나 악이 점점 심해지고 있어서 천신님이 걱정을 하시게 되었습니다. 천신님은 만물을 물도 아니고 불도 아니며 밝음도 아니고 어둠도 아닌 회색계(灰色界)에 두시고, 그 왼쪽에 어두움을 그 오른쪽에 밝음을 두시어 나한과 마왕들에게 지키도록 하셨는데, 이번에 복칠마(伏七魔) 능력을 가진 미륵세존을 회색계의 심판장으로 보내신 것입니다.

그동안 저는 수많은 교들을 찾아 경전을 읽고 연구해 보았습니다. 예수교에서는 예수가 재림한다고 합니다. 어떤 곳에선 내가 예수요 하는 사람도 나타났습니다. 보천교에서는 교주가 천자 등극을 한다고 선전하다가 망했습니다. 말세를 맞아 천지공사를 하자는 증산도에도 일리는 있지만 자칭 옥황상제로 올라간 교주는 가짜였습니다. 대종교나 미륵교, 삼덕교, 진리교, 태을교…세상에 널린 게 교들입니다. 모두 말세의 징조이기 때문에 그렇습니다. 미륵세존님께서는 말씀하셨습니다. '세상의 모든 신들은 모두 복삼마 이하의 신선인 계급들이니 선후천 교대기에 모두 멸하리라.' 여러분들은 어떻게 생각하십니까?"

"선사님! 살려 주서요."

이때였다.

강단 아래 악사와 고수들이 있던 곳에서 잿빛 승복을 입은 여인 하나가 벌떡 일어나 소리쳤다. 단오 때 큰굿을 한 운당이었다. 그녀는 근섭 앞으로 나아가 엎디어 벌벌 떨면서 무언가 입으로 주문을 중얼거렸다. 마치 간질환자가 발작을 일으킨 모습이었다. 사람들은 긴장하며 그녀를 바라봤다.

"일어나시오. 내 일찍이 그대의 도수가 차지 않았다고 했거늘!"

근섭이 엄한 목소리로 말하고 그녀를 내려다봤다.

"…"

"일으켜 세우시오. 당분간 도수를 채우는 데 전력하시오."

단 아래에 있던 사람들이 그녀를 일으켜 방으로 부축해 갔다.

"보셨지요? 여러분들이 잘 아시는 운당 보살입니다. 지난 단오 때 내가 극구 말렸는데 부채를 잡더니 요즘 이렇게 고를 당하고 있습니다. 조금만 지내면 좋아질 겁니다."

그의 목소리는 권위적이어서 누구도 범접할 수 없었다.

짧은 시간에 일어난 그 사건으로 사람들은 근섭에게서 나오는 알 수 없는 능력을 느꼈다. 이상한 전율 같은 것이었다.

"오늘은 내가 앞으로 설법하게 될 선불도(仙佛道)의 윤곽과 전제를 알려드리는 정도로 이 선포식을 마칠까 합니다. 매월 보름날과 그믐날은 여러분들이 미륵세존님을 만나는 날입니다. 거처를 칠성암으로 옮겨 설법을 할 작정입니다. 특별히 한내 사람들은 잘 들으셔야 합니다. 여기는 물병자리라고 하는 곳으로 머지않아 대환란에 특별히 재앙을 만나는 곳으로 판명이 났습니다. 말세에 살길은 이 선불도밖에 없음을 명심하시고 모이시면 살길을 알려 드리겠습니다."

근섭은 말을 마치고 하늘을 향해 팔을 벌리는 독특한 예법으로 배례하고 사람들을 향해 합장했다.

그리고는 뒤돌아 방문을 열고 안으로 들어갔다.

사회를 보던 사람이 앞으로 나섰다.

"여러분, 고생이 많으셨습니다. 선사님께서 선포식을 마치신 뒤에 식량을 여러분께 나누어드리라고 했습니다. 많지 않지만 가뭄에 힘드신 분들은 앞으로 나오세요. 세존님이 베푸시는 보시입니다."

처음엔 멈칫거리던 사람들은 누군가 일어서 앞으로 나가자 우르르 몰려나갔다.

사람들에게는 두어 됫박씩 흰 쌀이 담긴 봉지 하나씩이 나누어졌다. 사람들의 얼굴에 감격하는 표정이 역력했다.

"고마운 일이여."

그들은 흐뭇한 얼굴로 쌀 봉지를 안고 흩어져 집으로 돌아갔다.

마당가 살구나무 그늘에서 별난 선포식을 지켜보던 지훈은 형언하기 힘든 착잡한 심경으로 그곳을 나왔다.

집으로 돌아오면서 그는 이 돌연한 사건을 곰곰이 되새겨 보았다.

상상 이상의 충격이었다.

치밀하게 연출된 연극 한 편을 보고 난 느낌이었다.

예측 불가능한 변화가 마을에 일어날 것 같다.

반응이 곧 나타날 것이다.

우려할 일은 뜻밖에 외촌 사람들도 여럿 눈에 띄었다는 점이다. 단오 굿판에 넋을 잃고 앉았던 부인네들이 이곳에도 모여들었고, 그들은 동시에 가나안교회의 집사님들이기도 했다. 매우 혼란스런 일이 아닐 수 없었다.

지훈은 당분간 이 혼란을 지켜보기로 했다.

이 목사의 견해가 매우 궁금했지만 바쁜 학교 일로 주일까지 목사를 만날 수 없었다.

주일 예배에서 만난 이 목사는 다소 수척해진 모습이었다.

설교에서 그는 최근 마을에서 일어난 일에 대해 언급했다.

"출애굽 이후 광야에서 이스라엘 백성들이 모세가 시내 산에 언약을 받으러 간 사이에 금송아지를 만들어 숭배했던 것처럼, 오늘날에도 주님의 사랑을 알지 못하는 어리석은 사람들의 우상숭배가 곳곳에서 벌어지고 있습니다. 오직 한 분이신 하나님 외에 우리가 섬길 신은 없습니다. 그분만이 창조주시며 우주의 질서를 주관하시는 분이기 때문입니다. 최근에 우리 마을에서도 이상한 사람들이 이상한 모임을 가졌다는 얘기를 들었습니다. 여러분들은 이런 유혹에 넘어

가는 일이 없어야 하겠습니다. 하나님의 진노를 두려워하는 성도들이 되셔야 할 것입니다. 지난 단오 이후 가뭄을 이겨 내느라 힘드신 여러분들의 고충을 충분히 이해합니다. 그러나 하나님을 믿는 백성들은 십계명의 첫째 계명을 결코 잊어서는 안 될 것입니다. 다 같이 따라 해봅시다. 너는 나 외에는 다른 신들을 네게 있게 말지니라."

사람들이 복창을 했다.

"너는 나 외에는 다른 신들을 네게 있게 말지니라."

"하나님이 성도들에게 요구하시는 가장 큰 계명입니다. 믿음은 이 첫 계명을 지키는 일에서 출발하는 것입니다…"

출애굽기 32장의 내용을 자세히 설명하고 내촌에서 있었던 일을 우회적으로 언급한 이 목사의 표정은 어두웠다.

예배 후 지훈은 목사관으로 이 목사를 찾았다.

지난 주일 내촌에서 있었던 일들에 대해 목격담을 전하고 견해를 물었다.

"아, 김 선생님이 그곳에 갔었군요? 그동안 충분히 예상하고 있었던 일이 진행된 것입니다."

"교회에서 대책을 마련해야 한다고 보는데 어떻습니까?"

"기도하고 있습니다."

"교회에 나오는 여집사님들이 상당수 그곳에 있었다는 사실을 알고 계십니까?"

"알고 있습니다. 그냥 한번 참석해 본 것이라고 합니다. 잘 아시겠지만 이곳 사람들의 특징 중 하나로 성경 속의 '하나님'과 전통적인 믿음 속의 '하느님'과 구분이 모호한 것을 들 수 있습니다. 그들에게 복을 주는 하나님은 어느 하나님이든 상관이 없는 것입니다. 저는 수년 동안 성경 속의 하나님을 그들에게 소개하고 정확히 인식시키고

자 노력했습니다. 아직 저의 설명이 백 퍼센트 그들에게 전달되었다고는 장담할 수 없지만 성도들의 생각이 많이 바뀌고 있는 것만은 사실입니다."

"그들의 영향력이 점점 커지면 교회와 마을에 어떤 결과를 미치게 될지 걱정입니다."

"기도 제목입니다."

"기도만 가지고는 어딘가 소극적인 대책인 것 같습니다."

지훈은 좀 불만스러웠다.

'아닙니다, 김 선생님. 기도만이 가장 강력한 대책입니다. 살아 계신 하나님의 역사하심을 보게 될 날이 있을 것입니다.'

목사의 어조에는 단호함이 묻어났다.

지훈은 더 이상 자신이 관여할 사항이 아닌 것 같아 자리에서 일어났다.

학교 관사로 돌아오며 지훈은 짙은 어둠에 싸인 내촌 마을을 건너다보았다. 늘 안개에 묻혀 있는 마을, 그곳에서 피어나는 안개가 마을에 스며들어 어두운 그늘을 만들고 있는 것처럼 느껴졌다.

'알 수 없는 일들이 일어나고야 말 것 같은 불안한 고요가 마을을 덮고 있다. 그것은 혼돈의 모습이다. 불길한 카오스(chaos)다. 불투명한 회색의 빛깔이다.'

지훈은 마치 자신이 선각자라도 된 것처럼 이날 일기에 이렇게 적었다.

작은 노트에 사랑의 노래도 이어 적었다.

……

사랑은

기다림이다
호소다
절망을 헤집는
노래다
……

갑자기 학교의 호출을 받고 방학 중 국내 성지순례를 떠난 희영은 방학이 끝나도록 소식이 없었다. 아마 바쁜 일정들이 그렇게 만들었을 것이다.

지훈 역시 한글교실, 이사와 새 살림 장만, 신임 교사들과 학교 문제 의논, 내촌 문제 등 바쁜 일거리들에 관심을 갖느라 한동안 그녀를 잊고 지낸 것 같은 느낌이 들어 희영에게 조금 미안했다.

그는 밤늦도록 그녀에게 편지를 썼다. 그동안 마을에서 일어났던 일들과 관심사며 사랑의 기쁨과 기다림의 어려움을 적었다.

겨울방학이나 되어야 그녀를 만날 수 있을 것이다.

사랑은 기다림이다.

그의 마음이 평온해졌다.

나날이 바쁘게 지나갔다.

학교에서는 개천절에 열리는 운동회 준비로 부산했다.

새로 부임한 정 선배와 한영미 선생은 지훈이 계획한 운동회 행사에 잘 협조하여 조촐하지만 짜임새 있는 프로그램으로 아이들과 학부모들을 즐겁게 했다.

가뭄으로 올해 농사를 망친 학부모들의 낙심을 잘 알고 있기에 잠시나마 아이들과 함께 뛰며 시름을 잊게 해주고 싶었다.

오랜만에 학교에 모인 학부모들은 그래도 삶은 밤과 떡, 과일들을 내놓고 아이들을 잘 가르쳐 준 노고와 특히 한글학교를 운영해 준 학교에 감사했다.

지훈은 개학 후에도 일주일에 두 번씩(월, 목) 밤 8~9시의 야간 교실을 운영해 왔다. 그동안 머뭇거리던 학부모들 중 남자들이 정 선생의 권유로 나오기 시작해 활기를 띠었다.

한내 마을 출신이어서 모든 마을 사람들의 형편을 알고 있는 정 선생이 "거 기회가 왔을 때 배워 두면 평생 도움이 될 거여" 하며 등을 밀어 나온 40~50대 장년들이 여러 명이었다. 마을에 학교가 세워진 것이 사변 이후여서 몇몇 넉넉한 집을 제외하고 학교에 다니지 못한 것이 원인이었다.

한영미 선생이 가끔 교실에 나와 지훈의 활동을 도운 것도 큰 힘이 됐다. 정 선생은 친구뻘 되는 학생들의 자존심을 세워 주느라 뒤에서 후원만 했다.

그들은 올 농사의 흉작과 늘어나는 빚 걱정을 했다. 하늘만 쳐다보고 살아온 사람들의 운명 같은 고달픔이 한숨에 배어 있었다.

그런 가운데도 한 가닥 희망이 엿보이고 있었다.

상식을 비롯한 4H클럽 회원들이 인숙이네 밭 이천여 평에 열 동의 비닐하우스를 짓고 마을에서는 처음으로 동절기 작물 시험 재배에 들어갔다. 만일 이들의 계획이 성공한다면 마을에서는 겨울에도 많은 수익을 올릴 수 있는 획기적인 영농법이 도입되는 것이다. 지훈은 시간이 나는 대로 이들이 새 영농을 시도하는 하우스를 찾아갔다. 집을 짓기 위해서는 눈을 견딜 수 있는 뼈대와 비닐을 구하는 문제와 보온 설비가 문제였다. 워낙 눈이 많은 곳이라 겨울을 지나보지 않고는 장담할 수 없는 일이었다. 가격이 비쌌지만 하우스용 비닐이 생산되기 시작하던 때였다.

 덕적산에서 튼실한 기둥감과 탄력이 좋은 서까래들을 잘라 정성을 들여 집을 짓고 비닐을 덮었다. 보온을 위해 연탄난로를 설치하고 읍내에서 구공탄 두 차를 받았다. 생육 기간이 짧은 토마토와 오이를 심기로 했다. 마을에서 한 번도 시도해 보지 못했던 일이다.

 음력으로 8월 그믐에 있었던 선불도 집회에서는 새로운 사실이 발설되었다. 청암선사는 예고한 대로 거처를 칠성암으로 옮겨갔기 때문에 지훈은 그 집회에 참석하지 못했다. 마을에서는 빨리 가도 두세 시간이 걸리는 먼 거리였다.
 "여러분, 정신을 바짝 차리십시오. 지구는 얼마 지나지 않아 불바다가 될 것입니다. 천신님의 세대 교체기가 임박했습니다. 미륵세존의 후칠천년은 이 세상의 마지막이 지난 뒤에 찾아오는 것입니다. 모두 알다시피 강대국들에 의해 만들어져 저장되고 있는 핵무기들이 알 수 없는 원인으로 폭발하여 불바다가 되는데, 살아남는 길은 딱 한 가지, 세존님이 지시하는 피난처로 가는 도리밖에 없는 것입니다."
 일찍이 들어 본 일이 없는 무서운 이야기가 청암선사로 불리는 근섭의 입에서 나왔다고 한다.
 칠성암으로 거처를 옮긴 뒤로는 '신심이 깊은 보살들'만 그곳으로 찾아들었고, 근섭은 다시 얼굴을 감추고 특별한 사람들에게만 법문을 해서, 보통 사람들은 이들이 전해 주는 이야기들을 듣고 걱정에 싸여 있다고 한다. 소문이란 항상 확대 재생산되는 법이어서 마을 사람들이 전해 들은 세상의 종말은 실로 끔찍한 모습을 하고 있었다.
 청암선사는 피난처에 대하여 "특별히 우리나라는 휴전이라고는 하지만 남과 북이 전쟁 중인 나라로서 제일 먼저 핵무기가 사용될 곳이기 때문에 모두 멸망할 수밖에 없습니다. 그런데 다행히 핵물질이 세상을 뒤덮을 때, 핵 물질을 중화시키는 토질을 가진 특별한 곳이 있으며, 이곳을 세존님의 계시로 내게 알려 주신 것입니다"라며 구체적인 설명을 하고 있다고 한다.

지훈은 기회가 있을 때마다 사람들에게 근섭의 주장이 황당한 것이며 쓸데없는 걱정이라고 말했다. 하지만 사람들의 의심을 어느 정도 풀어 낼 수 있을지 자신이 없었.

"청암의 얘기가 꼭 맞는 것은 아닐지 몰라. 그렇지만 꼭 틀린 얘기두 아닌 게여. 당장 내일 무신 일이 일어날지도 모르고 살아가는 기 사람이여."

한글교실에 나온 마을 사람들의 얘기였다.

지훈이 할 말을 잃은 것은 그들의 이야기에도 일리가 있었기 때문이다.

'이 황당한 사태를 어떻게 할 것인가?'

당분간 추이를 지켜보는 수밖에 없었다. 지훈은 그렇게 생각했다.

6. 사랑의 노트

가을이 깊어가고 있었다.
산간마을인 이곳에는 겨울이 빨리 찾아온다.
10월 중순에 벌써 첫서리가 내렸다.
하늘이 높아지고 소슬한 바람이 옷깃을 스치며 길어지는 밤, 창가에 들리는 풀벌레 소리가 향수를 깨운다.
학교 일들을 마친 후 교사 뒤 관사에서 제법 한가한 시간을 가지게 된 지훈은, 여러 날 동안 깊은 사색과 독서와 감성적 언어들을 정리하는 많은 시간을 가졌다. 그의 생애 가운데 아주 중요한 시기를 지나는 느낌으로 그는 자신을 돌아보고 있었다.
한내에서의 생활은 그에게 많은 것을 생각하게 했다.
'사람들은 무엇으로 살아가는가?
다만 빵을 얻기 위해서만은 아닌 것 같다.
그러면 사람을 움직이게 하는 요소들은 무엇인가?
희망? 내일에 대한 기대?
희랍 신화에 나오는 판도라의 상자 이야기는 상자 속에 남은 마지막 한 가지를 희망이라고 말하고 있다. 불행, 저주, 질병, 사망…온갖

악한 것들이 세상을 빠져나간 뒤 마지막 남은 한 가지, 그것 때문에 사람들이 자살하지 않고 버틸 수 있는 것일까?

믿음, 소망, 사랑은 성경이 알려 주는 영원한 삶의 테마이다.

믿음은 사람들이 살아가는 데 얼마나 필요한 영양소인가? 가나안 교회에 예배를 드리러 나오는 많은 사람들 가운데 목숨과 바꿀 믿음을 가진 사람들이 과연 몇이나 될 것인가? 성도들의 믿음은 그들의 삶을 주관하는가? 나는? 일 년도 채 안 된 믿음의 경험은 내게 어떤 의미가 있는가?

주일 예배에 참석하고 성가대를 지휘하면서 내 안에 변한 것은 무엇인가? 지난번 새벽기도에서 잠시 찾아온 방언의 은사는 하나님의 사랑에 대한 확신을 심어 주었지만, 이만한 믿음으로 순교를 요구하는 형편에 이른다면 어떻게 할 것인가? 예수의 제자들이 모두 순교를 한 것이라면? 이 땅에도 순교의 피가 흐르고 그 위에 교회가 세워졌다는 사실을 알고 있는 나의 믿음의 부피는 어느 정도인가?

청암의 설법을 좇아간 사람들의 믿음은 무엇인가? 그들에게도 그 믿음은 생과 직결되고 또 그만큼 절실한가? 우상과 미신은 다만 무지에서만 오는 것인가?

소망이란 것은 판도라의 상자에 남은 희망과 어떤 점이 다른가?

바울이 말한 소망은 주의 재림과 천국이 강조된 것으로 볼 수 있으나 희망과 동의어 성격을 가진 것으로 치자.

다음은 사랑이다. 사랑은 인생을 얼마나 풍요롭게 하는가? 바울은 믿음, 소망, 사랑 세 가지는 항상 있을 것인데 그중에 제일은 사랑이라고 했다. 그가 고린도전서 13장에 설명한 사랑의 내용들은 모두 열다섯 가지로 정리되고 있으며, 모두가 사랑의 특성들을 잘 설명해 주고 있다. 오래참고, 온유하며, 투기, 자랑, 교만, 무례하지 않고, 유익,

성냄, 악한 것, 불의를 기뻐하지 않고, 모든 것을 참고, 믿고, 바라고, 견디는 것 등이다. 그러나 그것은 사랑의 극히 일부분에 대한 설명일 뿐, 사랑은 수천 수만 가지로 정의될 수 있는 무한의 가치이다. 그 사랑은 우리 인생에 얼마나 필요하며 절실한가. 사랑을 거두어 내면 삶은 끝나는가? 그럴지도 모른다.

그는 자신의 깊은 곳에서 울리는 영혼의 소리들을 듣는 것 같았다. 그리고 자신이 해야 할 일들이 있음을 깨달았다.

수많은 선진들이 그러했듯 절실한 삶의 문제들을 글에 담아 보는 일, 어떤 형식이 되었건 수많은 테제들을 담아 요리해 낼 그릇이 그에겐 필요했다.

그는 그동안 그가 수집해 온 여러 자료들이 적힌 노트를 편다. 지금까지 겪은 일들만 잘 정리해도 이야깃거리는 될 듯하다. 기억의 용량이 넘쳐나 어떻게든 토해서 비워야 할 형편이다. 처음에는 그저 생각이 미치는 곳에 계획 없는 산문을 일기체로 쓰다가 차츰 줄거리가 세워지고 플롯이 짜여 나갔다. 인물이 객관적으로 설정되며 스토리에 에피소드를 무늬로 곁들이고 문장들이 다듬어지면서 지훈은 자신에게 내재되었던 수많은 생각과 목소리들이 분출되는 시원함을 느꼈다.

희영의 답장이 배달된 것은 10월 마지막 주 목요일이었다. 언제나처럼 발신인을 숨긴 편지에선 추수감사예배를 가나안교회에서 드릴 수 있을 것 같다는 소식이었다. 편지 말미에 찍힌 희미한 립스틱 자국이 그녀의 마음 전부를 나타내고 있었다.

올해 감사절은 11월 첫째 주로 예정되어 있다.

한 주일 후면 그녀를 만날 수 있을 것이다. 감사한 일이다.

가슴이 소리를 내며 요동친다. 왜 이런지 알 수 없었다.

사랑하는 사람을 만날 수 있다는 사실 하나만으로도 온 세상을 얻은 듯 그는 감격한다. 그녀야말로 그가 가진 모든 것이며, 바라는 모든 것이다.

사랑은
내가 가장 얻고 싶은 간절함
바라는 모든 것
내가 줄 수 있는 모든 것
온 세상
온 세상보다 더 큰 부피

그는 이렇게 사랑의 노트에 쓴다.

퇴근을 하려는데 사무실에 전화가 걸려왔다.
"학굡니까?"
"그렇습니다."
"김지훈 선생을 좀 바꿔 주시오."
"제가 김지훈입니다."
"최태식이라고 합니다."
뜻밖의 사람이다.
"아, 안녕하십니까?"
"잠깐 만날 수 있겠소?"
"그러시죠. 막 퇴근하려던 참입니다."
"삼거리 집에서 기다리고 있겠소."

약간 취기가 느껴지는 무뚝뚝한 음성이다.
"아니 거긴?"
웬 술집이냐 말하려는데 찰칵 일방적으로 전화가 끊긴다.
무슨 일일까?
지훈은 고개를 갸우뚱했다.
몇 달 전 제대를 했다고 교회에서 요란스레 소개되었던 태식은 간혹 교회에서 눈에 띄다가 요즘은 통 보이지 않았다.
삼거리 집은 동네사람들이 드나드는 가게 겸 술집이다.
뭔가 개운치 않은 느낌으로 지훈은 가게 앞에 자전거를 세우고 안으로 들어갔다.
"어서 오서요, 선상님."
낯익은 주인 아주머니가 지훈을 맞았다.
"최태식 씨를 만나러 왔는데."
"저 안쪽에 가 봐요. 많이 취했어요. 조심하시고."
지훈이 안으로 들어서자 혼자 목로에 앉았던 태식이 손을 들어 지훈을 불렀다.
"오랜만입니다."
지훈이 손을 내밀었다.
"앉아요. 잘나신 선생님."
뭔가 비꼬인 듯한 말투로 태식이 쳐다봤다.
목로엔 그가 마시던 술잔에 막걸리가 반쯤 담겨 있었다.
지훈이 그 맞은편에 앉자 "여보시오. 아주머니, 여기 막걸리 한 주전자 줘요. 손님이 왔어요"라고 했다.
"됐어요. 전 술 잘 못합니다."
지훈이 사양했으나 "이러지 마시오. 피차 젊음 아니오"라고 하며 그는 막무가내였다.

"최 선생, 그만하시지. 꽤 취했는데…."

주전자를 들고 온 주인 여자가 태식에게 말하자 "안 취했어요. 멀쩡하다고요" 하며 태식이 주먹으로 탁자를 꽝 치는 바람에 흠칫 물러선다.

"됐어요. 거기 두시고 일 보세요."

지훈이 주인 여자를 보냈다.

"갑자기 무슨 일입니까?"

지훈이 태식을 향해 물었다.

"그 얘기는 차차 하기로 하고. 우선 한 잔 받으쇼."

태식이 놓인 술잔을 지훈 앞으로 밀어 놓고 주전자를 들어 술을 부었다.

오른손으로만 하는 동작이어서 좀 부자연스러웠다.

"군대 갔다 왔수?"

술을 따르고 나서 태식이 불쑥 물었다.

"제대한 지 2년 반이 됐습니다."

"어디서 근무했소?"

"3사단."

"어, 그 백골부대, 그럼?"

"잘 아시는군요. 철원지구에서 근무했지요. 최 선생은 청룡부대라고 들었는데 사이공 근처였습니까, 근무지가?"

"아니, 호이안이라구 서부 사막 지역이었소."

"부상은?"

"작전 중에 좀 다치긴 했는데 뭐 그딴 것 별로 중요하지 않소."

그가 탁자 아래로 늘어뜨린 왼손을 들어 보였다. 검은색 가죽장갑이 끼여 있었다.

"제대 후 좀 무료하시겠어요. 저도 제대 후 3개월 이상 집에서 쉬어 보니 좀 그렇더군요. 무슨 계획이라도 있습니까?"

"계획은 무슨. 자 한 잔 들어요."

"술 별로 좋아하지 않는데."

"거 너무 빼지 마시고. 해병대하구 육군하구 한번 겨뤄 봅시다."

그가 지훈의 술잔에 술을 부었다. 조절이 잘되지 않는지 술이 잔에 넘쳐흘렀다.

그렇게 그들은 두어 잔을 주거니 받거니 했다.

"뭡니까? 내게 하실 말씀이."

지훈이 정색을 하고 단도직입적으로 물었다.

"희영이 얘기요."

태식이 고개를 들었다. 지훈을 쳐다보는 눈이 갑자기 빛났다.

"이희영 전도사 말입니까?"

예상치 못했던 일이었다.

"그렇소. 내가 군대를 가기 전 희영이는 고 2 여학생이었소. 방학 때만 만났지만 우리는 오누이처럼 그렇게 지냈소."

앞에 놓인 잔을 들어 단숨에 들이켠 뒤 그가 말을 이었다.

"입대하기 전까지 나를 무척이나 따르고 좋아했었소. 입대 후에도 꾸준히 편지를 주고받았는데, 월남에 차출되고 나서부터 소식이 끊겼소. 부상을 당하고 본국으로 후송되고 제대할 때까지도 소식을 알 수 없었소. 보낸 편지에 통 답장을 받아 볼 수 없었다 그 말이오."

"왜 그랬을까요?"

"고향에 와서 최근에야 그 이유를 알게 됐소."

"그 이유가 뭡니까?"

지훈은 가슴 한쪽이 철렁 내려앉는 기분이 되면서 태식을 건너다봤다.

"그건 김 선생이 더 잘 알고 있을 거요."

그의 어조에 빈정거림 같은 것이 묻어나고 있었다.

취기가 있었으나 태식도 다분히 긴장하고 있었는지 이마에 땀방울이 맺혔다.

"희영 씨를 사랑합니까?"

지훈이 물었다.

그의 차분한 목소리에 힘이 실린다.

"내가 꼭 그 대답을 해야 하겠소? 이렇게 형씨를 보자고 한 이유를 정말 모르겠단 말이오? 희영인 내 여자요."

"알 만합니다. 그런데 희영 씨의 생각은 어떠할 것 같습니까?"

별로 두려워할 상대가 아닌 것 같다. 자신감 같은 것이 생겼다.

"당신이 우리 사이를 훼방하고 있잖아?"

갑자기 태식이 탁자를 치며 자리에서 일어섰다. 그 바람에 앞에 놓였던 술잔이 엎질러지고 그릇 몇 개가 아래로 떨어졌다.

"꽤 취하셨군. 다음날 맑은 정신으로 얘기해 봅시다."

지훈도 일어섰다. 그리고 자리를 떴다.

"거기 안 서? 왜 피하는 거야?"

"피하는 게 아니라 지금 당신이 하는 얘기는 들어줄 가치가 없어."

지훈은 그를 잡으려는 태식의 손을 뿌리치고 밖으로 나왔다.

"왜 이래, 최 선생?"

주인 여자가 뛰어나와 비틀거리는 태식을 붙잡는 모양이다.

"당신, 내 일에 끼어들면 무슨 일이 생기는지 어디 두고 봐."

등 뒤에서 태식의 고함이 들렸지만 지훈은 자전거에 올랐다.

벌레를 씹은 기분이었다.

교회에서 파월 장병이라고 소개를 받은 후 '충성!' 하며 거수경례를 하던 태식의 모습이 떠올랐다. 이 무슨 생뚱맞은 일인가.

몇 달 사이에 쩨쩨하게 쪼그라든 태식의 모습이 연민마저 느끼게 했다.

태식은 교회나 마을에서 그와 희영의 소문을 들었을 것이다. 워낙 좁은 동네라 과장되기도 했을 것이다. 그렇다고 해도 이렇게 유치하게 나오다니.

곧 돌아오게 될 희영을 잘 보호해야겠다는 다짐을 해본다. 좋은 일에는 장애가 있음을 그는 깨닫는다.

다음날 지훈은 학교에서 수남을 만났다.

늘 만나는 사람이지만 요즘 별로 얘기들을 나눌 시간이 없었다.

"수남 씨, 무슨 걱정이 있어요?"

지훈은 드러나게 수척해진 수남에게 물었다.

"아니, 별일 없어요. 요 며칠 잠을 좀 설쳤더니…"

수남은 지난 추석 때 내촌 근섭의 집에서 있었던 선불도 일로 다시 깊은 상처를 입고 교회에서 여러 날 금식기도를 하고 있는 중이다. 어머니가 서가네에 왔다 가면서 집에 들르지 않은 것과, 가뭄으로 가을걷이를 할 수 없는 아버지의 딱한 사정과, 그로 인해 집안 살림이 옹색해진 것 등 계속되는 시험이 그를 어렵게 하고 있었다. 거기다 아버지는 요즘 노골적으로 그가 교회에 봉사하는 일을 못마땅해 하는 눈치다.

"거 뭣이냐. 니 에미가 미쳐 날뛰는 선불도나 니가 미쳐 댕기는 교회나 머이 다르나? 밥이 나오나 돈이 나오나, 맨날 댕겨 봤자 모두 헛기라. 집구석에 먹을 기 있나, 마음이 편하나, 다 집어치우고 확 불살라 베리고 죽어 베리자."

어느 날 마실 나갔다가 술 한잔 얼큰해 돌아오신 아버지가 토해 낸 말이다.

틀린 말이 아니었다.

학교에 나가서 받는 몇 푼은 정말 보잘것없는 돈이라서 집안 살림에 보탬이 되지 못했다.

학교와 교회 일을 돌보고 내촌 골짜기 마을로 돌아와 집으로 들어가면 우중충한 방 안 여기저기에 마귀가 우글거리는 것 같고, 어머니가 정화수를 떠놓고 빌던 뒷방에선 금시라도 귀신들이 수군거리는 소리가 들리는 듯했다. 그는 복마전 같은 집에서 떠나기로 마음을 굳혔다.

"최태식에 대해 좀 알고 있어요?"

지훈이 묻는 바람에 수남은 생각을 지운다.

"태식 형 얘기는 왜 갑자기 하서요?"

"좀 자세히 얘기해 줄 수 있어요? 이희영 전도사와 어떤 사이였는지."

"잘 몰라요. 그전부터 친하게 지내긴 했어요. 태식이 형은 대천상고 출신이구 이희영 전도사는 서울에서 학교를 다녔기 때문에 방학 때나 교회에서 만났지요. 태식이 형이 학생회장을 맡고 있었기 때문에 자주 만난 건 사실이죠."

"서로 사랑하는 사이였나요?"

"사랑? 글쎄요. 그런 것도 사랑이라고 하는가 모르겠네. 그전에 유행하던 뭐 엑스 동생인가 뭐 그런 거 맺어 가지구 서로 오빠 동생 하구 지낸 정도였어요. 그런데 그건 왜 물어 보는데요?"

"그냥, 좀 알고 싶어서…. 입시 준비는 잘 돼갑니까?"

6. 사랑의 노트 **181**

지훈이 화제를 돌렸다.
"이번에는 아무래도 힘들 것 같네요."
수남은 지금 신학교에 진학하기 위해 준비를 하고 있다.
지훈이 전폭적으로 밀어 주겠다고 해서 시작해 본 공부는 그리 만만한 것이 아니었다. 허허벌판에 선 것처럼 아무것도 가진 게 없는 그에게는 꿈 같은 계획이었다.
그 일로 수남에겐 기도의 제목이 더 생겼다. 그는 새벽마다 십자가 앞에 무릎을 꿇고 울며 기도했다. 지금 그의 입장에서 이것은 실행 불가능한 계획이었다.
기적을 믿는 수밖에 없었다. 수남은 자신의 처지가 마을에 날마다 내려와 덮이는 안개 같다고 생각했다. 출구가 전혀 보이지 않는 회색의 벽이었다. 시험 일자가 다음 주로 다가와 있었다.
"용기를 내세요. 이런 기회는 자주 오는 게 아닙니다."
지훈은 수남의 어깨를 두드려 줬다.
"선생님, 상의 드릴 일이 좀 있습니다."
"말씀해 보세요."
"다음 주 시험을 치러 가야 하는데."
"그건 이미 계획된 일이 아닙니까?"
"이번에 작정을 했어요."
"작정이라니?"
"다시는 한내로 돌아오지 않을 작정입니다."
"갑자기 무슨 얘깁니까? 가족들은 어떻게 하고?"
"아버지와 동생이 있지만 내가 있어 봤자 별 도움도 안 되고. 여기 이렇게 앉아서 젊음을 묻어 버리고 싶지 않아서요."
"좀 시간을 갖고 깊이 생각해 보세요. 꼭 그 길만이 최선인지…."

"오랫동안 기도하구 생각했어요."

"뭘 도와드릴까요?"

"수길이 졸업할 때까지만 좀 돌봐 주서요. 중학교는 아무래도 한두 해 쉬어 보낼 작정을 했으니까."

"알겠습니다."

"아무에게도 얘기하지 않고 떠나려고 했었는데, 마침 이렇게 만나게 되니 김 선생님한테는 말씀을 드리는 기 도리라 생각돼서…."

"그 마음 이해합니다. 박 형은 늘 깊이 기도하시는 분이니까 하나님이 도와주시겠죠."

"사실 이런 결심을 하기까지 김 선생님의 말씀이 큰 힘이 됐어요. 늘 격려해 주시던 말씀 잊지 않겠어요."

수남은 지훈이 내민 손을 두 손으로 감싸 쥐었다.

수남은 며칠 뒤, 학교에서 하던 일을 접고 사직을 했다.

지훈은 그의 결단을 말릴 수 없었다. 오히려 그의 배움의 의지와 미래를 향한 도전을 격려해 주었다.

지훈이 조금의 자금을 마련해 건네자 수남은 극구 사양하다가 받았다.

"김 선생님, 언젠가 꼭 갚겠어요. 시험에 붙든 떨어지든 성공하기 전까지 한내로는 돌아오지 않을 작정입니다."

그가 헤어지며 한 말이었다.

감사절 주일 이틀 전에 지훈은 희영의 전화를 받았.

금요일 저녁이었다. 이른 저녁을 대충 끝내고 책상에 앉아 노트를 펴려는데 전화벨이 울렸다.

6. 사랑의 노트 **183**

"네, 학굡니다."
"선생님, 저예요."
"희영 씨! 어딥니까?"
"집!"
"언제 왔어요?"

청량제와 같은 것이었다. 모든 피로와 권태를 단번에 쓸어내기에 충분했다.

"오후에 도착했어요. 학교 관사로 집을 옮기셨다며? 내가 찾아가도 돼? 정말 빨리 보고 싶어. 지금 막 저녁 식사를 끝냈어."

지훈이 대답할 겨를도 주지 않고 희영의 속사포 같은 목소리가 수화기를 울렸다. 그리고 얼마 지나지 않아 희영이 가벼운 옷차림으로 학교 관사로 찾아왔다.

"정말 보고 싶어 죽는 줄 알았어요."

지훈을 만나자마자 가슴 깊이 묻히며 그녀는 특유의 과장된 목소리를 그의 귓가에 토해냈다.

그리움이 무엇인지 알게 해주는 그 목소리가 지훈에게는 무엇보다 정겨웠다.

"오후에 도착했다면서 부모님과 인사는 제대로 했어요?"
"참 나쁜 딸이죠?"
"그러게. 불효막심한 딸이지."
"이게 다 누구 탓인지 알기나 해요?"
"누구 탓인데?"
"몰라서 물어요?"

기쁨이었다. 오랜 기다림이 있었으므로 그들의 기쁨은 더 컸다.

"언제 여기로 왔어요?"

"2학기가 시작되면서."

"조용해서 좋긴 하겠네요. 교문에 들어와도 강아지 한 마리 안 보이네요."

"노총각에겐 안성맞춤인 곳이죠."

"어유, 이 홀아비 냄새!"

희영이 방 안을 돌아보다가 과장된 표정으로 코를 막는다.

"맞아, 홀아비 냄새 좀 실컷 맡아 봐."

지훈은 그녀를 가슴에 안았다. 깊은 감사로 그들은 오랫동안 그렇게 포옹하고 있었다. 언제나처럼 입맞춤은 더욱 싱그러웠다. 가슴속이 큰 울림으로 고동쳤다.

서쪽으로 난 창으로 보이는 하늘을 낙조가 붉게 물들이고 있었다. 짧아진 가을 해가 피를 토하듯 산을 넘고 있었다.

"지난 여름엔 정말 미안했어요."

희영이 그의 가슴에 안긴 채 말했다. 휴가를 한내에서 보내지 못했던 아쉬움이 묻어나는 목소리다.

"형편이 그랬잖아? 덕분에 난 방콕 신세가 됐지만 말이야."

"방콕이 뭔데요?"

"방에 콕 박혀 휴가를 보낸 사람을 그렇게 불러."

"아이! 농담도."

"성지순례는 어땠는데?"

"국내에도 그렇게 많은 성지가 있는 줄 몰랐어요. 곳곳마다 사연도 다양하구. '신앙의 선진들이 뿌린 피가 오늘 우리 교회의 기초가 되었구나' 하는 생각을 많이 했어요."

"잠깐, 희영 씨에게 줄 선물이 있어."

포옹이 풀리자, 지훈은 서가에서 예쁜 표지를 한 노트를 꺼낸다.
"뭔데요?"
"사랑."
"어머나! 너무 예쁜 노트네요. 열어 봐도 돼요?"
"물론, 그건 희영 씨를 위해 만든 거야."
"어머나! 송구스러워라."
희영의 얼굴에 환한 미소가 피어났다.
표지에 '사랑은'이라고 적힌 노트는 지훈이 사랑의 의미 찾기를 시어로 만들어 놓은 미완의 시집 같은 것이었다. 지훈이 희영을 생각할 때마다 자신이 느끼던 그리움의 이미지를 글로 적은 것이다. 사랑의 앤솔로지로 명명해 둔 정성을 담을 소책자이다.

사랑은
그리움이다
동반이다
……

사랑은
기다림이다
호소다
절망을 헤집는
노래다
……

리듬을 넣으며 낭독하던 희영의 얼굴에 가만히 홍조가 피어오른다. 희영은 감격스러운 목소리로 말한다.

"너무 아름다워요."

"언젠가 내게 말한 적이 있지? 고린도전서에 나오는 열다섯 가지 사랑 퀴즈 말이야."

"그래요."

"난 그때 한 가지도 정답을 말하지 못했지만, 그 대신 이렇게 희영 씨가 생각날 때마다 사랑의 다양한 의미들을 적어 보고 싶었어. 이제 노트의 주인이 나타났으니까 주는 거야. 이 노트는 아직 미완성이야. 앞으로 이 시리즈는 계속될 거야. 우리 사랑이 끝나지 않는 한."

"어떻게 해? 난 아무것도 지훈 씨를 위해 준비한 게 없어서."

"그렇지 않아. 이렇게 만난 것보다 더 큰 선물은 없어."

두 사람은 다시 격렬한 포옹을 했다.

그러는 사이 방 안으로 스멀스멀 어스름이 기어들었다.

지훈은 희영을 안아 그의 침대 위로 눕힌다.

"불을 켤까?"

지훈이 물었다.

"아-니!"

긍정인지 부정인지 알 수 없는 콧소리가 희영에게서 들렸다.

지훈이 몸을 일으키려 하자 그녀가 제지의 몸짓을 했다. 목에 감긴 희영의 팔에 힘이 가해진다.

그리고 지훈의 머리를 감싸 가슴에 안았다.

전혀 예기치 못했던 일이다.

그녀의 가슴은 향긋하고 포근했다. 지훈은 맥박수가 급격히 상승하는 것을 느끼며 돌연히 다가온 사랑의 충격을 완화해 보려고 잠시 심호흡을 했다. 희영의 가슴에서 심장의 고동이 느껴졌다.

지훈은 가만히 고개를 들어 다시 입술을 그녀에게 포갰다. 달콤한 타액이 마중 나온 그녀의 혀끝에서 느껴진다. 그녀의 숨소리가 조금 높아져 있었다. 지훈의 손이 그녀의 옷깃을 젖히고 가슴을 가만히 만진다. 그녀의 손이 가슴으로 와 지훈의 손을 가볍게 밀어낸다. 가벼운 승강이 끝에 그녀는 저항을 포기한다. 브래지어 안쪽에 가슴의 알맞은 볼륨이 손에 전해진다. 포근하고 탱탱하다.

지훈이 가만히 그녀의 상의 단추를 풀었다. 단추가 풀리자 희영은 어깨를 잠시 들어 지훈이 그녀의 상의를 벗겨내는 일을 도왔다. 같은 방법으로 그녀의 바지 지퍼를 내린다. 남자의 것과 다르게 그녀의 것은 오른쪽 옆단에 달려 있었다.

바지를 벗을 때도 그녀는 엉덩이를 들어 지훈의 동작을 도왔다.

"부끄러워."

지훈이 옷을 벗어 밀치고 그녀의 가슴 위로 오르자 그녀가 조그맣게 말했다.

지훈은 가슴 깊은 곳에서 불길이 일어남을 느낀다. 그의 남성은 경직되어 부풀어 오르고 호흡은 더욱 거칠어졌다. 그는 희영의 가슴을 가만히 애무했다. 부드러운 가슴의 감촉이 오랜만에 어머니의 그것처럼 따스했다. 희영의 손이 다가와 그의 귓불을 쓰다듬어 주었다. 지훈은 그녀의 목과 가슴과 어깨와 탄력 있는 배와 팔꿈치를 골고루 사랑해 주었다. 배에서 그의 손이 아래로 향하자 그녀의 손이 다가와 위로 끌어올린다. 그리고 그녀의 가슴에 놓아 둔다. 지훈은 자세를 고치고 호흡을 가다듬는다. 더 이상 지체할 수 없는 한계가 다가온다. 호흡이 가빠지고 내부로 불덩이가 분출한다. 모든 것을 불태울 기세다. 그의 손이 다시 아래로 향하려 하자

"잠깐!"

갑자기 그녀가 그 손을 제지한다. 거부의 몸짓이 너무 완강해 지

훈은 잠시 멈칫한다.

"왜 그래?"

"아껴 두고 싶어. 마지막은."

그녀의 목소리가 떨렸다.

가슴이 뛰고 얼굴이 달아오르면서 희영은 곧 무너질 것 같은 자신을 추스르려고 했다. 열리던 그녀의 마음에서 문이 닫히는 소리가 들린다.

"…"

지훈은 침묵했다.

"아아, 정말 어쩔 수 없어요, 미안해요."

희영이의 눈에 물기가 번진다.

그러나 그 눈물은 지훈에게 호소처럼 들린다.

무너져 내릴 것 같은 벽을 간신히 버텨내느라 비명처럼 들리는 그 호소가 너무나 절실해서 지훈은 손길을 거둔다.

"…"

지훈은 착잡해진다. 화가 나는 것 같기도 하다.

"미안해."

그녀의 목소리도 떨렸다.

"…"

"우리들의 그날을 위해 조금 참아 줄 수 없어?"

"…"

"화났어?"

"…"

한참을 그들은 그런 모습으로 누워 있었다.

아무런 말도 할 수 없었다.

잠시 후, 자제력이 상실된 것 같던 머릿속 열기가 어느 정도 가라앉았다. 그는 비로소 감정이 통제되는 것을 느낀다.
"미안. 내가 너무 심했지?"
지훈이 그녀의 머리카락을 쓸어 줬다.
"아니."
"뜨거워져서 그랬어."
"이해해요."
"실망했어?"
"아니. 정말 고마워요."
"힘들게 하지 않을게."
"슬퍼."
희영이 그의 어깨로 얼굴을 묻어 왔다.
그리고 정말 어깨를 들썩였다.
지훈이 가만히 어깨를 두드려 주었다.
"사랑해."
지훈은 좀 의젓해지고 싶어졌다.
"이대로 잠들고 싶어."
희영이 다시 지훈의 가슴 안으로 파고들었다.
아주 고른 호흡이 들렸다.
한참을 그렇게 있었다.
그들의 가슴은 차츰 두근거림이 멎고 차분하게 가라앉기 시작했다. 충동적인 감정들을 절제할 수 있었다는 작은 자부심이 조금씩 느껴지고, 이어 아쉬움 속에서도 사랑의 소중함과 인내와 자기희생 같은 아주 긍정적인 생각들이 떠오르고 있었다. 자신이 아주 자랑스러워지는 것이었다.

지훈은 '사랑의 노트'에 이어질 낱말들을 생각했다.
"사랑은
아쉬움이다."
지훈이 말했다.
"사랑은
오래 참는 것이다."
희영이 받았다.
그들의 입가에 미소가 번졌다.
"하하하."
"호호호."
마침내 그들은 어둠 속에서 커다랗게 웃었다. 주체할 수 없도록 웃음이 터져 나와 그들은 한참을 그렇게 웃었다. 비로소 가슴이 후련해졌다.

그것은 그들을 괴롭히던 육체적 욕망을 통제할 수 있었다는 승리의 개가와도 같은 것이었다.

"어떡해, 너무 늦었어요. 엄마가 기다리실 텐데."

불현듯 생각이 들었는지 희영이 자리를 박차고 일어났다. 그녀는 방에 흩어진 옷을 급히 찾아 입었다.

거울 앞에서 머리를 다듬는 그녀를 지훈은 뒤에서 안아 주었다. 백 마디의 말보다 더 진한 의사 전달이었다.

"큰일났어요. 삼거리 가게에 물건 살 일이 있다고 핑계를 대고 나온 거예요."

희영이 서두르기 시작한다.

그들은 밖으로 나왔다.

지훈은 자전거를 챙긴다.

"교회까지 바래다줄게."

사양하는 희영을 자전거 뒤에 태우고 지훈이 페달을 밟는다. 자전거 전조등이 희미하게 길을 비춘다.

들을 건너온 자전거가 비틀대며 산길을 오른다.

지훈의 허리를 껴안은 희영이 팔에 힘을 준다.

"이제 됐어요."

"교회까지 가겠어, 사모님께 말씀드릴 거야. 아랫동네 사위가 왔다고."

"정말 놀리시기예요?"

"사실이잖아."

희영이 뒤에서 지훈의 허리를 세게 꼬집어 비틀었다.

"아-아!"

지훈은 비명을 질렀다.

"제발 조용히 하세요. 집에 다 왔단 말예요."

이번엔 목소리를 죽인 희영이 다급히 지훈의 입을 막는다.

"외치고 싶어. 이 세상은 다 내 거다! 나는 이 세상을 다 정복했다!"

지훈은 그 순간만은 정말 세상을 정복하고 희영과 자신을 정복한 가장 자랑스러운 남자가 된 기분이 들었다.

"그렇게 기뻐요?"

헤어질 때 희영이 귓가에 속삭였다.

"정말 기뻐."

"남자는 여자를 가지고 나면 곧 무관심해진다고 그러든데?"

"누가 그런 유언비어를!"

"희영이."

"거짓말."

"사랑해요. 그리고 고마워요, 이 앤솔로지."

교회 입구에서 그녀는 손을 흔들었다.

지훈이 건네준 '사랑의 노트(1)'가 손에 들려 있었다.

가나안교회의 추수감사절예배는 색다른 형식으로 진행됐다.

이 목사는 한복 바지저고리를 입고 등단해 강단에 섰다. 머리에 수건까지 질끈 동인 일꾼 차림이었다. 성도들은 각 선교회별, 구역별로 추수한 농작물을 지게에 지거나 함지박에 담아 머리에 이고, 혹은 어깨에 메거나 가슴에 안고 입장했다. 그들은 성가대가 부르는 감사절 찬양을 들으며 강단에 마련된 진열대에 차곡차곡 얹었다. 진열대 위에는 쌀가마니, 옥수수, 감자, 콩, 수수, 보리 등 곡물에서부터 무, 배추, 파, 마늘, 고추 등 채소류며 사과, 감, 밤, 배, 포도 등 과일과 심지어 머루, 도토리에 이르기까지 마을에서 수확되는 모든 농산물들이 진열되기 시작했다.

각 교구와 남녀선교회, 청년 학생부, 주일학교 어린이들에 이르는 모든 성도들이 집에서 정성껏 마련한 헌물을 바치며 수확의 기쁨을 감사하는 행사다.

올해는 가뭄으로 농사가 시원치 않았음에도 대부분의 사람들이 한 가지씩은 단 위에 놓았다.

지훈은 성가대를 지휘하면서 문득 지난 성탄절 새벽송을 떠올렸다. 무언가 작은 선물이라도 빠지지 않고 건네주던 그 정성스러움이 오늘도 진열대 위를 채우고 있었다.

희영은 피아노에 앉아 열심히 반주를 이어갔다. 지훈을 향해 어떤 눈길도 주지 않았다. 아주 새침해진 모습이 어제 저녁의 희영과는 전혀 달랐다. 의식적인 표정 관리로 보였으나 그도 모른 척 무표정하기로 했다. 비밀을 만들고 그것을 감추는 일은 얼마나 어려운 일인가.

이승규 목사는 감사절의 의미와 하나님의 은혜에 대해 설교했다.

"…만물을 주관하시는 아버지 하나님의 사랑을 우리는 간혹 잊고 살아갈 때가 많습니다. 올해 유례없는 가뭄으로 우리 마을은 많은 어려움을 겪었습니다. 그러나 우리는 이 세상을 주관하시는 창조주 하나님의 은혜에 감사하지 않을 수 없습니다. 이 세상에 가득한 공기와 물, 햇빛, 대자연…평생 동안 무한정 사용해도 사용료 한 푼 받지 않으시는 하나님은 수많은 기적을 날마다 우리에게 베푸시는 분입니다. 기적은 모세나 예수님 시대에만 일어난 것이 아닙니다. 보십시오. 이렇게 우리가 질병, 사고, 죄악, 사망에서 벗어나 오늘 이 자리에 모여 예배를 드리는 지금 이 시간이 바로 기적인 것입니다. 올해 가뭄을 우리는 주님께서 주시는 시련으로 받아들입시다. 이웃을 유혹하는 우상숭배의 세력 역시 시험입니다. 우리는 이 시험에 맞서 싸워야 합니다. 이길 수 있습니다. 주님은 언제나 믿는 자에게 감당할 만한 시련을 주셨기 때문입니다. 이 시련을 통해 우리들의 믿음이 더욱 성숙해질 수 있으리라 믿습니다. 우리가 모든 일을 감사해야 하는 이유가 바로 여기에 있는 것입니다…."

"아멘!"

회중이 반응했다.

지훈도 가슴에 와 닿는 좋은 말씀이라고 생각되었다.

예배가 끝났을 때 본당에 모인 성도들의 수가 눈에 띄게 줄어든 것을 발견할 수 있었다. 여기저기 빈자리가 제법 눈에 들어왔다.

지훈은 오늘이 그믐날이라는 생각을 떠올렸다.

오늘 예배에 참석한 사람들의 수가 내촌 칠성암에서 벌어지는 청암선사의 설법 집회와 함수관계에 있다면 교회가 그 영향을 직접 받고 있음이 틀림없다.

성가대원들과 찬양연습이 끝난 뒤 지훈은 목사관으로 갔다.

"어서 오십시오. 늘 수고가 많지요?"

이 목사가 지훈을 맞았다.

"장로님도 오셨네요."

목사관에는 최종수 장로와 재정을 맡은 유 집사가 와 있었다.

"감사절 말씀에 큰 은혜를 받았습니다."

"고맙군요."

"그런데 생각보다 교회가 썰렁해 보입니다."

지훈이 관심사를 꺼냈다.

"출석 인원이 현저히 줄어든 건 사실입니다. 집사님, 오늘 장년 출석 인원이 얼마입니까?"

이 목사가 맞은편에 앉은 유 집사를 건너다보았다.

"117명입니다."

"지난주보다 더 줄었군요."

목사의 표정에 잠깐 그늘이 스쳤다. 그러고 보니 가까이서 본 이 목사는 얼굴이 좀 수척해 보였다. 계속되는 금식기도의 영향인 모양이다. 지난 단오 이후 이 목사는 하루 한 끼의 금식을 실천하고 있다고 들었다.

"칠성암으로 간 사람들은 얼마나 됩니까?"

지훈은 궁금했다.

"알 수 없습니다."

유 집사의 대답이었다.

"목사님, 전 교회가 칠성암 문제를 적극적으로 거론해야 한다고 생각합니다. 지난 추석 때 일이 생생히 기억납니다. 서 씨네 집에서 저는 가나안교회의 여집사님들을 여럿 보았습니다."

"그러지 않아도 지금 그 문제를 의논하고 있던 중입니다."

"무슨 강력한 조처가 있어야 한다고 생각됩니다만."

이 목사가 말했다.

"김 선생님이 보신 내촌 문제는 어제오늘의 얘기가 아니에요. 한내에 뿌리 깊이 박힌 전통의 한 모습입니다. 교회는 물론 우상숭배에 절대적으로 반대합니다. 그러나 단오제에서 보셨듯이 지방 행정당국에서는 무속신앙을 전통 민속이라는 시각으로 보호 계승하려는 입장입니다. 난감한 일이죠."

"그래도 이번 칠성암 쪽 사람들의 집회와 활동은 민속이라기보다 신흥 종교적인 색채가 짙은 것으로 느껴지던데요. 미신적이고 주술적인 냄새까지."

"그것도 사실일 것입니다. 그러나 지금 교회의 성급한 대응은 좀…. 신중히 결정해야 할 문젭니다."

"그까짓 서가 놈들 몇이 미쳐 설치는 일이 머 그리 대단한 기라고…. 좀 지내면 제풀에 꺾일 게여. 그전에두 백백교다 증산도다 보천교다 벨 놈의 교가 다 들어왔지만 서가 놈들만 떠들썩했지 아무것도 아닌 기라. 이번에두 메칠 쑤근대다 말 끼야."

최종수 장로가 결론처럼 말했기 때문에 그들은 거기서 논의를 멈췄다. 최 장로의 말에서는 내촌 서씨 사람들에 대한 대립과 적대감, 자존심 같은 것들이 느껴졌다.

"요즘 교회에서 최태식 선생을 보기 힘드네요."

헤어질 때 지훈이 최 장로에게 짐짓 물어 봤다.

"그놈아 자슥 월남 갔다 온 뒤로 사람이 변했어."

좀 엉뚱한 대답이 돌아왔다.

삼거리 이야기를 들었으면 더욱 펄쩍 뛰었을 것이다.

그날 저녁, 저녁예배를 마치고 성가대원들과 다음 주일 예배에 부를 찬양 연습을 시작하려고 할 때 성가대석으로 느닷없이 태식이 찾아왔다.

뜻밖의 일이었다. 제대 신고 이후 교회에서 별로 눈에 띄지 않던 그였다.

성가대원들이 모두 일어나 태식을 환영했다.

"웬일이세요, 태식 오빠?"

피아노에 앉았던 희영이 눈을 동그랗게 뜨고 일어났다.

"오랜만이야."

그는 희영이 내미는 손을 받아 악수를 했다.

"제대하고 왔다는 얘긴 들었어요. 반가워요."

"많이 이뻐졌네."

"왜 보이지 않나 궁금했어요."

그는 웃으며 "반갑습니다. 일이 좀 있어서 강천에 나가 있었습니다"라고 대답하며 성가대원들에게 인사했다.

모두 박수를 쳤다. 아직 그의 인기가 남아 있는 듯했다.

그는 지훈 쪽을 흘깃 한 번 본 뒤에 성가대 뒷좌석에 가 앉았다.

잠시 어수선한 분위기가 가라앉기를 기다려 지훈은 예정대로 성가 연습을 시작했다. 연습 도중 간간이 뒷좌석의 태식과 눈이 마주쳤다. 묘한 기분이 들었다.

연습이 끝나자 성가대원들이 태식을 둘러섰다. 태식은 그들의 악수 공세에 답하느라 바빴고, 인사 나누기로 어수선한 가운데 희영이 그 중심에서 같이 웃고 있었다. 오랫동안 만나던 사람들의 친근함과 자연스러움이 그들에게서 배어나왔다.

지훈은 슬그머니 연습실을 나왔다.

어딘가 쓸쓸해지는 느낌으로 그는 교회를 나섰다.

갑자기 자신이 이방인이 된 것 같았다.

무언지 알 수 없는 불안 같은 것이 머리를 스쳐 지나갔다.

삼거리에서의 기억과 낮에 목사관에서 들은 최 장로의 심상치 않은 언질들로 미루어, 그간 무슨 일들이 있어 보이는 태식의 예기치 않은 등장은 지훈에게 부담스런 일이었다. 희영에게 태식을 만났던 이야기를 해줄 걸…. 잠시 그는 후회했다. 아무것도 모르는 희영이 무슨 어려움을 당할지도 모른다. 집으로 돌아오면서 그는 머릿속이 한참 복잡했다.

학교 관사로 돌아와서도 도무지 뒤숭숭한 생각에 잠을 설쳤다.

아침 출근을 해서 지훈은 교회에 전화를 했다.

사모님이 받았다.

"희영 씨에게 잠깐 전할 얘기가 있어서…."

"잠깐 기다려 보세요. 어제 청년회원들이랑 늦게까지 있다가 늦잠이 들었네요."

"됐습니다. 나중에 다시 전화 드리겠습니다."

그는 전화를 끊었다.

뭔가 조금씩 꼬여가는 느낌이 들었다.

희영에게 전화가 온 것은 오후 3시쯤이었다.

"미안해요. 오랜만에 친구들과 묵은 얘기들을 하느라고요."

"대단한 사람들이 돌아왔으니까 그럴 만도 하겠군요."

"화나셨어요?"

"화는 무슨."

"꼭 화난 사람 목소리 같아요."

"아직 잠이 덜 깨셨나 보군."

"왜 전화하셨어요?"

"저녁에 잠깐 시간을 낼 수 있겠어?"

"어제도 봤잖아요?"

"꼭 전해야 될 얘기가 있어."

"태식 오빠랑 저녁 약속을 했는데."

"태식 오빠와?"

"그래요."

"취소하면 안 될까?"

"갑자기 왜 그러세요?"

"좋아, 그럼 얼마 전 삼거리에서 태식 씨를 만났던 얘기는 정말 비밀로 해야 하겠네."

"태식 오빠를 만났어요? 무슨 얘기를 했는데?"

갑자기 희영의 목소리가 높아졌다.

"희영 씨 얘기."

"제 얘기를 했어요?"

"그것도 아주 중요한."

"왜 그 얘기를 지금 하시는 거예요?"

"기회가 없었을 뿐이야."

"알겠어요. 하지만 오랜만에 만난 태식 오빠한테 제가 저녁을 사겠다고 약속했어요."

"약속했으면 지켜야지. 다만 내가 늘 지켜보고 있다는 것만 명심하고."

"알았어요."

전화가 끝났다.

지훈의 전화를 받고 나서 희영은 잠시 태식을 만나기로 한 약속을 취소할까 망설였다.

'김 선생님은 왜 태식 오빠를 만나지 말라고 한 걸까?'

서울에서 희영이 내려오기 전 태식이 이미 지훈을 만났다는 사실에 대해 고개가 갸우뚱해졌으나, 태식 오빠를 만나면 모든 걸 알 수 있으리라 생각되어 그녀는 외출 준비를 했다. 가슴속에 언뜻 떠오르는 기억 하나가 있었다. 희영은 상념을 지우려는 듯 머리를 흔들었다. 정말 나는 어떻게 해? 태식 오빠가 지훈 씨를 만났다면? 무슨 말을 어디까지? 편하게 말을 주고받을 수 있었을까? 주먹다짐이라도? 의도와는 다르게 희영의 머릿속은 갑자기 복잡해졌다.

어제 저녁 청년회원들과 모인 자리에서 태식은 그의 월남 참전 경험을 아주 실감나게 설명해서 모인 사람들의 마음에 감동을 불러일으켰다. 매우 위험한 전투와 사선을 넘어온 그의 이야기를 들으면서 희영은 속으로 미안한 생각을 하고 있었다. 입대한 뒤 더러 편지를 주고받았는데, 지훈을 만난 이후부터 답장을 보내지 않은 것 때문이었다.

희영은 그가 입대하기 전 교회 학생회장을 맡고 있던 태식이 다정스럽게 대해 준 것에 대해 늘 고마워하고 있었다. 학기 중에는 서울에서 지내다 방학 때 집으로 돌아오면 교회학교 교사로, 성가대로, 함께하는 활동들이 많아 늘 붙어 있다시피 했기 때문에, 교회 친구들이 부러워할 만큼 둘 사이는 가까웠다.

희영은 그것이 사랑이라고는 생각하지 않았다. 오빠가 없이 자랐기 때문에 막연한 기대와 호감을 가졌던 것은 사실이지만 사랑을 느끼기에 희영은 너무 어리고 순진했었다.

'그래, 난 그날 정말 아무것도 모르고 당했어.'

신학대학 입시를 무사히 끝내고 크리스마스를 지내려고 한내로 내려온 희영이 태식의 입대 소식을 들었다. 그 무렵 태식은 대천에서 상고를 졸업하고 대입에 거듭 낙방한 삼수생이었다.

돌연한 입대를 축하해 주려고 희영은 대천읍으로 나가 태식을 만났다. 친구와 함께하는 송별회 자리라기에 별 의심 없이 나갔던 희영은 약속다방에 태식이 혼자 덩그러니 앉은 모습에 당황했다. 친구들이 사정이 생겨 나오지 못했다는 태식의 설명을 별 오해 없이 들으며, 희영은 근처 식당에서 태식과 저녁을 같이 먹었다.

거리로 나오자 흰 눈이 가로등 사이로 탐스럽게 흩날리고 있었다.

"입대하기 전에 좋은 추억 하나 만들고 싶어."

가까운 곳의 맥주 집에 마주 앉은 태식이 내민 잔을 희영은 거절할 수 없었다. 연말이었고 거리에는 제법 사람들이 술렁이고 있었다. 입대를 한다는 태식의 표정이 그날따라 슬퍼 보였다. 희영은 자신이 여자라는 사실을 그날 처음으로 느꼈다.

여러 잔의 맥주를 마신 것 같았다.

"희영아, 이제 성인식을 치르러 가자."

어렴풋이 태식의 목소리가 들렸다.

심한 갈증을 느끼며 잠에서 깨었을 때, 희영은 낯선 방 침대 위에 누워 있는 자신을 발견하고 기겁을 했다. 그녀는 삼류 드라마의 주인공처럼 흐트러진 모습으로 누운 자신의 모습에 절망의 한숨을 뿜었다.

'미쳤어 내가!'

비틀거리며 태식의 부축을 받으며 낯선 문을 열고 들어서던 기억, 문 앞에서 승강이를 벌이던 생각이 먼 꿈속처럼 희미하게 되살아나고 있었다. 그녀는 순간 부끄러움을 느꼈다.

"어떻게 해."

간신히 흩어진 겉옷들을 챙겨 입은 희영이 머리를 두 손으로 쥐어

뜯으며 문을 나섰다.

자리에 누운 태식은 그때까지 코를 골고 있었다. 다시 보고 싶지 않은 얼굴이었다.

이 일이 있고 나서 일주일 뒤에 태식은 입대했다.

태식이 떠나기 전에 한 번 만나 주기를 간청했으나 희영은 끝내 만나 주지 않았다.

대천읍 사무소 근처에 있는 약속다방에서 태식이 기다리고 있었다. 가끔 그들이 만나던 곳이어서 낯익은 출입구 문을 밀고 안으로 들어갔다.

희영이 안으로 들어서자 한창 유행하는 김추자의 경쾌한 노래가 흘러나왔다.

'월남에서 돌아온 김 상사'였다.

"내가 신청했어."

"누가 최 상사 아니라 할까 봐?"

희영이 웃었다.

맞은편 뮤직박스 안에서 장발의 DJ가 손을 흔들었다.

그들은 커피를 마셨다.

"그동안 어디 가 있었어? 8월 말에 제대했다면서요?"

"여기저기 떠돌아다녔어."

"뭘 할 건데요?"

"공부를 하기는 이제 틀렸고. 사업이나 시작해 볼까 하구."

"오빠 먹고 싶은 거 있음 말해요. 오늘 제대 기념으로 내가 한턱 낼 게요."

"술 한 잔 마시고 싶어."

"술?"

"왜 놀랐어?"

"뜻밖이야."

"인생은 변하는 거라고."

"다쳤다면서?"

탁자 위에 검은 가죽장갑을 낀 태식의 왼손이 얹혀 있었다.

"응, 조금."

어색했던지 태식이 그 손을 탁자 밑으로 내린다.

말로만 들었을 뿐 희영은 손가락 한 개가 잘려 나갔다는 그의 손을 본 적이 없다. 문득 연민을 느꼈다.

'얼마나 불편할까.'

"나가자."

"알겠어요. 약속해요, 이번만이라고."

그들은 다방을 나와 근처의 목로 집을 찾았다.

늦가을 짧은 해가 이미 기울어 주점 안은 불이 밝혀져 있었다.

"공부는 잘하구 있어?"

"졸업시험까지 끝냈으니까 이제 가운 입는 일만 남았어요."

"벌써 그렇게 됐나? 아직 졸업이 한참 남은 줄 착각했네."

"세월이 빠른 탓이지요."

주인 여자가 소주와 파전을 내왔다.

"제대를 축하해요."

희영이 따른 술잔을 그는 단숨에 비웠다.

"좀 천천히 마셔, 오빠."

"알았어, 습관이 돼서 그래."

희영이 젓가락으로 파전을 잘라 접시에 놓아 주었으나 태식은 연거푸 소주잔만 비웠다.
　잠깐 지나는 사이에 두어 병이 비어 버렸다.
　"괜찮아?"
　남자들과 술을 마셔 본 경험이 별로 없는 희영이 조금 긴장한다.
　"날 물로 보는 거야? 이래 봬도 귀신 잡는 해병이야."
　잠시 승강이가 지난 후 세 병째가 비어 갈 때쯤이었다.
　"이희영!"
　태식이 돌연 정색을 하고 희영을 바라봤다.
　"왜 그래요, 갑자기?"
　"넌 나를 어떻게 생각해?"
　"어떻게 생각하긴? 오빠잖아요? 나는 동생이구."
　"그것뿐이야?"
　"그 이상 뭐가 필요해요?"
　"그동안 내가 희영일 어떻게 생각하고 있었는지 알고 싶지 않아?"
　태식은 다시 잔에 술을 따랐다.
　"…."
　"편지를 보내도 답장이 없기에 짐작은 하고 있었지만…."
　"편지 보내지 못한 건 정말 미안해요. 바쁘기도 했지만 그럴 만한 사정이 좀…."
　"무슨 사정? 알고 있어. 새 애인이 생겼다는 거."
　태식의 어조가 갑자기 거칠어진다.
　"왜 그래, 오빠?"
　"동네 소문이 떠들썩하기에 얼마 전 그 친구를 만나 봤지. 제법 당당하더군."
　"무슨 얘기예요?"

"난 전쟁터에 있으면서도 늘 너를 만날 수 있다는 기대로 어려움을 참아 왔는데, 이제 와 보니 다 쓸데없는 짓이었어. 고무신을 거꾸로 신었더군."

뜻밖이었다.

집을 나오기 전 김 선생님이 전화로 전하던 의미 모를 이야기가 바로 이것인가!

"오빠, 그건 오해야. 난 한 번도 오빠를 이성으로 생각해 본 적 없어. 우린 그저 친한 친구였잖아?"

"넌 지금 그걸 말이라고 하는 거야?"

"난 오빠가 지금 술을 마시고 이렇게 하는 이야기를 믿을 수 없어요. 그동안 한 번도 오빠는 나를 사랑한다고 말하지 않았잖아요."

"꼭 그걸 말해야 돼? 내가 이런 꼴로 나타나 사랑을 구걸한다고 비웃어도 좋아. 니들이 재미 보는 데 재를 뿌린다고 욕해도 할 수 없어."

"왜 자학을 하고 그래요? 정말 오빠가 나를 좋아했다면 행복을 빌어 줘야지."

"행복? 그래 빌어 줘야지, 맞아. 그러나 난 니들이 나를 비웃고 낄낄대는 것 눈뜨고 보지 않을 작정이다."

태식의 말씨는 아주 거칠어졌다.

정말 뜻밖의 일이 벌어진 것이다.

충혈로 붉어진 태식의 얼굴은 옛날의 모습이 아니었다.

이 땅에 동족상잔의 전쟁은 멈췄지만 엉뚱한 타국 땅에서 난생처음 만나는 사람들을 위해 목숨을 담보하던 의미 없는 전쟁터, 그곳에서 사선을 넘어 귀환한 젊은이의 영혼에 박힌 상처를 희영은 보았다. 그것은 왼손 손가락 한 개를 잃은 것보다 더 깊은 몇 배의 상처였다.

"오빠, 이제 그만 마셔. 오빠의 마음을 조금은 이해할 수 있을 것 같아요. 그렇지만 지금 이러는 것은 정말 실망스러워요."

"기대한 일도 없으면서 웬 실망?"

그의 말투에는 빈정댐과 조소, 절망, 야유, 자학 같은 부정적 요소들이 범벅되어 있었다.

'사람이 어떻게 이렇게 변할 수 있을까?'

희영은 어제 저녁 교회에서 보았던 태식의 모습을 떠올렸다. 교묘히 숨긴 상처가 드러난 것일까?

"일어서요. 제발 마음을 좀 다잡으세요. 곧 좋은 사람 만나게 될 거예요."

미안한 마음이 있어 희영은 그를 위로해 주려고 했다.

폭음을 한 탓인지 그는 비틀거리며 일어났다.

계산을 하고 밖으로 나왔는데 시간이 많이 지나 있었다.

"나 오늘 집에 들어가고 싶지 않아, 희영아."

갑자기 그가 희영의 팔을 잡아 이끈다.

"왜 이러세요, 오빠."

"내가 널 얼마나 사랑했는지 넌 모를 거야."

"왜 이렇게 변했어요? 오빠!"

"그래, 나 변했어. 다 너 때문이야. 넌 내가 도장 찍은 여자야. 안 그래?"

태식의 말씨가 거칠어지기 시작했다.

"창피한 줄 아세요."

희영도 발끈했다.

"창피? 그래 창피하지. 그렇지만 너두 한번 생각해 봐. 내가 찍어 둔 여자가 제대하고 와 보니 고무신을 거꾸로 신고 있었다 이거야."

"돌아가겠어요. 오빠한테 더 이상 당할 수 없어요. 이제 우리 서로 모르는 사이예요. 취했으면 잠이나 자요."

희영은 단호한 태도로 태식의 손을 뿌리쳤다. 전에 겪었던 불쾌한 기억이 되풀이되는 순간이었다. 어쩌면 이렇게 똑같은 모습일까? 그녀의 표정에 온기가 걷힌다.

옥신각신하는 사이 사람들이 모여들고, 풀린 눈으로 버티는 태식에게서 간신히 풀려나 희영은 버스에 오른다.

읍사무소 앞에서 한내로 가는 막차였다.

문득 지훈의 전화가 생각났다.

"내가 늘 지켜보고 있다는 것을 명심하고."

부끄러운 일이 아닐 수 없었다.

상상할 수 없던 일을 당한 희영의 가슴이 계속 콩닥콩닥 뛰었다.

버스가 움직이기 시작했을 때 희영은 밖을 내다보았다.

휘청대며 다방 쪽으로 걸어가는 태식이 보였다.

'얼마나 불완전한 존재인가, 사람은…'

희영의 입에서 가벼운 한숨이 나왔다.

가을이 깊어지며 한내는 농촌 특유의 빛깔로 물들고 있었다. 창조주의 솜씨가 곳곳에서 느껴지는 한내의 가을은 아름다웠다.

지훈에게 한내의 생활은 아주 특별한 경험이었다.

지난해 얼떨결에 시작된 교회 생활은 그를 새로운 사고와 의식의 세계로 이끌어 주었다. 지금껏 그에게 최선의 가치였던 자유는 그리스도 안에서 '진리가 너를 자유롭게 하리라'는 명제로 바뀌었다. 인류가 추구해 온 모든 학문과 예술, 철학 등 모든 영역에서 기독교의 가치관들은 찬란하게 빛을 발하고 있었다. 성경을 알게 되면서 지난 이천 년간 예수 그리스도만큼 인류사에 큰 영향을 미친 인물을 찾을 수 없었다. 지훈은 인류에게 축복의 근원인 성탄은 그래서 감사한 일이며 거룩한 사건이라고 생각했다.

감사절에 집으로 돌아온 희영은 주일예배와 새벽기도회, 성가대 연습 시간에 늘 만났다. 거의 날마다 만나는 셈이다. 새벽기도회가 끝나면 동트는 수리재를 바라보며 교회 근처의 산길을 같이 산책했다. 주말엔 들국화가 지천으로 핀 들길을 걸으며 그들은 장래를 설계하는 시간을 가졌다. 꿈같은 시간이 흐르고 있었다.

길어진 가을밤, 그는 독서와 사색에 묻히기도 했다. 그의 노트는 그가 겪은 사랑과 한내라는 생경한 마을이 보여주는 삶의 모습들을 기록한 이야기들로 채워지고 있었다. 모두가 경이로운 것이었다.

어쩌면 한내는 어둠에서 깨어나려고 몸부림치고 있는 대한민국의 축소판처럼 생각되기도 했다. 마을 한모서리에 새벽 여명이 비치는가 하면, 변화를 거부하는 전통과 풍습, 집요한 고정관념들이 어두운 그늘로 덮이기도 하고, 난데없는 가뭄과 비바람이 몰려오기도 했다. 마을에 들이댄 그의 확대경 안으로 새로운 모습들이 드러나고 있었다.

월요일과 목요일에 열리는 야간 한글교실은 점점 성과를 거두기 시작했다. 나이 든 아낙네들에서 장년 남자들과 학령을 넘겨 학교교육을 놓친 젊은이들에게까지 확대되었다. 특히 가을학기에 시작한 중등 과정은 젊은이들의 적극적인 지지와 호응을 받았다.

중학교와 고등학교가 대천읍에 있어서 진학을 포기하고 농촌에 묻힌 젊은이들이 생각보다 많았다. 산촌 이곳저곳에서 소를 먹이던 차림으로, 농사일에 지쳐 눈꺼풀을 누르는 잠을 쫓아내며, 그들은 뒤늦은 향학열을 불태웠다. 검정고시라는 좋은 제도가 이미 수남을 통해 충분히 알려졌기 때문에 야학에 나오는 청소년들의 좋은 본보기가 됐다.

여기에 취지를 충분히 이해한 정 선배와 한영미 선생의 지원은 그에게 큰 힘이 되었다.

이 목사의 헌신적인 지원과 희영의 아낌없는 사랑이 그를 날마다 새롭게 바꾸어 갔음은 물론이다.

그의 일상은 연속되는 일들과의 전쟁이었다. 그리고 그는 눈앞에 나타나는 노력의 열매들을 하나씩 볼 수 있었다.

그는 자신의 활동과 마을의 변화를 세세히 기록해 나갔다. 시행착오는 고치며 목표치들은 높여 나갔다. 이러다가는 학교에서 아이들과 보내는 정규적인 교육활동보다 청소년 과정 학습 프로그램 활동의 비중이 더 높아질 형편이었다.

그러면서도 지훈은 교회와 학교를 오가는 시간이 그렇게 행복할 수 없었다.

지훈에게서 한 가지 걱정은 최태식의 동정이었다.

희영에게 태식의 이야기를 들었다.

"어쩌면 사람이 그렇게 변할 수 있을까요?"

자초지종을 설명한 끝에 그녀가 내린 결론이었다.

예상대로 그는 못 먹는 감 찔러 보기를 시도하는 것 같다.

그 일 이후 태식은 다시 마을에서 사라졌다.

언젠가는 다시 나타날 것이다.

어려운 여건을 무릅쓰고 상식이 주도하는 비닐하우스 사업들은 계획대로 진행되고 있었다. 10여 동의 하우스에서 토마토가 꽃을 피우고 있었다. 계획대로 간다면 한겨울에 열매를 생산할 수 있을 것이다. 흉년을 겪은 마을에 기적 같은 일이 벌어지는 것이다.

지훈은 틈이 날 때마다 그곳에 들러 4H 회원들과 얘기들을 나누었다. 비닐하우스에 만족하지 않고 이들은 젖소와 비육우 공동 사육 계획도 세우고 있었다. 새마을 사업의 중요한 프로젝트들이 이들에게 실천되고 있는 것이다. 이 젊은이들은 또 다른 한내의 희망이 되고 있었다.

7. 피난처

　청암선사를 찾아 칠성암을 드나들던 사람들 입에서는 나날이 새로운 소문들이 전해졌다.
　세상의 종말이 임박했다는 것, 모두 피난처로 떠나야 한다는 내용이었다.
　"새 세상을 만들겠다는 모든 교를 공부하며 하나의 결론에 도달했다. 선불도는 이 세상의 모든 학문과 과학과 종교를 통틀어 새로 만들어지는 새 종교다. 미륵불은 곧 이 땅에 오실 것이다. 미륵불을 맞는 중생들은 지금까지 있었던 모든 학문과 종교를 다 버리고 새로운 믿음을 가져야 한다. 선후천 교대기가 곧 다가온다. 그날이 되면 온 세상이 불바다가 될 것이다. 피난처로 모두 모여야 살아남는다…"
　청암의 설법에 사람들은 험산을 넘어 새 세상을 찾아 떠나기 시작했다.
　수리산의 석답골 지역은 수리재를 넘어 백여 리를 산속으로 들어간 곳에 있는 계곡이다. 오래전에 화전민들이 들어가 논밭은 일구어 먹던 흔적이 남아 있는 곳으로 오리알 터라는 별명이 붙어 있는 작은 분지가 험한 계곡을 지나서 펼쳐져 있다. 분지 둘레로 기암괴석이 솟아 있고 맑은 물이 흐르고 있다. 잡초와 잡목이 우거진 평지에 몇 채의 움막이 세워졌다.

그중 가장 먼저 세워진 요사채는 3년 전부터 이곳에 와 자리 잡은 운당이 거처하는 곳이다. 마당에는 그 오리알 터에서 발견되었다는 석탑의 연꽃 좌대 한 개가 놓여 있었다. 옛날 이곳이 큰 절이 있던 자리임을 나타내는 표적이라 했다.

이곳에 정착하기까지 운당의 행적은 아주 특이하다.

집을 나온 이후 수년 동안 운당은 전국에 있는 명산 요처들을 섭렵했다.

신접 이후 그녀는 늘 머릿속에서 '나는 천신이다' 또는 '상제다' 또는 '부처다' 소리를 듣고 소리가 지시하는 곳으로 가고, 하라는 일을 했다. 수많은 신들이 찾아왔다. 문수보살이라 했다. 지장보살이라 했다. 온갖 잡귀들도 모여들었다. 사변 때 죽은 친정 오라비도 찾아왔다. 용소에 빠져 죽은 고모도 찾아왔다. 귀신들이 찾아올 때마다 운당은 며칠씩 운신을 하지 못하고 누워 앓았다.

칠성암 굴에서 입신을 한 그녀는 사흘간의 죽음에서 깨어난 뒤, 머릿속에서 지시하는 천신의 목소리를 듣는다.

'운당이 수고하는 줄 내가 안다. 성불에 이르자면 너는 이제 다섯 번의 백팔계(百八戒)를 받을 것이다. 너는 명산 요처를 다니며 백팔 일씩 기도를 드려라. 다섯 번 그 계를 넘기면 득도를 할 것이로되 도수를 맞출 때까지 오직 선에 힘쓰라.'

운당은 천신의 지시로 길을 떠났다. 그녀의 봇짐 속에는 며칠 먹을 식량과 옷가지 몇 벌, 칠성암에서 공부하던 불경 두루마리가 들어 있었다.

제일 처음 찾아간 곳은 강원도 설악산 금강굴이었다. 그곳에서 첫 번째 백팔 일의 기도를 드렸다. 아득한 절벽 바위굴에서 생사를 건 기도 생활이 시작되었다. 살을 에이는 추위도 견디며 기도와 독경으로 하얗게 밤을 새우기도 했다. 하루 한 끼의 생식으로 버티며 백팔 일을 보낸 운당에게는 가끔 부처와 나한들의 모습이 떠올랐다 사라지곤 했다.

운당은 굴을 나와 천신이 지시하는 또 다른 곳으로 떠났다.

두 번째 지시한 곳은 충청남도 태안에 있는 군신봉소(君臣蓬所) 자리다.

같은 방법으로 백팔 일을 보낸 운당에게 처음으로 신의 목소리가 들렸다.

'운당에게 삼강오륜을 다시 내리노라.'

'삼강오륜이야 이미 세상에 나온 도덕이 아니옵니까?'

'그렇긴 하다마는 이미 그것이 사람들에게 깨진 것이 되었느니라.'

천신은 그녀가 앞으로 할 일을 보여주었다. 많은 사람들 앞에서 설법을 하고 병을 고치는 일이었다.

세 번째 백팔계는 전라도 장성에 있는 선녀직금(仙女織錦) 자리에서 일어났다.

그녀는 그곳에서 공사를 드리고 기도에 정진하는 동안 부처님으로부터 하얀 옷감을 하사받게 된다.

'중생을 위해 옷감을 내리노니 이후로 헐벗은 중생이 없도록 하여라.'

차츰 운당은 법력을 갖추어 가며 네 번째 백팔계에 들어간다. 회문산 오선위기(五仙圍棋) 자리, 구름 가득한 선계, 바둑을 두는 신선들에 둘러싸여 웃고 있던 옥황상제 앞이었다.

천신은 운당에게 바둑판을 찾아 준다.

'이 판은 세상이고 이 돌은 백성이니 너는 이제부터 중생을 구제

하리라.'

다섯 번째 백팔계.

운당은 지난 단오 때 단오굿을 준비하느라고 마지막 백팔계를 수행하지 못했다. 청암선사로부터 도수가 모자란다는 핀잔을 받고 마지막 백팔계를 수행하러 떠났다.

천신은 운당을 의성 오두봉(烏頭峰)으로 보냈다. 마지막 백팔계의 고(苦)는 참으로 힘든 수행이었다. 운당은 하루 한 끼의 생식으로 기도와 참선, 독경에 힘썼다. 한 달 두 달 운당은 기력이 쇠진해 뼈만 남은 모습으로 오두봉 동굴에서 백팔계를 수행한다. 마지막 여드레는 물 한 모금으로 버티었다. 육체는 운명 직전이었다.

그 백팔계 마지막 날에 운당은 상천(上天)한다. 동굴 속 기도하던 운당은 숨이 멎은 채 천상에 이른다. 그녀의 영혼은 하늘 무색계를 넘어 천상에 이른다. 고운 선동(仙童) 둘이 마중 나와 배를 태웠다. 남쪽으로 나아가니 태극궁에 이르고 다시 옥경으로 통하는 계단을 올라가자 그 너머에 상제님이 계시는 큰 궁전이 나타났다.

천상에서는 천신님과 천부님, 옥황상제와 수많은 법사, 국사, 부처, 보살들이 그를 맞았다.

'그동안 잘 참고 다섯 번의 백팔계를 잘 수행했다. 일찍이 이런 시험을 이겨낸 자가 없더니 네가 이 임무를 성공했구나. 이제 이것으로 너의 백팔계를 끝낸다. 너에게 앞으로 오복마의 권세를 주겠다. 그리고 미륵세존을 만나게 될 게다. 미륵세존은 후천 세상을 칠천 년 다스릴 권세를 받았으니 네가 잘 섬겨라. 상으로 새 경을 네게 주리니 문사주경이라 불러라. 이승에서 미륵을 만나면 이것이 표적이 되리라. 이것을 세상에 널리 펴고 중생을 구제하여라.'

두루마리에 쓰인 문사주경은 다음과 같았다.

인건상하 하하통치 무암고조 음불성공
비왕광개 비비사천 이색고종 식대자황
진불진은 옴마리지 진은옴 사바하
삼색대언 학문자황 진은옴 사바하
난자엄수 호통현환 진은옴 사바하
해멸수장 통치수한 진불 진은옴 사바하
사천통합 오색부왕 광불 공천옴 사바하
유억화신 자기조왕 광불 찬탄옴 사바하
칠대용화 미륵주왕 광불 교원옴 사바하
팔방순회 오천장불 마군전멸 사바하
산지구중 오공강불 화수시풍 사바하
십계제왕 대성강불 나무대비 사바하
삼수삼말 마하바타 사라자왕 사바하
삼천팔백 이십일맥 촌수대왕 사바하
사시장춘 태양대왕 사바하
우화순풍 조절대왕 사바하
만물양생 귀양대왕 사바하
오강보배 살타대왕 사바하
운광선풍 월광제왕 사바하
조생종이 양생대왕 사바하
화초종이 영구대왕 사바하
천지개벽 운전대왕 사바하
사천제기 명부대왕 사바하

마나건토 궁전대왕 사바하
달라반야 분야살타 사바하
희령구중 구색시종 사바하
공기시종 불라공색 사바하
구색중 비양옴 사바하.

운당은 문사주경을 받고 하루에도 수십 번씩 외우고 또 외웠다. 학교 공부라고는 해본 적이 없는지라 그 문사주경의 뜻을 알 수 없었다. 그리고 알 필요도 없었다. 그녀는 그저 외우고 또 외웠다. 마치 칠성암에서 입신을 하고, 내촌 영신할멈에게서 내림굿을 받고 나서 창세가와 무가(巫歌) 무경(巫經)들을 배울 때처럼 날마다 독경 가락으로 문사주경을 외었다.

'선후천 교대기가 곧 다가오느니라. 네가 만날 사람은 청암이니 그와 선후천 교대시를 의논하고 문사주경을 건네도록 해라.'

천신님은 그녀에게 또 간곡히 당부했다고 한다.

운당의 소문은 그녀가 머물던 고장마다 소리 없이 퍼져나갔다. 상천해서 경을 받아 온 운당보살에게 사람들이 찾아들기 시작했다.

여기저기 시골마을에서 운당을 만나러 오는 사람들이 수리산 석답골로 모여들었다. 유명 사찰에서 불공을 드리던 각 지방 신도들이 알음알음으로 찾아와 운당에게 사주를 알리고 복을 빌었다. 난치병 환자를 데리고 오는 사람들도 생겨났다.

운당은 이들에게 점을 쳐 주기도 하고 자신이 수행 중 겪었던 일들을 이야기해 주고 문사주경을 소개함으로 그들이 원하는 것 이상의 능력을 보여주었다.

칠성암에 머물고 있던 청암선사는 운당의 이러한 영험과 기적적인 일들을 접하고 크게 기뻐하며 문사주경을 잘 가다듬어 새로운 자신의 설법의 재료로 삼기 시작했다. 천신이 내린 법문이라 소개된 선불도의 경전은 이 문사주경을 재료로 삼아 그 실천 강령을 모은 선불도 오명집(吾銘集)이란 이름으로 문서화됐다.

그는 운당 보살이라고 부르던 그녀에게 효암이란 법명을 지어 준다. 운당은 드디어 머리를 깎았다.

새로운 믿음 공동체가 적막한 첩첩산중 수리산 석답골에서 태동되고 있었다. 이들은 은밀히 칠성암 승려들을 중심으로 새로운 불사를 일으켜 운당이 자리 잡고 있는 석답골을 개간하기 시작했다. 그곳은 옛날 고려 말까지 번성하던 사찰이 있던 곳이라고 전해오는 곳이며, 운당이 그 흔적을 찾아냈다고 소문이 돌았다.

천신님의 지시로 집터를 고르다 땅속에서 발견한 것이라 한다. 한쪽 모서리가 깨져 나간 연화무늬 석등 받침이라 했다. 그 돌은 효암이 거처하는 집 마당에 단을 만들어 잘 모셔져 있다.

숱한 기적과 상식을 뛰어넘는 설화들이 그곳에서는 끊임없이 생산되고 퍼져 나왔다. 소문들은 확대 재생산되면서 신화처럼 부풀려져서 사람들에게 전해졌다.

인적이 끊어졌던 석답골에 서너 채 주택들이 세워졌다. 내촌 서씨 일가들과 칠성암 승려 몇몇이 그곳으로 이주해 갔다.

칠성암에 머물고 있던 청암선사는 가끔 석답골로 찾아가 현장을 지휘했다.

그는 한밤중에 축지법을 써서 험산 준령을 단숨에 넘고, 순식간에 백 리 길을 드나든다고 소문이 나면서 사람들에게 신비감을 불어넣고 있었다.

홀연히 나타나고 홀연히 사라지는 일이 비일비재해서 사람들의 눈에 잘 띄지 않는 청암선사에 대해 사람들은 그가 천신과 수시로 만나는 복칠마의 도사가 되었다는 소문이 돌았다.

그곳에서 나오는 소문들은 모두 꿈의 세계에서나 있을 법한 허황된 것들이긴 했으나 대단한 흡인력을 가지고 한내 사람들에게 다가왔다.

겨울이 되면서 내촌에서는 서 씨네에 드나들던 상당수의 주민들이 곡식과 돈을 마련해 석답골로 넘어가고 있었다. 그들은 그곳에 드나들면서 숲을 개간하거나 집을 짓는 데 힘을 보태고, 장차 다가올 세상의 종말에 대비하기 시작했다.

운당은 자신이 거처하는 곳에서 조금 떨어진 언덕 위에 두어 칸의 방을 가진 별채를 짓고 수남의 아버지와 수길이를 불러들였다. 수남이 떠나 버린 집에서 아무것도 할 일이 없어진 수남의 아버지 박 서방은 죽어도 그곳에는 갈 수 없다고 버티다가 집에 양식이 떨어지고야 할 수 없이 수길이를 앞세우고 석답골로 들어갔다.

운당이 거처하는 도당은 울긋불긋한 제신들의 형상이 그려진 그림들과 종이로 만든 연꽃과 촛불들과 목탁과 청홍백색 천들이 너울너울 춤추는 곳이었으므로 그곳에 범접할 수 없고, 손님들이라도 도당에 찾아오는 날에는 집 안에 박혀 두문불출해야 했다. 박 서방은 아들과 인근 야산에서 겨울 땔감을 해오거나 도토리를 줍고 새끼를 꼬는 일을 했다. 답답했지만 도당에서 하루 세 끼 밥을 꼬박 먹을 수 있어서 어쩔 수 없었다.

"걱정들 말거라. 이번 재난만 피하면 후천 용화세계가 돌아올 것이야. 먹을 걱정, 입을 걱정 할 필요가 없는 세상이 될 기야."

운당은 가끔 자신감에 넘치는 표정으로 남편과 아들을 다독였다.

"수남이 그놈아는 야소 귀신이 씌워 그런 기야. 멀지 않아 내 손에 걸리면 야소 귀신 같은 건 다 도망가게 돼 있어."

집을 나간 수남이 귀신에 씌었다고 단정했다.

내촌 사람들의 뒤숭숭한 분위기들은 곧바로 외촌으로 번져갔다.

교회 여집사들 가운데 알게 모르게 석답골과 연결된 칠성암에 드나드는 사람들이 생겨난 것은 이제 공공연한 비밀이 됐다. 오랜 풍습에 젖어 살던 나이 많은 할머니들부터 동요가 시작되었다. 곧 선후천 교대기가 다가오고 그 말세에 피난처로 가야 한다는 청암의 말을 믿을 수밖에 없는 그녀들이 교회에서 슬그머니 자취를 감추었다. 절에 다니는 사람들로부터 야소 귀신을 벗어나지 않으면 후천 용화세계에 들어갈 수 없을 뿐 아니라, 큰 벌을 면하기 어려울 것이라는 협박이 두려웠기 때문이다.

다시 크리스마스가 다가오고 있었지만 교회는 어쩐지 활력을 잃어 갔다.

주일 예배에는 여기저기 빈자리가 눈에 띄게 늘어갔다.

이승규 목사는 강단에서 가나안교회의 위기론을 설교했다.

"한내에 큰 시험이 다가오고 있습니다. 우리는 사악한 세력에 맞서 분연히 일어날 것을 촉구합니다. 교회는 우상과 악의 세력에 단호히 싸워야 하며, 이것은 십계명 중 제일 큰 계명입니다. 우리는 생명을 걸고라도 이들이 교회를 넘어뜨리려는 음모를 분쇄해야 합니다."

일찍이 들어 볼 수 없던 격렬한 목소리였다.

한내는 눈에 드러나지 않았지만 내외촌간, 기독교와 선불도라는 두 신앙의 갈등과 대립으로 하나의 정신적인 전선(戰線)이 형성되고 있었다.

지훈은 마을의 심상치 않은 공기를 감지했다. 사람들의 생각들이 마을 안에서 두 가지로 나뉘고, 그것이 어떤 힘으로 바뀌고 있다는 것은 여간 심각한 일이 아닐 수 없었다. 사람들을 통하여 최근의 내촌 움직임을 들었을 때, 그가 우려하던 일들이 현실로 다가오고 있는 것 같아 걱정됐다.

지훈은 이 문제에 대해 상식을 비롯한 영농회원들과 상의해 보기로 했다.

마을에서 가장 건강한 생각을 가지고 새 농촌을 만들어 가고 있는 믿음직한 청년들이었다.

얼마 전까지 시험 재배한 토마토가 제법 성공했다. 노지에 심은 토마토 수확을 끝냈을 때, 곧바로 비닐하우스에 심은 토마토가 늦가을에 주렁주렁 열린 것이다.

절반의 성공이라고 그들이 말했지만, 지훈이 보기에 그것은 엄청난 기적이었다. 잘만 하면 한겨울에 여름 채소를 생산해 낼 수 있을 것이다. 겨울철 할 일 없이 마실이나 다니던 마을 사람들에게 이 새로운 영농법은 기적을 가져다줄 것이다.

지훈이 두 마을 상황을 화제로 내놓자 다들 한마디씩 했다.

"김 선생님, 그까짓 것 신경 끄세요. 교회면 어떻고 절이면 어떻습니까? 그냥 저들끼리 그러다 말겠죠."

"엄연히 종교의 자유가 있잖습니까? 자기들대로 믿고 정성 드리는 걸 문제 삼을 수는 없겠죠."

"왜들 그러는지 모르겠네. 교회나 절에 가는 시간이 있으면 그 시간에 머리를 써서 일하고 연구를 하면 다 잘살 수 있을 텐데, 참 이해가 가지 않는 사람들이야."

교회든 절이든 모두 관심이 없다는 그들은 대수로운 일이 아닌 것처럼 말했다.

지훈이 두 종교의 갈등이 심각한 지경에 이르고 있다고 설명했지만 "김 선생님은 교회에 나가시니까 그런 걱정 할 만하겠죠. 그렇지만 그까짓 예수나 부처나 신령이나 다 그게 그거지 무슨 도움이 되는지" 하며 정말 이해가 되지 않는다는 표정이었다.

그럴 만도 할 것이다.

그 자신도 그랬었으니까.

이들은 아직 마을이 당면하고 있는 문제의 실체를 가볍게 생각하고 있는지 모른다.

좀 더 추이를 지켜보자.

지훈은 그렇게 생각하기로 한다.

예년보다 좀 일찍 12월 중순에 겨울방학이 시작되었다.

모처럼 시간의 여유를 얻은 지훈은 소문으로 듣던 칠성암과 석답골 현장을 답사해 보기로 했다. 한내에 돌아다니는 소문만으로 선불도 사람들의 실체를 파악하기는 어려웠기 때문에 그는 직접 그들을 만나 이야기들을 들어 보고 싶었다. 지난 추석 때에 있었던 청암의 선불도 선포 이후 내촌의 형편도 궁금했다.

지훈은 자신의 계획이 모험이라는 것을 잘 알고 있었다.

그가 타지 사람이며 교회에 나가고 있는 것을 알고 있는 그 사람들이 호락호락 그들의 비밀을 그에게 설명해 줄 것 같지는 않지만, 이들의 내부에 들어가 보는 것은 유익한 일일 것 같았다.

그는 아무에게도 자신의 이런 계획을 말하지 않았다.

학교는 정 선생에게 부탁하고 지훈은 며칠의 휴가를 얻었다. 고향에 다녀오겠다고 말했다.

그는 채비를 하고 집을 나섰다.

날씨는 개었으나 기온이 뚝 떨어져 두툼한 잠바를 꺼내 입었는데도 찬바람이 옷깃으로 스며든다.

등산용 가방에 옷가지와 세면도구들도 챙겨 넣고 비상식량으로 미숫가루도 마련했다. 만약을 위해서다.

내촌 서 씨네에 도착했다. 자주 와 본 곳이 아니어서 낯선 모습이었다. 고색창연한 구식 한옥 기와들은 모두 낡아서 이끼에 덮여 있었다. 집 뒤로 둘러선 대나무숲을 제외하곤 나무들이 모두 잎을 떨어뜨린 앙상한 가지로 남아 을씨년스러웠다.

인기척에 대문을 열어 준 사람은 안주인인 듯싶은 허리가 굽은 노파였다.

"청암선사님을 좀 만나 보려고 들렀습니다."

"청암이야 절에 가 있제."

"칠성암 말입니까?"

"글세…. 칠성암에 있을란가."

"어르신은 집에 계시는지요?"

"누구 말인가?"

"청암선사 아버지 되시는…."

이야기 소리를 듣고 기역 자로 꺾인 오른쪽 집에서 젊은 남자가 문을 열고 나왔다.

"어디서 오셨습니까?"

그는 황토색 개량한복 차림이었다. 지난 추석 때 청암이 입었던 먹빛 한복과 모양새가 같았다.

"건넛마을 한내 분교에 근무하는 김지훈이라 합니다."

"무슨 일로 오셨는데요?"

"네, 요즘 청암선사 이야기를 많이 듣고 있습니다. 지난 추석 때도 여기에 왔었구요."

"아, 그래요? 그러면 절로 가실 일이지."

"절로 가기 전에 어르신을 한번 뵈었으면 해서 여기로 먼저 왔습니다."

"그건 어렵습니다. 지금 좀 편찮으셔서 누워 계십니다."

"아, 그렇습니까? 실례지만 어떻게 되시는 분인지?"

"어르신을 모시는 집삽니다. 가까운 조카뻘이죠."

"인사라도 잠깐 드리면 안 되겠습니까?"

"잠깐 기다려 보시죠."

사내가 뜰로 올라가 사랑채 문을 열고 안으로 들어가더니 잠시 후에 나왔다.

"들어오시랍니다."

의외로 선선한 대답이 돌아왔다.

지훈은 가방을 벗어 툇마루에 놓고 사내를 따라 방으로 들어갔다. 두터운 한복에 조끼를 입은 노인네가 서상 앞에 앉아 그를 맞았다. 희고 긴 수염에 풍채가 느껴지는 그는 탕건을 쓴 차림이었다. 나이 탓인지 허리가 굽어 있었다.

그의 뒤로는 벽면을 가린 낡은 병풍이 서 있었다.

"안녕하셨습니까? 건넛말 학교에서 아이들을 가르치는 김지훈이라 합니다."

"어서 오시게나. 그래, 무슨 일로 나를 보자고 하시는가?"

호흡이 가쁜 모양인지 띄엄띄엄 말을 이었다.

"지난 추석에 청암선사로부터 설법을 듣고 나서 어르신을 꼭 한번 찾아뵙고 싶었습니다. 그저 인사를 드리러 왔습니다."

지훈은 자신도 모르게 속에 없는 얘기를 했다. 방 안을 둘러봤더니 낡은 서가에 여러 종류의 한지로 된 고서와 책들이 꽂혀 있었다. 부처와 다른 신들을 그린 몇 점의 인물화도 벽면에 걸려 있었다. 전체적으로 음산한 분위기를 자아냈다.

"고맙군."

"그동안 많은 사람들이 어르신에게 가르침을 받았다는 얘기를 들었습니다. 선불도에 저도 관심이 많아 청암선사를 찾아가는 길입니다. 칠성암 가는 길에 이렇게 어르신을 먼저 찾아뵙게 된 것입니다."

"기특한 젊은이일세. 나는 이미 나이가 많아 별로 할 얘기가 없어…. 자세한 얘긴 청암에게 가서 듣게."

"아직 칠성암에 머물고 계신지요?"

"그럴 걸세."

"외람되지만 선불도에 대해서 좀 말씀해 주시겠습니까?"

"청암에게 가서 들으래두. 단지 세상 이치가 모두 하늘에서 정한 대루 질서 있게 조화를 이루어 간다는 거를 늘 명심하게. 유불선이 모두 하나요, 옛 선현들의 지혜가 모두 한 가지로 되어 있다 그 말이네. 그런데 왜 선불도에 관심이 많은가? 콜록콜록!"

노인의 목소리는 곧 가래가 끓는 소리로 바뀌다가 기침으로 멈췄다.

"요즘 마을이 하도 어수선한 것 같아서."

"좋은 세상을 맹글겠다고 그러는 것이 아닌가."

"사람들이 모두 피난을 떠난다면 누가 이 마을을 지키겠습니까?"

"허! 그 참 당돌한 젊은이군 그래."

노인이 석연찮은 어투로 말하고 지훈을 건너다보았다.

"김 선생, 그만 일어나시지요. 어르신이 불편해하십니다."

곁에서 조카가 끼어들었다. 그 역시 못마땅한 표정이다.

"좋으신 말씀 감사합니다."

지훈은 떠밀리듯 방을 나왔다.

"거 여보슈, 그딴 소리 할려구 어른을 뵙자구 한 거요?"

마당으로 나오자 조카가 언성을 높였다.

"실례가 되었으면 사과드립니다."

"도대체 정체가 뭐요?"

대문 앞에서 그가 다시 위협적인 목소리로 물었다. 갑자기 분위기가 살벌해졌다.

"학교에 있다고 말씀드렸지 않습니까?"

"뭘 알아내려고 그러는 거야?"

대문 밖으로 나온 그의 말이 거칠어진다.

"이거 너무 심하지 않습니까? 난 마을이 걱정이 돼서 관심사를 물어 본 것입니다."

일방적으로 밀릴 수는 없다고 지훈은 생각했다.

지훈이 목소리에 힘을 싣자 "교회에서 보냈구먼. 재수 없어" 하고 사내는 대문으로 들어가며 퉤 침을 뱉었다. 대문 닫히는 소리가 요란했다.

뜻밖이었다. 무언가 잔뜩 경계하며 배타적인 이들의 행태는 집안의 분위기와 절묘하게 조화를 이루고 있었다. 느닷없이 교회를 언급하는 것은 아마 이들의 경계 대상이 교회임을 뜻하는 것일 게다.

대문 앞에서 돌아서며 지훈은 실소를 했다. 조카라는 집사의 목소리는 다분히 위협적이었지만 그냥 기분에 질러대는 고함과 같이 공허하게 느껴졌다.

그러나 노인은 또렷한 목소리로 자신의 생각을 말했다. 청암의 자신에 넘치던 설법도 이런 분위기에서 만들어진 것 같다.

서씨 종가를 나와 칠성암으로 오르면서 지훈은 자신이 왜 이 일에 관심을 증폭시키고 있는지 곰곰이 생각해 보았다. 생각을 바꾸면 전혀 자신과는 관련이 없는 타인들의 이야기에 지나지 않는다. 선불도를 믿건, 천신을 믿건, 절에 다니건, 교회를 나가건 모두 개인적인 신앙의 자유에 해당되는 일이 아닌가.

그러나 지훈은 성경을 통해 이 세상에 진리는 하나이며, 우주를 섭리하는 전지전능의 창조주는 한 분이심을 믿게 되었다. 교회에 나가기 시작한 이래 교회가 추구하는 가치가 진리임을 확신하게 된 지금, 마을에서 일어나고 있는 이 심상치 않은 일에 무관심할 수 없었던 것이다.

믿음이 없는 곳에 사이비가 기생하고 어리석은 사람들을 현혹하는 일이 많다. 전래되는 신앙들은 무속적인 요소가 많고, 미신에 가까우며, 신흥 종교로 불리는 낯선 신앙들은 이들 민속적 관습에 뿌리를 박고 번식하며, 사회적인 물의를 일으키고, 우매한 사람들에게 정신적 물질적 피해를 주기도 하는 것을 그는 알고 있었다.

지훈이 관심을 갖는 것은, 선불도가 새로 만들어진 것이며 종말론을 주장하고 있다는 데 있다. 그들의 주장은 한계가 분명한 종말론이며, 사람들을 유혹하고 피난처를 구하는 등 사이비적인 요소들을 다분히 내포하고 있다.

오래전부터 전쟁과 어수선한 사회의 혼란을 틈타 우후죽순처럼 일어나 사회를 뒤흔들던 많은 사이비 종교들, 그들의 말로를 잘 알고 있는 지훈은 이번에 선불도의 진상을 확실히 파악해 보고 싶은 의욕이 생겼다.

칠성암 가는 길은 제법 험했다. 학교 아이들을 데리고 소풍을 한 번 왔던 곳이어서 낯설지는 않았으나 한겨울의 수리산 계곡은 쓸쓸했다. 그러나 날씨가 겨울답지 않게 포근해 걷기엔 편했다.

계곡 입구에 선 장승을 지나자 서낭당을 만났다. 마을로 들어가는 길목에 자리 잡은 서낭당 당집 곁엔 큰 느티나무가 자라 있고 나무 그늘에 돌무더기가 쌓여 있었다. 나무 둘레로는 새끼줄에 청홍백색의 천들이 울긋불긋 매달려 있고, 나뭇가지에도 그런 천들이 걸린 채 바람에 흔들리고 있었다. 어디서나 볼 수 있는 서낭당이었지만 누구도 돌보는 사람이 없는지 몹시 지저분하고 흉측했다.

이 나무가 무엇이기에 여기다 이렇게 정성을 들여 길흉화복을 비는가? 저들이 간절하게 바라는 소원들은 무엇인가? 그 소원들은 다 이루어졌는가?

건넛마을 외촌에선 볼 수 없던 서낭당의 모습은 스산했다. 지훈은 주변을 한번 휘돌아보았다. 인기척이 없다. 그는 가방에서 휴대용 칼을 꺼내 서낭당 움집 옆에 선 느티나무에서 새끼줄을 떼어냈다. 울긋불긋한 천 조각들은 오래되어서 찢어지고 변색이 되었다. 여기저기 나뭇가지에 걸린 천 조각들도 모두 모아 냇가에서 불살라 버렸다. 어리석은 사람들의 생각들도 불살라지기를 바라며 불길을 바라보았다. 자신이 마치 퇴마사가 된 듯한 기분이 들었다. 너저분하던 느티나무가 깨끗해져 한결 보기에 좋았다.

수리산 속에는 이것 말고도 수리재의 산신당이며 칠성각, 국수당 등 여러 신당이 있다. 수많은 세월 동안 마을을 지배해 온 제신들의 은신처 같은 곳들이다. 지훈은 지난 단오 때 한번 와 봤던 곳이라 대충 그 위치를 짐작할 수 있을 것 같아 산 둘레를 살펴봤다. 군데군데 소나무 숲 이외엔 낙엽수들이 잎을 떨어뜨려 앙상한 가지를 드러내고 있었다. 수리산은 외촌 덕적산에 비해 제법 골이 깊고 산세가 험한 편이다. 안개를 피워 올리는 용소(역시 무시할 수 없는 민간신앙의 발원지)를 돌아 계곡의 능선을 지나면 수리재가 다가서고, 그 너머는 다시 첩첩산중 끝 모를 계곡으로 이어져 있다.

마을 사람들이 오랜 세월 이 산을 등지고 살아오면서 산을 의지하고, 그곳에 산신당을 지어 치성을 드림으로 액을 막고 복을 빌어 온 것은 어쩌면 자연스러운 일일 수 있다. 원시신앙에서 거목, 거석, 심곡, 기암, 늪에 신의 집을 마련하고 길흉을 비는 자연숭배는 세계 어느 곳에나 있는 신앙 형태이다.

우리 민간신앙도 집집마다 가신을 두고 정성껏 섬기던 풍습이 아직 남아 있고, 내촌에서 벌인 지난 단오 기우제도 이들이 합쳐진 행사라고 할 수 있다.

한내에서는 지금도 알게 모르게 성주단지를 모신 집이 많다. 뿐만 아니라 아이 가질 때 비는 삼신할머니, 부엌의 조왕신, 뒤뜰의 터주신, 대문의 수문신, 광에 업신, 장독대의 청륭신, 마구간의 우마신에 이르기까지 수많은 가정 신을 섬기고 있는 집이 태반이며, 천신, 일신, 성신, 산신, 수(樹)신, 지신, 수(水)신, 서낭신, 국수신, 장군신, 용신 등 동제에 등장하는 신들을 합치면 가히 제신들의 천국이라 할 만큼 일상에 영향을 미치고 있는 것이다.

가나안교회가 마을에 세워지면서 외촌에서는 이 원시적 신앙 형태가 어느 정도 사라지고 있지만, 내촌에는 아직 이런 풍습이 고스란히 남아 있다고 들었다.

달에 인공위성을 쏘아 올리는 계획이 발표되는 이 현대 문명사회에 아직 이런 허접한 미신들이 존속되고 있으며, 마을 사람들에게 심대한 영향을 끼치고 있다는 사실은 안타까운 일이다.

지훈은 이번 선불도 사건도 한내의 독특한 문화가 낳은 자연스런 현상이라고 해석하고 싶어진다. 무엇엔가 의지하지 않고는 불안할 수밖에 없는 사람들의 마음이, 이들에게 익숙한 민속신앙들이 자랄 수 있는 토양이 되고 있는 것이다.

멀지 않은 과거에 일제 치하와 6·25전쟁을 경험한 사람들이다. 죽음과 공포에 맞서던 그들이 기댈 곳은 어디겠는가. 그는 마을 사람들 입장에서 그들을 이해해 보기로 한다.

칠성암은 수리재 밑 중간쯤에 위치해 있다.

수리재를 넘는 신작로를 벗어나 산길을 오르기 시작해 두 시간쯤 지났을 때 능선 아래 험상궂은 바위들을 뒤로하고 웅크린 자세로 들어앉은 칠성암 암자가 나타났다. 제법 사람들이 드나들었던 탓인지 절로 들어가는 길은 잘 다듬어져 있었다.

절 아래쪽에는 평평한 곳이 있어 작은 논밭이 만들어져 있고 민가도 서너 채 눈에 띈다.

절은 오래되었지만 단청을 다시 입혀서 그런지 비교적 정갈해 보였다. 서 씨네에서 다시 짓다시피 중건했으므로 서 씨네 개인 사찰이나 다름없다고 사람들은 말했다.

사위가 조용했다. 지훈은 절 주위를 한 바퀴 돌아봤다. 암자는 바위굴 옆에 세워진 사찰이어서 절 뒤편으로는 석굴로 가는 통로가 연결되어 있었다. 굴 입구에 험상궂은 신장, 나한상이 버티고 서 있고, 법당 문은 닫혀 있었다. 지훈은 뜰로 올라서서 칠성각이라 쓰인 현판이 걸린 법당문을 열어 보았다. 가운데 부처를 중심으로 여러 조각상들이 앉거나 서 있었다.

울긋불긋한 색칠을 한 각종 신상들은 모두 특징을 달리하고 있어 얼른 구별이 되었다. 산신당에 있던 산신과 서낭당의 서낭신과 장군 옷을 입은 장군신, 국수신, 용 비늘의 복장을 한 용신도 보였다. 뿐만 아니라 벽면에는 옥황상제와 단군 초상도 보였고, 점집에서 볼 수 있는 대신 할머니와 호구마마와 같이 못생긴 신과 동자신과 같은 어린 신령도 그림 속에 함께 전시되어 있었다. 한마디로 제신들의 전시장 같은 모습이었다. 일반 사찰과는 다른 풍경이어서 지훈은 잠시 머릿속이 혼란해졌다.

'도대체 이 절에서 섬기는 신은 어느 것인가.'
"누구세요?"
별채로 된 집에서 문이 열리고 황토색 승복을 입은 여자가 나왔다. 안에서 지훈의 인기척을 느낀 모양이다.
"안녕하세요? 잠시 절 구경을 하고 있었습니다."
"거기 칠성각에 함부로 들어가믄 안 되는데."
여자가 말했다. 삭발하지 않은 것을 보면 승려는 아닌 것 같다. 오십은 넘어 보였다.
"사실은 청암선사님을 좀 만나 뵈러 왔거든요. 지금 계신가요?"
지훈은 변명 겸 용건을 말했다.
"어디서 오셨는데? 선불도 신도인가요?"
"아, 신도는 아니고. 한내에서 왔는데 긴히 선사님을 좀 뵐 일이 있어서."
"지금은 안 계셔요."
"어디 출타하셨습니까? 내촌 서 씨 댁에 들러 확인을 하고 왔는데…."
"아침꺼정은 있었지요. 선사님이 어디 고하고 다니시는 분인가요?"
"그래도 짐작이라도 가는 데가 있지 않겠습니까?"
"석답골로 가셨을 것 같은데. 워낙 축지법에 능하신 분이라서 오후엔 돌아오실라나."
"석답골이라면, 백 리 길 아닙니까?"
"백 리가 넘는 길이지요. 선사님은 하루에도 세 번씩 왕래하시는 분이지요. 꼭 만나야 한다믄 저기 요사채에서 기다리서요."

여인은 칠성각 아래 있는 그녀가 나온 별채를 가리켰다.

여인을 따라 집에 내려가니 쪽마루가 놓인 방이 세 칸 나란히 보였다. 여자는 그를 맨 윗방으로 안내했다. 방 안은 벽면에 아까 칠성각에서 본 여러 인물상들이 그려져 있고, 알 수 없는 글씨로 된 붉은색 부적들이 천장에 그려진 태극 무늬 주변에 매달려 있었다.

"중심은 어떡할까요?"

"걱정 마세요. 아침을 늦게 먹고 나왔습니다."

"잠깐 기다리서요."

여인은 안방으로 들어갔다. 마루 아래 놓인 신발로 미루어 서너 명의 여인네들이 안방에 있는 것 같다. 주고받는 말들이 들리고 그릇 달그락거리는 소리가 나더니 조금 지난 후 밥상이 나왔다. 아주 자연스런 접대였다. 김치와 두어 가지 산채나물이 얹힌 밥상을 받고 지훈은 특이한 느낌이 들었다. 냄새와 모양이 낯선 절밥을 먹어 본 적이 없었기 때문이다.

밥상을 물리고 지훈은 경내를 살펴보러 밖으로 나갔다.

궁금한 곳은 칠성각 뒤편에 있다는 굴이었다. 운당이 입신을 하고 청암이 수행을 했다는 영험이 많은 그곳은 입구가 함석문으로 봉해지고 튼튼한 자물통이 채워져 있었다. 안을 전혀 들여다볼 수 없었다. 다만 굴 입구에 운반도구 같은 것들을 넣어 두는 조그만 창고 같은 시설이 있었는데, 쇠창살로 된 문에 긁힌 자국이 많이 나 있었다. 비어 있었기 때문에 무슨 용도에 쓰는지 알 수 없었다.

저녁때가 되도록 청암이 돌아왔다는 소식이 없었다. 지훈은 할 일 없이 시간을 보내다가 어둠에 갇혀 버렸다. 짧은 겨울 해는 금시 긴 산자락 그림자를 남기며 수리재를 넘어갔다.

"본의 아니게 지체하게 됐습니다. 정말 폐가 많습니다."

저녁상을 차려 준 여자에게 지훈이 고마움을 표시했다.

"가끔 댁과 같은 처사님들이 찾아올 때가 있어요, 걱정 마시고 드세요."

"선사님은 아직 못 오시네요."

"모르겠어요. 한밤중에도 오실 때가 있거덩요. 저기 힘들겠지만 아궁지에 장재기(장작)를 좀 넣고 주무서요."

"알겠습니다."

저녁을 먹고 지훈은 밖으로 나가 별도로 만들어진 아궁이에 장작을 지폈다.

그리고 방에 촛불을 밝혔다. 전기가 들어와 있었지만 지훈은 방에 촛대가 있어 오랜만에 촛불의 정취를 느껴 보고 싶었다.

이부자리를 펴고 자리에 누웠다.

아랫목이 따듯해졌다.

자리에 누워서 보니 벽면과 천정이 낮에 본 것보다 더 많은 여러 그림과 부적 같은 글씨들로 채워져 있음을 알게 됐다.

밖에서 바람이 부는지 문풍지가 울렸다. 촛불이 흔들리며 천장의 그림과 부적들이 살아나는 요괴들처럼 일렁거렸다. 문득 아까 칠성당에서 본 탱화들이 생각나 괜히 으스스했다.

벌써 잠이 들었는지 아랫방에서 간간이 들리던 아낙네들의 목소리도 그치고, 밖은 바람이 숲을 쓸고 지나가는 소리만이 간간이 들릴 뿐 사위가 조용했다.

산신각 처마에 매달린 풍경이 우는 소리도 가끔 들렸다. 먼 곳에서 알 수 없는 산짐승 울음소리 같은 것도 들렸다.

지훈은 좀처럼 잠을 이룰 수 없었다. 전설의 고향에 나오는 이야기 속의 주인공이 된 것처럼 괜히 머리가 쭈뼛해졌다. 그렇게 방 안과 주변은 알 수 없는 음기와 귀기가 함께 느껴졌다. 잠결에 그는 흰 옷을 입은 여자를 보았다. 피 묻은 칼도 보였다. 가위눌려 소리를 질렀으나 목소리가 되어 나오지 않았다. 눈을 뜨면 천장에서 산신령 화상이 눈을 부라리고 있었다. 낮에 본 신상과 그림 속의 여러 신들이 모두 살아 움직이고 있었다. 잠시 눈을 감으면 상상했던 일들이 환상으로 나타나기도 했다.

문밖에서 누군가 부르는 소리가 들렸다. 눈을 떠 보니 창호지 위로 뜰 앞 나뭇가지가 바람에 흔들리고 있었다. 하얀 달빛에 흔들리는 그것이 사람 그림자로도 보였다. 먼 곳에서 자동차가 달리는 듯한 소리도 들렸다. 그는 일어나 벽면에 붙은 전기 스위치를 올렸다. 텅 빈 방에 식은땀으로 베개가 흥건히 젖어 있었다.

밤새 그는 그렇게 알 수 없는 악몽에 시달렸다.

참으로 특이한 체험이었다.

그는 잠에서 깨어나며 귀신들의 존재를 늘 부인해 오던 자신의 생각이 잘못된 것임을 알게 됐다.

그는 밤새 수많은 영적 존재들에 둘러싸여 지낸 것 같다. 칠성암에 모인 제신들이 모두 그를 찾아온 듯한 생각이 들었다.

"잘 주무셨어요?"

아침 밥상을 들고 온 여자가 방문을 열고 들어올 때까지 지훈은 자리에 누워 있었다.

"선사님은 아직 안 오셨습니까?"

자리에서 일어나며 지훈이 물어 본 말이다.

"웬걸요. 새벽에 잠깐 오셨다 가셨지요."

"왜 저를 깨우지 않으셨어요?"

7. 피난처 233

"너무 곤히 주무시기에…. 볼일이 있으문 석답골로 오라고 했어요."

밤새 무슨 일이 일어난 것일까.

지훈은 조금 얼떨떨한 기분이 된다. 누군가 그의 행동을 지켜보며 이리저리 이끌고 다니는 것 같은 느낌이었다.

지훈은 아침 밥상 앞에서 오랜만에 간절한 기도를 했다.

"자비로우신 주님, 주님의 뜻이 있어 오늘 저를 이곳까지 인도하신 줄 믿습니다. 맡겨진 사명을 잘 감당하게 하시고 악한 세력과 싸워 이길 힘을 주시옵소서."

그러자 머릿속에 시원한 바람이 이는 것 같았다.

지훈은 하룻밤을 묵게 해준 아주머니에게 감사의 말과 얼마의 사례를 했다.

밖으로 나오다 보니 황토색 승복을 입은 칠성암 승려 두 사람이 법당으로 올라가다가 그를 향해 합장을 했다.

칠성암에서 한 밤을 지내며 난생처음 겪은 특이한 체험은 지훈에게 많은 것을 생각하게 했다. 사람에게 영과 혼이 엄연히 구분되어 있는 것과 귀신의 존재에 대한 확인이었다. 밤새 그를 괴롭히던 악몽은 이곳에 머물고 있는 잡귀들의 장난이다. 준비가 부족한 그에게 시험을 한 것이 분명하다.

짐을 챙겨 절에서 나오며 절 둘레를 다시 한 번 살펴봤다. 무엇이 그에게 악몽을 꾸게 한 것인가. 소나무와 굴참나무가 대부분인 산은 어제 모습 그대로 말이 없다.

지훈은 산길을 내려와 수리재를 넘는 차도로 나선다. 고개 위까지 걸을 각오로 신발끈을 조인다. 도중에 차편을 만날 수 있으면 다행일 것이다.

석답골 가는 길은 칠성암에서 능선 쪽으로 올라가는 지름길이 있고, 수리재를 넘는 도로로 대천읍 쪽으로 가다가 우회하여 수리산 뒤편 계곡으로 올라가는 두 방향이 있다. 능선으로 가는 길은 가끔 벌목 트럭이 다니는 험한 길이어서 등반하기가 쉽지 않다.

지훈은 좀 돌아가더라도 차편을 이용해 석답골로 가보기로 했다. 운이 좋았는지 칠성암에서 도로로 나온 지 얼마 뒤에 대천으로 가는 버스를 만날 수 있었다. 운전사가 말했다.

"석답골은 재 너머 석천마을에서 골짜기로 들어가면 될 꺼여."

수리재를 넘어 한참을 달린 뒤, 지훈은 버스 기사가 세워 주는 대로 석천마을 정류장에서 내렸다.

한적한 동네였다.

날씨가 으스스한 탓인지 계곡 입구 마을에서는 사람들을 볼 수 없었다.

입구에 있는 구멍가게에 들렀더니 노파가 손으로 계곡 안쪽을 가리켰다.

"시오리는 넘어."

지훈은 계곡으로 들어섰다. 다행히 자동차도로가 개설돼 있어 걷기가 편했다. 지훈은 산모퉁이를 돌아 작은 들이 보이는 곳으로 나왔다. 첩첩산중에 제법 넓은 들이 골짜기 사이로 펼쳐져 있었다. 석답골에 이른 것이다.

새로 생긴 마을은 골짜기 중간쯤에 개울을 따라 있었다.

마을이라 해봤자 아무렇게나 지은 흙벽돌 집들이 서너 채 보이고, 그 위쪽으로 산 밑에 비교적 반듯한 회색 기와집 한 채가 눈에 띄었다. 이른 저녁이라도 하는지 흙벽돌 가운데 집 굴뚝에서는 연기가 피어오르고 있었다.

지훈은 기와집으로 올라갔다.

도중에 목재 기와 등 건축자재들이 야적된 곳을 지났다. 상당한 양의 나무들이 창고 같은 건물 안에서 기둥으로 다듬어지고 있었다. 추운 날씨인데도 인부로 보이는 남자가 그곳에서 서성이고 있었다.

기와집은 보기보다 규모가 있었다. ㄷ자로 지어진 건물은, 넓은 마당에 들어서자 대여섯 칸쯤 되는 방들이 양편으로 가지런하고 중간은 넓은 대청이 유리문으로 닫혀 있었다.

"어디서 오셨어요?"

인기척을 느꼈는지 등 뒤에서 여인의 목소리가 들렸다.

머리에 수건을 쓴 여인이 대문 곁에 붙은 방에서 얼굴을 내밀었다.

"안녕하십니까? 선사님을 뵈러 왔습니다."

"선사님은 여기 안 계십니다."

"칠성암에서 이곳에 오면 만날 수 있다고 해서 왔는데."

"선불각으로 가셨습니다."

"선불각은 어딥니까?"

"선사님 기도처인데 저희들도 잘 모릅니다."

도무지 알 수 없는 일이었다. 청암은 곳곳에서 부재중이었다.

"건너편 방으로 가시지요. 저녁에 운이 좋으면 선사님을 뵐 수 있습니다."

지훈은 여인을 따라 맞은편 끝에 달린 방으로 들어갔다.

"새로 오신 처사님이세요."

여인이 문 밖에서 말했다.

방문이 열리자 방 안에 있던 두 명의 남자가 일어나 그를 맞았다. 모두 중년을 넘긴 사내들이었다.

"추운데 어서 들어오세유."

"김지훈이라 합니다."

"오동식입니다."
"이장춘입니다."
악수를 나누었다.
"저는 선사님이 살고 계시던 대천읍 한내리에서 왔습니다."
지훈이 자신을 소개하자,
"아, 정말 반갑습니다. 저이들은 성도사라고 소백산에 있는 절에 다니는 사람들인데 여기 석답골 소문을 듣고 찾아왔지유. 선사님을 잘 아시겠네유."
"잘 알지 못합니다. 두어 번 먼발치에서 봤습니다."
"대단히 도심이 깊고 법력이 높다고 소문이 자자하시구, 용한 말씀을 하고, 장래 일을 예언하신다고 들었습니다만…."
"아직 청암선사를 못 만나셨습니까?"
"저이들은 어제 저녁에 도착했는데 아직 선사님을 못 뵈었서유. 보름날 법회가 있다고 해서…."
"실례지만 무슨 일들을 하시는지요?"
지훈은 그들이 하는 일이 궁금했다.
"고향에서 농사를 짓고 있지유."
"선대부터 쭉 절에 다녔어유."
오 씨와 이 씨가 번갈아 대답했다. 그들은 청암선사에 대해 깊은 존경심과 관심을 나타내고 있었다.
"저는 여기 석답골이 처음이라 경내를 한번 구경하고 싶은데 같이 돌아보실 생각은 없으신지?"
지훈이 권유했으나 그들은 "돌아보고 오세유. 어제 한번 둘러봤구먼유"라고 했다.

"그럼."

지훈은 그들을 놔두고 방을 나왔다.

마당을 지나면서 보니 건너편 방문 앞에는 여자들의 신발이 여럿 보였다. 여자 신도들이 머무는 방으로 보였다. ㄷ자 중간 부분인 유리로 된 창문을 가만히 밀어 보았다. 꽤 넓은 마루방이 보이고 정면에 의자가 놓여 있었다. 의자 뒤로는 칠성암에서 본 듯한 천신의 화상이 크게 붙어 있었다. 설법이나 집회를 위한 장소처럼 보였다.

지훈은 대문을 열고 밖으로 나왔다.

집 뒤편으로 작은 길이 나 있고 그 길은 아름드리 소나무가 울창한 숲으로 이어져 있었다. 지훈은 그 길로 올라갔다. 나무토막과 돌로 계단이 만들어진 곳도 있어서 오르내리기에 편리하도록 된 길이었다.

언덕 위에 작은 집이 한 채 숲속에 있었다. 길에서는 나무숲에 가려 보이지 않던 집이다.

겉으로 보아서는 작은 함석집이었다.

마당에 들어서자 방 안쪽에서 중얼거리는 소리가 들렸다. 누군가 경을 읽고 있었다. 잠시 서 있는데 집 뒤에서 누가 장작을 안고 나왔다. 부엌 쪽으로 가려던 아이가 마당에 선 지훈을 보고 흠칫 놀란다.

"선생님!"

낯익은 목소리였다.

"아니, 넌 수길이 아니냐?"

수길이였다.

"어쩐 일이니? 네가 여기에."

"어머이한테 왔어요."

"누가 왔나?"

방문이 열리며 안에서 운당이 고개를 내밀었다.
"학교 김 선생님이 오셨어요."
수길이 지훈을 가리키자, 어머니는 흠칫하더니
"아이구 놀래라. 선상님이 어째 여기꺼정?"
미처 말을 잇지 못하고 툇마루로 나왔다.
"안녕하셨어요? 오랜만에 뵙습니다."
지훈이 웃어 보였다. 한내에서 만난 적이 있어 구면이다.
"좀 들어오시지 않구? 선상님, 좀 올라오서요. 밖이 춥네요."
당황한 기색이 역력해서 부담스러웠으나 예기치 못한 기회다.
지훈은 못 이기는 척 안으로 들어갔다.
어둑한 방 안에는 한쪽에 이부자리가 펴져 있고, 한구석에 작은 제상이 놓여 있었다. 얼른 눈에 띄는 그림은 그 제상 위에 붙여 둔 천신도였다.
"석답골 도량에 청암선사를 찾아뵈러 왔다가."
지훈이 짐짓 용건이 있음을 과장해 말하자, 그녀의 표정에 다소 안도의 빛이 돌았다.
"선사님이 워낙 바쁜지라. 만나려는 사람들은 많고. 보름 법회에는 꼭 참석하실 기래요."
"지내시기는 어떻습니까?"
"나야 천신님이 도우시는데 무신 걱정이 있겠어요. 이 집두 내가 지은 기고."
"수남이 소식은 들으셨어요?"
"수길이한테 들었지요. 갸는 무신 말이든 시원히 알려 주는 법이 없어요."
"대학교 시험을 치러 갔습니다. 신학대학에요."

"대학은 무신…."

"장하지 않아요? 검정고시를 거쳐 올라간 것입니다."

"교회만 안 갔어두 그 고생은 안 하는 긴데."

무슨 말을 더 하려다 그녀는 입을 닫았다.

수길이 불을 지피고 얼굴에 검댕이 묻은 채 방으로 들어왔다.

"어떻게 여기에 와 있니?"

"어머이가 와 있으라 해서…."

지훈의 물음에 수길이 짧게 대답했다.

"내가 불렀어요."

변명 같았다.

"이런, 내 정신 좀 봐. 선상님을 앉혀 놓고."

운당이 갑자기 생각난 듯 일어서더니 방구석에 놓인 상에 접시를 놓고, 벽장에서 소쿠리를 꺼냈다. 튀김 쌀로 만든 과줄과 깨강정, 곶감 등이 접시에 놓인다.

"잡숴요, 많이."

"잘 먹겠습니다."

제상에 쓰인 음식 같아 꺼림칙했으나 내색을 할 수 없어 곶감 한 개와 강정을 먹었다.

"사랑채에서 주무실 기문 지가 보살들한테 잘 일러두겠어요."

일어서는 지훈을 향해 운당이 말했다. 살림살이를 하는 안주인 같은 태도였다.

"신도들은 많은가요?"

"지금은 첨이래서 아는 사람들만 모이지만 곧 경상도, 전라도에서 신도들이 오기로 돼 있구, 도수가 차면 방방곡곡에서 구름처럼 사람들이 몰려올 기구먼요. 한내에서두 많이 찾아오는데 교회 사람들두 많다 기래요."

지훈을 향해 들어 보라는 얘기 같았다.

이야기를 하는 사이에 밖에서 인기척이 들렸다. 문이 열리고 나이 든 여인과 젊은 여인이 방으로 들어선다.

"보살님, 안녕하신교?"

나이 든 여자가 투박한 경상도 쪽 억양으로 인사를 했다.

"이게 누구야? 집당이 아닝가, 어서 오시게."

운당이 반색을 한다.

"반갑습니데이."

집당은 아주 친근한 몸짓으로 운당의 손을 감싸 쥐었다.

"날씨가 찬데 어떻게 올라오셨는가?"

"우리 딸아가 어제 안 왔능교? 보살님 생각이 나서 불이 나게 달려 왔심더. 야야 운당보살님이다. 인사 드리그라."

옆에 선 젊은 여인이 고개를 숙인다.

"안녕하세요? 첨 뵙겠습니다."

"오라, 늘 말하던 그 막내딸이구만. 시상에 어찌 이리 곱나?"

"곱기만 하믄 뭣해. 시집간 지 3년이 넘었는데, 아직 이러고 있잖능교?"

"걱정 말그라. 세존님이 다 고쳐 주실 기다. 가만 있자, 임자생이라 했던가?"

떠들썩한 분위기가 계속되었다. 눈에 띄지 않았던지 구석에 있는 지훈은 안중에도 없어 보인다.

한참 뒤에야 "아이고, 먼저 손님이 와 계셨구만요" 하였다.

집당이라 불린 여인이 구석에 앉은 지훈을 발견한 모양이다.

"괜찮타. 우리 수길이 학교 선상님이다."

운당이 머쓱하는 집당을 향해 지훈을 소개한다.

"이거 실례를 했심더. 하도 오랜만에 보살님을 만나다 보니."

"아닙니다. 말씀들 나누시죠. 또 뵙겠습니다."

지훈은 웃으며 일어섰다. 그곳이 더 머물 자리가 아님을 알았다.

지훈은 사랑채에 돌아와서 두 사람의 남자들과 저녁을 먹었다.

그곳에서 일하는 여인들이 차려 준 밥상이다. 이곳 사람들은 생각보다 조직적이며 일사불란하게 움직이고 있는 것 같다.

"선사님이 선불각으로 가셨다는데 저녁에 설법을 하실까요?"

지훈이 방에 있던 두 사람에게 물어 보았다.

"글씨유."

"선불각은 어디에 있습니까?"

"즈이들도 말로만 들었어유. 요기서 멀지 않은 곳에 있다고는 하더만유."

"건너가 보실까유? 보름에는 선사님이 꼭 나오신다구 했으니, 가서 기다려 보는 게 좋겠네유. 저녁 예불 시간이 다 됐구먼유."

오 씨가 구석 자리에 두었던 불경을 챙기며 일어섰다.

그들은 건물의 중앙부에 있는 강당으로 갔다.

아직 전기 시설이 되어 있지 않은 탓에 벽면에 석유 램프가 여럿 매달린 방 안은 어두웠다.

강단 위에 의자가 놓여 있고 그 뒤쪽으로 커다란 천신도가 걸린 것은 다른 방들과 비슷했다.

방 안에는 먼저 온 사람들이 듬성듬성 앉아 있었다.

강단 밑에 독경을 하던 승려가 좌중을 향해 돌아선다.

"다들 저를 따라 하시기 바랍니다."

모두 조용해진다.

"용화궁전 용화주."
"용화궁전 용화주."
"옴마리지 우화중."
"옴마리지 우화중."
"준강미륵 궁궁을."
"준강미륵 궁궁을."
"미륵세존 옥주통."
"미륵세존 옥주통."

내촌 서 씨네 마당에서 부르던 독경의 가락으로 집회가 시작되고 있었다.
구호라 해야 할지 노랫가락이 전과는 달라져 있었다.
"무슨 말인지 이해가 갑니까?"
지훈이 곁에 앉은 이 씨에게 물었다.
"글씨유, 차차 알게 되것지유."
강단 쪽에서 제금 소리가 들리더니 장구와 꽹과리 소리가 함께 어울린다. 고수들이 노랫가락조로 개벽가를 부른다.

"천변지변 개벽 후에
용화세계 밝아오네."
"어흘시구 좋을시구
새 세상이 밝아오네."
"미륵세존 오시는 날
새 광명을 비춰는 날."
"어흘시구 좋을시구

새 세상이 밝아오네."

훈련이 되었는지 좌중 사람들이 메기고 받는 노래를 제법 잘 따라 부른다. 역시 내촌 서 씨네에서 듣던 가락이다.
"무슨 노랜지 아시겠어요?"
지훈이 다시 옆을 보았다.
"글씨유, 차차 알게 되것지유."
이 씨와 똑같은 대답을 왼쪽 오 씨가 했다.
악기와 노랫소리가 점점 커지면서 사람들이 자리에서 일어나 방 안을 맴돈다. 간혹 어깨동무를 하기도 하고 뒤에서 앞사람 어깨에 양 손을 얹기도 하고, 마루 위를 빙글빙글 돌아다녔다. 어깨춤을 덩실덩 실 추는 사람도 있었다. 흥을 돋우는 모양새인데 따라 하는 사람들 은 제법 능숙했다.
한참 춤과 노랫가락과 꽹과리 소리가 고조되었다가 잦아들자 사 람들은 동작을 멈추고 자리에 앉는다.
선불도의 독특한 예배의식이 틀을 잡아가고 있는 듯했다.
"백팔 참회문 낭독이 있겠습니다. 오늘은 그 서른 번쨉니다."
강단 앞의 사회자가 공책처럼 생긴 문서를 들고 읽기 시작한다.

"시기심을."
"참회합니다."
"분노심을."
"참회합니다."
"인색함을."
"참회합니다."

"원망함을."
"참회합니다."
"이간질을."
"참회합니다."
"비방함을."
"참회합니다."
"무시함을."
"참회합니다."

사회자가 읽고 회중이 화답하는 방식의 참회문 낭독은 교회의 예배 형식을 닮았다.
"이제 선사님 법문이 있겠습니다."
황토색 법복 차림의 청암이 강단에 나와 선다. 하늘을 향해 두 팔을 벌리고 주문을 왼다. 창밖에는 동짓달 보름달이 유리창을 하얗게 비치고 있었다.

"인건산하 하하통치
무암고조 음불성공
비왕광개 비비사천
이색고종 식대자황
진불 진은옴
옴마리지 사바하."

청암이 들었던 팔을 내리자 회중에서 박수가 쏟아진다.
그는 단 위에 놓인 서상 앞에 앉았다.

"여러분 오랜만입니다. 지난 초하루 법회 이후 바쁜 일이 많아 전국을 오가느라 여러분 얼굴을 뵙지 못했습니다. 이제 우리 선불도는 좋은 믿음의 장으로 확실히 자리 잡아 가고 있습니다. 전국 방방곡곡에서 저를 만나려고 수많은 사람들이 줄을 서서 기다리고 있습니다. 여러분은 그중 선택받은 사람들로 용화세상을 먼저 볼 사람들입니다. 이 험한 석답골에 찾아오신 것이 그 증거입니다.

말세가 다가올수록 우리는 열심히 모이고 세존님의 가르침을 잘 배워야 할 줄 믿습니다. 아무리 가진 게 많으면 뭐 합니까? 천신님 한 번 손을 들어 세상을 멸하면 모두 재가 되는 그 마지막 순간이 곧 다가오는 것을 알아야 합니다. 오늘은 선천 마지막 불바다 이야기를 좀 해보겠습니다."

그는 앞에 놓인 잔을 들어 물을 한 모금 마셨다.

"여러분, 원자탄 이야기를 들어 보셨습니까? 우리나라가 어떻게 일본 압제에서 해방된 줄 아십니까? 1945년 해방되던 해 8월 6일 일본 히로시마 상공에서 원자탄 한 발이 떨어졌습니다. 35만 인구 중 14만 명이 죽었고, 도시 3분의 2가 파괴되었습니다. 사흘 후, 또 다른 도시 나가사키에 또 한 발의 핵폭탄이 떨어져, 주민 27만 명 중 7만 명 이상이 죽고 도시 절반이 파괴되었습니다. 일본이 무조건 항복한 것은 이 무서운 폭탄 때문이었습니다.

문제는 그 후로 소련과 영국, 프랑스 등 선진국에서 앞다투어 핵무기를 개발한 결과, 오늘날 강대국이 보유한 핵무기들은 지구를 일곱 번 불태우고도 남는 엄청난 양이 되었다는 것입니다. 누가 이것을 관리합니까? 선진국에서는 핵무기 확산 금지 조약을 맺는다, 사용 금지와 규제를 하겠다 말들은 하지만 앞으로 무슨 일이 일어날지 아무도 알 수 없는 것입니다.

더구나 이 핵무기 제조 기술이 독재자나 악한 지도자에게 넘어가면 우리 지구의 종말은 눈에 보이듯 뻔한 것입니다. 자연히 이 세계는 선후천 교대기를 맞게 된 것입니다. 그러면 어떻게 이 재난을 피해야 하는가. 저는 전에도 말씀드렸던 것처럼 모든 과학과 철학 종교들을 연구해 봤습니다. 절에서도 교회에서도 천도교나 증산도에서도 모두 종말에 대해 얘기하고 있지만 그에 대한 대책이 전혀 없음을 발견했습니다. 그래서 깊이 생각하고 고민하고 기도한 끝에 계시를 받았습니다. 우리의 희망은 우주 삼라만상을 만드신 천신님입니다.

오래전부터 선후천 교대기를 준비해 오신 천신님은 미륵세존님을 새 세상의 지도자로 정하셨습니다. 이는 불교나 증산도에서 말하는 석가와 대비되는 미륵불이 아닌, 천신님의 명령을 수행할 참 신이신 미륵세존인 것입니다. 적당한 이름을 붙일 수 없어 낯익은 불교식 이름으로 부르기로 합니다. 때가 되면 천신님의 지시가 있을 것입니다. 그러면 선후천 교대 시기가 언제냐, 그 물음에 대한 답은 간단합니다. 세존께서는 삼인일(三寅日)이라 제게 알려 주셨습니다. 그날이 우리 선천 시대의 마지막 날이 될 것입니다. 오래 기도하고 도에 들어가시기 바랍니다. 이미 긴 수행을 통해 득도한 천신님 백성들도 있습니다. 여러분이 잘 아시는 운당 보살이 그렇습니다. 좀 일어나 주시겠습니까?"

청암은 문득 말을 멈추고 아래를 내려다보았다.

"세존님께 감축드립니다."

운당이 합장을 하고 일어섰다.

모두 박수를 쳤다.

"앉으시오. 운당은 나와 같은 곳에서 살았습니다. 일찍이 뜻한 바 있어 온 나라 명산 대처를 돌아 깨달음을 얻고 귀한 선물도 받았습니다. 사람들은 접신이 됐네, 빙의가 됐네, 소문을 퍼뜨리지만 두고 보면 알게 될 것입니다. 세존님이 크게 쓰실 분입니다."

청암은 물을 한 모금 마셨다.

"왜 우리가 이곳 첩첩산중까지 와야 했는지 궁금해할 사람들이 많을 것입니다. 이 석답골은 아무 생각 없이 보면 흔한 산골짜기입니다. 그러나 이미 수백 년 전부터 이곳은 피난처로 쓰이던 곳임을 아는 사람들이 드뭅니다. 고려 초기에는 큰 절도 세워졌던 곳이고 그 증거도 이미 찾아냈습니다. 중요한 것은 이곳의 지형과 토질에 관한 것인데, 너무 전문적인 내용이라 한꺼번에 이해하기 힘드실 것 같아 다음 기회에 쉽게 설명해 드리도록 하겠습니다. 다만 여러분이 지금 앉아 있는 이 골짜기는 지질학적으로 선캄브리아기 변성암류와 이를 부정합으로 덮고 있는 고생대 퇴적암류가 절묘하게 배합돼 있어, 세상 어느 곳에서도 찾을 수 없는 천연요새라는 것만 알려 드립니다. 자, 여러분은 아무 걱정 마시고 문사주경을 열심히 외고 많이 기도하시기 바랍니다."

그가 이야기를 멈췄다.

"오늘 법회 설법은 이것으로 마치겠습니다."

사회 보는 승려가 폐회를 선언했다. 이어서 알리는 이야기를 덧붙였다.

"선사님은 바쁘신 일로 시간이 없으십니다. 개별적인 질문과 상담이나 기도 받기를 원하시는 분들이 계시더라도 다음 기회에 만나 보시기를 바랍니다. 본 선원의 법회는 초하루와 보름 저녁 일곱시에 열립니다. 잊지 마시고 법회에 참석하시는 분들은 보시함에 보시하시기 바랍니다."

청암선사는 일어서 합장 기도하고 뒷문으로 나갔다. 그가 어디로 가는지는 아무도 알 수 없었다.

사람들은 강단 앞에 있는 시주함에다 준비해 온 봉투들을 집어넣었다.

얼른 보아도 50명이 넘어 보이는 사람들이 숙소로 흩어졌다. 대부분 아낙네들이고 남자는 손에 꼽을 만했다.

강당을 나오면서 지훈은 청암의 설법이 제법 세련되어 간다고 느꼈다. 그러나 자세히 그 내용을 들여다보면 상식적이고 백과사전에 이미 나와 있는 이야기들이 아닌가. 다만 계시를 받았다며 불쑥 던진 화두인 삼인일에 대한 궁금증이 일었다. 그는 분명히 말했다. 세존께서 분명히 알려 주었다는 삼인일. 그는 종말의 날을 수수께끼 같은 말로 발설을 한 것이다.

지훈은 청암을 한번 만나 이야기하고 싶었다. 그러나 개인적인 면담을 일체 허락하지 않는다는 방침을 광고한 마당에 그건 어려운 일일 것 같았다.

숙소인 방으로 돌아오자 이 씨와 오 씨가 뒤따라 들어왔다.

"좋은 설법인 것 같은데 처사님들은 어떻게 들으셨습니까?"

"우리들이야 뭐 아는 게 있어야지유. 선사님은 엄청난 학식이 있고, 세상을 보는 눈이 남다르구나 그런 정도지유."

"삼인일이라고 들어 보셨습니까?"

지훈이 물었다.

"첨 들어 보는 얘기네유."

"언젠가 설명해 주시겠지유."

두 사람의 농부는 청암에 대한 경의를 나타내 보였다.

밖은 찬바람으로 추웠지만 장작을 넉넉히 땐 탓인지 방 안은 제법 따뜻했다.

꽤 많은 사람들이 이곳에 드나들고 있는 것 같다. 그들이 바라는 것이 무엇인지 청암은 잘 파악하고 있는 듯했다.

운당 보살로 소개된 수남 어머니와 수길의 모습도 지훈을 착잡하게 했다. 이곳에 새로운 마을이 만들어지게 된 상당 부분은 운당의 공로임이 틀림없어 보인다. 불을 끄고 자리에 누우니 문 밖으로 보름달이 환하게 비쳤다.

다음날 지훈은 도량을 나오면서 수남의 어머니를 한 번 더 만났다. 그녀가 거처하는 곳에는 아침부터 여인네들이 여럿 모여 있었다.

"그만 가 보겠습니다."

인사를 하러 갔는데 그녀가 마당으로 나왔다.

"선상님이 이렇게 와 줘서 법회가 더 빛나게 됐어요. 지난달에는 태식이도 찾아와 선사님을 만났구요."

"최태식이 말입니까?"

"그래요. 강천 나가서 무신 건설회사를 운영한다 그러던데, 아매두 봄 나문 도량 공사를 일부 맡아 할 끼래요. 요 아래 창고에 목재들을 갖다 놨어요."

"그래요?"

"우리 수남이두 정신 좀 채리문 올매나 좋겠나 생각했어요. 야소 귀신이 씌어가지구 통 말을 들어야 말이지. 선상님이 수남일 보거든 좀 타일러 줘요."

그녀는 지훈이 이곳에 온 것이 개종이라도 한 것처럼 느껴졌는지 대놓고 수남을 부탁했다.

"자, 추운데 들어가세요."

지훈은 도량을 나왔다.

언덕 아래로 내려오자 예의 목재 창고가 보였다.

문은 큰 자물통으로 채워져 있었다.

태식이 이곳에 관여하리라고는 전혀 생각지 못한 일이었다.

잠깐 서서 창고를 살펴보다가 지훈은 산길을 내려오기 시작했다. 생각보다 소득이 많은 여행이라고 생각했다.

인간의 행동은 그것을 제어하는 사고의 기본요소들이 서로 다를 때 독특한 양상을 띠게 된다. 그 요소들은 가치관일 수도 있고, 믿음일 수도 있다. 믿음의 대상이 무엇이냐에 따라 엄청나게 달라지는 행동양식을 지훈은 지금 경험하고 있다.

한겨울 이 험한 산중에 설법을 들으러 찾아오는 사람들, 운당의 특이한 삶의 모습, 청암의 행적들은 앞으로 무슨 일이 어떻게 전개될지 알 수 없는 안개 같은 것이었다.

8. 대립

이승규 목사는 예정대로 8월 15일 고만수를 데리러 갔었다.

특별 사면 소식을 알고 있었던 이 목사가 청송교도소를 찾았을 때 고만수는 초췌한 표정으로 교도소 정문 대기실에 앉아 있었다. 얼굴에 수염이 더부룩했다.

"출소를 축하합니다."

"고맙습니다, 목사님."

면회를 갔다 온 지 오래되어 약간은 낯설어 보이는 만수의 손을 잡자, 그의 손이 떨리고 있었다. 심신이 많이 허약해진 모습이다.

"고생 많이 했지요?"

"아닙니다."

"자, 잠깐 기도합시다."

이 목사는 고만수의 손을 잡고 기도했다.

"우리의 죄악과 허물을 용서해 주시기를 기뻐하시는 하나님 아버지, 오늘 주님이 사랑하시는 고만수 형제를 오랜 사슬에서 놓임 받게 하심을 감사드립니다. 한순간의 실수로 인해 많은 세월을 회개로 보낼 수 있도록 인도하신 아버지께서 모든 허물을 용서해 주신 줄 믿습니다. 남은 시간도 함께하여 주시옵소서. 감사드리며 예수님의 이름으로 기도하옵나이다. 아멘."

이 목사는 준비해 간 두부를 담은 도시락을 내민다.

"고맙습니다."

고만수가 도시락을 열고 두부 한 덩어리를 입에 베어 문다. 그의 눈에 눈물이 고였다.

이 목사는 그를 데리고 교도소를 나왔다.

고만수가 뒤를 돌아보았다. 그를 막아섰던 높은 담장이 조금씩 멀어져 갔다. 만감이 교차하는 듯 그는 몇 번을 그렇게 했다.

"우선 병원에 잠깐 들러 봅시다."

그들은 버스를 타고 가까운 도시의 병원에 들렀다.

만수는 영양 부족과 신경쇠약 증세를 보였다.

"당분간 안정과 요양이 필요합니다."

의사의 진단이었다.

"이제 걱정을 모두 벗어 버리세요. 당분간 아무것도 생각하지 마시고 그냥 쉬도록 하세요."

대천읍으로 가는 버스에서 이 목사는 고만수를 위로했다.

"희영이를 만나게 될까요?"

침묵 끝에 고만수가 입을 뗀다.

"지금은 방학 때지만 학교에 가 있어요. 당분간은…. 여건이 허락될 때까지 내색하지 않았으면 하는데."

"걱정하지 마세요. 전 희영이 앞에 나설 자격이 전혀 없는 애비 맞아요."

"그렇게 생각할 필요는 없어요. 언젠가는 희영이도 알아야 할 일이고, 일부러 감추지는 않을 작정입니다. 다만 지금까지 그 사실을 미루어 왔던 것은 시간이 많이 남아 있었기 때문인데, 너무 갑자기 이렇게 되는 바람에 사전에 설명할 기회가 없었던 것입니다."

"그동안 돌보아 주신 은혜만으로도 희영이는 목사님 딸이 맞아요. 아무런 오해도 없습니다. 결코 오래 머물지는 않겠습니다. 이제 제 인생은 목사님을 위해 존재합니다. 무슨 말씀을 하시더라도 다 지키겠습니다."

이렇게 고만수는 한내로 왔다.

오랜 구속의 생활에서 벗어난 그는 이 목사가 마련해 준 과수원 오두막에서 새로운 생활을 시작했다. 외진 곳에 있는 오두막을 그는 아주 편안해했다.

이 목사는 그가 빠른 시일 내에 사회생활에 잘 적응해 주기를 기대했다.

그는 과수원에서 풀을 깎거나 퇴비를 만드는 등 한동안 열심히 일하며 시간을 보냈다. 사람들을 만날 필요도 없고 찾아오는 사람도 없었다. 천여 평의 과수원은 복숭아와 사과가 각각 절반쯤인데, 가뭄 탓으로 열매가 시원치 않았다. 둘레로 촘촘하게 탱자나무가 심겨 있어서 요새와도 같았다. 만수는 자연스럽게 과수원 관리인이 되었다.

서울에서 희영이 내려오던 날은 칙칙한 가을비가 내렸다.

이 목사로부터 소식을 들은 만수는 아침부터 면도를 하고 머리를 다듬는 등 부산히 움직였다.

목사관에서 차린 저녁상에 고만수가 초대됐다.

희영이 오후 늦게 도착한 것이다.

"고만수 씨다."

식탁에서 이 목사가 들어서는 고만수를 희영에게 소개했다.

"안녕하세요? 이희영이에요."

의자에서 일어서며 희영이 인사했다.

방으로 들어서던 만수가 못 박힌 것처럼 멈춰 선다.

"네가 희영이라고? 예쁘구나."

그는 작은 눈을 크게 떴다. 그리고 희영을 뚫어져라 바라봤다. 조금이라도 더 자세히 살펴보려는 것 같았다.

"앉으세요. 아빠가 조금 전 아저씨를 소개해 주셨어요."

"고마워."

만수는 그제야 시선을 희영의 얼굴에 꽂은 채로 희영이 내미는 의자에 앉는다.

"기도합시다."

부엌에서 사모가 들어오자 이 목사가 식사 기도를 했다.

"사랑이 많으신 주님, 그동안 한결같은 은혜로 보살펴 주시다가 오늘 희영이 무사히 집으로 돌아오게 인도하심을 감사드립니다. 특별히 고만수 씨와 새로운 만남을 허락하시고 한 식탁에 불러 주심을 감사드리나이다. 이 식탁을 축복하시고 만남의 기쁨을 나눌 수 있도록 도와주시옵소서. 예수님 이름으로 기도드립니다. 아멘."

식사를 하면서 희영은 뚫어져라 자기를 쳐다보는 아저씨의 시선이 부담스럽게 느껴졌다.

"학교가 어디라 했지?"

"장신대예요."

"졸업반이라 했던가?"

"내년 2월에 학부를 졸업해요."

"아직 여자 목사는 없는 것 같은데?"

"교회음악을 전공했어요."

"오라, 그러면 음악 선생님이군."

만수는 마음속으로 울음을 삼킨다.

'세상에 네가 희영이라니…. 희영이가 이렇게 자랐다니….'

두 사람의 대화를 듣고 있는 이 목사의 마음이 편하지 않았다.

극적인 육친의 해후를 이런 식으로 해서는 안 될 것 같다. 그러나 어쩌랴. 지금은 때가 아니다. 언젠가는 때가 이를 것이다. 주님이 그 때를 말씀해 주실 것이다. 그는 좀 더 기다려 보기로 한다.

만수는 약속대로 전혀 자신의 속내를 드러내지 않고 태연히 식사를 마쳤다.

아무것도 모르는 희영은 낯선 아저씨의 등장에는 별 신경을 쓰지 않았다. 그녀의 관심이 어디에 쏠리고 있는지 박영선 사모가 눈치를 챘다.

"엄마, 칸타타는 준비 잘 돼가?"

식사가 끝나자 희영이 물었기 때문이다.

크리스마스는 아직 한참이나 남았고, 그동안 칸타타 얘기는 꺼낸 적이 없기에 의아했다.

'김 선생 안부를 묻고 있는 거구나. 지금.'

엄마는 피식 웃음을 삼킨다.

"물론이지, 김 선생님도 여전하시고."

좀 엉뚱한 엄마의 대답에 희영이 새침해진다.

"아이, 누가 김 선생님 안부를 물었어요?"

"근데 왜 얼굴은 빨개지니?"

"누가?"

희영은 문을 밀고 재빨리 제 방으로 들어갔다.

"괜찮아요, 고 선생?"

이 목사가 짐짓 물었다.

"괜찮습니다. 그만 올라가 보겠습니다."

고만수는 자리에서 일어섰다.

"언젠가 주님이 해결해 주실 겁니다. 기도합시다."

마당으로 따라 나온 이 목사의 말에 만수는 눈시울이 또 뜨거워진다.

그는 오두막으로 올라가 오랫동안 소리 죽여 울었다. 지난 20여 년 죽음보다 괴로웠던 삶과 죄에 대한 참회와 이 목사에 대한 감사와, 그 모든 것이 다 뭉뚱그려진 부끄러움이 그를 끝없는 설움으로 몰아넣어 그는 눈물샘이 마르도록 울고 또 울었다.

그리고 결심한다.

'무언가 한 가지만이라도 이 목사에게 진 빚을 갚고 떠나리라. 이대로 이들을 다시 배반할 수는 없는 것이다.'

그는 오두막 창문을 열었다. 그의 마음처럼 가을비가 앙상해진 사과나무 가지 위로 내리고 있었다.

가나안교회의 크리스마스는 우울한 분위기에서 지내게 되었다.

지난 추석 이후 눈에 띄게 줄어든 교인들 숫자뿐만 아니라 알 수 없는 소문들로 교회 전체의 분위기가 가라앉아 있었다.

이 목사는 이 같은 상황에 대처하기 위해 여러 번 교회 내적으로 설교와 권면, 금식기도와 철야기도를 통해 우상숭배의 어리석음과 죄악에 대해 강조하고, 성도들이 이런 유혹에 빠져들지 않도록 단속했다.

이 목사는 고린도전서 8장을 소개했다.

"바울 사도는 고린도 교회 성도들에게 말했습니다. '…우상은 세상에 아무것도 아니며 또한 하나님은 한 분밖에 없는 줄 아노라 비록 하늘에나 땅에나 신이라 칭하는 자가 있어 많은 신과 많은 주가 있으나 그러나 우리에게는 한 하나님 곧 아버지가 계시니 만물이 그에게서 났고 우리도 그를 위하며 또한 한 주 예수 그리스도께서 계시니 만물이 그로 말미암고 우리도 그로 말미암아 있느니라.' 4절에서 6절에 있는 말씀입니다. 오늘 우리들에게 주시는 말씀이 아니겠습니까?"

교회에서는 이 목사를 중심으로 집사님들이 개별적인 가정 심방을 하고 믿음 생활을 견고히 할 것을 주문했지만, 내촌의 영향은 교회에까지 번지고 있었다. 점점 줄기 시작한 교인 수가 그것을 말해 주었다.

성탄을 준비하면서도 교회는 활력을 잃고 있었다.

석답골에서 돌아온 지훈이 이 목사를 만난 것은 성탄절을 앞둔 주일 오후였다.

주일 예배 후 목사관에서 만난 이 목사는 수척한 얼굴을 하고 있었다.

희영이 마실 것을 내왔다.

"지난주 사흘간 내촌 서 씨네 종가와 칠성암, 석답골에 다녀왔습니다."

"김 선생님이?"

놀라움이 이 목사의 표정에 스친다.

"선불도의 모습을 대충 파악했습니다."

지훈은 그가 겪은 것들을 자세히 설명했다.

"놀랍군요, 대강 짐작은 하고 있었지만."

"문제는 그곳에 상당수의 가나안교회 사람들이 있었다는 사실입니다."

"알고 있습니다. 답답한 일입니다."

"그곳의 분위기로 보아 당분간은 더 많은 사람들이 찾아갈 것으로 전망됩니다. 청암의 영향력은 생각했던 것보다 큰 것 같습니다. 최태식 선생도 그곳에 관여하고 있었습니다."

"최태식 선생? 그가 무슨 일을?"

"만나지는 못했지만 들리는 얘기로 석답골에서 선불도 도량 건물 공사와 관련이 있는 것 같았습니다."

"이럴 수가!"

이 목사는 믿기지 않는 표정이었다.

"태식 오빠가? 믿을 수 없어요."

곁에 있던 희영의 눈이 동그래진다.

"수남 어머니가 알려 준 얘깁니다."

"다 제가 부족해서 일어난 일입니다."

목사는 신음처럼 말했다.

"그렇지 않습니다. 그곳으로 몰려간 사람들이 어리석어 그렇지요. 청암은 종말설을 발표했기 때문에 스스로 결말을 지을 시기가 곧 다가올 것입니다. 예언이 적중하지 않으면 올무에 걸리게 돼 있습니다."

"김 선생님이 귀중한 자료들을 제공해 줘서 고맙습니다."

지훈은 목사관을 나왔다.

"같이 가요."

희영이 따라나섰다.

"좀 걸을까요?"

여행을 하느라 그녀와 만난 지 며칠이 지났다.

"석답골에 다녀오시다니. 어쩜 그런 모험을 하셨어요? 정말 놀라운 일이에요."

"누군가 해야 할 일이라 생각했습니다."

"어쩜 그렇게 혼자서…. 저랑 같이 갈 순 없었나요?"

"무슨 일이 생길지 예측할 수 없었습니다."

교회 뒤쪽으로 난 오솔길로 그들은 올라갔다. 과수원으로 가는 길이다. 탱자나무 울타리가 인상적인 과수원 안으로 그들은 들어섰다.

멀리서 보기만 했을 뿐 한 번도 와 본 적이 없는 곳이다.

울타리 안은 조용했다.

"고 영감님이 사는 곳이에요."

오두막 앞에서 희영이 걸음을 멈췄다. 언덕을 넘어 골짜기에 있어서 밖에서는 보이지 않는 곳에 작은 집이 있었다.

그들이 들어서자 참새 몇 마리가 지붕 위로 날아갔다.

집은 비어 있었다.

"예배 마치고 삼거리에 나갔어요. 먹을 것을 사러 가신다고 했는데 아마 몰래 막걸리 한잔 하시고 늦게 돌아오실 것 같네요. 추운데 잠깐 들어와 봐요."

희영이 문을 열고 안으로 들어갔다.

불을 지폈는지 방바닥이 따뜻했다.

그들은 방바닥에 깔린 담요 안으로 발을 넣었다. 온기가 전신으로 퍼진다.

"고 영감님은 어떤 사람이에요?"

지훈은 교회와 삼거리에서 몇 번 만났던 기억을 되살리며 물었다.

"아버지 군에 계실 때 만난 친구라는 것 외엔 저도 잘 몰라요. 다만 사정이 있어서 당분간 교회에 머무르실 거라고 그러는데, 저도 이번에 집에 와서 첨 만났어요."

"나도 몇 번 만났지만 궁금한 것이 많이 있어요."

"두 분만 아는 무슨 비밀이라도 있나 봐요."

담요 밑에서 희영의 조그만 손이 잡혔다.

"아무런 소식도 없이 사라져서 얼마나 맘 졸였는지 아세요?"

희영이 지훈의 어깨에 얼굴을 묻어왔다.

지훈은 석답골 답사를 두고 하는 말일 거라고 생각한다.

"미안, 여자를 한겨울에 그 험한 곳에 데려갈 수 없었어. 아마 동사했을걸, 희영이 거길 갔으면."

"그런 말이 어디 있어요."

희영이 잡힌 손을 빼어 지훈의 팔을 꼬집는다.

"아얏!"

둘은 뒤로 쓰러지고 입술을 포갠다. 언제나 싱그러운 입맞춤이다. 한동안 그들은 그렇게 누워 있었다.

밖으로 찬바람이 나뭇가지를 훑고 지나가는 소리가 들린다.

가슴이 뛰고 호흡이 가빴지만 두 사람은 조용히 감정을 다스린다.

지훈이 먼저 입을 열었다.

"올 크리스마스는 작년보다 재미없을 것 같지?"

"왜 이런 일들이 생기는지 모르겠어요. 목사님도 교회의 분위기를 무척 걱정하고 계셔요. 자칫하면 교회 문을 닫게 될지도 모른다고요."

"설마 그런 일이야. 내가 보기에는 일시적인 현상일 것 같은데, 모든 것은 시간이 해결해 주리라 믿어요."

"선생님이 곁에 있어서 정말 든든해요. 전 늘 하나님께 감사드려요. 어떻게 제게 선생님을 보내 주셨는지."

"그야 희영과 내가 선택받은 사람이니까 당연한 것 아니겠어?"

"어렸을 때 내가 왜 왼편 다리를 절게 됐는지 아빠한테 물어 본 적이 있어요. 아빠는 날 때부터 그렇다고 말씀하셨어요. 난 그 말을 믿고 싶었어요. 그러나 철이 들면서 아버지나 엄마를 전혀 닮지 않은 제 얼굴을 거울에서 보고 몰래 고민했어요. '아빠의 말씀은 진실이 아니다.' 그런 생각이 들기 시작한 거예요. 무어라 꼭 집어 표현하기 힘든 본능이나 직감 같은 것이었어요. 내게 출생의 비밀이 있을 것 같은 예감, 그런 느낌이었어요. 아주 어렸을 때 몹시 울고 떼를 쓴 적이 있었는데, 엄마가 야단을 치며 주워 온 애라고 했던 말을 지금도 기억하고 있어요. 왜 그 기억이 사라지지 않는지 늘 그게 궁금해요."

"어렸을 때는 누구나 한 번씩 듣던 소리야. 다리 밑에서 주워 왔다고 나도 몇 번이나 들었는데."

"그건 그렇고, 여기 살고 있는 고 영감 말이에요… 가끔 집에서나 교회에서 마주칠 때가 있는데, 나만 보면 몇 번이고 얼굴을 뚫어져라 쳐다보고, 자꾸만 머리를 쓰다듬기도 하고 손을 잡으려고 해서 민망해 죽겠어요."

"희영이 워낙 예쁘고 귀여워서 그럴 거야."

"아니에요. 그런 행동들이 왠지 꼭 변태 같아서 징그러워 죽겠어요."

희영은 누구에게도 털어놓지 못했던 고민들을 지훈에게 말했다. 어린애 같은 순수함이 느껴졌다.

시간이 꽤 지난 것 같아 그들은 자리에서 일어난다.

밖이 제법 어둑해지고 있었다.

저녁 설교 시간에 이 목사는 마을과 교회가 처한 상황을 진단하고 일부 교회를 이탈한 신자들에 대해 언급했다. 그는 지훈에게 들은 석답골 형편을 에둘러 소개하고 우상숭배와 미신의 폐해를 강조했다. 특별히 본 교회 성도로서 선불교를 돕고 있는 사람이 생겨나고 있다는 사실을 밝히며, 그런 어리석은 행동은 심판을 받을 일이라고 강경하게 말했다.

지훈은 이 목사의 어조에서 결연함을 보았다. 그는 전장에 나서는 전사와 같이 성도들에게 정신적인 무장을 하도록 독려했다.

"…영적인 전쟁이 시작된 것을 선포합니다. 사악한 마귀들에게 혼연히 맞서야 할 의무가 성도 여러분에게 있습니다. 그리고 우리는 승리하게 될 것입니다…."

마을이 자칫 신앙으로 양분될지도 모르는 위기감이 엄습했다.

이 목사는 또다시 연말까지 하루 한 끼 금식과 연속적인 철야기도를 성도들에게 주문했다. 회중에게서 숙연한 바람이 일었다.

이런 형편들이 반영되어 가나안교회의 성탄절 행사는 간소화되었다.

크리스마스 이브는 모든 순서를 주일학교 아이들을 중심으로 보내기로 했다.

수남이가 중심이 되었던 청년회도 수남이 떠난 후로는 활기를 잃었다.

지훈과 희영이 성가대를 중심으로 행사를 계획했으나, 교회 전체를 누르고 있는 침울한 분위기를 바꾸기가 힘들었다.

지난해 그 떠들썩했던 성탄 선물 교환 친교 모임과 새벽송이며 이브의 캐럴의 밤 순서들도 축소되거나 생략됐다. 가뭄으로 인한 흉작의 여파로 마을 사람들의 형편이 안 좋아지면서 교회의 재정도 휘청거리는 듯했다.

교회의 당회에선 최 장로의 아들 문제로 최 장로와 이 목사 사이에 약간의 트러블이 생기고 있었다. 이 목사의 설교 내용이 문제가 되었다.

최 장로는 태식이 선불교에 관련이 있다는 풍문에 대해서 이 목사에게 진위를 캐물었고, 이 목사는 출처를 밝힐 수 없는 소식통으로부터 태식이 석답골에 드나든다는 얘기를 들었음을 시인했다.

최 장로는 그 소식통을 추궁하면서 태식을 두둔했다.

"태식이는 강천시에서 건설회사를 차리고 그 준비를 하고 있을 뿐, 선불도 근처에도 가본 적이 없다 그런 말이요."

"그렇다면 다행입니다. 저도 꼭 최태식 선생이 그랬다는 게 아니라 일부 몰지각한 사람들이 그곳에 드나든다는 소식을 접하고 흥분했던 것입니다."

이 문제는 일단 이 정도에서 마무리되는 듯했다.

그러나 10여 년간 탄탄하게 다져 왔던 교회 내부의 핵심에서 언성이 높아진 것은 예삿일이 아니었다.

사실 그동안 최종수 장로의 가정에서도 태식의 문제로 힘든 나날이 계속되어 왔다. 지난 여름에 전역을 하고 집으로 돌아올 때만 해도 태식은 별 문제가 없었다. 그는 왼손의 부상을 자랑스러워했다. 해외에 파병되었다는 것과 받은 훈장에 대해서도 긍지가 대단했었다.

그러나 어느 날부턴가 태식의 태도가 달라지기 시작했다. 가끔 삼거리 주막에 들르기 시작하더니, 교회에도 나가지 않고 대천읍이나 멀리 강천시로 떠돌아다녔다.

최 장로는 걱정이 이만저만이 아니었다.

어쩌다 집에 오는 날에는 "저도 이젠 제 일을 찾아 할 기래요. 언제까지 이 산골에서 썩고만 있으란 말이오" 하며 잔소리를 시작하는 아버지에게 퉁명스레 내뱉곤 했다.

무언가 불만에 가득 찬 목소리였다.

그러던 태식이 최근에는 강천시에서 건설 관계의 일을 해보겠다고 아버지에게 말했다.

"우리도 이젠 우물 안 개구리에서 벗어나야 합니다. 앞으로 산업화가 되면 제일 수지맞는 사업이 건설업이라고 다들 전망하는 기래요."

"그래, 이제 정신을 좀 차리긴 한 모양이네. 사업을 할라문 장가부터 가야지."

오랜만에 들어 보는 아들의 말이 기특해 최 장로는 태식의 마음을 떠본다.

"필요 없어요. 사업부터 할 겁니다. 우선 사무실 하나만 얻어 주시면 좋겠는데요."

"올 농새가 숭년인 것 알재? 얼마나 필요한데?"

"우선 다섯 장 정도만 주시면 강천시에 조그만 거 하나 차릴 수 있어요."

"알았다, 생각해 보자."

최 장로는 아들의 의견을 따르기로 했다. 옆에 앉은 마누라도 동조하는 표정이어서 결정은 쉽게 났다.

이렇게 해서 태식은 한내를 떴다.

얼마 전의 일이다.

그런 태식이 선불교와 연루된 것처럼 소문이 들린 것에 대해 최 장로는 자존심이 상한 것이다.

교회에서 돌아온 최 장로는 강천시 태식의 사무실로 시외전화를 했다.

"네, 아버지."

태식의 목소리가 들렸다.

"벨일 없나?"

"어쩐 일이세요? 전화를 다 하시고?"

"한 가지 물어 보자. 니가 석답골에 드나들면서 서가 사람들과 어울린다는 소문이 도는데 맞나?"

"누가 그런 소리를?"

"누가 그랬든, 맞나 안 맞나?"

"사업 때문에 그 사람들을 만난 적은 있어요."

"사실인가 보네."

"뭐 잘못됐습니까? 석답골에 산신각 한 채와 불당을 지을 계획이 있다고 의뢰를 해서 그 사람들과 만났습니다. 앞으로 큰 사업이 될 겁니다."

"아니, 왜 하필 산신각 짓는 일에 뛰어드나? 니 애비가 누구냐? 얼굴에 먹칠을 할 작정이냐?"

"아버지, 그런 걸 따지면 사업할 수 없어요. 이젠 세상이 달라졌어요. 사무실 내고 처음 받은 주문인데 이러시면 어떻게 합니까?"

"그래도 안 된다. 당장 취소하고 내려와."

최종수 장로의 얼굴이 붉으락푸르락해진다.

"그럴 수 없어요. 도대체 어떤 놈이 그런 소문을 퍼뜨린 겁니까?"

아들의 음성도 덩달아 커진다.

"꼭 그 일을 해야 하나?"

"제 일은 제가 알아서 할 겁니다."

태식의 대답은 완강했다.

더 이상 추궁했다간 무슨 일을 저지를지 모른다.

최 장로는 한숨을 푹 내쉰다.

'선불도에 들어간 것도 아니고 그냥 공사를 한다고 그러는데 설마 무슨 일이야 있겠나.'

그는 속으로 아들의 입장을 대변해 본다.

"알았다. 그만 끊자. 추운데 몸조심해라. 언제 한번 안 오나?"

"걱정 마시우. 틈나는 대로 한번 내려가겠어요."

최 장로는 수화기를 놓았다.

마음이 영 개운치 않았다.

크리스마스 예배에 지훈은 세례를 받았다.

교회에 나오기 시작한 지 일 년이 넘었다. 다른 두 명의 청년도 함께 받았다.

이 목사는 사도신경 내용을 읽고 세례자들에게 확인 문답을 했다.

"여러분들은 전능하사 천지를 만드신 하나님 아버지와 그 외아들 예수 그리스도를 믿습니까?"

"아멘!"

"여러분은 예수님이 동정녀 마리아에게서 나시고 본디오 빌라도에게 고난을 받으사 십자가에 못 박혀 죽으시고 장사한 지 사흘 만에 죽은 자 가운데 살아나신 것을 믿습니까?"

"아멘!"

"여러분은 그가 하늘에 오르사 하나님 우편에 앉아 계시다가 산 자와 죽은 자를 심판하러 오실 것을 믿습니까?"

"아멘!"

"여러분은 성령과 공회와 성도의 교통과 죄 사하심과 몸이 다시 사는 것과 영원히 사는 것을 믿습니까?"

"아멘!"

문답을 마친 그들은 강단으로 올라가 무릎을 꿇고 앉았다.

"내가 성부와 성자와 성령의 이름으로 김지훈에게 세례를 주노라."

이 목사는 장로가 받쳐 든 세례수에 장갑 낀 손을 적셔 지훈의 머리 위에 얹었다.

"아멘!"

지훈이 대답했다. 회중에서도 함께 "아멘" 했다.

알 수 없는 일이었다. 목사의 손이 머리에 닿는 순간 지훈은 전신에 화끈한 열기가 퍼져 나가는 것을 느꼈다. 그리고는 이내 마음이 편안해지며 한 줄기 눈물이 그의 뺨을 타고 흘러내렸다.
"요단 강에서 세례 요한에게 세례를 받으신 예수님이 물에서 올라오실새 하늘이 열리고 하나님의 성령이 비둘기같이 내려 자기 위에 임함을 보시더니 하늘로부터 소리가 있어 말씀하시되 이는 내 사랑하는 아들이요 내 기뻐하는 자라 하시니라."
짧은 순간 지훈은 환상을 본 것 같았다.
신비한 체험이었다.
"축하드려요."
예배를 마친 뒤 성가대석에서 희영이 지훈을 향해 손을 내밀었다. 그녀의 손에 예쁘게 포장한 성경 한 권이 들려 있었다.
성가대원들이 박수를 쳐 주었다.
"감사합니다."
지훈이 선물을 받고 그들에게 인사했다. 진심으로 고마웠다.
그는 자신의 믿음이 한 단계 성숙해진 것을 느낄 수 있었다.

다시 해가 바뀌었다.
지훈은 점점 더 한내에 적응되어 갔다.
그가 관심을 가진 사람들도 조금씩 변화되면서 자신의 삶을 이끌어 가고 있었다.
겨울 동안 예년에 없던 눈이 많이 내렸다.
산이 높고 골이 깊은 한내는 눈 속에 묻혀 잠들고 있는 것처럼 보였다.
석답골로 떠난 내촌 사람들에게서는 별다른 소식이 전해지지 않았다. 그들도 동면에 들어간 것 같다.
지훈은 방학 동안 집중적으로 한글학교와 중등 과정에 몰입했다.

학교 도서실을 개방하고 야간학교 학생들에게 독서를 권장했다. 봄이 되면 여러 명이 학력 검정고시를 보게 될 것이다. 수남이 그들의 본보기가 되어 학생들에게 의욕을 불어넣고 있었다.

상식이 주관하고 있는 4H클럽 젊은이들은 겨울 동안 새 영농기술을 시험하느라 분주했다.

그들은 마을의 기후와 토질에 적합한 여러 작물들을 시험재배하기 시작했다.

당귀와 복분자가 특용작물로 선정되었다. 당귀는 한약재와 식용으로, 산딸기로 불리는 복분자는 대량 생산이 가능해지면 열매 추출물로 한내 특유의 음료수를 개발할 수 있으리라는 계획이었다.

이들은 한내에서 흔히 볼 수 있는 식물들이다.

지난 가을에 이들이 야생으로 자라는 당귀와 복분자 씨앗들을 채취해 모아 놓은 것만 해도 상당량에 이른다. 일부는 이미 하우스에서 묘목으로 자라기 시작했다.

봄이 되면 온실에서 자라고 있는 여러 작물들이 마을에 소개될 것이다.

지훈도 이들의 계획에 참여하면서 새로운 사실들을 알게 되었다. 재래식 영농법을 과감히 버리고 새로운 발상을 하는 것만이 지금까지 궁핍을 면하지 못한 농촌에 희망이 될 것이라는 사실이다. 발상의 전환이 필요한 시점이다.

가을부터 이들이 시도한 비닐하우스 영농법은 시행착오가 몇 번 있었다. 처음 시도하는 일이라 세심하게 신경을 썼는데도 냉해를 입거나 혹은 병충해, 관수 방법과 예측할 수 없는 기온 등 요인으로 수확이 기대에 미치지 못했다. 그러나 여름작물인 토마토를 11월 하순에 수확하게 된 것을 보고 사람들은 기적이 일어났다고 벌린 입을 다물지 못했다.

이들은 한우를 집단적으로 기르는 비육우 사업과 한내를 일부 활용한 가두리 양식장 등에도 관심을 가지고 있었다. 이들의 계획대로면 4~5년 안에 한내는 빈곤한 농촌에서 일약 부자마을로 다시 태어나게 되는 것이다.

지훈은 이들에게서 희망을 보았다. 그룬트비 목사의 정신혁명 외에 달가스라는 특출한 인물의 등장으로 덴마크가 기적의 역사를 이루어 냈듯이, 한강의 기적을 내세우고 시작된 새마을운동도 이들에 의해 실현될 수 있음을 알게 된 것이다.

지난해 흉작으로 우울해 있던 마을에 이들은 활력소였다.

희영의 학위 수여식이 다가왔다.
2월 25일 봄방학 중이었다.
지훈은 희영에게 알리지 않고 모처럼 나들이를 했다.
강천시로 나와 집에서 밤을 지내고 서울행 첫차를 탈 계획이다. 잘하면 시간에 맞추어 졸업식에 참석할 수 있을 것이다.
그런데 집에 도착하고 나서 인사가 끝나자마자 기다렸다는 듯이 어머니가 사진 한 장을 내밀었다.
"참한 색시가 있는데 한번 만나 보겠니?"
"누군데?"
"강천여고를 나와 조합에 다닌다더라. 집안도 좋고."
"됐습니다. 아직 장가갈 생각 없으니 다른 데 알아보라고 그러세요."
"원 애도, 선 한번 보는 게 어때서 그러니? 사진이라도 한번 봐."
어머니가 내미는 명함판 사진에는 토실한 볼을 가진 아가씨가 미소를 짓고 있었다.

"귀엽게 생겼네요."

"맘씨도 곱고 살림살이도 제법 잘한다더라."

"잘 봤습니다. 장가는 내가 가는 거니까, 내가 골라 올게요. 그러니 걱정 마세요."

"그럼 어디 연애하는 아가씨라도 있는 게냐?"

"생기겠죠."

지훈은 간신히 어머니의 요구를 모면하느라 진땀을 뺐다.

아버지도 곁에서 말없이 모자의 얘기를 듣고 있었다. 손자를 안아 보고 싶은 모양이다. 두 분의 표정에서 속절없는 세월을 느낄 수 있었다.

다음날 아침 미명에 그는 서울행 첫 시외버스를 탔다.

학교는 한강이 아래로 보이는 언덕 숲속에 있었다.

지훈이 도착했을 때는 졸업식이 한창 진행되고 있었다.

강당 학부모석에서 지훈은 이승규 목사 부부를 만났다.

"웬일이세요, 김 선생?"

뜻밖이라는 듯 이 목사가 손을 내민다.

"마침 서울에 볼일이 있어 왔던 길에."

"고마워요. 어쩐지 김 선생님이 오실 것 같은 예감이 들더라."

사모님이 눈으로 웃으며 말했다.

이미 지훈의 심중을 꿰뚫고 있다는 표정이다.

"오셨시오?"

이 목사의 곁에 앉았던 남자가 지훈에게 손을 내밀었다.

"아니, 영감님은?"

뜻밖에도 그곳에 과수원 고 씨가 앉아 있었다.

"바람도 쏘일 겸 고 선생님을 모시고 나왔습니다."

이 목사가 눈치를 채고 지훈에게 말했다.

학위수여식은 시상과 총장 식사, 내빈 축사 등 순서로 진행되었다.

식이 끝나자, 지훈은 검정색 가운에 사각모를 쓴 희영이 가족석으로 달려오는 것을 보았다.

"어머! 김 선생님, 어쩜 전화 한마디 없이."

지훈이 내미는 축하 꽃다발을 받아들며 희영은 눈을 흘겼다. 그러나 그 얼굴에는 감출 수 없는 기쁨이 피어나고 있었다.

"아니, 네 눈에는 김 선생님밖에 안 보이니?"

사모님의 불만 섞인 목소리가 곁에서 들렸다.

"미안해 엄마, 뜻밖이라서."

그제야 희영은 지훈에게서 시선을 놓았다.

"자, 밖에 나가 사진이라도 찍자."

이 목사가 카메라를 챙기며 자리에서 일어섰으므로 그들은 졸업식장을 빠져나왔다. 강당 밖은 온통 사람들의 물결이었다.

아마 이 목사의 것인 듯, 품이 잘 맞지 않는 양복에 어색한 넥타이 차림의 고만수 영감도 그들을 따라 밖으로 나왔다. 그 모습을 보고 희영의 미간이 잠시 찌푸려졌다. 그러나 별 내색은 하지 않았다.

교정으로 나가려는데 기념탑 쪽에서 그들을 향해 달려오는 남자가 있었다.

"목사님!"

그는 뜻밖에도 박수남이었다.

"아니, 박 선생, 어떻게 알고 여길?"

이 목사가 그의 손을 잡았다.

"전도사님, 졸업을 축하해요."

들고 온 꽃다발을 희영에게 건네며 그는 고개를 꾸벅했다.

"정말 반가워요."

희영이 꽃을 받으며 활짝 웃었다.

"사모님, 그리고 김 선생님, 그간 안녕하셨어요?"

그는 둘러선 사람들에게 일일이 고개를 숙였다.

검정색 작업복 차림의 수남은 수척해 보였다.

"그래 어떻게 지내시나?"

지훈이 물었지만 "그 얘긴 차차 하고 사진들 찍으서요" 수남은 뒤로 한 걸음 물러섰다.

그들은 여러 군데서 기념사진을 찍었다. 지훈이 주로 셔터를 눌러 가족사진을 찍어 주었다.

이상한 일은 고 영감이 늘 희영의 곁에 서려고 했던 일이다. 그는 희영과 둘만의 사진을 찍기도 했다.

가족에 둘러싸인 희영은 행복한 표정이었다.

"대학원에 진학하고 싶은데…. 그동안 가나안교회에 너무 봉사하지 못해서 미안하고, 당분간 교회 일 도우며 쉬기로 했어요. 아빠 건강도 그렇고. 가사 잘 익히고 시집갈 준비 잘하면 되는 거지. 그렇죠, 아빠?"

학교 근처에 있는 음식점에서 점심을 먹으며 희영이 얘기한다.

말은 아버지에게 하면서 희영의 시선은 지훈에게 있었다.

수남은 준비하던 신학교 입학시험에 낙방한 사실을 털어놓았다.

"면목이 없어요. 목사님과 김 선생님께 소식을 전하려고 했는데 이렇게 됐어요."

그는 서울 변두리 이주민 촌락에 거처를 마련하고 부근의 공장에서 요꼬 일을 하고 있다고 한다. 일종의 직물공장이라 했다.

"힘을 내세요. 멀리 바라보시고."

지훈이 위로했지만 어려운 처지를 도와줄 수 없어 안타까웠다.
"걱정 마서요. 산 입에 거무줄이야 치겠서요?"
"교회가 박 선생에게 별 도움을 주지 못해 미안합니다. 사실 신학생 몇 사람을 기를 계획이 있었습니다. 그런데 아시는 대로 요즘 교회 형편이 매우 어렵습니다. 당분간 고생스럽더라도 좀 참으시고 후일을 기약해 봅시다."
이 목사가 수남에게 미안한 표정으로 말했다.
"감사합니다. 목사님, 걱정하지 마서요. 무슨 염치루."
어설픈 차림이었으나 수남의 눈빛은 맑았다.

그해 봄은 날씨가 아주 좋았다.
우수, 경칩이 지나는 동안 봄비가 알맞게 내리고 지난 가을에 뿌린 보리가 실하게 자라고 있었다. 올해는 농사가 순조로울 것 같은 조짐이다.
봄이 되면서 대천읍으로 통하는 버스가 노선의 횟수를 여러 편으로 늘렸기 때문에 한내는 여러 가지로 편리해졌다.
한내 학교 졸업생들이 대부분 중학교로 진학하는 데 교통편이 한몫했다.
지난 학기말에 한글학교와 중등 과정 야간학교 수료식도 있었다. 지훈과 정 선생, 이 목사의 도움으로 여러 사람들이 그들을 괴롭히던 무지의 굴레를 다소나마 벗어나게 됐다. 한내에서도 오지에 속하는 십여 리 이상 떨어진 막골, 모산, 임곡마을 등지에서 나온 사람들도 있었다. 그들은 입을 모아 수고에 감사했다.
겨울 동안 그들은 상식과 친구들이 추진하는 하우스에서 영농기술을 같이 배우고 실습을 하는 귀한 경험도 했다. 이 봄에는 마을 구석까지 이들의 영농 실험이 시작될 것이다. 마을이 잠에서 깨어나는 느낌이었다.

지훈은 석답골에서 돌아온 수남의 동생 수길을 읍내의 중학교에 진학시켰다. 아버지가 수길이 진학을 포기했지만 지훈이 설득했다. 수남이 떠난 후로 집안 형편이 더욱 어려워져 수길이 졸업 비용이며 중학교 등록금 등을 지훈이 대신 내줬다. 아들을 데리고 학교로 찾아온 수길이 아버지는 고마움에 눈물을 글썽이며 말했다.

"수길아, 선상님 은혜를 평생 잊지 말거라."

지훈은 수남과의 약속을 지키게 되어 마음이 기뻤다.

날씨가 풀리면서 석답골 소식이 새어나오기 시작했다.

피난처에 큰 불사를 일으킬 것이라 한다.

내촌에서는 또 몇 사람이 집과 농토를 처분해 피난처로 떠난다는 소식도 들렸다.

가나안교회는 이 목사가 설교를 통해 사탄의 역사와 우상숭배의 표본이라고 공격을 했으므로 그들이 어떤 반응을 보일지에 관심을 집중하고 있었다.

알 수 없는 전운 같은 것이 감돌고 있었다.

청암은 이 목사의 설교로 자신이 사이비 종교의 교주로 폄하된 데 대하여 "거 하찮은 복삼마 야소의 목사가 지껄이는 말은 그냥 웃어넘기세요. 천신님을 모독하는 자는 벌을 받아야지" 하며 껄껄 웃었다는 확인되지 않은 소문도

돌았다.

강촌에서 건설회사 사무실을 냈다는 태식이 가끔 한내에 내려왔다. 그는 가나안교회 사람들과는 별로 만나지 않았고, 내촌 사람들과 삼거리에서 어울리는 것이 목격되기도 했다. 소문처럼 선불도 사람들과 접촉하고 있는 사실이 드러나고 있었다. 내촌 서 씨네 사람들 일부가 태식의 회사에서 일한다는 얘기도 들렸다.

태식이 건설 노동자를 구한다는 소식이 들렸다. 봄부터 큰 공사를 시작하리라는 것이다.

고 영감이 그 소식을 들었다.

졸업식에 참석하고 내려온 만수는 희영을 마주하는 일을 괴로워했다. 그는 자신이 이제 교회와 희영에게서 떠나야 할 시간이 찾아온 것을 알았다. 이곳에 더 머무는 일은 그에게 형벌이었다. 과수원에 두엄을 낼 시기가 됐지만 농사일은 그의 체질에 맞지 않았다. 그는 이 목사와 교회 사람들 몰래 밤에 삼거리에 가끔 찾아가곤 했다. 그리고 교회 사람들 몰래 간간이 술을 마셨다. 그러지 않고는 견딜 수 없었기 때문이다.

삼거리에서 고만수는 태식을 잘 안다는 내촌 사람들을 만났고, 그들이 태식을 만나도록 주선해 주었다.

"강천시에 가면 신흥건설이라고 있는데 최 사장 회삽니다. 다음주에 한내로 온다고 했습니다."

태식이 한내에 오던 날 고만수는 은밀히 그를 만났다. 자신의 처지를 적당히 둘러대고 채용을 부탁했다.

"이 목사의 후배 친구라. 거 참 묘한 인연이네요. 그런데 영감님 무슨 기술이 있습니까? 그 나이로 현장에서 뛸 수 있겠어요?"

"아직 영감 소리 듣긴 일러요. 별로 기술은 없지만 채용만 해주시면 무슨 일이든지 뼈가 부러지도록 하겠습니다."

"좋습니다. 가까운 시일 내 회사로 한번 나오세요."

무슨 생각을 했는지 태식이 승낙했다.

거처로 돌아온 만수는 조용히 이 목사를 만났다.

"신흥건설이라면 최 장로님 아들 회사가 아닌가요?"

만수의 얘기를 듣고 나서 이 목사가 물었다.

"예, 최태식 사장을 만났습니다."

"하필 거깁니까?"

"우선 자리 잡을 때까지만이라도…. 당장 일거리가 필요했습니다."

"이렇게 갑자기 떠나면 어떻게 합니까? 희영이 문제도 있고."

"이제 희영인 목사님 딸입니다. 20년 전에 이미 그렇게 결정된 것입니다. 모든 것을 목사님께 맡깁니다. 그동안 베풀어 주신 은혜를 만분의 일만이라도 갚게 저를 보내 주세요. 이곳에 계속 머무는 것은 너무 심한 고문입니다."

"고 선생 입장을 이해합니다."

이 목사의 입에서도 가만히 한숨이 새어나왔다.

"잠시 한내를 떠날까 합니다. 희영에겐 영원히 제 얘길 꺼내지 말아 주세요. 그동안 몇 달간이나마 희영이를 곁에서 지켜볼 수 있어서 행복했습니다."

"떳떳하게 희영이를 만나게 될 날이 빨리 돌아오길 기도하겠습니다. 한 가지 부탁이 있습니다. 기왕 그곳에 가신다면 일하시는 동안 선불도 사람들의 동향도 좀 파악해 알려 줬으면 하는데. 한내 사람들 영혼의 사활이 걸린 중요한 문젭니다."

"염려를 놓으세요. 이 고만수가 누굽니까?"

고만수는 이렇게 한내를 떠났다.

9. 전운

지훈이 한내에 온 지 3년이 지나가고 있었다.

어쩌면 올해로 한내와는 마지막이 될지도 모른다. 분교 근무는 원칙적으로 3년이 기본이다. 순환 근무 원칙에 따라 내년은 정기 전보에 해당될 것이다.

봄 농사철이 시작되면서 상식을 중심으로 4H클럽 회원들은 공동으로 경운기를 구입했다. 정부가 개발한 한국형 경운기는 성능도 우수해서 영농의 기계화를 시도해 볼 수 있는 기회가 되었다. 대천에 있는 농업협동조합의 지원도 힘이 됐다. 앞으로 트랙터와 이앙기도 도입할 계획이다. 그들은 이상적인 농촌상을 그리고 한내에 실현시키려는 의욕을 불태우고 있었다.

주말에 모이는 클럽 협의회가 상식의 집에서 열렸다.

"집집마다 소득을 높여 초가지붕을 벗겨내고 예쁜 색을 칠한 기와집과 바둑판처럼 경지 정리된 들에서 기계로 모를 내고 거둬들이는 그림 같은 풍경들, 공동 목장에서 한가로이 풀을 뜯는 젖소들, 유제품을 생산하는 공장, 한내표 산딸기 음료수 생산 공장들이 들어선 마을 앞으로 넓혀진 도로에 농산물과 상품, 자재들을 실어나르는 자동차 행렬들…. 우리 한내의 장래 모습입니다. 여러분들의 힘으로 반드시 이루어질 줄 믿습니다."

회원들과 의견을 나누는 토론회에서 지훈이 제시한 한내의 미래상들이다.

"당장은 이루어지지 않을지 몰라도 꿈은 크고 높을수록 좋은 것 아닙니까?"

지훈의 말에 회원들은 박수로 동의해 줬다.

지훈은 회원들의 의식에 희망, 용기, 신념을 북돋아 주는 데 일조하고 싶었다.

"선생님 말씀을 들으니 우리 한내의 미래가 보이는 것 같습니다."

상식이 회원들을 대신해서 지훈에게 감사했다. 순박한 성품대로 모든 것을 수용하는 긍정적 사고들을 지니고 있는 젊은이들이다. 실제로 외촌이 맡은 그해 단오는 이들이 중심이 되어 아주 간소하게, 새마을 식으로 치러졌다.

지훈은 늘 자신이 꿈꾸어 오던 이상적인 삶의 모습을 한내에 대입해 보고 싶어졌다.

인간이 실현해 보고자 하는 가치는 무엇인가?

그는 그 첫머리에 자유를 올려놓아 본다. 신체적, 정신적인 억압에서의 자유, 가난과 질병에서의 자유, 그리고 궁극적으로 삶과 죽음에서의 자유, 인류의 역사는 자유를 향한 몸부림이 아닌가.

그 자유는 무엇으로 얻어지는가? 번영, 복지, 안락, 건강, 평화, 행복, 신앙 등 자유를 향한 수많은 명제들은 현대사회가 추구해야 할 이상이며 목표이고 동시에 구성요소이며 수단이기도 하다.

그는 한내에 대해 자신에게 몇 가지를 질문해 본다.(10점 만점)

한내는 번영하는가?(2점)

한내는 복지마을인가?(3점)

한내는 안락한가?(2점)

한내는 건강한가?(3점)

한내는 평화로운가?(3점)

한내는 행복한가?(3점)

한내는 자유로운가(3점)

지훈은 자신이 한내에 대해 인색한 점수를 매기고 있는 데 대해 놀랐다.

한내에 들어올 때만 해도 그는 이곳을 자신이 생각해 오던 유토피아가 아닐까 하고 생각한 적이 있었다. 사람들은 순박했고, 마을은 평화로워 보였다.

그러나 시간이 지날수록 한내가 지닌 문제들이 드러나기 시작했고, 어떤 부분은 심각한 수준의 정체를 보이고 있었다.

이런 문제들에 대처하는 방식, 즉 마을의 상황은 대체로 서너 갈래의 흐름으로 나타나고 있다.

첫째, 가나안교회의 믿음을 기초로 한 접근 방식 — 예배와 기도를 통한 사랑과 봉사의 실천(이 목사와 가나안교회 신도들).

둘째, 학교의 교육적 방법을 통한 접근 방식 — 학습을 통한 지식의 확충과 합리적 사고, 생활방식의 발전과 실천(한내학교 직원, 학생, 한글학교 및 4H클럽 회원 등).

셋째, 선불도의 구원론적 접근 방식 — 피난처로 이주, 또는 믿음의 수행으로 종말을 대비하는 자세의 실천(선불도 관계자들).

넷째, 일반적인 주민들의 무관심 — 자신의 생업에 충실하며 공동

체에 관심이 없는 사람들.

결국 삶은 근본적으로 불안이 한 요소임을 깨닫는다.

불완전한 존재인 사람은 본능적으로 초월적인 힘을 의존할 수밖에 없는 것이다. 그 불안이 요인이 되어 사람들은 각자 신앙에 의지한다. 무신론자라고 주장하는 사람들에게서도 그런 터부들은 무수히 발견된다. 사주 보고 점치러 다니며 재수, 운수, 묏자리 보기, 잔칫날, 이삿날 잡기 등등 삶 속에서 발견되는 각종 우상들은 또 얼마나 많은가? 장례, 결혼, 제사(관혼상제) 등 풍습들은 또 무엇이며 단오, 산신제, 기우제들은 또 무엇인가?

저마다 접근 방법이 다르고 지향하는 목표도 다르지만, 누구에게나 의지하는 것들이 의식과 무의식 가운데 무수히 존재하는 것을 그는 발견한다. 인간은 궁극적으로 신앙을 가진 존재인 것이다.

무엇이 인간을 그렇게 만드는가? 그것은 불완전에서 오는 불안과 자유에 대한 갈망이 아닐까? 행복을 추구하는 것도 불안에서의 탈출과 자유에 대한 목마름에 다름 아닌 것이다.

그는 자신이 한내에 매긴 자유지수(자신이 이름 붙인)를 끌어올리는 방법으로 어느 것이 가장 효과적일까 생각했다. 작은 마을 한내에서 벌어지고 있는 이런 모습을 확대하면 사회 전반의 보편적 적용 기준이 될 수도 있을 것 같아 보였다.

마을에서 일어나고 있는 변화들을 잘 관찰하면 각각의 본질이 잘 드러나는 사회학적인 결과를 얻을 수 있을 것이다.

지훈의 노트에는 새로운 명제 하나가 추가되고 있었다.

겨울 동안 잠잠하던 가나안교회의 신자들 가운데는 날씨가 풀리자 교회 몰래 칠성암에 드나드는 사람들이 늘어나고 있었다.

이 목사가 그들에게 "사탄의 유혹에 넘어가지 마십시오. 차갑지도 뜨겁지도 않은 성도들을 하나님께서 어떻게 하시는지 성경에 분명히 나와 있습니다" 하며 간절히 만류하자 설득되어 돌아오는 이도 있었다.

이러한 이 목사의 권면에 그들은 "곧 말세가 온다는데 그럼 어떻게 해요?"라고 했다.

"전지전능하신 하나님 외엔 그런 권세를 가진 자가 없습니다."

이 목사는 연속되는 철야와 금식으로 건강이 몹시 나빠졌다.

"아버지 건강이 걱정이에요."

지훈을 만난 희영의 표정이 굳어 있었다.

"그들의 주장이나 믿음이 무엇인지 곧 그 정체가 드러날 거야. 그들이 말세를 공공연히 얘기하는 것으로 보아 그 시한도 곧 밝히게 될 것 같은데, 그들의 주장에는 한계가 있게 마련이고, 곧 그게 올무가 돼 자승자박이 될 거야."

지훈은 확신을 가지고 그녀를 위로해 주었다.

석답골에서는 청암이 곧 천지개벽의 때를 발표하게 될 것이라는 소문도 들려왔다.

졸업 후 집으로 돌아온 희영은 본격적으로 교회 일을 돕기 시작했다. 침체에 빠진 교회 분위기를 바꾸기 위해 그녀는 열심히 뛰었다.

그녀가 특히 관심을 가진 것은 교회학교 분야였다.

"한내에서 자라는 아이들은 모두 교회에 출석시키는 것이 제 목표예요. 좀 도와주세요."

지훈을 만날 때마다 희영이 부탁했다.

"한내학교 아이들은 모두 저절로 교회에 나오게 돼 있어요. 내가 말하지 않아도."

지훈이 웃었다.

사실 상당수 아이들이 이미 교회에 나가고 있었다. 그가 교회에 나가면서 그렇게 된 것이다.

"그래도 남은 애들이 있잖아요? 모두 보내 줘요."

나쁠 것도 없는 일이어서 지훈은 한내학교 아이들에게 교회에 나가도록 권유했다.

그러던 어느 날 "학교에서 공공연히 아이들에게 교회에 나가라고 강요하는 것은 좀 그렇잖나 싶네요" 하며 정 선생이 자기 의견을 내비쳤다. 특정 종교에 대한 편향된 태도를 지적한 것이다.

"알겠습니다. 별다른 목적이 있는 것은 아닙니다. 교회학교 프로그램에는 교육적인 내용이 많이 포함돼 있어서 아이들에게 도움이 될 듯해서 소개한 것인데."

지훈의 변명하는 듯한 대답에 "교회에 나가지 않는 학부모들이 말할 때가 있습니다"라고 하였다.

완곡한 표현이었으나 가시가 느껴졌다. 그는 교회에 나오지 않는 한내 토박이였다.

"물의를 일으킬 줄은 몰랐습니다. 주의하겠습니다."

그를 지켜보는 다른 시각도 있음을 지훈은 알게 됐다. 민감한 문제일 수 있겠다 싶었다. 엄연히 종교의 자유를 허용하는 나라지만 특정 종교에 대한 지나친 권유나 강요는 부작용을 낳을 수 있겠다는 생각도 들었다. 그는 자신의 믿음이 아직 적극적인 선교 활동에는 이르지 못하는 수준에 머물고 있음을 절감했다. 이럴 때 믿음은 좀 불편한 외투처럼 느껴지기도 했다.

지훈은 아주 행복한 마음으로 찾아오는 봄을 맞고 있었다.

희영의 다정한 미소가 늘 그의 둘레를 감싸고 있었기 때문이다.

그들은 복사꽃이 환하게 웃고 있는 과수원에서, 혹은 솔내음 향긋한 숲길을 걸으며 사랑을 키워 갔다. 희영은 복사꽃보다 더 예쁜 미소로, 솔 냄새보다 더 상큼한 입맞춤으로 그녀의 사랑을 확인해 주었다. 지훈은 우주를 다 안은 감격으로 그 봄을 지내고 있었다.

사랑은 은밀한 것을 속성으로 하는 모양이다.

부끄러운 일은 아니었지만 교회 사람들과 학부모, 동료 교사들에게 노출되지 않으려 최대한 노력하느라 그들은 힘겨운 숨바꼭질을 해야 했다.

그리고 그 숨바꼭질은 언제나 긴장으로 그들을 묶고, 만남의 즐거움을 배가시켰다. 날마다 감격이었다.

그날도 지훈은 그 봄날의 끝자락에 교실 책상에서 창밖을 내다보고 있었다. 토요일 아이들이 하교하고 난 빈 교정엔 오후의 하얀 햇살이 눈부시게 내려와 앉아 있었다. 토요일 오후의 학교는 그의 차지다. 정 선생과 한 선생은 이미 퇴근한 지 오래고 사환으로 일하는 순옥이마저 집에 바쁜 일이 있다고 해서 보냈기 때문에 학교는 조용히 비어 있었다.

문득 그녀가 떠오른다. 사랑을 생각하는 동안에 창가에 흘러가는 한 줌 조각구름에도 그녀의 얼굴이, 스치는 한 줄기 바람에도 그녀의 체취가, 나뭇가지에 숨어 지저귀는 산새 소리에서도 그녀의 고운 노래가 들리는 듯하다.

'사랑은 도취다.'

그는 습관처럼 노트에 적기 시작한다.

사랑을 정의해 가는 그의 작업은 벌써 두 권의 노트를 채우고 있다. 첫 앤솔로지는 이미 희영에게 전해졌다.

그는 그것으로 자신의 마음을 비유로 전달한 것이라 생각한다.

그는 노트를 뒤적여 본다.

−사랑은 마음으로 보는 것(셰익스피어)−

−가장 달고 가장 쓴 것(에우리피데스)−

−사랑은 오로지 신이 사람에게만 준 선물(W. 스콧)−

−사랑은 죽음의 공포보다 강하다(투르게네프)−

−이 세상에는 사랑보다 즐거운 것은 없다(롱펠로)−

−사랑은 인간의 주성분(피히테)−

−사랑은 자기를 초월하는 것(와일드)−

−사랑은 만남이다(임옥인)−

−사랑은 영혼의 궁극적 진리(R. 타고르)−

책을 읽다 메모한 것이 눈에 띈다. 수많은 사람들이 수만의 언어로 수없는 세월에 걸쳐 사랑을 설명하는 것이지만 사랑의 의미는 아직 무한하다.

지훈은 가을쯤 희영을 강천에 데리고 가 부모님께 소개할 수 있으리라 생각해 본다. 피식 입가에 웃음이 번진다. 기분 좋은 일이다.

내일이면 주일, 교회에서 희영을 만나게 될 것이다.

행복한 상념에 젖어 있던 지훈은 문득 교실 문을 두드리는 소리를 들었다.

"실례합니다."

지훈이 문을 열었더니 점퍼 차림의 건장한 남자가 서 있었다. 두 명이었다.

"어디서 오셨는지?"

"저번에 한번 만났을 텐데."

9. 전운

"아, 기억납니다. 지난 연말에 종가댁에서."

내촌 서 씨 종갓집을 찾아갔을 때 안내를 하던 사람이었다.

"그렇소."

"어쩐 일로 이렇게 오셨습니까?"

"뭘 좀 알아볼 게 있어 들렀소."

그가 교실 안으로 들어왔다.

"신발을 벗고 이걸 신으세요. 아이들이 힘들여 청소해 놔서."

구두를 신은 채 마루에 올라서는 남자들을 잠시 제지하고 지훈은 슬리퍼를 내줬다.

마지못해 슬리퍼로 갈아 신은 그들은 교실을 한번 훑어보고는 아이들 책상에 걸터앉았다. 일부러 그러는지 무례하게 보이는 행동이었다.

"벌써부터 한번 찾아올려구 했소. 우리가 누군지 대략 짐작할 테니 소개는 생략하구, 하나 물어 봅시다. 교회에 열심히 나간다구 들었는데 사실이오?"

서 씨네 조카라 불리던 사내가 지훈을 쏘아보며 물었다.

"그렇소. 그런데 무슨 이유로 그걸 묻는 거요?"

지훈의 입에서도 무뚝뚝한 대꾸가 나간다.

"지난 겨울에 칠성암과 석답골을 조사하고 갔다는데 교회에서 보낸 거요?"

그가 속내를 드러냈다.

"그렇지 않소. 그냥 개인적으로 관심이 있어서 가 본 것이오."

"이거 왜 이래. 누굴 바지저고리로 아는 거야?"

곁에 있던 사내가 험상궂은 표정으로 끼어든다. 초면이어서 낯설었다.

"이런 식으로 말씀하시면 곤란합니다. 내가 무슨 잘못이라도 저질

렀다는 겁니까?"

지훈도 언성을 높인다.

"교회에서 당신을 보내 우리들의 활동을 염탐해 갔잖아."

"그런 일 없소. 솔직히 같은 마을에서 일어난 일들이라 관심이 있어 한번 찾아간 것뿐이오."

"잠깐, 그건 그렇다 치고. 가나안교회는 왜 우리를 못 잡아먹어 안달이오? 당신이 우리 쪽에 왔다간 뒤로 교회가 우리를 무슨 사교 집단으로 취급했다는데."

서가의 조카가 곁의 남자를 제지하고 지훈에게 따졌다.

"그건 내가 대답할 사항이 아니오."

지훈은 이들과 더 논쟁을 하고 싶지 않았다. 우려했던 일들이 한 가닥을 드러내고 있는 것이다.

지훈이 더 이상 상대할 기미를 보이지 않자 그들은 '당신은 학교에서 애들만 잘 가르치면 됐지 왜 쓸데없는 일에 끼어드는 거냐? 이런 식으로 우리를 모함한다면 가만두지 않겠다, 당신은 외지인인데 왜 마을의 일에 간섭하는가, 너희들은 너희들이 믿는 하나님을 잘 믿으면 됐지 왜 우리 일에 참견이냐, 또다시 우리를 향해 모함을 하면 교회를 박살내겠다…' 등등의 험악한 말투로 위협하고 교실을 빠져나갔다.

공연히 맞섰다간 봉변당할 것 같은 상황이었다. 전혀 예측하지 못했던 일이라 몹시 황당했다.

교회에 대한 선불도의 적대감이 고조돼 가는 듯한 느낌이 들었다.

예측할 수 없는 전운 같은 것이었다.

어떤 면에선 교회가 그들을 향해 선제공격을 한 것이 사실이다.

이 목사는 기회가 있을 때마다 마귀론을 거론하고 유혹에 넘어가지 않도록 교인들을 단속했다. 그것은 결국 그들을 자극하는 결과를 가져오고 악순환을 일으키기 시작한 것이다.

다음날 교회에서 학교에 찾아왔던 선불도 사람들 얘기를 꺼내자, 이 목사는 "그자들이 어제 교회도 방문했습니다. 상호 비방을 하지 말자고 제안하더군요. 단호하게 거절했습니다. 언젠가는 그 시간이 다가올 것입니다. 일전을 각오하고 있습니다"라고 했다.

이 목사의 표정에 비장함이 서리고 있었다.

"이제 공공연히 교회에 위협을 가하기 시작했는데 당국에 이런 내용을 고발하는 것이 어떨까요?"

지훈이 의견을 제시해 보았으나 "이 문제는 기도 외에 해결 방법이 없습니다. 당국과 이미 의논했어요. 민속을 빙자한 사이비 종교로 고발하더라도 구체적 증거 없이는 어렵다는 의견이고, 형사적 문제를 일으키지 않는 한 단속의 대상이 아니라는 답변입니다"라고 했다.

이 목사는 현재로서는 대책을 의논할 시기가 아니라고 잘라 말했다. 사태의 추이를 지켜볼 수밖에 없는 답답한 일이었다.

그 무렵, 석답골에서는 회당과 주민들이 거처할 집을 짓는 공사가 한창 벌어지고 있었다. 청암의 지시로 시작된 공사는, 멀리 강천시에서 자재들을 실어 나르고 현장에 있는 숲을 개간하면서 얻어지는 목재들을 활용한 공사여서, 국도에서 석답골로 통하는 산간도로를 확장하는 등 규모가 제법 컸다.

태식이 만든 신흥건설이 중요한 공사를 대부분 맡고 있었다.

태식이 선불도의 사업 계획을 들은 것은 강천시에 사무실을 낸 지 얼마 되지 않았을 때였다. 내촌 출신으로 대천상고 동기인 서정두는 태식이 파월 장병이며 혁혁한 무공을 세운 데 대한 경외심을 갖고 그를 가끔 만나러 왔다.

석답골 정보를 알려 준 것도 그였다.

놓칠 수 없는 기회였다.

청암이라고 불리는 근섭은 한내에서 어렸을 때부터 같이 알고 지내던 선배였다.

태식은 정두를 앞세워 근섭에게 접근했다.

"태식이 얘긴 잘 듣고 있었네. 그렇지만 아버지가 교회 장로 아닌가. 건축 경험도 그렇고."

"형님, 무슨 명령이라도 다 듣겠으니 제발 한번 맡겨 주십시오. 조직을 풀가동해 최고의 품질로 집을 지어 드리겠습니다."

"선불도에 들어올 수 있겠나?"

오랜 줄다리기 끝에 청암이 조건을 제시했다.

"남은 손가락을 잘라서라도 맹세하겠습니다."

실제로 태식은 청암에게 군대식 충성 서약을 했다.

그리고 도급을 받아냈다. 선불도 입도와 함께.

한내에 인부를 구하러 온 것은 그 후였다.

아버지와 갈등이 없었던 것이 아니다.

"안 된다, 서가 놈들하고 어울려서는 안 되는 거 너두 잘 알지?"

"세월이 달라졌어요. 이젠 산업시대라고요."

아버지가 하는 걱정은 사라져가는 세대의 잔소리 몇 마디로 치부하고 말았다.

처음 수주한 공사에 그는 모든 것을 걸고 있다.

태식은 인부들과 함께 거처를 석답골로 옮기고 청암의 지시에 따르기로 했다. 자연스럽게 그곳 사람들과 함께 법회에 참석하고 청암으로부터 설법을 들었다.

청암의 카리스마는 그를 감동시켰다.

그가 들은 청암의 설법 내용은 지구의 종말에 관한 예언이었다.

"…오늘은 장차 다가올 미래는 어떤 세계인가에 대해 말씀드리도록 하겠습니다. 저는 이미 칸다메리 고고학에서 지구가 몇 번의 문명을 반복했다는 사실을 설명해 드린 적이 있습니다. 천존께서는 오늘날처럼 극도로 부패한 나라와 인간들을 청소해 버릴 시기가 되었음을 알려 주신 것입니다. 여러 가지 증거들이 미륵세존님의 출현을 예고하고 있습니다. 세상에는 나타났다 사라지는 것들이 무수히 많습니다. 공룡이라는 짐승이 그렇습니다.

쥐라기라는 지구의 먼 과거에 엄청난 공룡들이 지구상에 나타나 살았던 때가 있었습니다. 또 맘모스라는 큰 짐승들이 세상을 지배했던 때도 있었습니다. 그러나 오늘날 그들은 화석에서나 볼 수 있습니다. 왜 그렇게 됐습니까? 멸망했기 때문입니다.

남아메리카에 가면 잉카 문명이 남아 있는 모습을 볼 수 있습니다. 찬란한 문명을 남긴 그들이 사라진 원인은 아직도 수수께끼로 남아 있습니다. 폴란드에 가면 거대한 소금광산이 있습니다. 높은 산에 있는 이 광산에선 얼마 전까지 소금을 생산했다고 합니다. 또 어떤 높은 산들은 중턱에서 조개껍질들이 대량으로 발견되기도 합니다. 그곳이 아주 오랜 옛날에는 바다였다는 증겁니다.

왜 이런 일들이 일어납니까? 과학자들은 지구의 지각 변동이니 마그마의 활동이니 그럴듯한 설명을 하고 있습니다. 그러나 그것은 그냥 우리 지구의 현상을 설명하는 것일 뿐, 왜 그런 일들이 일어나는지 본질에 대한 설명은 없습니다. 두고 보십시오. 머지않아 지구의 종말은 바다가 죽기 시작하면서 시작될 것입니다.

한 시대의 문명들은 그 수명을 다하고 사라지게 될 운명에 있습니다. 지금처럼 화석연료인 석유와 석탄을 계속 사용하면 지구는 점점 더워져 빙산이 녹고, 오존층이 파괴되며, 해수면이 높아져 육지가 가라앉고 큰 지진과 쓰나미가 덮치게 됩니다. 이것이 물의 심판이고 그 조짐은 이미 일본에서 시작되었습니다. 연거푸 일어나는 지진은 수만 명 이상의 사상자를 냈습니다.

뿐만 아닙니다. 히로시마, 나가사키에 떨어진 원자폭탄은 어떻습니까? 그 수백 배의 핵무기가 지금 미국과 소련, 유럽의 창고에 보관돼 있다는 사실은 무엇을 말합니까? 인류는 핵무기의 폭발과 같은 인간이 만드는 재앙으로 인한 불의 심판이 겹쳐지므로 웬만해서는 말세에 살아남는 것이 기적이 됩니다. 천존께서는 이미 이런 환난을 예언하시고 그 대처 방법을 알려 주신 것입니다.

죽도록 일하고 돈을 벌어 봤자 뭐 합니까? 목숨을 잃으면 모든 것이 헛된 것입니다. 불의 환난을 억제하는 수단은 무엇입니까? 아주 간단합니다. 물입니다. 불의 기운을 물로 다스리는 것입니다. 나는 천존께서 알려 준 비밀을 여러분들에게 전해 드리려고 이곳에 가라는 명을 받은 것입니다. 여러분들은 우리 선불도가 가르치는 말세에 대처하는 법을 잘 따르고 마음을 잘 닦아 악행을 멀리하고 덕을 쌓으면 반드시 후천 개벽에 동참하게 될 것입니다."

청암의 설법을 듣기 위해 원근 각처에서 몰려드는 사람들을 보며 태식은 감동했다.

어렸을 때 가끔 따라다니기도 했던 동네 형이 아니라 해박한 지식과 깊은 통찰과 권위를 느끼게 하는 말들이 그를 압도하는 것 같았다. 지금껏 들어 보지 못했던 새로운 이론들도 그렇고, 선불도인으로 자처하는 여러 사람들의 입에서 청암선사로 추앙받고 있는 근섭의 모습에 그는 차츰 빠져들었다. 여간해서는 가까이할 수도 없는 신비한 행적도 그를 매료시켰다. 한 달에 보름과 그믐의 정기적인 설법 시간 외에 근섭은 거처를 알 수 없을 때가 많았다.

성도암이라고 불리는 요사채에 기거하는 운당이라는 수남 어머니도 태식에겐 관심의 대상이었다. 석답골을 찾는 사람들 대부분은 청암의 설법을 듣고 운당의 거처에 들렀다 가는 것이 관행이 되다시피 하였다. 선불도인들 가운데 여자들은 운당에게 집안 대소사나 길흉사를 의논하고 점을 치거나 처방을 받아 갔다. 간간이 굿을 나가기도 하는 것 같았으나 드러내지는 않았다.

"잘 생각했구먼, 우리 도에 들어오길 잘했어. 두고 보게. 도량 잘 지으면 복두 받고, 장차 큰 사업가가 될 운이야."

인사를 하러 간 자리에서 운당은 태식을 크게 칭찬했다.

그러고 나서 "야소도 귀하기는 하지만 겨우 복삼마 하는 도사 급이야. 천존님이 다스리는 세계에선 미륵세존을 돕게 될 텐데, 교회라는 기 괜히 어리석은 사람들이 모여 있는 기야. 선사님도 말씀하셨지만 한내는 물병자리래서 앞으루 큰 난리를 겪게 될 기야. 다 어리석은 중생들이래서 그래. 우리 수남이를 만나거든 어서 나오라구 얘기 잘해주시게."

부탁의 말도 했다.

그에게 맡겨진 공사는 우선 선불도 설법을 듣고자 몰려드는 사람들이 거처할 집을 늘리는 일이었다. 대단치 않아 보이는 공사였지만 태식은 최선을 다해 집을 지었다. 앞으로 무슨 일들이 벌어질지 알 수 없는 일이다. 머지않아 선불도 본부로 사용될 큰 도량 공사도 계획한다는 이야기도 들렸다. 태식은 직원들을 독려하며 저렴한 공사비를 책정했고 상당한 액수를 보시했다.

봄날이 다 지나갈 때쯤 비가 내리는 날, 늦게 청암의 측근으로 일하는 서가의 조카 서정두가 석답골에 왔다. 서정두는 선불도 살림을 꾸리는 중심에 있었다. 그는 내촌과 칠성암, 석답골을 드나들며 선불도의 재정과 인사 대외활동을 맡고 있다.

태식에게 정두는 친구 이상의 무시할 수 없는 상대였다. 사실 정두의 역할이 아니었으면 이번 석답골 공사는 불가능한 일이었다.

인부들이 머무르는 숙소에 붙어 있는 사무실에서 태식과 만난 그가 말했다.

"한내에서 교회 놈들을 혼내놓고 오는 길이야. 목사는 우리들에게 마귀 무리들이라고 선전포고를 했고, 무신 금식기도를 한대나? 거기다 한내학교 선생 한 놈이 우리 집과 칠성암, 석답골을 샅샅이 훑고 다녔어. 무슨 정보를 캐냈는지 모르지만 내촌으로 지난 연말에 나를 만나러 왔더란 말이야. 그자도 겁 좀 줬지."

"한내 학교? 김지훈이란 선생 말이지?"

"알고 있었군. 외지에서 온 모양이던데?"

"강천 출신이라지 아마?"

"잘 아는 사인가 보네."

"그럴 일이 좀 있어."

"목사의 딸이랑 그렇고 그런 사이라고 소문이 자자하던데 놈에게 넘겨준 거야? 옛날에 네 애인이었잖아?"

정두가 빈정대는 투로 말했다.

"애인은 무슨!"

겉으로 태연한 척하면서도 태식의 속은 편치 못했다.

'자식, 누구 염장을 지르는 거야?'

희영의 얼굴이 떠올랐다. 울화가 치밀어 올랐다.

"찔리는 데가 있는 모양이군. 얼굴이 다 빨개지네."

"쓸데없는 소리 작작하고, 선사님은 만났어? 지난번 법회 후에는 통 뵐 수 없으니 말이야."

"만났지. 근데 좀 생각해야 할 일이 있어. 선사님은 아직 널 완전히 믿지 못하는 것 같아. 걱정을 많이 하시더라."

"무슨 소리야?"

"가나안교회가 우리를 비난한다는 소리를 듣고 나서, 선사님이 우리 석답골 소식을 누가 교회에 알리는지 알아보고 교회와 연관된 일들은 모두 보고하라고 하셨어. 아직 야소 냄새를 다 지우지 못한 사람들이 있다는 거야."

"나를 의심하는 거야?"

"잘 생각해 봐. 이건 영혼의 전쟁이야. 세존님을 만나려면 항마의 고를 거쳐야 하는 거라구. 더구나 넌 교회에 다녔잖아?"

"난 이제 교회와는 상관없어. 아버지가 장로지만 아버지는 아버지고, 나는 나야."

"무슨 증거가 있어야지. 나도 선사님에게 면목이 없어."

"선사님에게 내 결백을 증명할 기회를 줘. 부탁이야."

태식은 심각한 표정으로 애원하듯 정두의 손을 잡아 쥐었다.

"글쎄, 정 그렇다면 이야기는 한번 해보겠어. 다만 교회에서 이딴 얘기들이 더 나오지 않도록 하는 조건이야."

"한내에 한번 갔다 오겠어. 이것저것 정리할 일이 많아."

"싹을 잘라내야 돼."

이들의 얘기를 문밖에서 고만수가 듣고 있었다.

비가 오기 때문에 공사장의 숙소로 돌아와 있던 만수는 붙어 있는 태식의 사무실에서 새어 나오는 그들의 대화를 우연히 들은 것이다. 가나안교회에 관한 이야기여서 귀를 기울였으나 그들의 대화는 여기서 멈췄다.

그들의 얘기로 미루어 보아 교회에 무슨 일이 벌어질 것 같아 마음이 불안했다.

그동안 태식의 신임을 얻어내는 일에 성공했지만 공사 문제 외에 교회가 관련된 얘기를 듣기는 처음이었다.

만수가 보기에 선불도에 관련된 사람들의 행동은 늘 비밀에 가려져 있는 것 같았다. 청암선사는 법회 때가 아니면 석답골에서 머무는 일이 거의 없었다.

인부들의 숙소는 집회를 하는 본부에서 한참 떨어져 있는 임시 건물이다. 태식은 그 일부를 막아 그의 사무실 겸 숙소로 쓰고 있다. 나머지 부분은 자재들을 쌓는 창고 겸 인부들의 거처인데, 고만수는 그곳에서 다른 인부 몇 명과 지내고 있었다.

한내를 떠나온 뒤 만수는 여러 가지 생각을 했다. 망가진 인생을 회복하는 일이 얼마나 어려운가! 만수는 자신이 얼마나 잘못된 인생을 살았는지 그 어두운 세월 동안 깊이 깨달았다. 이 목사의 헌신이 아니었던들 그는 지금쯤 세상을 향해 자신의 불운을 보복하려고 이를 갈고 있었을 것이다.

세상은 많이 변했다. 전쟁의 상처는 많이 회복되고 사람들은 열심히 살아가고 있었다.

꿈에도 그리던 희영을 만난 후, 그는 난생처음으로 눈물을 흘렸다. 핏덩이였던 아이를 이렇게 길러 준 이 목사 부부는 그의 목숨을 던져도 아깝지 않을 정신적인 부모였음을 그는 깨달았다. 무슨 일을 해서라도 이들의 은혜를 갚아야 한다. 절박한 심경이었다.

"열심히 노력해서 빨리 자립하도록 하세요."

그를 보내며 하던 이 목사의 부탁을 그는 한시도 잊지 않고 있었다. 믿음이 아직 부족하지만 다행히 선불도 사람들에게 속내를 들키지 않고 여기까지 왔다.

요즘 교회와 관련하여 태식의 눈치가 심상치 않다. 눈치로 알아낸 것이지만 태식이 희영을 아직 마음에 두고 있는 것 같아 늘 불안한 마음이었다. 오늘 정두와 태식이 나눈 얘기는 무엇인가? 한내에 있을 때 학교의 김 선생과 가까운 사이라는 소문을 듣고 그는 김 선생을 눈여겨본 적이 있다. 시원하게 생긴 얼굴과 누구에게나 살갑게 대해주는 성품이 마음에 들었다. 가끔 과수원이나 교회 언덕길에서 두 사람이 같이 있는 모습을 본 일이 있었는데 그렇게 보기에 좋았다. 거기에 비하면 태식의 모습은 비교가 되지 않았다.

사업을 한다고 사람들을 모으고 석답골에 드나드는 그의 모습은 어딘가 균형이 잡히지 않은 것 같다. 늘 얼굴에 불만이 퍼져 있고 매사에 부정적인 태도와 불같이 성을 내는 모습도 눈에 띈다. 다친 왼손을 핑계 삼아 아직도 군대 이야기를 입에 달고 사는 모습에서 고만수는 자신의 과거 기억의 조각들을 발견한다. 그는 태식을 볼 때마다 무슨 일을 저지를 것 같은 불안함을 느끼곤 했다. 아들뻘인 그가 자신에게 상전 노릇을 할 때면 울화가 치밀지만 만수는 모든 것을 마음에만 담고 내색하지 않았다.

이것이 지난 몇 달간 만수가 겪은 일이다.

숙소에서 태식과 정두의 대화를 듣고 난 뒤로 만수는 태식의 거동을 은밀히 살피기 시작했다. 교회와 희영이 관련된 문제다. 눈치로 미루어 이들은 교회가 자신들의 일에 방해가 되고 있다고 여기는 모양이다. 가나안교회와 눈에 보이지 않는 적대적인 관계가 점점 악화되는 분위기다. 만수는 바짝 정신을 차려야 한다고 속으로 다짐한다.

가나안교회와 선불도의 긴장이 윤곽을 드러내고 있었다.

'목사가 계속해서 선불도를 폄하하는 설교를 하고 적대적으로 나오면 두고 보지만 않겠다, 응분의 대가를 치를 것이다, 머지않아 예수를 믿는 교회 사람들을 석답골 도량으로 데려다 세존의 설법을 듣게 하고, 능력을 보여 선불도 사람들을 욕하지 못하게 하겠다'는 것이 골자였지만 다분히 위협적인 분위기였다.

청암은 한내 사람들로부터 교회가 선불도를 미신이라고 한다는 소문에 대해 이렇게 말했다.

"예수나 석가나 모두 영의 세계에서는 비슷한 위치에 있는 것이오. 모두 천존님의 지도를 받는 영웅령에 해당되는 신들입니다. 대체로 천존께서는 천계에 옥황상제를 비롯해 제석천존, 여래불보살, 명성신과 북두칠성, 삼태육성 등 천상신을 두시고 지상에 영웅령들을 두셨는데 위인, 선각자, 장군들이 이들이며 국태민안을 돌보시게 했습니다. 따라서 야소, 석가 모두 사람들에게는 신이지만 영계에서는 두 번째의 위치에 있다 그 말입니다.

무속에서는 많은 영웅령이 있고, 그 밖에 시방법계 제불보살이며 산왕대신, 용왕대신 등 열두 신령을 두고 있습니다. 그들은 모두 맡은 일들이 다르지만 세상을 다스리는 신들이며 비슷한 일들을 하기도 합니다. 실제로 야소교에서 말하는 예수의 탄생과 행적 등은 불가에서도 석가의 행적이 비슷한 내용으로 전해져 옵니다.

예를 들면, 예수 탄생을 축하하는 동방박사가 있었고, 아시타라는 선인이 석가의 탄생을 예고합니다. 예수가 세례를 받는 장면은 아버지 왕이 석가에게 물을 끼얹고 좋도다 하는 장면과 같고, 예수가 물 위를 걷는 장면은 아함경에서 석가가 물 위를 걷는 얘기와 같습니다. 예수가 제자들과 배에서 폭풍을 만나는 장면은 불경 자가타에서 배를 타고 가던 신자들이 폭풍을 만나 석가의 신앙으로 구했다는 얘기와 같고, 성경의 돌아온 탕자 이야기도 법화경의 장자와 궁자 이야기와 비슷합니다. 예수의 열두 제자와 석가가 열두 제자를 파송한 것, 원수를 사랑하라는 예수의 말은 아함경의 네 부모를 죽인 원수도 갚지 말라는 말과 같습니다. 그 밖에도 불경과 성경의 내용은 비슷한 데가 매우 많습니다. 이것은 모두 천신님이 다스리는 영들이 만들어 낸 얘기라서 그렇습니다.

그런데 아직도 우리 선불도를 모함하고 다니는 무리들이 있다는 얘기가 들립니다. 멀지 않아 그들은 혹독한 징벌을 당할 것입니다. 이미 말씀드린 바와 같이 이 세상의 종말은 홀연히 찾아올 것입니다. 이미 천존께서는 그 날짜를 알려 주셨습니다. 삼인일이 그날입니다. 이날이 되면 온 세상이 흑암으로 변할 것입니다. 어떻게 해야 살아남을 수 있겠습니까? 아무 공덕도 없이 그날에 살아남기를 바랍니까? 무엇을 해야 할지 각자 곰곰이 생각해 보시기 바라는 것입니다."

법회에 참석했던 모든 사람들은 청암의 해박한 지식과 영계에까지 두루 섭렵하는 혜안과 권위에 존경을 금치 못하고 고개를 조아렸다. 모두 불에 덴 듯 생각 속에 화상들을 입고 있었다.

이 일이 있은 뒤, 정두를 중심으로 태식과 회사 사람들이 가끔 만나 수군거리는 모습이 보였다. 뭔가 심상치 않은 일들이 꾸며지고 있는 듯했다.

만수는 그것을 본능적으로 느끼고 있었다. 당장 무슨 일이 생길 것 같진 않지만 이들이 교회에 가지는 적대감은 점점 수위가 높아지고 있는 것 같았다.

한내에서 마지막 한 해가 기울고 있었다.

후배인 한영미 선생은 지훈에게 늘 상냥했다. 지훈이 교회 이희영 전도사와 가까이 지내는 소문만 아니었으면 적극 대시했을 것이라고 장난기 섞인 조크를 보낼 때 지훈은 행복했다. 그녀의 적극적인 도움으로 야간학교가 중등 과정을 무난히 운영할 수 있었다. 아까운 후배였다.

지훈은 4H클럽의 최상식 회장을 가끔 생각했다.

그는 올 봄에 회원들과 함께 비닐하우스 농법의 재배면적을 두 배 이상 늘렸다. 경운기라고 불리는 딸딸이 기계가 마을에 등장했다. 소로 밭을 갈던 마을에서 이 기계는 수백 명의 사람과 소가 해오던 일을 척척 해결했다.

이들은 지난 겨울 동안 하우스에서 재배한 상추와 오이, 토마토 등 원예작물들로 상당한 수익을 올렸다. 한겨울에 생산된 토마토를 보고 마을 사람들은 벌린 입을 다물지 못했다. 기적을 만들어 낸 것이다. 한겨울에도 밤잠을 설쳐가며 수고한 보람이었다.

지훈은 이들이야말로 한내를 이끌어 나갈 꿈의 전도사들이라고 생각했다.

그래서 상식에게 한영미 선생을 소개했다.

한영미 선생은 보기보다 생각이 깊고 도시에서 자랐으면서도 농촌 생활을 잘 이해했다. 야간학교에서 보여준 열정도 높이 살 만했다. 최상식 회장의 원대한 꿈인 이상적 농촌상의 건설에 충분히 동반자가 될 만한 소양을 그녀는 갖추고 있었다. 둘 사이가 가까워지는 것이 보여 지훈은 기뻤다.

가나안교회는 교인들의 수가 절반쯤 줄어든 채 예배를 드리고 있었다. 빠른 시일 내에 교회의 원상 회복은 어려워 보였다.

희영은 주일학교와 성가대 일, 그리고 이 목사의 교인 가정 심방에도 동행하며 열심히 아버지의 목회 일을 거들고 있었으나 얼굴에는 늘 그늘이 덮여 있었다.

"너무 상심하지 말어. 곧 회복될 거야. 진리는 늘 승리하는 것이거든."

지훈은 그녀가 안쓰러워 위로의 말을 건네곤 했다.

그럴 때마다 그녀는 그녀를 지탱해 주는 버팀목인 듯 지훈의 어깨에 얼굴을 묻고 오랫동안 있었다.

10월 하순 어느 날 교회로 고만수가 돌아왔다.

"공사도 거의 끝나가고 해서 좀 쉴 겸 돌아왔습니다."

예고도 없이 교회로 돌아온 그의 가방에는 선물이 들어 있었다. 이 목사에겐 성경을 넣을 가방을, 사모님에게는 질 좋은 숄을, 희영에겐 제법 커다란 곰 인형을 건넸다.

"아니, 무슨 선물을 이렇게?"

"보잘것없는 것들입니다. 내 힘으로 번 돈으로 난생처음 해보는 선물입니다."

이 목사 가족은 고만수의 선물을 감사히 받았다.

"아저씬 내가 아직 애긴 줄 아시나 봐."

아이들이나 기뻐할 만한 곰 인형을 받은 희영은 어이가 없었으나

"꼭 사주고 싶었던 것이야"

하며 고 영감이 진지한 표정으로 말했으므로 내색할 수 없었다.

그날 저녁을 먹으면서 만수는 석답골에서 겪었던 선불도 사람들의 이야기를 단편적으로 이 목사에게 전했다.

"그자들은 가나안교회에 대해 좋지 않은 생각들을 하는 것 같았어요. 지난 봄에 군청에서 거기 사람들이 집 짓는 일 때문에 나왔었

는데, 조사를 하러 온 사람들에게 누가 고발했는가 따지고, 혹시 가나안교회 사람들이 찾아가지 않았느냐 묻기도 했어요. 수련원에 드나드는 내촌 사람들이 공공연히 교회 얘기를 꺼내고 본때를 보여주자는 등 말이 많았지요. 목사님이 그들을 사탄으로 치부하고 설교한다는 소식에 화들이 난 모양입니다. 조심하셔야겠어요."

고만수는 날이 어두워지자 그가 거처하던 과수원 오두막으로 올라갔다.

10. 이산(離散)

바로 그날 밤 자정이 넘은 시간에 그 끔찍한 일이 발생했다.

잠자리에 들었던 이 목사는 잠결에 무슨 소린가를 듣고 눈을 떴다. 비몽사몽간인데 창밖이 훤히 밝아 있었다. 아니, 그것은 불빛이었다.

"불이야!"

누군가 질러대는 고함 소리가 들리는 것 같았다. 그는 본능적으로 문을 박차고 밖으로 뛰어 나갔다. 교회당 쪽에서 시뻘건 불길이 일고 있었다.

본당 유리창 안을 밝힌 불꽃이 창밖으로 춤추듯 넘쳐나 건물의 내부가 화염에 휩싸이고 있는 것이 보였다.

"주여!"

이 목사는 자신도 모르게 고함치며 수도 펌프가 있는 뒤란으로 뛰어가 손에 잡히는 대로 양동이에 물을 길어 담아 불붙는 교회당으로 내달았다. 물을 뿌렸지만 거센 불길을 잡는 데는 아무런 도움이 되지 못했다.

사택에서 사모와 희영이 뛰어나왔다.

"어떻게 해? 아빠!"

희영이 자지러지며 이 목사 쪽으로 뛰어왔다. 박영선 사모는 엄청난 사태 앞에 못 박힌 듯 마당에 서서 꼼짝도 하지 못했다. 그러다 풀썩 주저앉고 말았다.

희영은 수돗가로 달려가 펌프질을 하기 시작했다. 불꽃은 교회당의 출입구인 현관 부근에서 맹렬히 피어오르고 있었다. 이 목사는 물 양동이를 들고 그곳으로 뛰었다. 제정신이 아니었다.

한참이 지났을 때 교회 밖에서 사람들의 소리가 나기 시작했다. 마을 사람들이 교회로 몰려왔다.

"도대체 어떻게 된 일입니까?"

교회 근처에 살고 있는 마을 사람들이 모두 뛰어나와 다급히 진화 작업에 참여하면서 불꽃은 조금씩 사그라들기 시작했다.

"여기 사람이 있어요."

양동이를 들고 현관 쪽으로 가던 마을 사람이 외치는 소리에 이 목사는 소리 나는 곳으로 뛰었다. 본관 현관 신발장 근처에 사람이 쓰러져 있었다.

"아니, 고 영감!"

목사는 마을 사람이 안아 일으키고 있는 불에 그슬린 남자를 보며 소리쳤다.

숨이 멎은 것 같았다.

"빨리 방으로 옮기세요."

동네 사람에게 업혀 목사관으로 옮겨진 고만수는 불에 그슬린 채 의식을 잃고 누웠다. 이 목사가 황급히 가슴에 귀를 대어 보았으나 숨을 쉬지 않는 것 같다. 그는 시체처럼 누운 고만수의 배 위로 걸터 앉아 몸을 굽혀 인공호흡을 시도했다. 다행히 그의 몸에는 아직 온기가 남아 있었다.

"희영아, 어서 읍내 병원에 전화를 걸어 구급차를 보내 달라고 해."

어쩔 줄 모르고 방에서 발만 구르던 희영이 전화를 넣었다.

"여보세요! 여기 한내 가나안교횐데요, 응급환자가 발생했습니다. 급하니까 빨리 구급차를 보내 주세요."

한참 만에 통화가 된 전화 앞에서 희영이 다급하게 외쳤다.

이 목사의 혼신의 힘을 다한 인공호흡으로 고만수의 목에서 컥 하는 소리가 나더니 기적같이 호흡이 되살아났다. 사모가 더운 물을 대야에 담아 흙과 재로 뒤범벅이 된 고만수의 얼굴을 닦아냈다. 입고 있는 옷이 불에 그슬려 몸에 달라붙어 있었기 때문에 얼마큼의 화상을 입었는지 가늠이 가지 않았다.

밖에서 사람들의 떠들썩한 목소리가 들렸다.

이 목사는 방에서 나와 교회 쪽으로 다시 뛰어갔다.

그 사이 더 많은 마을 사람들이 모여왔고, 부지런히 진화 작업을 한 덕분에 큰 불길은 잡히고, 여기저기 잔불 연기 위에 물들을 길어다 붓고 있었다.

붉게 넘실대던 불꽃이 사그라진 건물 위로 새벽이 동트고 있었다.

여기저기 연기를 내고 있는 교회 건물은 절반가량이 허물어져 내린 흉한 모습을 드러내고 있었다. 본당 출입구 쪽에서 발화가 된 듯 나무로 된 현관과 지붕 부분은 모두 불에 타 흔적 없이 사라졌고, 처참하게 허물어져 내린 서까래에서는 아직 연기가 피어오르고 있었다.

요란한 사이렌을 울리며 소방차와 앰뷸런스가 수리재를 넘어왔다.

학교 사택에서 잠들었던 지훈은 요란한 사이렌 소리에 잠을 깼다. 악몽에 시달리던 끝이었다.

그가 한내에 온 뒤 한 번도 들어 보지 못했던 사이렌 소리는 창을 열자 마을을 건너 덕적산 쪽으로 향하고 있었다.

'가나안교회.'

직감적으로 느낌이 왔다. 그는 급히 옷을 갈아입고 자전거를 몰아 교회로 향했다. 교회로 가는 오르막길에서 지훈은 돌아나가는 앰뷸런스를 만났지만 그 안에 누가 타고 있는지 알 수 없었다.

교회에 도착한 지훈은 그곳에서 참담한 모습을 보았다.

불타 허물어진 교회 앞에 사람들이 모여 있고, 소방대원들이 다 꺼져 버린 잿더미 위에 물을 뿌리고 있었다.

"어떻게 된 일입니까?"

마침 잿더미 위에서 교회당 비품을 챙기던 사찰 집사에게 지훈이 다가갔다.

"알 수 없는 일이네요."

"목사님은?"

"방금 병원차를 타고 대천으로 나갔어요."

"누가 다쳤나요?"

"조기 과수원 오두막에 살던 고 씨가 다쳤구먼요."

"고 영감님이 왜?"

"알 수 없는 일이구만요."

지훈은 교회 뒤쪽에 있는 사택으로 뛰어갔다.

다행히 불길은 그곳에까지는 미치지 못했는지 집은 온전했다. 집에서는 사모님이 거실에서 조서를 꾸미는 소방대원의 질문에 대답하고 있었다.

"모르겠습니다."

"그렇다고 해도 불이 날 만한 이유를 전혀 알 수 없다고 하시면 말이 됩니까? 예배당 안에는 난로가 두 개나 있던데."

"그건 겨울에 대비해서 며칠 전에 사찰 집사님이 설치한 것이에요. 아직 한 번도 불을 피운 적이 없어요."

"참 신기한 일이네. 그럼 누가 몰래 방화라도 했다는 말입니까?"

소방대원은 사무적인 말투로 사모님을 윽박질렀다.

보다 못해 지훈이 끼어들었다.

"말씀 도중에 죄송한데 지금 사모님은 경황이 없으십니다. 조사도 좋지만 좀 지나치신 것 같습니다."

"당신은 누군데?"

"나는 이 교회의 교인입니다. 지금 막 와서 형편을 잘 모르지만 상황을 들어 보고 제가 말씀드리도록 하겠습니다."

"좋소, 그럼 조금 뒤에 봅시다."

소방사가 밖으로 나갔다.

"고생하셨습니다."

지훈은 식탁에서 컵에 물을 따라 사모님에게 건넸다.

"고마워요, 김 선생님."

큰 충격으로 얼굴이 창백해진 사모님이 물을 한 모금 마셨다.

"어떻게 된 일입니까?"

"지금 얘기한 대로 전혀 알 수 없는 일이에요."

"희영 씨는?"

"목사님을 따라 병원에 갔어요."

"고 영감님이 다쳤다면서요?"

"병원에까지 무사히 갈 수나 있을는지."

"그렇게 심하게 다쳤습니까?"

"불 속에 쓰러져 의식을 잃고 있다가 간신히 호흡을 회복했다 하네요."

"고 영감님은 언제 오셨나요?"

"그저께, 공사장 일이 대충 끝나 며칠 쉬러 왔다고 그랬어요."

"그런데 그분이 왜 그곳에 쓰러져 있었을까요?"

"불을 끄려고 그랬을 테지요. 알 수는 없지만."

"좀 나가 보겠습니다. 소방대원들을 제가 만나 보도록 하겠습니다."

"좀 그렇게 해줘요, 도무지 다리가 떨리고 오금이 저려 한 발짝도 못 걸을 것 같아요."

사모님은 정말 침대 위로 무너지듯 쓰러졌다.

지훈은 밖으로 나왔다.

그새 날이 밝아 수리재 위로 해가 솟아오르고 있었다. 햇빛 속에 드러난 교회는 절반이 무너진 채 검게 그슬린 흉한 모습을 드러냈다. 강단 쪽에는 무너지다 만 벽돌과 기왓장이 덮여 있고, 성가대석의 피아노도 불길을 피하지 못했다. 마당 왼편에 있는 종각이 그나마 불길을 피해 덩그렇게 서 있었다.

"그래도 다행이네요. 간밤에 바람이 자서…. 큰 산불로 번질 뻔했어요."

교회 앞마당에서 호스를 정리하고 있던 소방대원이 혼잣말처럼 말했다. 조금 전 목사관에 왔던 친구였다.

"화재의 원인이 뭐라 생각됩니까?"

이번에는 지훈이 거꾸로 물었다.

"글쎄요, 지금 뭐라 단정하기는 그러네요. 그건 경찰 소관이니까 곧 밝혀지겠죠. 마침 저기 나타나셨구먼."

경적을 울리며 경찰차가 언덕을 올라오고 있었다.

경찰관 두 명이 차에서 내려왔다.

밖에서 마을 사람들 사이에 서 있던 최 장로가 그들을 맞아 목사관으로 들어갔다.

지훈은 시계를 들여다봤다. 출근 시간이 다가와 있었다.

그 시간, 대천읍 동제의원 응급실에서는 원장이 새카맣게 그슬린 고만수를 침대에 눕힌 채 알코올로 전신을 닦아내고 화상 치료제를 바르고 붕대로 전신을 동여매는 치료를 하고 있었다.

"어떻겠습니까?"

근심스런 표정의 이 목사가 곁에서 의사의 손길에 시선을 꽂은 채 물었다.

"5도 화상이라고 들어 보셨습니까? 전신 피부의 절반 이상이 화상을 입었다는 뜻입니다. 이 환자는 그 이상입니다. 숨을 쉬고 있다는 게 기적입니다. 거기다 유독가스를 심하게 마셨습니다."

"생명에는 지장이 없겠지요?"

"장담할 수 없습니다. 앞으로 일주일 정도 상태를 지켜봐야 하겠지만 거의 절망적입니다. 미리 마음의 준비를 하시는 것이 좋겠습니다."

"그냥 이대로 죽어선 안 될 사람입니다. 꼭 살려 주십시오."

"목사님, 사람의 목숨이야 하늘에 있다고 하시겠지만 지금 환자의 상태는 아주 나쁩니다. 원하신다면 서울 종합병원에 알아보긴 하겠지만 제 경험으로는 부질없는 일이 되기 쉽습니다. 이송 도중에 잘못될 확률이 훨씬 큽니다. 환자는 제게 맡겨 두시고 교회 일이나 수습하세요."

이 목사는 하는 수 없이 밖으로 나왔다.

희영이 문 밖 의자에 앉아 있다가 일어선다.

"어떻게 됐어요?"

"힘들 것 같다."

"정말 안됐네요. 어쩌다 그렇게 됐을까요. 그런데 혹시 영감님이 일부러 방화나 실화를 한 게 아닐까요? 이상한 일이잖아요? 왜 영감님이 거기에 쓰러져 있었을까요?"

"희영아, 그건 절대 그렇지 않다. 고 영감님은 불을 끄러 교회로 들어갔다가 그렇게 된 거야."

"아버진 고 영감을 잘 몰라서 그런 거예요. 어제도 밤늦게 삼거리에 있었을 거예요."

"희영아, 그렇게 사람을 의심하고 정죄하는 것은 나쁜 일이야."

"고 영감님은 도대체 왜 갑자기 나타나 이런 엄청난 일을 저지른 거예요?"

"우리를 만나러 온 사람이다."

"아버지, 고 영감님은 대체 누구예요?"

"이야기해 주마. 잠깐 밖으로 나가자."

그들은 병원 밖으로 나왔다.

병원 마당에 심은 아름드리 느티나무 아래에 벤치가 놓여 있었다. 나뭇잎들이 검붉게 물들어 있었다.

이 목사가 먼저 자리에 앉았다.

의아한 표정으로 희영이 그 곁에 앉는다.

"고 영감님이 회복되도록 간절히 기도하길 바란다."

"왜 그래야 하는데요?"

"그는 네 생명의 원천이기 때문이다."

"무슨 뜻이지요?"

희영의 눈이 동그래진다.

"단도직입적으로 말하겠다. 그는 네 아버지시다."

이 목사가 떨리는 목소리로 말했다.

"네?"

희영은 갑자기 머릿속이 하얗게 변하는 것 같았다.

충격 때문에 호흡이 멎으며 얼굴이 핼쑥하게 변했다.

"희영아, 괜찮니?"

이 목사가 쓰러져 오는 희영의 어깨를 감싸며 물었다.

가까스로 몸을 가눈 희영이 긴 숨을 내뿜었다.

"당혹스럽겠지만 얘기를 들어라. 그동안 사정이 있어서 너는 우리 집에서 자랐다. 벌써 네게 말했어야 하는 건데 차일피일 미루다가 이렇게 된 것을 용서하기 바란다. 고 영감이 출감해 한내로 왔을 때가 그랬다. 아니, 훨씬 이전에 네게 알렸어야 할 이야기다. 그런데 오늘까지 왔다. 어렸을 때는 이해할 수 없을 것 같아서, 사춘기 때는 네가 받을 충격을 염려해서 이 사실을 말할 수 없었다. 고 영감이 교회로 온 뒤로는 고 영감이 말하는 것을 반대했기 때문에 그렇게 됐다. 너는 첫돌이 막 지났을 때 보육원에서 내가 데려왔다. 너는 이제 이희영이 아니라 고희영으로 살아가야 한다. 왜 그렇게 되었는가는 너무 길어 다시 이야기하기로 하자. 이제 왜 고 영감님을 살려야 하는지 이해가 되니?"

이 목사의 이야기를 듣고 있는 희영의 눈에 눈물이 고이기 시작하더니 뺨을 타고 흘러내렸다.

"엄마는?"

"돌아가셨다. 나도 자세한 것은 모른다."

"왜 감옥에 가셨는데요?"

"그것도 나중에 얘기하자. 오늘은 이쯤에서 멈추고, 나는 교회로 가 봐야 하는데 고 영감을 네게 부탁해도 되겠니?"

눈물 가득한 눈으로 희영이 고개를 끄덕였다.

이 목사는 뚜벅뚜벅 병원 안으로 들어가더니 잠시 후에 밖으로 나왔다.

"안에 들어가 봐라. 어쩌면 마지막 얼굴이 될지도 모르겠다."

이 목사는 희영에게 말하고 마당으로 나온 차에 올랐다.

이 목사를 보내고 병실로 갈까 하다가 희영은 발길을 돌려 정원을 걷기 시작했다.

갑자기 눈앞에 보이는 건물의 색깔이 바뀐 것처럼 생각되었다. 흰색에서 노란색으로. 맞은편의 은행나무는 하얗게 퇴색한 잎들을 달고 있었다.

너무나 큰 충격이 모든 생각을 헝클어 놓아 희영은 조리 있는 생각을 할 수 없었다.

고희영.

그렇다. 나는 이제 이희영이 아닌 다른 사람이 되었다.

병원 입구에 세워진 거울에 비친 그녀의 얼굴은 지금껏 살아온 그녀의 것이 아니었다. 아주 낯선 얼굴이 거울 속에서 그녀를 바라보고 있었다.

어렸을 때부터 막연하게나마 불안하게 생각해 오던 자신에 대한 정체성이 오늘로 명백하게 드러난 순간 이희영은 사라져 버린 것을 그녀는 한참이 지난 뒤에야 깨달았다. 슬퍼해야 할 일이 아닌 것 같은데, 그녀의 눈에서는 알 수 없는 눈물이 계속 흘러내리고 있었다.

그렇게 그녀는 병원 안의 정원을 수십 바퀴 맴돌다 하는 수 없이 병실로 걸음을 옮겼다.

응급실의 고 영감은 다행히 호흡이 순조로워져서 중환자실로 옮겨졌다.

"앞으로 어떤 돌발 상황이 벌어질지 알 수 없으므로 세심한 주의

가 필요합니다."

의사가 희영에게 당부한 말이다.

중환자실 침대에 눕힌 고만수 영감을 희영은 망연히 들여다보았다. 온몸을 붕대로 감은 고만수의 모습은 마치 미라처럼 보였다. 지난해 8월에 한내로 온 고만수를 처음 본 것은 추수감사절 무렵이었다. 아버지의 친구라는 것 외에 알려진 것이 없는 그에게 희영은 무관심했었다. 가끔 칙칙하게 그녀를 바라보는 눈빛이 싫어서 외면해 온 것 외에 고 영감과의 관계는 그야말로 남남인, 아무것도 아닌 것이었다.

그런데 그녀는 왜 피부색이 이 목사인 아버지나 엄마와 다르게 까무잡잡한지, 어렸을 때 주워 온 아이라고 놀리던 친구들에게 왜 그토록 화를 내고 싸웠는지 이제 그 의문들이 풀리고 있음을 알았다.

그리고 엊그제 고 영감이 선물로 사온 곰 인형이 무엇을 말하는지 이젠 알 것 같았다. 희영의 눈에 다시 눈물이 맺힌다. 갑자기 기도를 드리고 싶어졌다.

"하나님 아버지, 도와주세요. 저는 어떻게 해야 합니까? 아무것도 모르고 이렇게 살아온 죄를 어떻게 용서받을 수 있나요? 살려 주세요. 주님의 거룩한 손으로 고만수 씨를 살려 주세요."

희영은 그렇게 오래 침대 모서리에 엎드려 있었다.

오후가 되었을 때 한내에서 지훈이 달려왔다.

"교회에 연락했더니 여기에 있다고 알려 줬어."

"바쁘실 텐데."

희영의 목소리엔 힘이 하나도 없었다.

"마을 사람들이 모두 고 영감님을 방화범으로 의심하는 눈치던데."

"아녜요, 그건 오해예요. 절대 그럴 리가 없어요. 이분은 불을 끄러 갔다가 이렇게 되신 거예요."

사람들에게 들은 얘기를 전했다가 의외로 완강히 부인하는 희영의 태도에 지훈은 의아해졌다.

잠시 후에 경찰관 두 명이 병실을 찾아왔다.

"환자 상태를 좀 보러 들렀습니다."

경찰 한 사람이 침대 쪽으로 다가갔다.

"보시면 몰라요? 금방 어떻게 될지도 모르는 위험한 상태예요. 뭘 알고 싶으세요? 당신들도 이 환자가 방화범이라고 생각하시는 겁니까?"

그들을 지켜보던 희영의 목소리에 날이 선다.

"아니, 우리는 그저 상황을 보러 온 것입니다."

경찰들은 멈칫 물러났다.

"그런데 누구세요?"

그중 하나가 희영을 쳐다보았다.

"환자의 딸이에요."

희영의 입에서 알 수 없는 말이 튀어나왔다.

"예, 잘 알았습니다. 수고하세요."

그들은 거수경례를 하고 문을 나갔다.

"아니 희영 씨, 그 무슨…?"

이들을 지켜보던 지훈의 눈이 휘둥그레진다.

"사실이에요. 왜 안 믿어지나요?"

도무지 알 수 없는 일이었다.

"희영 씨, 좀 쉬셔야 되겠어요. 너무 예민해지신 것 같아요."

"…"

'왜 이러지, 내가?'

10. 이산(離散) 313

희영은 지훈 앞에서 마음의 중심을 잡으려고 노력했다. 그러나 그녀의 의지와는 다르게 자꾸만 생각이 꼬이고 있었다.

간호사가 병실로 들어와 고 영감의 호흡과 맥박을 체크하고 나갔다. 특이한 증상은 나타나지 않은 것 같다.

"잠깐 바람이라도 쏘입시다."

지훈이 안쓰러운 표정으로 희영을 부축해 일어났다.

그들은 병원 뜰로 나왔다. 늦가을 짧은 해가 석양으로 하늘을 수놓고 바람에 느티나무 잎들이 떨어져 내렸다.

그들은 느티나무 아래 놓인 벤치에 앉아 산마루에 걸린 석양을 바라보았다. 곧 사그라질 찬란한 햇빛이 하늘을 핏빛으로 물들이고 있었다.

"희영 씨, 도무지 이해가 가지 않는 말들을 들었습니다. 좀 설명해 줄 수 있어요?"

"괜히 오기를 부려 미안해요. 김 선생님과는 전혀 관계가 없는 얘기니까 신경 쓰지 않으셔도 돼요."

"제가 남입니까? 희영 씨 일이 바로 제 일인 걸 모르세요?"

"저는 어제의 희영이 아녜요."

희영의 어조에서 체념 같은 것이 느껴졌다. 그동안 무슨 일이 있었는지 엄청난 변화가 희영에게 일어나고 있음을 지훈은 보았다.

"말하고 싶지 않으면 안 해도 좋습니다. 나중에 듣기로 하고… 힘을 내세요. 교회는 다시 세우면 됩니다. 시련은 또한 기회이기도 한 것입니다."

분위기에 잘 어울리지 않는 말이라 생각하면서도 지훈은 일부러 크게 말해 주었다. 가라앉은 희영의 마음이 회복되기를 기대하면서….

"같이 밤을 새우고 싶은데."

병원 근처의 식당에서 간단히 저녁을 먹으며 지훈이 말했다. 희영을 병원에 남겨 두고 갈 수가 없었다. 무슨 일인지 알 수 없지만 히스테리 증세를 보이는 희영이 걱정되었다.

"저녁에 목사님이 오시기로 했어요. 병원차로 가셨으니까 곧 오실 거예요. 내일 출근은 어떻게 하시려고? 막차 시간이 다 됐어요."

희영은 지훈의 등을 떠밀다시피 버스 정류소로 보냈다.

지훈은 하는 수없이 한내로 돌아왔다.

갑작스레 일어난 교회의 화재 사건으로 한내는 떠들썩해졌다.

소방서와 경찰서에서 화재 사건의 진상을 조사하기 위해 교회로 와서, 이 목사와 사찰 집사를 몇 번이나 불러 반복 조사를 하고 화재 현장을 면밀히 감식했다.

화재가 발생한 날은 수요일 밤이었다. 갑자기 날씨가 쌀쌀해져 교회 본당에는 두 개의 대형 연탄난로가 설치되었다. 지난해 쓰던 석유난로를 사찰집사가 창고에서 꺼내 먼지를 닦고, 본당 예배실 앞뒤로 두 곳에 설치했다. 그러나 불은 피우지 않은 상태였다.

수요일 밤 예배는 8시에 끝났고, 10시 이후에는 이 목사 가족과 석답골에서 돌아온 고만수 영감이 과수원 움막집에 있었을 뿐이다.

본당 출입구 쪽이 불길이 거세고 가장 많이 타버린 점은 그곳에 설치된 두꺼비집에서 누전으로 발화됐을 가능성이 높긴 했지만, 고만수 영감이 현관 안쪽에 쓰러져 있었다는 것은 직간접으로 화재와 고 영감이 관계가 있다는 것을 말해 주고 있었다. 수사 당국자들은 방화든 실화든 화재 원인이 고 영감에게 있다고 결론짓고 있는 것 같았다. 그리고 당사자는 지금 의식불명 상태이다.

그러면 고 영감은 왜 교회에 불을 낸 것일까? 당국에서 추측하는 것은 방화보다는 실화일 가능성이다. 여러 정황으로 보아 이 목사와의 관계를 고려할 때 방화의 가능성은 희박하고, 무슨 이유에서인지 밤늦은 시간에 그가 교회로 갔고, 거기서 불을 냈고, 진화하는 과정에서 질식한 것이다. 고 영감이 쓰러졌던 곳 근처에서 불에 탄 석유통으로 추정되는 물체가 발견된 점도 이들의 추측을 뒷받침하고 있었다.

'밤늦은 시간 교회당에 간 고 영감이 추위를 피하려고 난로에 불을 지피다 실화를 한다. 황급히 근처에 있던 석유통을 물통으로 오인하고 불을 끄려고 기름통을 던졌다.'

이런 추론이 가능한데, 이런 일을 저지르기 위해서는 만취 상태였다고 추측해 볼 수도 있다. 이 목사의 완강한 부인에도 불구하고 담당 순경은 사건을 고만수의 실화(혹은 방화) 쪽으로 몰아가려는 눈치였다.

외부에서 제3의 인물이 교회에 침입해서 방화했을 가능성도 제기됐으나 야심한 시간이고 결정적인 물증이 없었다.

지훈이 이 목사에게서 사건의 전말에 대해 이야기를 들은 것은 다음날 교회에서였다. 퇴근 후에 교회에 올라갔더니 이 목사는 집사들과 교회 내부를 정리하고 있었다. 교회 건물은 강단이 있는 앞부분 일부만 남기고 지붕의 절반 이상이 무너져 내린 처참한 모습을 드러내고 있었다. 지훈도 웃옷을 벗고 검게 그슬린 목재들과 쓰레기들을 치우기 시작했다. 오늘 아침까지도 경찰이 현장 보전의 구실로 물건에 일체 손을 대지 못하게 했다. 그래서 사건 처리를 위해 증거물이 될 만한 장소의 사진 촬영이 모두 끝난 뒤 오후부터 정리가 시작됐다고 한다.

"고 영감이 불을 질렀다는 것은 전혀 사실이 아닙니다. 공교롭게 화재 현장에 있었을 것입니다. 경찰서에서도 그 점을 분명히 했어요."

이 목사는 고 영감의 관련설을 적극 부인했다.

"그러면 목사님은 화재 원인을 뭐라 생각하십니까?"

지훈이 물었다.

"현관에 있던 배전판이 낡은 것이 사실입니다. 원인이 그곳에 있지 않나 생각합니다."

"외부에서 누군가 계획적으로 방화를 했을 가능성은 없습니까?"

"누가 뭣 때문에?"

"모르죠. 교회에 반감이나 적개심을 가진 사람들이 있을지도 모르고 혹 정신질환자의 소행일 수도 있지 않겠습니까?"

"가나안교회는 지탄 받을 일을 하지 않았습니다."

이 목사는 단호하게 말했다.

그것은 사실일지 모른다.

그러나 지훈의 생각은 좀 달랐다.

"고 영감님 근처에 있었다는 석유통은 어디 있습니까?"

"유일한 물증이라고 사진을 찍고 그들이 가져갔습니다."

"그것이 교회에서 쓰던 석유통이 맞습니까?"

"글쎄요."

이 목사는 마침 삽을 들고 들어오던 사찰 집사를 불렀다. 교회의 관리를 맡고 있는 집사였다.

"무슨 일입니까?"

"어제 경찰에서 가져간 석유통 말인데요. 그것이 교회에서 쓰던 물건이 맞습니까?"

"불에 타서 잘 알아볼 수는 없었지만 맞는 것 같은데요. 창고에 있던 긴데 꺼내 놓은 생각은 안 나지만."

"창고로 가 보세요, 지금."

"알겠습니다."

사찰집사는 창고 쪽으로 뛰어갔다.

"다행히도 바람이 없어서 창고가 무사했어요. 작년 겨울에 쓰다 남은 기름이 꽤 남아 있었지요. 생각만 해도 아찔합니다. 불행 중 다행이라고 생각합니다."

이 목사가 한숨을 내쉬며 말했다.

잠시 후에 김 집사가 작은 석유통 한 개를 들고 왔다.

"목사님, 작은 석유통은 창고에 그대로 있던데요."

흔하게 보던 푸른 빛깔의 플라스틱 통이었다.

"그러면 고 영감님이 쓰러졌던 곳에 있었다는 석유통은 어디서 난 것인가요?"

지훈이 물었다.

"글쎄요. 엊그제 본당에 난로를 설치하고 석유를 넣었다고 생각했는데, 그래서 그 통이 나왔을 것이라고. 그런데 지금 생각해 보니 난로에는 석유를 넣지 않았네요. 그러니까 불에 탔다는 그 통은 다른 통이었네요."

환갑이 지난 김 집사는 뭔가 헷갈리는 듯 반백이 된 머리를 긁적였다.

지훈은 불이 난 곳인 본당의 현관 부근으로 가 봤다.

어지러운 재와 불에 탄 마루며 창틀 등 타다 남은 나무토막들이 널린 곳에 사람들이 이미 마루 부분을 파헤쳐 버려 단서가 될 만한 불탄 흔적들을 찾아내기 힘들었다. 그러나 지훈은 무언가 석연치 않은 느낌이 들었다. 그는 이 목사에게 자신의 생각을 말했다.

"석유통이 교회의 물건이 아닌 것으로 밝혀졌으니 수사의 방향도 달라져야 한다고 생각합니다. 외부에서 가져온 석유통이면 외부의 누군가 의심을 해봐야 하지 않을까요?"

"글쎄요, 김 선생님 말씀도 일리가 없는 것은 아니지만, 고 영감님이 빨리 회복되어 사실을 증언해 주기만 기다릴 수밖에 없을 것 같습니다."

"고 영감님은 어떤 상탭니까?"

"오늘 아침까지는 별 이상이 없었습니다. 숨은 쉬는데 의식이 돌아오지 않는 것입니다. 하기야 화상의 고통을 모르고 있는 지금 상태가 다행인지 모르죠."

"어젯밤 희영 씨가 이상한 말을 했습니다."

"무슨?"

"조사를 나온 경찰에게 '환자를 괴롭히지 마라. 그는 내 아버지다' 뭐 대충 이런 말이었던 것 같은데…."

"화재에 대한 충격이 너무 커서 그랬을 겝니다."

이 목사는 더 이상 언급을 하지 않았다.

지훈은 교회 사람들과 불타고 남은 잔해들을 치우고 흩어진 물건들을 정리하느라 해가 질 때까지 교회에 있었다. 고 영감을 돌보느라 병원에 있을 희영이 궁금했으나 이곳의 일도 긴급을 요하는 것이어서 자리를 뜰 수 없었다. 주일이 모레로 다가왔고 예배 장소를 대충이라도 정리해야 했기 때문이다.

집으로 돌아오면서 지훈은 교회의 돌연한 화재가 왠지 심상치 않은 이유로 일어났으리라는 생각이 들었다.

'뭔가 확실치는 않지만 고 영감이 화재 현장에 쓰러져 있었다는 이유로 사람들은 그의 방화 혹은 실화로 예단하는 것 같다. 그러나 고 영감은 이 목사의 친구요 이곳에서 교회의 신세를 지며 지냈고, 화재를 일으킬 이유가 전혀 없는 사람이다. 이 목사도 고 영감을 용의선상에 올려놓는 것을 반대하지 않는가. 그리고 화재 현장에서 증거품으로 수거되었다는 석유통은 교회의 것이 아닌 것으로 오늘 판명되었다. 그렇다면 이번 화재는 고 영감이 어디선가 석유통을 들고 교회로 들어와 난로에 불을 피우는 과정에서 실화가 되었거나, 의도적으로 방화를 했거나, 그도 아니면 외부에서 제3자가 의도적이고 치밀한 계획으로 교회에 방화를 하고 도주 혹은 은폐 상태이거나…. 여러 가지 추측이 가능할 것 같다. 그중에 이 목사가 제시하는 배전판의 누전 발화 가능성은 매우 낮아 보인다. 이 목사는 누전으로 인해 일어난 화재로 처리하고 싶어 하는 것처럼 보였다. 그것이 교회나 자신을 위해 가장 유리한 것이라고 판단하는 것일까?'

지훈은 직감적으로 이번 화재가 혹시 석답골의 선불도와 어떤 연관성이 있지 않을까 하는 의문이 일었다. 일종의 직감이라고 해야 할까, 화재 현장을 돌아보고 나서 느낀 석연치 않은 부분이 자연스럽게 그들과 연결되는 것에 그는 자신도 놀랐다.

학교 사택으로 돌아오는 길에 지훈은 삼거리에 들렀다. 혹시 무슨 정보라도 얻을 수 있을까 해서다.

그는 삼거리 집 주인 여자에게 요즘 며칠 사이에 고 영감이나 최태식이나 그밖에 내촌 사람들이 왔다 간 일이 없는가 물어 봤다.

"아무도 안 왔어."

"한내 사람이 아닌 낯선 사람은?"

"글쎄, 나흘 전인가 닷새 전인가 검은색 작업복을 입은 남자 둘이 저녁을 먹으러 와서 국밥과 막걸리를 먹고 간 일이 있긴 한데."

"그들이 무슨 얘기를 했는지 기억 안 나요?"

"낯선 사람들이 어디 한둘이래야지? 무슨 말을 특별히 들은 거 없는데. 그런데 선상님, 그걸 왜 물어 보는데요?"

"그냥 좀 알아볼 일이 있어서 그럽니다. 엊그제 교회에서 일어난 화재 사건 때문에."

"불은 과수원에 살던 영감이 냈다면서?"

"다들 그렇게 생각하는 모양인데 석연치 않은 점이 많아서 그래요."

"난 아무 얘기도 들은 적이 없어요."

갑자기 주인 여자가 아주 생경한 표정을 지으며 손사래를 쳤다. 행여 무슨 말꼬리라도 잡히지나 않을까 걱정하는 빛이 역력했다.

"고맙습니다."

지훈은 삼거리 집에서 나오는 수밖에 없었다.

'검은 작업복을 입은 두 사람…'

삼거리 집 여자에게서 들은 말이 지훈의 뇌리에 박혔다.

'뭔가 있어.'

사건의 단초가 얻어진 듯 지훈은 조금 흥분을 느꼈다.

그다음 날 토요일 오후에 퇴근하면서 지훈은 대천 동제의원으로 갔다.

고 영감의 안위가 궁금했다. 그보다 희영을 만나야 했다.

희영은 간이침대에서 깊이 잠들어 있었다.

깨울까 하다가 그만두고 침대 위의 고 영감을 살펴봤다. 사흘이 지났는데 눈과 코, 입 부분을 제외하고는 모두 붕대로 감긴 엊그제의 모습 그대로였다.

미동도 하지 않는 그가 숨을 쉬고 있는지 분간이 가지 않았다. 그에게 고만수는 수수께끼와 같은 인물이다.

도대체 그가 어디서 무엇을 하던 사람인지, 목사와는 어떤 관계인지, 왜 과수원에 와 머물렀는지, 그리고 어디로 갔다가 왜 갑자기 나타났는지, 그가 나타난 후에 일어난 이 일련의 엄청난 사건들은 무엇인지, 왜 그가 화재 현장에 쓰러져 있었는지, 희영은 왜 이 병원에서 환자 곁에서 밤을 새우며 지키고 있는지 모든 것이 의문이었다.

지금은 비상사태이니만큼 모두 안정이 되면 자연히 밝혀질 수 있을까? 아니, 꼭 밝혀야 할 사항이다. 희영이 관련된 문제이기 때문이다.

잠시 후에 문이 열리며 의사와 이 목사가 들어왔다. 뜻밖에 사모님이 뒤따라 들어왔다. 지훈이 오기 전에 이미 이들이 와 있었던 모양이다.

"아니, 김 선생님이 오셨군요."

사모님이 다가와 지훈의 손을 잡아 줬다.

그 바람에 간이침대에서 잠들었던 희영이 일어났다.

"언제 왔어요, 엄마?"

"조금 전에 왔다. 고단했던 모양이구나. 그냥 누워 있으렴."

사모님은 희영이 안쓰러운 듯 어깨를 안아 줬다.

원장은 환자의 상태를 면밀히 체크했다. 맥박도 살피고 눈꺼풀을 뒤집어 보기도 했다. 간호사가 내민 체크리스트도 살펴보았다. 그리고는 고개를 갸웃했다. 그러더니 곁에 선 간호사를 불렀다.

"김 간호사, 빨리 산소 호흡기를 준비하세요."

"네!"

간호사가 부지런히 밖으로 나갔다.

"무슨 일입니까?"

이 목사가 원장을 쳐다본다.

"혈압이 현저히 떨어지고 있습니다."

갑자기 병실 안이 어수선해졌다. 간호사가 산소 호흡기를 가지고 오자 그것을 환자의 얼굴에 씌우고 계기들을 점검했다.

"상태가 안 좋습니다. 조금 지켜봐야겠지만 큰 기대는 하지 마십시오. 말씀드렸다시피 지금까지 버틴 것이 기적입니다."

호흡기 덕분에 환자의 호흡은 조금 안정되어 갔다.

"갑자기 돌발사태가 올 수도 있습니다."

의사는 이 목사에게 이렇게 말하고 병실 밖으로 나갔다. 이 말은 준비를 하라는 의미로 들렸다.

"힘들었지, 희영아?"

이 목사가 딸의 손을 잡아 쥐었다.

"괜찮아요."

희영이 힘없이 대답했다.

희영의 시선이 지훈에게 향했다.

"김 선생님, 바쁘신데 오늘 또 와 주셨네요."

"오늘 토요일입니다. 바쁘지 않아요."

이틀 사이에 희영의 얼굴이 몰라보게 수척해 있어서 지훈은 마음이 아팠다.

환자가 호흡이 정상으로 돌아서자 그들의 화제는 교회 걱정으로 옮겨 갔다.

"내일 주일인데…"

지훈의 걱정에

"어떻게 되겠지요. 집사님들이 열심히 복구 작업을 하고 있습니다. 형편대로 할 수밖에요" 하며 사모님이 말했다.

"도대체 화재 원인을 알 수 없습니다. 여기 고 영감님이 실화를 한 것으로 결론이 나는 것 같은데 제 의견은 좀 다릅니다. 어제 삼거리 집에 들렀었습니다. 요 근래에 낯선 남자 둘이 그곳에서 식사를 한 사실을 알아냈습니다."

"그들이 누굽니까?"

이 목사가 놀란 표정으로 지훈을 쳐다봤다.

"아직 알 수 없습니다. 혹시 내촌 선불도와 관계 있는 사람들이 아닐까 혼자 생각해 봤습니다."

"설마 그들이 그런 짓을?"

"알 수 없는 일입니다. 일단 여러 경우의 가능성을 생각해 보자는 것입니다."

"아직 확실한 증거가 없는데 함부로 이야기하는 것은 좀 그렇습니다. 누전으로 인한 사고가 거의 확실해져 가고 있어요. 어제 오후에 다시 현장 감식반이 왔다 갔는데, 배전판 부근의 상태가 화재가 일어난 원인에 가깝게 판정이 됐습니다. 저는 이번 일이 더 확대되는 것을 원치 않습니다."

"잘 알겠습니다."

지훈도 더 이상 이야기를 계속해야 할 이유가 없었다. 교회에 소속된 교인의 한 사람이지만 그는 당사자가 아닌 것이다. 감 놔라 대추 놔라 할 입장이 못 됐다.

"사실 여기 누운 고만수 씨를 의심하는 것은 또 다른 잘못입니다. 이분은 교회에 그런 일을 할 사람이 아닙니다. 그날 밤의 상황은 아마 이렇게 된 것이 틀림없을 것입니다. 한밤중에 과수원 오두막에서 잠이 깨었는데, 교회에서 화염이 솟구치는 것을 보고 급히 달려 나왔고, 우선 화재 현장으로 달려갔을 것입니다. '불이야' 하는 소리를 저도 잠결에 들은 것 같습니다. 그리고 손에 닿는 대로 물통을 들고 불 속으로 뛰어들었을 것입니다. 그러다 무너져 내리는 불덩이 속에 쓰러졌을 것입니다. 아니, 먼저 질식을 했을 수도 있습니다."

이 목사는 현장을 본 것처럼 생생한 화재 현장을 재현하며 설명했다. 확신에 찬 음성이었다.

"목사님, 그는 교회를 떠나 선불도 사람들과 접촉했던 사람입니다. 그동안 석답골에서 무슨 일이 있었는지 알 수 없습니다."

"글쎄, 누굴 만났건 고만수 씨가 그럴 사람이 아닌 것만은 분명합니다. 김 선생님에겐 나중에 따로 설명 드릴 부분이 있습니다."

확신에 찬 이 목사의 말에 지훈은 더 이상 이의를 제기할 수 없었다. 대화 도중 희영이 참견할 듯했으나 의욕이 없는지 입을 다물고 두 사람의 이야기를 듣고만 있었다.

그들은 고만수 씨가 어서 의식을 회복해서 사건의 전말을 시원하게 설명해 줄 수 있기를 바랐다.

그러나 그날 밤이 이슥해질 때까지 고만수는 다시 호흡이 어려워지고 두 번의 발작을 더 일으켰다. 간신히 충격요법으로 회복되는 듯했으나 결국 숨을 거두었다. 이 목사의 가족과 지훈이 지켜보는 자리에서였다.

고만수는 숨이 멎기 전 2~3분간 기적적으로 눈을 떴다.

이 목사가 다가가 그의 손을 잡았다.

"고만수 씨, 저를 알아보시겠소? 교회 불 끄느라고 수고했소."

붕대를 감은 얼굴 속에서 그의 눈꺼풀이 열리고 희미하게나마 눈동자가 움직였다.

"희영이 여기 있소."

이 목사가 희영의 손을 고만수의 손에 쥐어 줬다.

"아버지!"

희영이 가만히 불렀다.

만수의 눈에 눈물이 고이는 듯했다. 뭔가 말을 할 듯 입술도 움직이는 것 같았다. 희영의 손을 쥔 그의 손에 작은 힘이 가해지는 것 같기도 했다.

그렇게 짧은 순간이 지난 뒤 환자의 목에서 딸꾹질이 나왔고, 서너 번 목 안으로 넘어가는 숨소리가 간헐적으로 들리다가 호흡이 멈췄다.
"운명하셨습니다."
환자 침대 맞은편에 서 있던 의사가 지켜보던 사람들에게 말했다.
"아버지!"
참았던 울음이 터지면서 희영이 고만수의 침대로 쓰러졌다. 한참의 오열이 희영의 어깨를 들썩이게 했다. 이 목사와 사모님도 수건으로 눈물을 찍어내며 그 곁에 서 있었다. 지훈은 희영의 돌연한 태도에 의문이 일었지만 희영이 매우 슬퍼하므로 지켜서서 바라보는수밖에 없었다.
"됐다, 이제 그만 일어나자."
한참 뒤에 이 목사와 사모님이 희영을 일으켜 세웠다.
교회 직원들이 병실로 들어와 흰 천을 시체에 덮고 문 밖으로 운반해 나갔다.
이 목사가 직원들과 절차를 의논하고 돌아왔다.
"삼일장으로 치르기로 했다."
그가 가족에게 말했다.

다음날이었다.
불에 타 버려 훤히 뚫린 천장으로 늦가을 햇살이 쏟아져 들어오는 가나안교회의 본당, 대충 화재의 잔해들만 걷어낸 강단, 이 목사는 몇 안 되는 교인들이 참석한 주일 예배에서 교회에 일어난 엄청난 시련을 믿음으로 극복하자고 설교했다.
복을 주시는 하나님께서는 시련도 주시되 감당할 만한 시련을 주시는 것이므로, 절망하거나 슬퍼할 이유가 없고 하나님의 뜻에 순종

하는 마음으로 어려움을 이기자고 했다. 교회 화재를 진압하다 숨진 고만수에 대해 고마운 마음을 갖고 그의 명복을 빌어 주자는 말도 덧붙였다.

그는, 일부 사람들이 고만수 씨가 교회에 방화했다는 근거 없는 말들을 하고 있는데, 이것은 사실이 아니며 소방당국과 경찰에 의해 누전 사고로 판명이 났다고 강조하며, 이럴 때일수록 교인들이 서로 단합해야 한다고 역설했다.

폭격을 맞은 듯 부서져 내린 가나안교회는 건물만 불에 탄 것이 아니라, 교인들의 마음도 시커멓게 태우고 있었다.

이 목사의 간곡한 설교에도 사람들은 의심의 눈으로 이 사건을 바라보고 있었다. 어디서 허접한 인물을 교회로 불러들여 결국 사고를 일으키고 말았다는 싸늘한 시선들이 이 목사와 그 가족들을 견딜 수 없게 만들고 있었다. 가나안교회가 한내에 세워진 이래 최대의 위기가 찾아온 것이다.

고만수의 장례는 이런 분위기로 하여 교회장으로 하려던 계획이 취소되고, 이 목사 가족과 교회 사찰집사, 여자 권사 몇 명만 참석한 아주 쓸쓸한 것이 되고 말았다. 슬퍼해 줄 가족도 없이 그는 그가 머물던 과수원 뒷산에 묻혔다. 장례식이 월요일이었으므로 지훈은 학교에 출근했다가 수업을 마친 오후에 장지에 들렀다. 아직 마무리가 덜 끝난 장지에 이 목사의 가족이 나와서 인부들이 봉분을 마무리하는 작업을 지켜보고 있었다.

"오셨어요?"

지훈을 맞는 희영은 검정색 치마저고리의 상복을 입고 있었다. 병원에서 고 영감의 임종에 흐느끼던 희영의 모습이 오버랩되면서 지훈에게 의문 하나가 풀리는 것 같았다. 고 영감은 의외로 희영과 친

족관계였던 것이다. 희영이 입은 상복이 그것을 말해 주고 있었다.
 잔디를 입히고 둘레의 정지 작업이 끝나자 희영이 미리 꺾어 둔 들국화를 한 아름 안아다 봉분 앞에 놓았다.
 이 목사가 영결 예배를 집례했다.

"하늘 가는 밝은 길이 내 앞에 있으니
 슬픈 일을 많이 보고 늘 고생하여도
 하늘 영광 밝음이 어둔 그늘 헤치니
 예수 공로 의지하여 항상 빛을 보도다."

 모여 선 사람들이 작은 목소리로 찬송을 불렀다.
 의문의 인물이 의문의 죽음으로 치러지는 작은 장례였다.
 과수원 뒷산에서 고만수의 장례식을 마친 뒤 지훈은 숙소로 돌아오면서 여러 가지 생각을 했다. 한내에서 일어나고 있는 일련의 사건들은 어딘가 같은 색깔을 띠고 있는 것처럼 생각되었다. 석답골의 그 음습한 분위기와 이번 사건이 연관을 가진 것이 분명하다는 확신이 들었다. 그리고 이를 계기로 새로 부각된 문제, 이 목사와 희영과 고만수의 수수께끼 같은 관계를 밝혀내야 할 새로운 과제가 안겨진 것처럼 생각되었다.
 희영은 이번 일로 사람이 변해 버린 것 같았다. 예전에 보이던 밝은 성격이 사라지고 말수가 줄어들었다. 지훈을 대하는 태도에도 변화가 느껴졌다. 그동안 이 목사네 가족 내부에 무슨 일이 있었는지 궁금했지만 빨리 희영의 심리 상태가 안정되기만 기다릴 수밖에 없는 형편이었다. 그는 빠른 시일 내로 희영이 몸과 마음을 추스르고 그를 만나러 와 주기를 기대했다.

사랑이란
어려움을 나누는 힘
위기를 극복하는 능력
이인삼각(二人三脚)이다.

사랑은
나눌수록 커지는 기쁨
나눌수록 작아지는 슬픔

책상 앞에서 그는 다시 사랑의 정의를 낙서하기 시작한다. 세 번째 사랑의 노트가 완성되어 가고 있었다. 지훈은 사랑의 힘이 희영을 우울에서 벗어나게 할 묘약이 될 것을 믿고 있었다. 이번에 만나면 세 번째 사랑의 앤솔로지를 전할 생각이다.

그러나 그의 기대를 허무는 소식이 전해졌다. 며칠 뒤, 희영의 전화를 기다리다 못해 교회로 전화를 걸었는데 사모님이 걱정스런 목소리로 말했다.

"이틀 전에 말없이 집을 나간 뒤 소식이 없어요. 그러잖아도 김 선생님에게 연락을 하려던 참이었어요."

"제가 곧 교회로 가겠습니다."

심각한 사태가 벌어진 것을 지훈은 직감했다.

텅 빈 목사관에 사모님이 혼자 있었다. 이 목사는 교회 수리를 맡길 사람들을 만나러 가고 없었다.

'희영은 고 씨 장례를 치른 뒤 꼬박 이틀을 말없이 방에서 지냈다. 이 목사와 사모님은 희영이 충격에서 조금씩 벗어나길 기다리며 가급적 혼자 있도록 배려했다. 그런데 그저께 아침 말없이 집을 나간 뒤

지금까지 소식이 없다. 그녀의 방에 있던 옷가지와 가방이 보이지 않았다.'

이것이 사모님에게 들은 전말의 내용이다.

"어디로 갔는지 짐작이 안 가세요?"

"서울 작은아버지 댁에 연락을 했는데 오지 않았다는 대답이에요. 여러 곳을 알아보고 있어요. 아마 곧 소식이 오겠죠."

"그동안 희영 씨에게 무슨 일이 생긴 것입니까?"

지훈은 궁금하던 것을 물었다.

"그럴 일이 좀 있었어요. 김 선생님이 희영일 아끼고 사랑해 주시는 것 잘 알고 있어요. 그래서 언젠가 설명해 드리려고 했는데 갑자기 이런 엄청난 일들이…."

며칠 사이에 사모님도 마음고생을 심하게 겪은 것 같아 보였다. 목소리에 힘이 하나도 없었다. 사모님은 탁자에 놓인 컵에서 물 한 모금을 마신 뒤에 힘들게 말했다.

"사실은 돌아가신 고만수 씨가 희영의 생부입니다."

"네?"

지훈은 놀란 표정으로 사모님을 쳐다봤다. 짐작은 했지만 그것은 대단히 큰 충격이었다.

"그럴 사정이 좀 있었어요. 고 씨가 오랫동안 교도소에 있었기 때문에…. 오래전 얘기지요."

사모님은 이 목사의 군목 시절과 고만수 하사와의 관계, 그리고 그의 과실치사 사건, 불가피했던 희영의 입양 사실들을 차분하게 설명했다.

"다행인지 불행인지 우리에겐 아이가 생기지 않았어요. 저는 어린 생명으로 우리에게 안긴 희영일 남의 아이라 생각해 본 적이 한 번도 없었어요. 하나님이 우리에게 주신 선물이라는 감사함뿐이었죠. 지난해 광복절 특사로 고 씨가 출감하게 됐을 때 나는 그가 여기로 오는 것을 반대했어요. 그런데 목사님은 사고무친인 그가 자립할 때까지만 돌봐 주자고 해서…. 결국 이렇게 됐어요. 하나님이 우리에게 내린 시련인가 봐요."

"이렇게 절 믿고 자세히 설명해 주셔서 감사합니다. 너무 걱정하지 마십시오. 희영 씨는 곧 돌아올 겁니다."

"목사님과 저는 사면초가에 싸인 것 같아요. 마치 욥에게 닥친 고난처럼 한꺼번에 모든 일들이…."

사모님의 목소리에 물기가 묻어나왔다. 그녀는 수건으로 눈물을 찍어 냈다.

지훈은 그녀를 위로해 줄 만한 말들이 미처 생각나지 않았다. 다만 이 난국을 수습하자면 희영이 빨리 돌아와 주는 것이 가장 절실하다고 느꼈다.

사모님에게서 희영에 관한 충격적인 소식을 듣고 난 후 지훈은 여러 경로로 희영에 대한 소식을 알아봤다. 하지만 그날 이후, 그해가 저물어 가도록 희영에게서는 아무런 연락이 없었다.

참으로 비극적인 사건이었다.

교회의 화재 사건은 고만수의 죽음이라는 희생을 남기고 마무리되었다. 한 가닥 고 씨의 의식회복을 기대하고 그의 입으로 사건의 실마리를 찾아보려 했던 당국에서는, 아무런 단서도 남지 않은 화재를 누전에 의한 사고로, 불을 본 고 씨가 진화 과정에서 참변을 당한 것으로 결론짓고 사건을 마무리했다.

그러나 교회는 타격을 입었다. 일부 교인들이 고 씨의 방화 관련설을 계속 주장하고, 그를 변명하는 이 목사에 대하여 교회를 배반하는 행위로 비난하는 사람들이 있었던 것이다. 이들은 교회에서 교회 복구를 위한 특별 성회를 열겠다고 이 목사가 선포하자 아예 교회에서 발길을 돌렸다.

"교회 복구는 불낸 사람들이 하라고 해."

그들은 끼리끼리 모여 교회와 목사와 죽은 고 씨를 비난했다.

마을에 화재와 관련해 루머가 퍼지기 시작했다.

고 씨가 석답골 선불도 회당을 지으러 갔다 왔다는 소문에 대해 사람들이 선불도와의 관련설을 퍼뜨렸다. 이 목사가 선불도에 대해 우상숭배라는 설교를 한 데 대한 보복일 수 있다는 것이 이들의 주장인데, 그 과정에서 고 씨가 모종의 역할을 하지 않았겠느냐는 추측들을 했다.

실제로 석답골 선불도 선원에 드나들던 마을 사람들은, 그곳에서 도를 닦고 있던 신도들이 가나안교회의 화재 소식을 듣고 박수를 치고 만세를 불렀다는 이야기를 전했다. 청암선사가 언젠가는 그들을 비방하는 교회가 불세례를 받을 것이라 예언했는데 그것이 꼭 맞아떨어졌다는 것이다.

그들의 이야기는 또 강촌에 있는 신흥건설 태식에게 옮겨갔다. 선불도 도량을 짓는다는 그들이 이 일에 무관할 것이냐 하는 추측들이었다.

이 소문에 난처해진 것은 태식의 아버지인 최종수 장로였다.

최 장로는 태식에게 연락을 했으나 쓸데없는 소리 말라는 핀잔만 들어야 했다. 교회 복구를 위해 앞장서서 힘을 실어야 할 최 장로의 처지가 이로 인해 타격을 입었다. 그는 아들의 관련설에 변명도 못하고 교회의 일에 뒷자리로 물러나 앉았다.

이래저래 교회는 여러 곳에서 파열음을 내며 부서져 내리고 있었다. 교회는 재건축 엄두도 못 내고 겨울을 맞았다. 이 목사가 교회 재건을 위해 계획했던 특별 집회는 제직회의 반대로 무산됐다.

'민심이 흉흉한 이때에 부흥회라니?' 모두가 반대했다. 하는 수 없이 무너진 건물에 임시 지붕을 얹어 간신히 비바람만 막은 교회당에서 교인들은 떨며 크리스마스를 보냈다. 예전의 절반도 안 되는 사람들이 나왔지만 그들도 진실한 몇 사람을 제외하면 이 목사와 그 가족에 대해 불만이 가득한 사람들이었다. 그들은 목사가 진실을 외면하고 방화범을 감싸고돌았다는 배신감을 느낀다고 했다.

연말 송구영신예배에 이 목사는 그간 자신에 관한 여러 의혹들에 대해 해명하는 설교를 했다. 그는 고만수 씨와 자신의 관계, 양녀 희영과의 인연들을 소상히 밝히고 고만수의 방화 의혹에 대해 해명했다. 그러나 그 해명은 진실했음에도 타이밍을 놓치고 효과를 거두지 못했다. 이해와 동정은커녕 가나안교회를 이 지경으로 만든 데 대한 책임을 지라는 주장이 제기됐다. 임시로 소집된 교회 제직회는 이 목사의 사임을 권고하는 결의안을 채택했다.

이승규 목사는 그해 송구영신예배를 끝으로 한내를 떠났다.

떠나기 전, 지훈을 만난 자리에서 이 목사는 말했다.

"김 선생님과는 좋은 만남이었습니다. 좀 더 크고 좋은 계획을 세울 수 있었는데 아쉽습니다. 교회에 남아서 후임자를 잘 도와주시면 고맙겠습니다. 희영이를 만나게 되면 잘 돌봐 주십시오. 내가 진실로 사랑했다는 말도 전해 줬으면 좋겠습니다."

"어디로 가실 계획이십니까?"

"고향인 서울로 가겠습니다. 주님이 다시 부르실 때까지 좀 쉬고 싶습니다."

"섭섭합니다. 목사님께 귀한 말씀을 많이 들었습니다. 한내 사람들도 언젠가는 목사님의 말씀들을 기억하고 목사님이 마을에 와서 이루어 놓은 업적들을 알게 될 날이 올 것입니다."

"고맙습니다. 저는 그저 주님의 그림자조차 본 적이 없는 보잘것없는 종입니다. 그러면서 오만하고 이기적인 사람이었습니다. 한내에 발을 들여놓은 뒤, 나는 믿음이 이 마을을 이상적인 곳으로 만들 수 있다는 확신을 가졌습니다. 그러나 그와 같은 생각들이 얼마나 주관적인 것인가 알게 되었습니다. 주님은 자기를 부인하는 자들에게 그분을 따르도록 하셨는데 난 아직 멀었지요. 마을 사람들의 심정을 이해합니다. 지금까지 참아 준 것만 해도 감사한 일이지요. 저들에겐 저들을 보다 잘 이해할 수 있는 목자가 필요합니다. 모두 하나님의 뜻으로 받아들입니다."

이 목사는 자신이 마을에서 내린 뿌리가 이토록 보잘것없었던가를 후회하는 눈빛이었다. 한내의 정서에 수용되지 못한 이방인임을 뼈저리게 느끼고 있는지도 모른다. 며칠 사이에 이 목사는 눈에 띄게 수척해 있었다. 한꺼번에 몰아닥친 엄청난 시련이 그렇게 만들어 놓은 것 같다.

이 목사의 손을 잡은 지훈은 가슴이 저려왔다.

문득 십자가를 지고 골고다 길을 오르는 예수님의 그림이 이 목사의 얼굴에 오버랩되었다. 돌아서는 그의 뒷모습이 그렇게 쓸쓸해 보였다.

교회의 지도적인 위치에 있는 사람들 중에는 평소에 가지고 있던 이 목사에 대한 쌓인 감정을 얘기하는 사람도 있었다. 외지인에 대한 배타적인 생각들이 문제를 만나면서 드러난 것이라고 할 수 있다. 그들은 자신들과 출신 성분이 다른 이 목사에 대해 애초부터 이질감을 갖고 있었던 모양이다.

신앙이란 것이 때론 생명과 맞바꾸는 절대적인 가치일 수도 있지만, 믿음의 본질에서 벗어나 형식만을 쫓는 사람들에게는 아주 가볍게 등을 돌릴 수 있는 상대적인 것임을 알게 되었다.
 가나안교회의 대부분 신자들은 그들이 믿는 하나님을 수리 신령과 크게 구분하지 않았다. 그 예를 인숙이 어머니에게서 볼 수 있다. 그녀는 교회에 꾸준히 다니고는 있지만 때가 되면 칠성암에도 가곤 했다. 그녀는 하나님을 식구들을 편안하게 하고 복을 주는 신으로 믿고 있었고, 같은 가치로 수리 신령이나 청암이 설법하는 미륵세존도 함께 믿고 있었다.
 "믿음이 별건가요? 식구들 무병하고, 곡간에 땟거리 떨어지지 않게 해주시는 분을 모시는 것이 믿음이지. 하나님도 부처님도 정성과 공덕을 쌓으면 다 응감하시는 법이지요."
 늘 그렇게 살아왔기 때문에 사람들은 그녀의 얘기를 조금도 이상하게 생각하지 않았다.
 이승규 목사는 마을에서 열정을 가지고 목회 활동을 해왔으나, 본질적으로 마을에서 유일신 신앙을 심는 일에 실패한 것으로 보인다.
 이 목사와 가족이 마을에서 떠나고 난 뒤, 지훈은 가나안교회에 나가지 않았다. 당회에서는 후임 목사를 물색하고 곧 청빙할 것이라고 했으나 지훈은 별 관심이 없었다. 교인들에 대한 기대가 무너지며 회의가 밀려왔다. 산다는 것, 믿음, 사랑, 신뢰, 소망 등 그가 평소 소중히 생각해 온 것들이 모두 허망하게 느껴졌다.
 진실해 보려던 그의 사랑을 위한 노력이 도로(徒勞)에 지나지 않은 것처럼 생각되면서, 모든 것이 부서져 내렸다.
 가장 큰 충격은 희영의 태도다. 고만수 영감의 돌연한 사고로 한꺼번에 촉발된 모든 문제들은 분명 희영에게 감당하기 힘든 사건이었을 것이다.

그녀가 말없이 집을 나간 뒤 며칠간은 희영의 입장을 이해하려고 노력했다. 착잡해진 마음을 달래려고 여행을 떠났으려니, 마음이 진정되면 돌아오겠거니 가볍게 생각하고 있었다. 이것이 어디 보통 문제인가. 한 존재의 정체성에 관한 혁명적인 사건임에 틀림없는, 그 엄청난 무게를 희영이 슬기롭게 감당해 주기를 바랐다.

그러나 한번 떠난 희영에게서는 소식이 전혀 없었다. 알 수 없는 일이었다.

일주일이 지나고 열흘, 한 달이 지나갔다. 지훈은 차츰 초조해지기 시작했다. 할 수 있는 모든 방법을 동원해 희영의 소식을 수소문했다. 그러나 아무곳에서도 그녀의 소식을 들을 수 없었다. 실종? 고의적인 잠적? 아니면 사고? 혹은 자살?

지훈에겐 힘든 나날이 계속됐다. 처음에는 걱정이 되다가 차츰 원망으로…이윽고 배신감을 느끼게 되었다.

그녀의 소식은 오리무중인 채 겨울이 지나가고 있었다.

지훈은 인간이 느끼는 감정의 맹목성과 가변성에 대하여 회의하기 시작했다. 그렇다. 이것은 배신이다. 신뢰가 무너져 버린 관계다. 적어도 그에게만은 거취를 알려 줄 의무가 있지 않은가? 사랑이란 게 뭔가?

지훈의 노트에서는 사랑의 정의가 다른 시각으로 표현되기 시작했다.

사랑은
허무로 짜는 뜨개질이다.
사라지기 위해 만드는 무늬다.

쓸쓸한 겨울이 지나고 지훈은 새 학기에 정기 전보되었다. 희망하던 고향 강천시로 발령되어 한내를 떠나게 된 것이다.

3년 동안 많은 이야기들이 마을에서 만들어졌다. 그는 떠나기 위해 마을에 온 사람처럼 느껴졌다.

한내는 떠나기 위해 사는 사람들의 마을이다. 수남이 떠났고, 희영이 떠났고, 이 목사 부부도 마을에서 떠났다. 고만수는 허접한 그의 육신을 한 줌의 재로 남기고 떠났다. 모두 한내를 떠났다. 내촌 청암도, 그를 따르던 선불도 신자들도, 희영과 그를 질투하던 태식도 떠났다.

지훈도 이제 마을에서 떠나게 됐다.

모두 이방인들이다. 이런저런 이유로 마을에 왔던 사람들, 그들은 마을에서 이루고자 했던 꿈이 있었다. 그러나 마을에 동화되지 못한 채 나그네처럼 떠났다.

그도 그중의 한 사람이다.

한내를 떠나기 전에 만나 봐야 할 사람들이 있었다.

상식과 상록회 청년회원들이었다.

상식으로부터 송별회를 해주겠다는 연락을 받고 간 곳은 인숙이네 집이었다.

한내에 처음 왔을 때 반겨 맞아준 고마운 사람들, 상식의 요청이 아니더라도 인사를 하러 들러 보려던 참이었다.

인숙이네에는 상식과 4H클럽 회원들 10여 명이 미리 모여 있었다. 그중에는 야학에서 중등 과정을 마친 친구들도 보였다.

"선생님 오셨어요?"

투박한 억양이 여전한 인숙이가 지훈의 팔에 매달렸다. 오랜만에 만나는 인숙은 완연한 처녀의 모습이다. 곧 중 3이 될 것이다.

"남자친구는 있어?"

"선생님은 꼭 그런 것만 물어 보셔요?"

얼굴이 빨개지는 것을 보면서 사람들이 모두 웃었다. 인숙이 아버지는 아들과 그 친구들을 위해 저녁을 마치자 자리를 비켜 주었다. 오랜만에 허물없는 친구들과 지훈은 막걸리를 몇 잔 마셨다.

그들은 그동안 지훈이 학교와 마을에 끼친 공로를 감사했다. 떠나가는 그에게 섭섭함도 표했다. 정이 많은 친구들이다.

그들은 교회의 화재 사건을 언급했다. 선불도 근섭의 행태에 대해서도 비판했다. 이 바쁘고 아까운 시간에 쓸데없는 공허한 생각들에 빠져 살림살이를 망치는 멍청한 짓들이라고 목소리를 높이던 상식이 "우리 고문님도 한 말씀 하시지요" 하며 숟가락을 마이크로 만들어 지훈에게 내밀었다.

"여러분이 한내의 희망입니다."

늘 하던 말을 지훈은 다시 했다.

솔직한 마음의 표현이었다.

살아간다는 것은 무엇인가?

무엇이 삶을 기쁘게 하는가?

한내라고 불리는 이 작은 마을에서, 진실로 마을을 걱정하고 마을 사람들에게 올바른 삶의 방향을 제시하는 사람들은 누구인가?

지훈은 자신이 꿈꾸었던 이상적인 삶에 접근하기 위해서는 지식의 확충과 생활의 개선 의지가 필요할 것이라 판단했다. 한내에 발을 들여놓으면서 최선을 다해 아이들을 가르치고 마을 사람들에게 가까이 다가서면서, 그는 자신이 정한 방향이 옳다는 확신을 가졌다.

그러나 마을에는 또 다른 전승된 삶의 방식이 있고, 그것들이 아직도 강력한 영향을 미치고 있음을 본다. 이것은 인위적으로 단시일

내에 고칠 수 있는 일이 아니다.

　이런 관습에 편승한 선불도가 교묘히 사람들을 움직이고 있는 것이다. 한내에 퍼져 있는 무시할 수 없는 이 관습은 민간신앙이 자라는 토양이 되고 있다. 따라서 그들이 누대에 걸쳐 전승되어 온 관습의 굴레에서 벗어나기란 쉽지 않아 보인다.

　가나안교회는 외형적으로 성공한 듯했으나, 시련에 쉽게 무너지는 약점을 보이고 그 뿌리가 흔들리고 있었다. 물론 신실한 신자들이 교회를 회복하고 재건하려는 노력이 계속되겠지만, 이 목사 이후의 가나안교회는 당분간 고전할 것이 예상된다.

　서로 다른 가치관을 보이는 이 두 세력은 앞으로도 계속 부딪치며 진화를 계속할 것이다. 교회가 첫 번 대치에서 심한 타격을 입은 것처럼 보인다.

　다행히 건강한 젊은이들의 모임인 상록청년회가 이 마을에 성장하고 있어, 이들이 지피는 새로운 희망이 불길로 타오르게 될 것이다.

　그동안 관심을 갖고 살펴본 한내에는 학교, 교회, 선불도, 상록청년회가 마을을 이끌어 가고 있는 주체들이라 생각된다. 그중에 어느 카테고리가 이 마을에 가장 큰 영향력을 미치게 될지 지훈에겐 이것이 궁금하다. 아직은 알 수 없다.

　대천으로 나가는 버스가 수리재를 넘을 때 그는 한내를 돌아보았다. 3년을 머물던 마을은 모호한 모습으로 그에게서 멀어져 갔다. 안개로 덮인 골짜기(霧谷)를 향해 그는 손을 흔들어 주었다.

　그는 그 회색지대를 그렇게 떠났다.

부록

《회색지대》의 탄생과 성장

장편소설 《회색지대》는 1965년 〈강원일보〉가 창간 20주년 기념사업의 일환으로 기획한 10만 원 고료 장편소설 공모에 당선된 최초의 작품이다.

《회색지대》와 작가 김항래에 대한 당시 〈강원일보〉의 보도 내용은 다음과 같다(1~10).

1. **사고(社告)**
   1964년 9월: 창간 20주년 기념 장편소설 공모

2. **당선작 발표**
   1965년 1월 1일: '김항래 작 〈회색지대〉 당선' 보도

3. **심사경위**
   총 28편 응모: 1차 통과 12편. 본선에 넘어간 작품 3편

4. **심사평**
   소설가 박영준·김광주·유주현: '어떤 외국 작품의 상황을 연상하였으나 우리 향토에 설정된 주제로서 높이 평가할 뿐만 아니라 작가의 의식은 대단했다.'(요약)

5. **당선 소감**
   작가 김항래: '안개를 하나씩 벗기는 일이 나의 의무'(요약)

6. 시상식

1965년 2월 20일: 부지사를 비롯한 심사위원, 지역 국회의원, 교육계, 각계각층의 인사들이 참여 - '영광된 자리 함께해' '꽃이 피는 강원 문단' 제하의 기사 보도

7. 연재 시작과 종료

1965년 1월 1일~10월: 222회로 종료 (삽화 고득철)

8. 새 연재소설 예고

1967년 12월 26일: 새해 장편소설 《실향》(김항래 작) - '지방의 저력 있는 젊은 작가의 새 소설'로 소개. 작가는 작품에 담을 주제를 피력

9. 장편 《실향》 연재 시작과 종료

1968년 1월 1일~11월: 256회로 종료 (삽화 이대섭)

10. 연재 종료 소감

작가: 글을 싣는 동안 격려를 해준 독자들에 대한 감사의 인사

11. 출간

2018년 2월: 1-2부로 확장, 단행본으로 출간(쿰란출판사)

자료 : 〈강원일보〉 스크랩

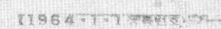

작품해설 / '회색지대'에서의 탈출

안개 골짜기에서 초록빛 동산으로

호영송 (작가)

　한국문학의 가장 결여된 부분이 바로 나이 든 삶에 대한 깊은 성찰이다. '노년에 의한, 노년을 위한, 노년의 삶'은 우리 문학에서 찾아보기 어렵다. 독일의 괴테(1749~1832)가 80대에 명작 《파우스트》를 완성 출간했다는 것을 상기하자. 96세의 노 철학자 김형석 교수가 근년 '100세 시대'의 삶의 비전을 제시해 보이는 것은 그나마 위안이다. "인생의 황금기는 60~75세, 사람은 성장하는 동안 늙지 않는다"는 것이 그의 경험에서 우러난 메시지이다.

　인간 김항래는 교육자로, 교회 찬양대 지휘자로 살아왔는데, 이번에 장편소설 《회색지대》를 출판했다. 이것은 돌출행동으로 보일 수 있으나 알고 보면 오히려 필연적이다. 그는 1965년 〈강원일보〉 장편소설에 당선되었다. 그때 심사한 문단 원로들은 기대의 감회를 말했다.

　허나 김항래는 "보다 치열한 삶의 현장으로 가는 것이 작품 쓰는 것 이상의 행위 아닌가?" 하여 소설 쓰기가 아닌 다른 선택을 했다. 이 땅에서 문학을 한다는 것은 의미의 차원에서도 그렇고, 실질의 차원에서도 회의의 연속일 수도 있다. 그런데 교회에서 독실한 신앙생활을 해온 그가 지금 이 시점에서 새삼스럽게 문학 책을 낸다는 것은 무슨 뜻일까?

나는 노년에 이르러 외형적으로는 성공적 삶을 살았으나, 허무의 늪에 빠져 허덕이는 사람들을 이웃에서 종종 본다. 신앙의 삶에 깊이 드는 경우도 있다. 그런데 신앙의 삶은 교회나 성직자에게만 의존해서 정답이 나오는 것은 아니다. 키에르케고르가 아니라 해도 세속화된 당대 교회에서 하나님의 말씀에 충실하기 위해서는 뼈저린 노력이 요청된다.

이제 장편《회색지대》의 됨됨이를 살펴보자. 우선 이 제목은 백색과 흑색의 어느 중간을 헤아려 보게 한다. 지은이가 설정한 안개가 낀 듯한 회색지대의 본질은 무엇일까? 우리는 은연중 안개가 걷힌 녹색 지대를 동경하게 된다. 바로 지은이가 그 같은 구도를 보여준다. 제1부 무곡(霧谷) 파트, 제2부 녹원(綠園) 파트.

나(해설자)는 20대부터 줄곧 문학을 통한 추구의 삶을 살아왔기에 그런 한 사람으로서 이 작가에게 그 실체적 진실에 위로와 경의를 표하고 싶다. 문학은 어떤 삶보다 더 우월한 것은 아니다. 그러나 삶의 문제들을 구체적으로 짚어 내며 문제를 탐구하는 가장 효과적인 방법의 하나이다. 그래서 1965년 작가 김항래는 문학의 가장 문학다운 치열한 방법인 장편소설의 세계에 들어섰다. 그는 이 장편소설 외에도 또 하나의 장편소설《실향》과 창작집《두드리는 소리》 등을 발표하였다.

내가 참으로 감동하는 것은, 50년 세월이 더 지난 지금에도 김항래는 그 문제 제기와 해법을 잊지 않고 있다는 점이다. 게다가 이번에 수정 가필까지 하여 그의 '진테제'(synthesis)를 정립하고 기록으로 남기려 한 것이다. 이는 다음과 같은 의미를 갖는다.

　이는 삶의 중요한 가치를 그가 세상에 공개적으로 묻는다는 것이며, 나름으로 그 정답을 제출한다는 뜻이다. 이것은 삶에 대한 엄중하고 경건한 태도로 보인다. 따라서 여기에선 실수도 허용되지 않고, 일수불퇴의 긴장감이 흐른다. 나는 대중의 흥미 요구에 호응하는 대중소설을 쓰고 아랫배를 내미는 작가들도 보아왔기에 대조적인 이 작가의 진지성과 경건한 포즈를 지지한다. 인간 김항래가 갖는 특성이 삶에 대한 진지한 경의라면 우리는 그를 받아들여서 후회할 일이 없을 것이다. 이 작품엔 여러 가지 갈등과 대립이 있지만, 기독교와 무속신앙의 갈등 양상이 선연하게 다가온다.

　"밥은 먹었나?"
　어머니가 말했다. 아주 오래전에 들어본 듯 다정한 목소리에 수남은 목이 메어 온다.
　"금식했어요."
　"아직도 교회에 나가나?"
　(중략)
　나를 낳아 준 어머니다. 이 엄청난 인륜 앞에 신이나 믿음이나 우상이나 다 아무것도 아닌 것 같은 본능적인 끌림으로 수남은 어머니를 쳐다본다.
　오랜만에 맛보는 어머니 손맛이었다.

무속신앙과 기독교가 만나는 예각적인, 그러나 따뜻한 온기가 우리를 안도하게 한다. 작가가 그 회색지대를 그냥 감수하는 것은 아니다. 그는 그것을 극복하려 노력했고 마침내 극복한다. 물론 이 소설은 나라에서 동양 최대의 댐을 건설한다면서 강원도의 큰 댐 건설이 되어 가는 과정도 보여준다. 아마도 춘천 소양강댐 건설을 소설의 소재로 차용했을 것이다. 결국 이 소설은 우리 시대의 큰 발전과 무관하지 않은 흐름을 반영하기도 한다. 수많은 수몰지구가 생겨나고 변화의 흐름 속에 한국인의 크고 작은 의식의 복잡화와 그 성숙 과정을 보여주기도 한다.

나는 비평가가 아닌 한 창작가로서, 또한 김항래 작가의 신앙의 친구로서 이 소설을 말하고 싶다. 아무리 도스토옙스키의 걸작 《카라마조프네 형제들》이 앞에 있어도 우선 독자로서 마음을 겸허히 열지 않으면 그것은 무의미한 책이 된다. 김항래의 이 장편소설은 마음을 여는 사람들에게, 우리 시대를 동고동락하며 살아온 사람들에게 많은 감동을 줄 것이다. 거기에서 우리는 우리와 같은 가치관을 갖고, 믿음을 지키려 해온 사람의 평생에 걸친 고뇌를, 그리고 마침내 승리하려는 사람의 투지를 볼 것이다.

고향이 그려진 캔버스

홍성암 (소설가, 문학박사, 전 동덕여대 총장 서리)

죽마고우 김항래가 오랜 침묵 끝에 1-2권으로 묶인 장편소설 《회색지대》를 출간한다고 한다.

그의 소설에는 고향의 맛과 냄새가 진하게 배어 있다. 오랜 세월 떠나 있어도 변하지 않는 그 정서가 우리 우정의 고리였고, 우리는 만날 때마다 고향 냄새를 즐기며 살아왔다.

이야기 속에 등장하는 마을과 인물들의 모습, 행동들에선 그 고향이 보인다.

이 소설은 그래서 고향이 그려진 캔버스와 같다.

수채화 같던 마을에는 짙은 안개 뒤에 비바람이 인다. 누구도 피해갈 수 없는 혼돈—새 시대의 도래는 전통적 가치와 충돌하며, 산업화 과정에 고향이 수몰당하는 격변을 일으키고…대립으로 분리된 인물들의 사랑과 기쁨, 갈등과 좌절, 열정과 도전은 우리의 지나간 모습이기도 하다.

어떻게 되었을까.

한밤의 어둠을 새벽의 잿빛으로 바꾸며 초록의 아침으로 탄생시키는 과정—작가는 이 혼돈에 치유의 기적을 연출한다. 그 치료제가 사랑임을 우리는 곧 알게 된다.

저물어 가는 우리 세대의 지나간 시간을 돌아보게 하는 이야기—읽는 사람들이 잃었던 고향을 이곳에서 만나기 바란다.

통찰로 거둔 것

전상국 (작가, 강원대 명예교수)

문우 김항래의 장편소설《회색지대-그 새벽빛 언덕》의 출간을 축하합니다.

강원도가 고향인 작가는 오래전에 동명의 소설로 향토의 일간지 〈강원일보〉 공모에 당선, 연재된 바 있습니다.

이 작품은 혼돈의 시대를 살아가는 우리에게 삶의 진정한 가치에 대한 질문을 던집니다.

향토의 작은 마을에서 시작된 이야기는 전통적인 관습과 현대화 과정의 충돌을 증폭시키며 삶의 방식과 가치관의 변화를 담담히, 때로는 치열하게 탐색합니다.

작가는 보통 사람들의 사랑과 믿음, 증오와 갈등…특이한 생각을 가진 사람들의 야망과 좌절 등 오늘을 사는 우리가 겪고, 겪을 수밖에 없는 일들에 대한 깊은 통찰로 안개의 회색지대를 벗어나 치유의 녹원에 이르는 길을 안내합니다.

늘 문학과 함께한 작가의 식지 않는 열정, 통찰로 거둔 열매를 함께 기뻐합니다.

회색지대-그 새벽빛 언덕의 무게

최지영 (목회학박사, Faith 신학대(미) 객원교수)

우리의 근·현대사는 세계사에서 그 유례가 드문 소용돌이의 역사다. 기독교가 이 땅에 전파된 이래 고난을 겪으며 성장한 시기와 겹치는 지난 한 세기, 우리는 누구도 흉내 내지 못한 고유의 민족성을 온 세계에 알리며 절망에서 기적을 창조해 냈다.

오늘의 이 눈부신 성장은 선진들의 수많은 아픔과 눈물을 자양으로 이루어진 것을 우리는 잊어선 안 된다. 그 한 축에 우리를 일어서게 한 동력으로 믿음의 문제가 있음을 지금껏 간과해 오고 있었다.

특히 기독교가 이 땅에 정착하기 까지 어떤 수난을 당했는지, 일제 수탈과 6·25 동족상잔의 폭풍 속에 독립과 반공, 자유를 향한 항쟁의 선두에 누가 섰는지. 무지와 편견 우상으로 헤매던 이 민족을 누가 일깨웠는지. 목숨을 버리며 그리스도의 사랑을 전하던 이들이 누군지….

《회색지대-그 새벽빛 언덕》의 작가는 우리가 풍요에 취해 간과해 버린 믿음의 문제에 착안하고, 이 땅에 살아가는 우리와 이웃의 믿음이 바르게 되어 있는가를 질문한다. 올바른 믿음과 잘못된 믿음이 빚어내는 영향을 분석한다.

작가의 시선은 산업화 과정에서 지나친 물질주의로 소외되어 가던 정신과 영혼의 세계를 조명하고, 혼돈에 빠진 가치관을 정립하는 데 혼신의 힘을 모은다. 전통적 가치와 잘못된 가치, 새로운 가치의 충돌을 구체화한다. 그리고 영원한 가치를 추구한다.

　어떤 삶이 가장 아름다운 삶인가.

　우리는 이곳에 등장하는 인물과 사건을 통하여 그 해답을 얻을 수 있을 것이다.

　이 작품이 우리에게 주는 선물이며 무게이다.

논평과 해설

새벽은 어떻게 오는가

박종구 (시인, 선교학 박사, 〈월간목회〉 발행인)

소설은 인간의 이야기이다. 우리의 이야기이고 나의 이야기이다. 인간이 처한 상황이 다중적이고 다변적이듯 이야기의 빛깔 또한 다양하다. 잘 빚은 소설은 공감과 울림이 행간마다 나직한 모음으로 흐른다.

김항래(金恒來)의 장편《회색지대》는 1965년 〈강원일보〉 현상 공모 당선작이다. 당시 심사위원은 류주현, 박영준, 김광주 등으로, 심사평에서 '어떤 외국작품의 상황을 연상했으나, 우리 향토에 설정된 주제를 높이 평가한다'고 했다.

이 작품이 〈강원일보〉에 220여 회 연재되는 동안 세간에 뜨거운 반향을 불러왔다. 그는 잇달아 장편《실향》을 동지에 연재(1968년, 256회)하고 나서 갑자기 창작의 뜻을 놓았다. '치열한 삶의 현장보다 더 위대한 작품은 없다.' 이것이 그의 절필변이었다.

작가는 오랜 침묵을 깨고 다시 이야기꾼으로 우리와 만난다.《회색지대》를 개작하여 1부 무곡(霧谷)으로, 그리고 스토리를 증폭시켜서 2부 녹원(綠園)으로 완성하여《회색지대―그 새벽빛 언덕》으로 상재하였다.

1부는 우리의 전형적인 농촌을 배경으로 전후의 고단한 군상들의 삶의 이야기가 펼쳐진다. 마치 안개와 같은 불투명한 상황 속에서, 전승 가치와 무속, 기독교 신앙과 같은 제도 교육, 사랑과 미움, 도전과 좌절, 상처와 치유, 갈등과 해방 등이 직조되어 적나라한 인간의 내면을 조명하고 있다.

2부는 전혀 다른 무대가 등장한다. 1부에서 상처만 안고 흩어졌던 캐릭터들이 산업화의 물결을 타고 귀향한다. 그들은 다시 고향에서 새로운 이야기를 시작한다. 피폐해진 고향의 정신세계에 새벽을 열기 위한 부산한 행동이 시작된다.

회색은 새벽의 은유다. 새벽이 눈부신 것은 어둠의 끝자락에서 비롯되기 때문이다. 회색지대는 밝은 녹색지대를 잉태한 무한한 가능성의 능동지대다. 미래가 동터 오는 두던이다.

이 소설의 캐릭터들은 우리를 회색지대로 초대한다. 아픔도 기쁨도 더불어 나누며 새벽을 꿈꾸는 공동체가 되어 장엄한 하모니를 이룬다. 이것이 이 작품의 높은 예술성이다.

완성도 높은 진솔한 문체, 인간 심리의 내밀한 묘사, 신과 인간의 본질적 문제, 스토리의 드라마틱한 전개, 전편에 흐르는 작가의 진한 휴머니티는 독자를 마지막 쪽까지 끌고 가는 흡인력이 있다.

작가 김항래는 이 작품을 통해 독자들에게 묻는다. 인간이란 무엇인가. 극한 상황 속 인간의 모습은 어떤 것인가. 순수한 사랑이란 어떤 것인가. 삶을 지탱하는 힘은 어디서 오는가. 절망과 애증의 늪에서 구원받을 길은 있는가. 그 새벽은 인간 편에서 만들어지는가, 아니면 절대자 편에서 오는 은혜의 손길인가.

작가는 아직 끝나지 않은 이야기, 3부를 독자를 위해 여백으로 두었다.